| TOR

PHILLIP P.
PETERSON

UNIVERSUM

ROMAN

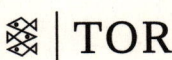 TOR

2. Auflage: Dezember 2021

Erschienen bei FISCHER Tor
Frankfurt am Main, Oktober 2021

© Peter Bourauel
Für die deutschsprachige Erstausgabe:
© 2021 S. Fischer Verlag GmbH,
Hedderichstr. 114, D-60596 Frankfurt am Main
Dieses Werk wurde vermittelt durch
die Literarische Agentur Thomas Schlück GmbH, 30161 Hannover.

Satz: C.H.Beck.Media.Solutions, Nördlingen
Druck und Bindung: GGP Media GmbH, Pößneck
Printed in Germany
ISBN 978-3-596-70086-8

1

»HIER spricht Ihr Erster Offizier«, tönte es aus den Lautsprechern. »Noch zwei Minuten bis zum Start. Bitte stellen Sie sicher, dass sich Ihre Sitze in einer aufrechten Position befinden und Ihre Anschnallgurte fest geschlossen sind.«

Noch zwei Minuten.

Dann würde Mike Warnock die Erde verlassen. Wenn es nach ihm ginge, für immer.

Die Stewardess eilte durch den Mittelgang des Shuttles. Sie lächelte, während sie die Gurte der Passagiere überprüfte. Ihre Augen lächelten nicht.

»Ich habe Angst«, sagte Neil.

Mike wandte sich seinem fünfjährigen Sohn auf dem Nachbarsitz zu. Er wirkte blass, allerdings sah er mit seiner hellen Haut und den blonden Haaren immer ein wenig kränklich aus. »Du musst keine Angst haben«, sagte er mit kühlerer Stimme als beabsichtigt. »Der Zuverlässigkeitsfaktor moderner Raumfähren liegt nahe bei eins.«

Neil sah ihn einen Moment lang aus großen Augen an, dann drehte er den Kopf in die andere Richtung. »Ich habe Angst, Mama.«

Ellie, die am Gang saß, beugte sich zu ihm und nahm ihn in den Arm. »Ich weiß.« Sie gab ihm einen Kuss auf die Wange. Eine Locke fiel ihr in die Stirn. Mit einer Bewegung, die sie sicher Hunderte Male am Tag wiederholte, schob sie sich die langen, braun gelockten Haare zurück.

Mike seufzte und blickte wieder aus dem Fenster. In einigen Kilometern Entfernung schimmerten die alten Startrampen von Cape Canaveral golden im Licht der untergehenden Sonne. Noch gestern hatte Mike seinem Sohn bei einer Führung die Überreste des legendären Apollo-Programms gezeigt, mit dem die Menschheit vor über hundert Jahren ihre ersten Schritte ins All unternommen hatte. Neil hatte die Tour ohne jede Begeisterung über sich ergehen lassen.

Mike beobachtete seine Frau aus dem Augenwinkel. Sie strich Neil über den Kopf und gab ihm erneut einen Kuss. Wie so oft fühlte Mike sich ausgeschlossen, wenn er mit seiner Frau und seinem Sohn zusammen war, und er hatte nicht die geringste Ahnung, ob sich das jemals ändern würde.

»T minus eine Minute bis zum Start«, informierte der Erste Offizier die Passagiere über den Lautsprecher.

Mike saß mit seiner Familie in der ersten Reihe. Vor sich hatte er nur eine Wand aus hässlichem grauem Plastik. Ein Werbeaufkleber versuchte, ihn mit einer leichtbekleideten Blondine zu einem Urlaub auf den Bahamas zu animieren. Er sah sich um. Die Kabine des Shuttles war gerade mal halb voll. Vielleicht zwei Dutzend Menschen machten den Flug zur Knotenstation fünf in den Orbit mit. Die Mitreisenden waren bunt durcheinandergewürfelt. Alte, Junge, Männer, Frauen und – neben Neil – drei Kinder. Etwa die Hälfte der Menschen trug Anzüge, sie waren wohl geschäftlich in den Weltraum unterwegs. Der Rest hatte sich in Freizeitkleidung gehüllt. Ein Mann mit braunen Haaren, aber schneeweißem Oberlippenbart blätterte gezwungen lässig in einem Modemagazin. Eine junge Frau in einem schicken Kostüm und mit dunklen Rändern unter den Augen schien eingeschlafen zu sein. Der Rest der Menschen in der Kabine wartete mehr oder weniger angespannt auf den Start des Shuttles.

»Noch vierzig Sekunden.«

Neil klammerte sich an seine Mutter, die nach wie vor den Arm um seine Schultern gelegt hatte.

Die Sonne ging gerade rot zwischen den alligatorverseuchten Sümpfen unter. Als wollte die Erde Floridas eine Träne aus Blut in den Himmel weinen.

Womöglich war das der letzte Sonnenuntergang, den er jemals auf der Erde zu sehen bekam. Bei dem Gedanken verzogen sich Mikes Lippen zu einem Lächeln.

Der Planet, auf dem er aufgewachsen war, hatte ihn in einen brutalen Krieg geschickt und zum Mörder gemacht. Und dann war er am Ende auch noch unehrenhaft entlassen worden. Ausgespuckt von einem unbarmherzigen, bürokratisch-militaristischen System, nachdem er einmal Rückgrat gezeigt hatte. Natürlich hatte man ihm auch den Entlassungssold gestrichen und das Recht entzogen, auf Kosten des Staates ein Studium anzutreten, was letzten Endes der Grund für ihn gewesen war, sich freiwillig zu melden. Nur dem Erbe seiner verstorbenen Mutter hatte er es zu verdanken, dass er für sich und seine Familie diese Fahrkarte nach Omicron hatte lösen können.

Nein, mit dieser Erde und ihren Bewohnern, mit diesem Staat wollte er nichts mehr zu schaffen haben. Er würde seine Familie nehmen und gehen.

Familie.

Er warf Ellie und Neil wieder einen Seitenblick zu. Wie seltsam, über diese beiden Menschen, die er kaum kannte, als Familie zu denken.

Lieber Gott, bitte hilf mir, Liebe für meine Frau und meinen Sohn zu empfinden.

Er war nie ein gläubiger Mensch gewesen. Obwohl er katholisch getauft war, hatten seine Eltern darauf verzichtet, mit ihm in die Kirche zu gehen, wenn man von Weihnachten, Ostern, Hochzeiten und Beerdigungen einmal absah. Doch der Krieg hatte vieles geändert. Mike ging zwar immer noch nicht in die Kirche, aber er hatte begonnen zu beten. Zunächst nur, wenn die Verzweiflung groß gewesen war, dann immer öfter und nun regelmäßig. Hauptsächlich, um Gott um Vergebung zu bitten. Er wusste nicht, warum, doch irgendwie spendeten ihm diese stummen Gespräche Kraft und Hoffnung. Manchmal hatte er sogar das Gefühl, dass Gott neben ihm stand und zuhörte. Vielleicht würde Er irgendwann sogar antworten.

»Noch zwanzig Sekunden.«

»Mama«, schluchzte Neil und klammerte sich fest an seine Mutter.

Mike wollte etwas Tröstendes sagen, aber er verzichtete darauf. Egal was, es würde sich wieder einmal zynisch und kühl anhören.

Er presste den Kopf an das kleine Fenster und erkannte die Startrampe, die sich vor ihnen immer höher und steiler in den Himmel erhob. Das Gebilde hatte entfernte Ähnlichkeit mit den Achterbahnen seiner Kindheit.

»Zehn Sekunden. Neun, acht, sieben, sechs ...«

Mike atmete tief ein und wieder aus. Er hatte schon so viele Raketenstarts mitgemacht, aber das verhinderte nicht, dass er sich auch heute wieder verkrampfte.

»... fünf, vier, drei, zwei, eins, Zündung!«

Zunächst spürte Mike eine Vibration, die irgendwo weit hinter ihm ihren Ursprung hatte. Dann hallte ein tiefes Wummern durch die Kabine, als hätte die Fähre sich in einen gigantischen Subwoofer verwandelt. Noch bewegte sich die Rakete um keinen Millimeter.

Doch dann löste das Katapult aus, und Mike wurde tief in seinen Sitz gepresst. Ein lautes Schleifen bohrte sich in sein Hirn und drohte, die Verbindungen zwischen seinen Synapsen zu zertrennen.

Neil schrie auf. Er war nicht der Einzige.

Wie ein Geschoss raste die Raumfähre nach vorne, dem Horizont entgegen.

Sie erreichten den Teil der Rampe, an dem die Schienen allmählich nach oben in den Himmel führten. Immer tiefer wurde Mike in seinen Sessel gedrückt, bis er kaum noch atmen konnte. Die Erde hinter dem Fenster drehte sich. Der Boden fiel zur Seite weg. Sie mussten schon einige hundert Meter hoch sein.

Dann hatten sie das Ende der Rampe erreicht, und ein Geräusch wie gigantische Hammerschläge kündete davon, dass sich die Fähre gerade von ihrem Katapult löste.

Der Andruck ließ etwas nach, und schlagartig wurde es leise in der Kabine. Nur noch der tiefe Bass der Triebwerke wummerte in erträglicher Lautstärke vor sich hin. Ein Geruch nach Schweißarbeiten stieg Mike in die Nase, das kam von der Reibungshitze des Katapults. Er würde gleich vergehen, wenn sich in der dünner werdenden Luft die Ventile der Kabinenbelüftung schlossen.

Schon wurde der Himmel dunkler. Dafür stieg die Sonne plötzlich wieder auf. Ihre blutrote Färbung verwandelte sich in ein blendendes Gelb. Mike musste blinzeln.

Dann hatten sie genug Höhe erreicht, und die Fähre bog auf eine Flugbahn nach Osten, in Richtung Dunkelheit, ein.

Auch in der Kabine nahm die Intensität der Beleuchtung ab. Mike fragte sich, ob das Kabinenlicht durch eine Automatik oder von einer Stewardess im Handbetrieb gesteuert wurde.

Es dauerte nicht lange, dann war die Sonne abermals untergegangen und machte einem Sternenhimmel Platz, den man auf der Erde so niemals sehen konnte.

Mike mochte den Weltraum. Das Gefühl unendlicher Weite. Nach den Jahren als Bomberpilot, während deren er meistens auf Raumbasen stationiert gewesen war, empfand er inzwischen eine merkwürdige Beklemmung, wenn er auf einem Planeten landete. In den ersten Tagen zurück auf der Erde hatte er sich fast schon eingesperrt gefühlt.

Das Triebwerk schaltete sich ab, und Mike hing schwerelos in seinem Sitz. In der Kabine wurde es wieder hell.

»Sehr geehrte Passagiere«, meldete sich wieder der Erste Offizier. »Unsere Antriebsphase ist beendet. Wir befinden uns nun im Transferorbit zur Raumstation. Sie können sich abschnallen und die Waschräume aufsuchen. Da es aber hin und wieder zu Korrekturzündungen unserer Lagetriebwerke kommen kann, möchten wir Sie bitten, auf Ihrem Platz zu bleiben. Unsere Transferzeit beträgt aufgrund einer günstigen Orbitalkonfiguration lediglich dreißig Minuten, bevor das Dockingmanöver beginnt. Wir wünschen Ihnen aus dem Cockpit nun noch einen angenehmen Flug und möchten uns dafür bedanken, dass Sie mit American Orbital geflogen sind.«

Der Lautsprecher verstummte kurz, dann war eine helle Frauenstimme zu hören. »Wegen der kurzen Transferzeit werden auf unserem heutigen Flug keine Mahlzeiten serviert, sondern lediglich kalte und warme Getränke, die Sie mit Ihrer Kreditkarte oder ContactPay bezahlen können. Ich möchte an dieser Stelle noch einmal auf unser Bonusprogramm hinweisen.«

Mike verdrehte die Augen.

»Mit OrbitalPoints können Sie bei jedem Flug Punkte sammeln«, fuhr die Stewardess fort. »Diese können Sie für hochwertige Sachprämien verwenden oder bei künftigen Reisen mit American Orbital als Ermäßigungen anrechnen lassen. Sprechen Sie uns einfach an oder besuchen Sie American Orbital im Internet.«

»Mir ist schlecht«, sagte Neil.

Mike beugte sich über seinen Sohn. »Das ist nur die Schwerelosigkeit. Den meisten Leuten wird übel, wenn sie zum ersten Mal in den Weltraum fliegen. Aber keine Angst. Sobald wir die Knotenstation erreichen, haben wir künstliche Schwerkraft.«

Neil wandte sich an seine Mutter. »Mir ist schlecht, Mama.«
Ellie strich Neil über den Rücken. »Ich weiß«, sagte sie zärtlich.
»Mir ist auch ein bisschen übel.«

Irgendwo hinter Mike würgte jemand.

Die Stewardess hangelte sich lächelnd an Handgriffen an der Decke des Mittelgangs entlang. Als sie die Tür zum Cockpit erreichte, schwang sie elegant herum und klopfte. Wenige Augenblicke später öffnete sich die Tür, und einer der Piloten in weißem Hemd und Sonnenbrille ließ sie ein. Der Mann sah sich kurz in der Kabine um und verschwand dann wieder im Cockpit.

»Wie geht es dir?«, fragte Mike, der das Gefühl hatte, mit seiner Frau reden zu müssen.

Ellie lächelte ihn an. »Wie gesagt, mir ist auch etwas flau im Magen. Aber es geht schon.«

»Gut, gut.« Mike schaute erneut aus dem Fenster. Es war tiefste Nacht im Erdorbit. Tief unter der Raumfähre leuchtete eine Vielzahl von kleineren und größeren Lichtern, die auf der linken Seite des Fensters wie abgeschnitten wirkten. Eine Küstenlinie. Wahrscheinlich Europa. Möglicherweise Frankreich oder Spanien. Leider hatten die Raumfähren von American Orbit keine Bildschirme, die die Flugbahn anzeigten. Oder überhaupt irgendeine Form von Unterhaltung. Typisch Billig-Spaceline.

Um seinen endgültigen Aufbruch von der Erde zu feiern, hatte Mike kurzzeitig überlegt, ein Business-Class-Ticket bei einer angesehenen Fluggesellschaft zu kaufen. Vielleicht bei Mexican oder Dreamways. Aber nach einem Blick auf die Preise hatte er den Gedanken ganz schnell wieder verworfen. Jetzt, da der Krieg vorbei war, nahm die Nachfrage nach interstellaren Geschäftsreisen wieder zu, und die Preise explodierten. Das Angebot war derweil überschaubar, weil die Fluggesellschaften während der Krise einen großen Teil ihrer Kapazitäten abgebaut hatten. Selbst die Reise mit der Billigfluglinie hatte ihn fast tausend Dollar gekostet.

Tausend Dollar für einen Flug in den Erdorbit. Was für ein Wucher!

»Möchten Sie ein Getränk?«

Mike hatte gar nicht bemerkt, dass die zweite Stewardess neben ihnen aufgetaucht war. Sie schob einen Schwebewagen, der mit Getränken in durchsichtigen Plastikbeuteln befüllt war. An dem Wagen war eine Preisliste angebracht. Alle Getränke kosteten mindestens einen zweistelligen Dollarbetrag.

Mike schüttelte den Kopf. »Danke, wir brauchen nichts.«

»Komm nur nicht auf den Gedanken, uns zu fragen«, sagte Ellie und lächelte dabei nachsichtig.

Mike biss sich auf die Lippe. Er hätte das Geld gerne gespart, aber er konnte wohl kaum seiner Frau und seinem Sohn etwas zu trinken verwehren. »Natürlich«, sagte er. »Entschuldigung.«

»Bitte ein Wasser für mich und …« Sie wandte den Kopf. »Möchtest du etwas, Schatz?«

Neil schüttelte den Kopf. »Mir ist immer noch schlecht.«

»Vielleicht hilft etwas Wasser«, meinte Ellie. »Aber du kannst ja bei mir mittrinken.«

»Also ein Wasser.« Die Stewardess reichte Ellie einen Beutel.

»Danke«, sagte Ellie.

»Das macht dann 23 Dollar. Möchten Sie mit Kreditkarte bezahlen oder mit …«

»Ich mache das.« Mike beugte sich in Richtung Gang. »Mit ContactPay, bitte.«

»Sicher, Sir«, sagte die Stewardess und hielt das Lesegerät an Mikes Stirn, um ihn anhand seiner Hirnströme zu identifizieren.

Es verging keine Sekunde, dann piepte es.

»Danke, Sir. Brauchen Sie eine Quittung?«

Mike schüttelte den Kopf, und die Stewardess verschwand hinter ihnen im Gang.

Ellie löste den kleinen Plastikstrohhalm und stieß ihn an einer mit einem gelben Kreis versehenen Stelle in den Beutel. »Du kannst auch gerne einen Schluck abhaben, Mike.«

Mike schüttelte den Kopf. »Ich habe keinen Durst. Ich hatte ja im Terminal noch eine Cola.«

»Ist doch auch schon über eine Stunde her.«

Mike verzog das Gesicht, erwiderte aber nichts. Bei seinen Bombermissionen im Krieg hatte er stundenlang nichts trinken können, wenn wieder einmal ein Schrapnell die Außenwand des Raumschiffs durchschlagen und der Druckabfall das Öffnen des Raumhelms unmöglich gemacht hatte.

Neil würgte.

Mike kannte dieses Geräusch. Er hatte es oft genug von jungen Soldaten bei deren erstem Flug in die Schwerelosigkeit vernommen. Er griff zur Kotztüte, die in einem Netz an der vor ihnen liegenden Wand befestigt war. Er hob Neils Kopf etwas ruppig an, faltete die Tüte auseinander und hielt sie ihm fest vor das Gesicht.

Gerade noch rechtzeitig. Neil übergab sich in heftigen, regelmäßigen Stößen.

»Geht das nicht etwas sanfter«, sagte Ellie und legte ihre Hand auf seinen Arm.

»Nein.« Mike bemühte sich, seine Stimme nicht zu kühl klingen zu lassen. »Es gibt nichts Ekelhafteres, als in der Schwerelosigkeit herumschwebende Kotze aufsammeln zu müssen.« Er hatte es weiß Gott oft genug mitgemacht. Hier und jetzt würde es nicht geschehen, wenn er es verhindern konnte.

»Mike, er kriegt keine Luft«, beharrte Ellie.

»Die Nase ist frei«, entgegnete Mike. »Außerdem ist das Material der Tüten luftdurchlässig.«

Aus genau diesem Grund verbreitete sich der stechende Geruch von Magensäure schnell in der Kabine. Schon würgte der Nächste hinter ihnen.

Endlich hatte Neil sich beruhigt. So viel war gar nicht in der Tüte. Es war klug gewesen, dem Jungen im Terminalrestaurant in Cape Canaveral den Burger vorzuenthalten.

Eine blonde Stewardess schwebte heran und nahm Mike den Beutel ab. Sie hielt ihn wie eine tote Ratte und steckte das Ding in eine Plastiktüte. Dann gab sie Mike zwei neue Kotztüten. Sie lächelte. »Für alle Fälle.« Schon war sie wieder verschwunden.

»Geht es denn wieder?«, fragte Mike.

Sein Sohn war furchtbar blass. Er nickte schwach.

Ellie legte erneut ihren Arm um Neil. »Hoffentlich sind wir bald da.«

»Es kann nicht mehr lange dauern«, erwiderte Mike.

»Wir hätten ihm doch die Tabletten geben sollen.«

Mike schüttelte den Kopf. »Die Tabletten gegen die Raumkrankheit machen furchtbar müde. Kinder schlafen meist ein, wenn sie eine genommen haben.«

»Es wäre nicht das Schlechteste gewesen.«

»Ich wollte, dass er seinen ersten Raumflug bei vollem Bewusstsein erlebt und sich immer daran erinnern kann.«

»Er ist doch erst fünf«, meinte Ellie.

Mike zuckte mit den Schultern. Er hatte immerzu das Gefühl, dass sie aneinander vorbeiredeten. Oder sie sahen viele Dinge so derartig unterschiedlich, dass er sich fragte, wie lange ihre Ehe gutgehen würde. Andererseits hatten sie ein hartes, karges Leben auf Omicron vor sich. Das Dasein als Kolonisten würde sie aneinanderketten. Für ein Rückflugticket hatten sie beide kein Geld. Als Geschiedene auf Omicron zu leben, war bei ihren Qualifikationen undenkbar. Es war vorbei. Die Möglichkeit einer Trennung gab es nun nicht mehr.

Ellie schmiegte sich an ihren Sohn, und Mike starrte aus dem Fenster die vorbeiziehenden Lichter der Erde an. Schließlich war der Horizont wieder erkennbar. Ein hellblaues Band, das sich allmählich in eine gleißend goldene Sichel verwandelte, kündigte den schnell herannahenden orbitalen Sonnenaufgang an, während die Erdoberfläche noch in völlige Dunkelheit getaucht war.

»Sehr geehrte Passagiere«, schnarrte es aus dem Lautsprecher. »Hier spricht Ihr Captain. Wir beginnen nun das Rendezvous mit Knotenstation fünf. Ich möchte Sie bitten, die Waschräume nicht mehr aufzusuchen und sich wieder anzuschnallen. Bitte klappen Sie Ihren Tisch zurück in eine aufrechte Position und genießen Sie die letzten Minuten in der Schwerelosigkeit.«

Die zweite Hälfte des letzten Satzes hatte einen deutlich sarkastischen Unterton. Mike wusste, dass die Piloten bei den Billig-Spacelines aus Kostengründen zusammen mit den Stewardessen für die Säuberung der Kabine zuständig waren. Er musste schmunzeln. Vielleicht war das im Sinne der Passagiere eine gar nicht mal so schlechte Idee, da es garantierte, dass die Piloten alle Manöver im eigenen Interesse so behutsam wie möglich durchführten.

In ihrem Falle hielt es den Captain trotzdem nicht davon ab, die Fähre für Mikes Geschmack etwas zu schnell in eine Rotation um die Längsachse zu schicken. Neil würgte wieder, und Mike zog vorsichtshalber eine neue Kotztüte aus dem Netz.

Die Erde verschwand hinter dem unteren Fensterrand, und die Sterne zogen vorbei. Für einen kurzen Moment war der schmutzig graue Halbmond zu erkennen.

Dann rückte die Knotenstation in Mikes Gesichtsfeld. Sie ähnelte einem silbern schimmernden Diskus. Hinter zahlreichen Fenstern waren helle Lichter zu sehen. Den höchsten Punkt der Struktur zierte eine große graue Parabolantenne, die in die Tiefen des Weltraums zeigte. An die Seiten der Station waren lange Ausleger angeflanscht: die Gangways zu den Raumschiffen.

Mike wandte sich an Neil. »Schau mal aus dem Fenster.«

Sein Sohn streckte kurz den Kopf nach vorne und drehte sich dann wieder zu seiner Mutter. »Ich will das nicht sehen.«

»Aber so einen Anblick wirst du lange nicht wieder haben.«

»Lass ihn doch«, sagte Ellie. »Wenn er nicht will.«

Mike verkniff sich eine Antwort.

»Ist eines davon unseres?«, fragte Ellie.

Ein halbes Dutzend Sternenschiffe hatte an der Knotenstation festgemacht. Da war ein großes, schnittig aussehendes mit langen Auslegern. Zwei weitere waren kobaltblau lackiert, hatten imposante Aufbauten und trugen das Logo der beliebten, komfortabel ausgestatteten Gulf Lines. Daneben lagen zwei graue Kriegsschiffe mit hässlichen Narben, die sich kreuz und quer über die Hüllen zogen. Löcher im Rumpf ließen einen Blick tief in die Eingeweide zu. Sie waren sicher zum Abwracken bestimmt und würden in den nächsten Tagen zu einer der Werften in der Mondumlaufbahn geschleppt werden.

Daneben war noch ein kleineres, eher unscheinbares Schiff an der Knotenstation festgemacht. Es hatte einen eleganten Bug, der an ein Kampfflugzeug des vorletzten Jahrhunderts erinnerte. Allerdings ging er hinter dem Cockpit und den Besatzungsunterkünften in eine hässliche Kombination aus Containern über, die man zusammengeschweißt hatte, ohne ästhetische Gesichtspunkte zu beachten. Eine zylindrische Triebwerkssektion bildete das Heck des Schiffes. An langen Auslegern umgaben es außerdem noch zwei Ringsektionen. Design und Technik waren für erfahrene Reisende sofort als veraltet zu erkennen. Solche Schiffe hatte man in den Sechzigerjahren des letzten Jahrhunderts gebaut, als die ersten Siedler zu den Sternen aufgebrochen waren.

Mike stöhnte im Stillen. Es war gut möglich, dass dieses Schiff älter war als er selbst. Sein Blick fiel auf den Rumpf unterhalb der Cockpitfenster, wo der Name aufgemalt war. Er war verblichen und gerade noch erkennbar.

»Das ist unser Schiff«, sagte Mike und deutete auf das Vehikel. »Das ist die *Challenger*.«

Ellie runzelte die Stirn. »Das ist aber ein ziemlich alter Kahn.«

Mike lächelte. »Es mag ein alter Kahn sein«, sagte er. »Aber er wird uns in ein neues Leben bringen.«

2

»SIE sind drei Minuten zu spät«, bemerkte Christine Dillinger, als Diego del Toro endlich den Besprechungsraum betrat.

Der Ingenieur erwiderte ihren Blick und brummte etwas, das man bei wohlwollender Interpretation für eine unterdrückte Entschuldigung halten konnte.

Christine hasste Unpünktlichkeit bei ihren Offizieren. Sie hasste Unehrlichkeit, Schlendrian, Illoyalität, Angeberei, Arroganz und Flecken auf den Uniformen ihrer Männer und Frauen. Aber Unpünktlichkeit hasste sie von allem am meisten.

Jedem anderen hätte sie nun eine Standpauke vor versammelter Mannschaft gehalten. Aber Lieutenant del Toro war ein Sonderfall. Der angegraute Ingenieur mit seinen vernarbten Händen war ein Genie. Er war einer der ganz wenigen, die diese Sorte Schiff in- und auswendig kannten und die jede Panne, jedes kritische Versagen, jede Fehlfunktion alleine oder lediglich gemeinsam mit dem Bordmechaniker beheben konnten. Jeder wusste das, vor allem er selbst, und er verstand es, dies für sich zu nutzen. Christine war überzeugt davon, dass er aktiv nach Möglichkeiten suchte, diesen Sonderstatus und die daraus resultierende Sonderbehandlung zu demonstrieren.

Endlich ließ sich der Bordingenieur auf seinem Platz zwischen Navigatorin Lena Schmitt und Steuermann Kristof Laski nieder. In der hinteren der beiden Stuhlreihen saß noch Ray Goldman, der schweigsame Mechaniker, der garantiert auch in dieser Vorbesprechung wieder stumm wie ein Grabstein sein würde.

Christine biss die Zähne zusammen und stellte sich neben Ravi Chandrasekhar, ihren Ersten Offizier. »Nun, da wir endlich vollzählig sind, kann das Briefing beginnen. Irgendwelche Fragen oder Bemerkungen vorab?«

Lena Schmitt zuckte zusammen und hob dann die Hand. »Wohin wird die Reise gehen?«

Christine seufzte innerlich. Lieutenant Schmitt neigte dazu, Fragen zu stellen, die in wenigen Sekunden ohnehin beantwortet werden würden. Das war eines der größten Talente der Navigatorin.

»Es geht nach Omicron 3.«

Christine sah in fragende Gesichter und zwang sich eine freundliche Miene auf. »Es wundert mich nicht, dass Sie von diesem Drecksloch noch nichts gehört haben. Es handelt sich um eine neue Kolonie ganz am Rande unseres Einflussbereichs, in einer Entfernung von zweihundertvierzig Lichtjahren.«

Steuermann Laski lächelte spöttisch. »Am Rande? Die überwachte Zone endet in einem Radius von hundertsechzig Lichtjahren. Dieses Omicron-System ist also weit jenseits des Einflussbereichs.«

Christine ignorierte die Bemerkung. »Omicron ist ein Stern der G-Klasse und verfügt über neun Planeten. Einer davon ist bewohnbar. Zumindest fast.«

»*Fast* bewohnbar, Captain Dillinger?«, wiederholte Lieutenant Schmitt.

Christine nickte. »Er befindet sich am äußersten Rand der habitablen Zone des Systems. Der größte Teil des Planeten ist von Eis bedeckt. Nur ein kleiner Streifen am Äquator verfügt über flüssiges Wasser und eine tundraähnliche Landschaft, in die einige boreale Wälder eingebettet sind.«

Del Toro verzog das Gesicht. »Und da will man eine Kolonie etablieren?«

»Es ist die einzige mehr oder weniger bewohnbare Welt in dieser Richtung. Da will man natürlich einen Stützpunkt haben.« Christine zwinkerte. »Die Kolonisten tun mir jedenfalls jetzt schon leid.«

Laski hob die Hand. »Ich würde gerne noch wissen, ob …«

Christine unterbrach ihn. »Nach dem Briefing.« Sie zeigte auf ihre Armbanduhr. »Wir sind jetzt schon spät dran.«

Der Steuermann zuckte mit den Schultern.

Christine klappte eine Mappe auf und überflog die Routenplanung und die Vorgaben der Flugkontrolle auf den Seiten dahinter. Der ganze Papierkram war zwar auch im Flugmanagement des Schiffes eingespeichert, und sie hätte nur ihr Pad auspacken müssen, um Zugriff darauf zu haben, aber für den Fall eines Systemversagens war es immer noch Pflicht, die ganzen Unterlagen auch offline mitzuführen. »Die Route ist als Direktflug geplant, so dass wir wenigstens nicht noch Zeit auf irgendwelchen Zwischenstationen verschwenden müssen. Wir fliegen einen geraden Kurs mit *einem* Sprung. Rektaszension achtzehn Stunden und fünfzig Minuten. Deklination minus neunundzwanzig Grad. Das liegt im Sternbild Schütze.«

»Fast genau in Richtung galaktisches Zentrum«, sagte Schmitt.

Christine nickte. »Ganz recht. Wir verlassen das Sonnensystem allerdings nicht direkt, sondern fliegen auf einem leichten Umweg, der uns aber nur einige Stunden Zeit kostet.«

»Warum der Umweg?«, fragte Ravi.

»Auf Höhe der Marsbahn finden einige Testflüge der System Defense statt. Für heute und morgen gibt es ein NOTSM der Raumflugkontrolle.« Christine blätterte in ihren Unterlagen. »Anstelle des direkten Abfluges fliegen wir über die Wegpunkte ANDIK und GOROM nach DEGOR. Das entspricht dem SID ANDIK2D. Das ist auch so bereits im Flugplan vermerkt. Unser Fenster beginnt um 1800 und dauert eine Stunde.«

»Ist der Flugplan schon im Bordcomputer?«, fragte Laski.

Christine bejahte. »Aber ich möchte, dass du jeden einzelnen Punkt noch einmal mit den Unterlagen abgleichst.«

Der Steuermann stöhnte unterdrückt und machte sich eine Notiz auf seinem Pad.

Christine blätterte wieder in den Papieren. »Wo war ich? Ach ja, hier. Jenseits von DEGOR haben wir Freigabe für den Überlichtflug. Der Sprung führt uns über eine Distanz von zweihundertvierzig Lichtjahren an den Rand des Omicron-Systems. Die Sprungdauer wurde vom Großrechner der Station mit zwo Komma fünf Millisekunden berechnet. Wenn wir dann im Omi…«

»Ist ein recht weiter Sprung für einen Kahn wie diesen«, dröhnte del Toro. »Gefällt mir nicht.«

Christine unterdrückte ein Stöhnen. Es war selten, dass ihrem Ingenieur etwas gefiel. »Was ist das Problem? Ist etwas mit dem Antrieb nicht in Ordnung?«

Del Toro rümpfte die Nase. »Mit dem Antrieb ist alles in Ordnung, gefällt mir aber trotzdem nicht.«

»Liegen wir innerhalb der Toleranz?«

»Ja, aber …«

Christine machte eine wegwerfende Handbewegung. »Wenn es mit dem Triebwerk keine Probleme gibt und wir innerhalb der Toleranzen liegen, werden wir den Flugplan einhalten, wie wir ihn von der Planungsabteilung erhalten haben.«

Del Toro murmelte etwas, das Christine nicht verstehen konnte, aber Ray Goldman ein hämisches Grinsen entlockte.

Christine holte tief Luft. »Wenn wir im Omicron-System eingetroffen sind, fliegen wir den dritten Planeten im Direktflug an. Es gibt dort eine kleine Station im Orbit, wo die Passagiere umsteigen und die Fracht gelöscht wird. Dort werden wir den Antrieb für den Rückflug warten, was etwa eine Woche dauert.

Leider gibt es auf dieser Station keine künstliche Schwerkraft und keinerlei Unterhaltungsmöglichkeiten.«

Laski riss die Augen auf. »Kein Casino? Wenigstens eine Messe mit einer Bar?«

Christine schüttelte den Kopf. »Die Station ist lediglich ein Kopplungsknoten. Waren Sie einmal im ISS-Museum?«

Laski nickte.

»Dann wissen Sie, was uns dort erwartet«, sagte Christine trocken.

»Ich muss noch mal zum Duty-free-Shop, bevor wir starten«, sagte der Steuermann zu Schmitt. Er flüsterte, aber Christine konnte ihn dennoch gut verstehen.

»Das vergessen Sie gleich wieder«, sagte sie. »Auf der Station im Omicron-System herrscht Alkoholverbot. Laut den gesetzlichen Bestimmungen gelten die Vorschriften auch für angedockte Schiffe, also werden Sie Ihren nächsten Drink frühestens nach der Rückkehr in fünf Wochen genießen können.«

Laski wurde bleich. Er biss sich auf die Lippe und sank in seinen Sessel zurück.

Christine klatschte in die Hände. »Also noch einmal in der Kurzfassung: Wir brauchen zwei Wochen für den Hinflug, eine Woche für die Wartung des Antriebs und zwei Wochen für den Rückflug. Anschließend haben Sie alle eine Woche Heimaturlaub.«

»Immerhin«, murmelte Ravi.

»Was ist mit meinem Sonderurlaub?«, fragte Schmitt.

Christine runzelte die Stirn. »Welcher Sonderurlaub?«

»Wir hatten doch drüber gesprochen.« Schmitt rückte in ihrem Sessel nach vorne. »Die Hochzeit meiner Schwester.«

Ach du Schreck! Christine hatte es ganz vergessen.

»Ist gut, Lieutenant Schmitt. Ich kümmere mich darum.«

»Ich hatte auch schon lange keinen Sonderurlaub mehr«, sagte del Toro.

»Bei dir steht die Rente bevor, Opa«, frotzelte Laski. »Hast bald Urlaub genug.«

»Träum weiter, Schätzele«, brummte del Toro.

Christine verdrehte die Augen. Der Steuermann und der mehr als doppelt so alte Ingenieur provozierten sich gegenseitig immer häufiger. Christine hatte noch nicht herausgefunden, ob die beiden eine Hassliebe verband oder einfach nur Hass.

»Stimmt doch«, bohrte Laski weiter. »Deine grauen Haare sind jetzt schon …«

Christine schnitt ihm mit einer Handbewegung das Wort ab. »Schluss mit dem Unsinn. Dafür haben wir keine Zeit.« Sie richtete den Blick auf Lieutenant Schmitt. »Sie überprüfen zusammen mit Lieutenant Laski die Flugbahnberechnungen.«

»In Ordnung«, sagte die Navigatorin. Laski nickte.

»Lieutenant del Toro, Sie checken bitte erneut den Antrieb für den Abflug. Richten Sie Ihr Augenmerk dabei bitte auf die vorderen Lageregelungstriebwerke der Backbordgondel. Beim Andocken letzte Woche hatten wir einen Ausfall innerhalb des Sicherheitskegels. Hat mir ziemlichen Ärger mit der Flugkontrolle und der Stationsaufsicht eingebracht. Das möchte ich beim Abflug nicht noch mal erleben.«

»Sicher«, sagte del Toro knapp.

Dann wandte sich Christine an ihren Ersten Offizier. »Ravi, du gehst noch einmal durch alle Abteilungen. Kontrolliere bitte, dass die Fracht ordnungsgemäß gesichert ist, und überprüfe auch noch einmal die Passagierkabinen, bevor wir die Leute an Bord lassen. Das letzte Mal hat die Putzkolonne eine ziemlich schlampige Arbeit abgeliefert.«

»Ist in Ordnung«, sagte Ravi.

»Noch Fragen?«

Es gab keine.

3

»CAPTAIN Manny Wheeler«, sagte der Mann in der gepflegten dunkelblauen Uniform der raumgestützten Infanterie und schüttelte Mike die Hand.

Er war sich nicht sicher, ob er den Namen seiner Zufallsbekanntschaft richtig verstanden hatte. »Manny Wheeler?«

»Ganz recht.« Der Soldat grinste.

Mike stellte sich lediglich mit seinem Vornamen vor und erklärte dem Mann den Grund seines Fluges nach Omicron. Dabei blickte er zur Bar des Terminals, an der seine Frau zusammen mit Neil stand, um dem Jungen ein Eis zu kaufen.

Der Raum sah wie ein Flugsteig auf einem beliebigen irdischen Regionalflughafen aus. Allerdings war er deutlich in die Jahre gekommen. Wie überall in der Erdumlaufbahn waren Pflege und Wartung teuer. Der braune Teppichboden hatte schon bessere Zeiten gesehen, und auch die ehemals weißen Wände mussten dringend neu gestrichen werden. Der muffige Geruch erinnerte mehr an einen Keller als an eine Raumstation.

Das Terminal war wohl eigentlich für größere Raumschiffe gedacht, und die wenigen Passagiere der *Challenger* ließen die Räumlichkeit fast verlassen wirken.

Ein großes Panoramafenster erlaubte Mike eine Aussicht auf die Flanke des Schiffes, das ihn in ein neues Leben bringen würde. Einige Frauen, deren grüne Uniformen sie als Stationspersonal auswiesen, standen an einem Schalter vor der Gangway, die in das Schiff führte. Sie diskutierten miteinander und zeigten immer wieder auf einen Bildschirm, als gäbe es bei dem Boardingprozess noch Unklarheiten. Ein Monitor zeigte den Passagieren, dass die Uhrzeit für das Boarding schon um eine Viertelstunde überschritten war.

»Sie wollen wirklich als Kolonist nach Omicron?«, fragte Captain Wheeler.

Mike bejahte. »Wir wandern für immer aus.«

»Freiwillig?«

»Freiwillig.«

»Darf ich nach dem Grund fragen?«

Mike hatte eigentlich gar keine Lust auf eine Unterhaltung, aber schließlich flogen die Mitpassagiere alle nach Omicron 3, und mit vielen würden sie auch noch im Anschluss an die Landung regelmäßig zu tun haben. »Nun ja, wir wollen ein neues Leben anfangen. Das ist eigentlich alles.«

»Es wird ein ganz schön hartes Leben.«

»Das ist uns bekannt.«

Das Gegenüber stutzte. Mike hatte wohl etwas zu hart reagiert.

Schließlich setzte der Soldat eine gleichgültige Miene auf. »Ihre Sache. Geht mich ja auch nichts an.«

»Ist ein schwieriges Thema.« Mike lächelte besänftigend. »Warum werden Sie nach Omicron verlegt? Gehören Sie zu den anderen Soldaten?« Er zeigte auf zwei Uniformierte, die mit jeweils einem Bier an der Bar saßen. Einige weitere liefen im Terminal herum.

Wheeler nickte. »Ja, das ist meine Gruppe. Ich bin der Vorgesetzte. Wir gehen nach Omicron 3, um die Kompanie zu verstärken.«

»Warum hat man dort überhaupt eine Einheit stationiert?«

Captain Wheeler lachte leise. »Ja, ja. Das System liegt weit weg von allen etwaigen Frontlinien. Es geht dem Oberkommando wohl hauptsächlich darum, Präsenz zu zeigen. Außerdem soll die Anwesenheit der Streitkräfte potenzielle Piraten abschrecken.«

Mike glaubte, seinen Ohren nicht zu trauen. »Piraten?«

»Allerdings. Haben Sie nichts von den Vorfällen im Ellington-System gehört?«

Mike schüttelte den Kopf. Er hatte zuletzt nicht viel Zeit auf Nachrichten verschwendet. »Was war denn da?«

»Piratenüberfall. Sind am Rande der Kolonie gelandet und haben die Nahrungsmittel- und Ressourcenspeicher geplündert. Dann sind sie in die Siedlung eingedrungen und haben zig Frauen vergewaltigt. Dreißig Kolonisten sind gestorben.«

Mike machte eine wegwerfende Handbewegung. »Ellington ist Ewigkeiten von Omicron entfernt. *Alles* ist Ewigkeiten von Omicron entfernt.«

Der Captain wiegte den Kopf. »Ich bin mir da nicht so sicher. Das Oberkommando hält die aufkommende Piraterie für ein großes Problem. Sowohl wir als auch das Barnard'sche Imperium haben im Krieg Milizen eingesetzt und hochgerüstet. Nach dem Friedensvertrag haben sich viele nicht entmilitarisiert und sind spurlos verschwunden.«

Mike zuckte mit den Schultern. »Werden sich einfach aufgelöst haben und nach Hause gegangen sein.«

Captain Wheeler nestelte an seiner Krawatte herum, als wäre es ihm unangenehm, Mike zu widersprechen. »Bei manchen wird das gewiss der Fall sein, aber vergessen Sie nicht, dass einige unabhängige Gruppierungen ganz hervorragend am Krieg verdient haben. Denken Sie nur mal an die Nachtwölfe. Für ein bisschen Radau hinter den feindlichen Linien haben die jahrelang im Luxus geschwelgt. Nach dem Ende der Kampfhandlungen sind dann alle Einnahmequellen weggebrochen. Nicht jeder Partisan ist freudestrahlend zur Arbeit auf die Felder von Ross 154c oder in die Minen auf Gibsons Planet zurückgekehrt.«

Mike fand, der Captain mochte schon recht haben. Es war besser, wenn ihre Kolonie eine gewisse Kapazität zur Verteidigung hatte. Im Fall der Fälle würde Hilfe oder Unterstützung womöglich wochenlang unterwegs sein.

»Waren Sie auch im Krieg?«, fragte der Captain. »Sie haben etwas soldatenhaft Zackiges an sich.«

Mike konnte sich ein Grinsen nicht verkneifen. Einmal ein Soldat, immer ein Soldat. Vor allem, wenn man im Krieg gekämpft hatte. Er nickte.

»Lassen Sie mich raten.« Der Captain lächelte. »Raumflotte. Richtig?«

»Erkennt man das wirklich so leicht?«

Wheeler grinste. »Welche Einheit?«

Mike war sich nicht sicher, ob er ehrlich darauf antworten wollte. Er entschied sich schließlich dafür. Man konnte nicht ein ganzes Leben vor seiner Vergangenheit davonlaufen. »42. Bombergeschwader.«

Das Lächeln des Captains gefror. Er schluckte. »Wirklich?«, fragte er schließlich.

»Wirklich.« Mike setzte ein gezwungenes Lächeln auf.

Der Captain sah auf seine Uhr. »Na ja, das Boarding wird ja hoffentlich bald beginnen.«

»Ja, hoffentlich.«

Captain Wheeler betrachtete noch eine Weile betreten seine Schuhspitzen, dann zeigte er auf einen seiner Männer, der gerade aus den Waschräumen trat, und sagte gekünstelt dramatisch: »Ah, da ist Private Brooke. Ich habe ihn schon die ganze Zeit gesucht. Entschuldigen Sie mich.«

Mike kannte das bereits. Er hätte die Klappe halten, hätte einfach sagen sollen, er sei während des Krieges bei der 17. Raumlandedivision gewesen oder beim 5. Rettungsgeschwader geflogen. Niemand hätte das nachgeprüft. Aber er hatte es satt, sich zu verstecken. Er hatte sich die Aufträge nicht ausgesucht. Es war nicht seine Entscheidung gewesen. Er hatte seine Befehle erhalten und sie ausgeführt. Wie jeder andere der sechzehn Millionen Soldaten während des Krieges auch.

»Dad?«

Mike erschrak. Er war so sehr in Gedanken versunken gewesen, dass er Neil nicht bemerkt hatte. Ellie stand am Panoramafenster und betrachtete das Sternenschiff.

Mike musste sich zwingen, seinem Sohn ein Lächeln zu schenken. »Was ist denn, Neil?« Er konnte nicht verhindern, dass seine Stimme zitterte.

»Du kennst dich doch aus mit Raumschiffen, oder nicht?«

Mike bejahte. »Immerhin habe ich selbst schon Raumschiffe geflogen.«

»Kannst du mir was erklären?« Neil ergriff Mikes Hand und zog ihn mit sich zum Fenster.

»Was möchtest du denn wissen?«

»Wofür sind die großen Ringe da?« Neil zeigte auf den hinteren Teil des Schiffes, wo die Speichen am Rumpf festgemacht waren. »Mama sagt, das macht die Schwerkraft.«

»Nein.« Mike schüttelte den Kopf und warf Ellie einen schnellen Blick zu. Seine Frau grinste entschuldigend.

»Die Schwerkraft wird im Rumpf mit Hilfe eines künstlichen Gravitationsfeldes erzeugt. Das Sternenschiff braucht keine Rotation, um mittels Zentrifugalkraft Schwerkraft zu erzeugen.«

Ellie verdrehte die Augen und grinste.

»Zentralkraft?«, fragte Neil staunend.

»Zentrifugalkraft.« Mike sprach leise. Das konnte Neil mit seinen fünf Jahren natürlich nicht verstehen.

»Und wozu sind dann die Ringe da? Und warum leuchten sie so blau?«

»Die Ringe gehören zum Antrieb. Im Inneren werden Ionen bis

fast auf Lichtgeschwindigkeit beschleunigt.« Zu oft hatte man ihm diese Frage in der Ausbildung gestellt und ihm eingetrichtert, dass es darauf nur eine richtige Antwort gab. »Resonanzen in den gegenläufig beschleunigten Teilchenströmen sorgen für Gravitationswellen, die das Schiff in eine Blase hüllen, und diese Blase trennt es wiederum vom Rest des Universums ab. Der Casimir-Effekt sorgt dann für eine Beschleunigung des Schiffes auf Überlichtgeschwindigkeit.«

Neil sah ihn erschrocken an.

Ellie begann zu lachen. »Ach, Mike.«

»Das habe selbst ich nicht verstanden«, sagte eine Frau mit langen braunen Haaren, die einen Meter entfernt an der Glasscheibe stand. Sie trug ein adrettes Kostüm und lächelte verschmitzt.

»Was?«, fragte Neil.

Mike stimmte in das Lachen seiner Frau mit ein. Die Situation war einfach zu absurd. »Entschuldigung. Man kann eben manchmal nicht aus seiner Haut.«

Er kniete sich neben Neil und legte seine Hand auf die Schulter des Jungen. »Das war auch wirklich zu kompliziert. Die Ringe sind jedenfalls dazu da, dass das Schiff ganz schnell fliegen kann und uns zu unserem neuen Zuhause bringt. Was bei einem Flugzeug die Flügel sind, sind bei diesem Schiff die Ringe.«

»Aber warum leuchten sie blau?«, beharrte Neil.

»Die Ringe sind große Magnete. Die am Raumschiff müssen hochfest sein und sind darum aus einer Kobaltlegierung. Und die schimmert blau im Sonnenlicht.«

»Kobalt.«

»Genau.«

»Sie kennen sich aus?«, fragte die fremde Frau und trat näher.

Mike nickte. »Ich war selber Pilot.«

»Im Krieg, nehme ich an.«

Mike nickte wieder. »Im Krieg.«

»Dann können Sie mir vielleicht eine Frage beantworten?«

»Ich werde es zumindest versuchen.«

Ellie trat interessiert neben ihn.

»Wie kommt es, dass der eigentliche Überlichtflug für uns nur einen Sekundenbruchteil dauert, im übrigen Universum aber derweil mehrere Tage vergehen?«, fragte die Frau.

»Das liegt an der Zeitdilatation. Sie ergibt sich aus Einsteins Relativitätstheorie.« Es hatte Mike sehr viel Mühe gekostet, das während seiner Pilotenausbildung zu verstehen. Dabei waren sie nicht einmal besonders tief in die Details der Theorie eingedrungen.

»Zeitdilatation«, wiederholte die Frau. Sie sprach sehr langsam, wohl, damit sie sich bei dem komplizierten Wort nicht verhaspelte.

»Je mehr man sich der Lichtgeschwindigkeit annähert, umso weniger Zeit vergeht für den Reisenden. Wenn Sie fast mit Lichtgeschwindigkeit nach Alpha Centauri reisen, dauert das für Sie im Extremfall nur Sekunden, während draußen im Universum viereinhalb Jahre vergehen, denn das System ist viereinhalb Lichtjahre von uns entfernt. Wenn Sie sich auf einen Lichtstrahl setzen könnten, würde gar keine Zeit ablaufen.«

Die Frau runzelte die Stirn. »Aber wir fliegen ja nicht mit Lichtgeschwindigkeit, sondern machen einen Überlichtsprung, wenn ich das richtig verstanden habe.«

Mike schüttelte den Kopf. »Das ist nur eine Illusion. Im Grunde fliegen wir mit annähernd Lichtgeschwindigkeit, was die Entfernung wegen der Lorentzkontraktion fast auf null reduziert. Der Casimir-Effekt dämpft dann noch den Zeitverlust durch die Zeitdilatation, weshalb der Flug wie ein Überlichtflug wirkt. Darum vergehen draußen nicht Jahre, sondern nur Tage. Zukünftige Antriebe werden den Zeitverlust weiter reduzieren.«

Die Frau winkte ab. »Ich werde das niemals verstehen. Aber eigentlich muss ich das ja auch nicht.«

»Trösten Sie sich.« Ellie lachte. »Mein Mann hat mir das schon so oft erklärt, aber ich habe es bis heute nicht verstanden.«

»Dann bin ich ja beruhigt.« Das dezente Lächeln der Frau war sehr sympathisch, aber sie wirkte auch ein wenig zurückhaltend.

Ellie streckte ihre Hand aus. »Ich bin Ellie Warnock, das ist mein Mann Mike, und der kleine Bursche hier heißt Neil.«

»Ich bin nicht klein«, protestierte Neil.

Die Frau gab Ellie und Mike die Hand. »Natasha Beckwith.«

Sie strich Neil über die Haare. Das mochte der Junge überhaupt nicht. Er verzog das Gesicht und drückte sich seiner Mutter von hinten an die Beine.

»Sind Sie Siedler?«, fragte Natasha.

Ellie nickte.

»Wir haben ein Grundstück auf Omicron 3 gekauft und wandern dorthin aus«, sagte Mike.

»Sehr abenteuerlustig. Dazu hätte ich nicht den Mut«, sagte Natasha.

»Was machen Sie auf Omicron 3?«, fragte Ellie.

»Ich bin Buchhalterin bei CGW.« Natasha lachte leise. »Die Administration von Omicron 3 hat einen Vertrag mit meiner Firma, und die schickt mich nun für drei Monate dorthin, um das Controlling zu unterstützen.«

Mike hob die Augenbrauen. »Buchhalterin?« Er konnte sich die Frau nicht den ganzen Tag in einem Büro vor einem Computer mit Finanzsoftware vorstellen.

Natasha bejahte.

»Wo kommen Sie denn als Gastarbeiterin unter?«, fragte Ellie.

Die Frau schien es selbst noch nicht genau zu wissen. »Es gibt wohl ein Wohnheim für befristet Beschäftigte. Meine Firma sorgt normalerweise dafür, dass die Unterkünfte nicht allzu spartanisch sind.«

»Fliegen Sie oft zu anderen Sternen?«, fragte Neil.

»Ja, Klei… Ja, ich werde in den Außendienst geschickt, wie man dazu in unserer Firma sagt. Zuletzt war ich auf Alpha Centauri A2 und davor im System von Ross 124. Drei Monate Außendienst, ein Monat Urlaub.«

So ähnlich hätte Mikes Militärdienst ablaufen sollen, wenn der Krieg nicht ausgebrochen wäre. »Respekt, Respekt«, murmelte Mike.

»Haben Sie Familie?«, fragte Ellie.

Natasha schüttelte den Kopf. »Nein, dann würde ich mir dieses Leben nicht antun. Ich habe einen Lebensgefährten, der ebenfalls bei CGW im Außendienst arbeitet.«

»Und das funktioniert auf Dauer?«

Natasha fuhr sich durch die Haare. »Es kann für eine Beziehung sogar erfrischend sein, wenn man sich regelmäßig zwei Monate lang nicht sieht. Wir haben nicht vor, zu heiraten, und Nachwuchs kommt für uns beide nicht in Frage, also funktioniert es.«

»Also, für mich wäre das nichts«, sagte Ellie. »Es war hart genug, fünf Jahre auf meinen Mann verzichten zu müssen, als der Krieg ausgebrochen ist. Jetzt würde ich ihn nicht mehr hergeben.«

Mike blieb nichts anderes übrig, als zu nicken. Im Grunde hatte Ellie recht. Dadurch, dass er zum Kolonisten wurde, war sein Reservistenstatus hinfällig. Selbst bei einem erneuten Kriegsausbruch konnte man ihn nicht mehr einziehen. Bestenfalls die Zuordnung zu einer regionalen Miliz wäre denkbar, aber selbst dann würde er auf Omicron 3 bleiben, um sein Land zu bestellen.

Ein Mann mit einer großen, runden Brille näherte sich. Seine braune Stoffhose und die gleichfarbige Weste wirkten abgetragen. »Entschuldigen Sie. Ich habe Ihre Unterhaltung zufällig mit angehört. Ich wusste nicht, dass noch weitere Siedler an Bord sind, darum wollte ich mich kurz vorstellen. Mein Name ist Gerry Paine.«

Sie gaben sich die Hand. Mike hatte auch nicht geahnt, dass es weitere Kolonisten an Bord gab. Die Agentur hatte nur von Personal für die Administration gesprochen. Mike stellte sich und seine Familie vor, und auch Natasha begrüßte den Mann.

»Wo haben Sie Ihren Grund?«, fragte Gerry. »Im östlichen oder südlichen Siedlungsbereich?«

»Im südlichen«, antwortete Mike. »Wo die Reaktoren sind.« Diese Tatsache hatte Diskussionen mit Ellie hervorgerufen, aber für die andere Siedlung waren sie zu spät gekommen.

Gerry grinste. »Dann sind wir womöglich bald Nachbarn.«

Der Mann winkte, und wenige Augenblicke später gesellten sich eine kleine blonde Frau und ein ebenso blondes Mädchen zu ihnen, das ein kleines braunes Plastikpferd in der Hand hielt.

»Das sind meine Frau Robin und meine Tochter Mary.«

Mike stellte seine Familie und Natasha vor.

»Das ist Orry«, sagte das Mädchen und hielt Neil das Pferd entgegen.

Neil trat einen Schritt zurück. »Ich mag Pferde nicht. Die stinken.«

Marys Mundwinkel wanderten nach unten. Dann drehte sie sich abrupt um und stellte sich hinter ihre Mutter, die laut lachte.

»Kinder.« Mike zuckte entschuldigend mit den Schultern.

»Dafür lieben wir sie«, stimmte Gerry Paine ihm zu.

Natasha grinste, wurde aber sogleich wieder ernst. »Ich dachte eigentlich, dass die erste Siedlergruppe längst nach Omicron 3 transportiert wurde. Oder gehört ihr schon der zweiten Gruppe an?«

Es entging Mike nicht, dass Natasha plötzlich zur vertraulichen Anrede gewechselt war. Aber sie hatte schon recht. Sie würden sich bei der geringen Zahl an Menschen auf Omicron 3 wahrscheinlich immer wieder über den Weg laufen. Es war sinnvoll, so früh wie möglich Freundschaften zu schließen.

»Wir wollten eigentlich nach Aldebaran gehen«, sagte Gerry. »Aber wir haben uns kurzfristig umentschieden.«

»Was war der Grund dafür?«, wollte Ellie wissen.

»Die Umweltbedingungen«, antwortete Robin Paine. »Man hat den Standort der geplanten Kolonie im Aldebaransystem wegen geologischer Probleme auf einen anderen Kontinent verschoben. Die neue Siedlung befindet sich nicht mehr in der Tundra, sondern in einem Wüstenklima. Wir haben aber vorher in Alaska gelebt und dort sowohl Weizen angebaut als auch Nerze gezüchtet. Das hätten wir im Aldebaransystem nun nicht mehr machen können, und so hat man uns in letzter Minute ein Grundstück im Omicron-System zugeteilt. Für uns passt das einfach besser.«

»Warum seid ihr von Alaska weggegangen? Hat es mit dem Erdbeben zu tun?«, fragte Mike.

Gerry nickte. »Ja, das ist richtig. Das ›Range Quake‹ hat unsere Farm restlos zerstört. Mein Bruder …« Er stockte, und seine Augen wurden feucht. »Wir haben die Ranch gemeinsam unterhalten. Mein Bruder, seine Frau und ihre fünf Kinder wurden bei einem Erdrutsch getötet, als das Beben die Flanke eines nahen Berges aufriss.« Gerrys Lippen bebten.

»Tut mir leid«, sagte Ellie betroffen.

Gerry drehte sich weg und schluchzte. Mary ging zu ihrem Vater und umklammerte seine Beine. Die Leute taten Mike leid. Er war so vielen Familien begegnet, die im Krieg alles verloren hatten. Man vergaß schnell, dass es auch noch Naturkatastrophen gab, die die Menschen um ihre Existenz brachten.

»Wir hätten die Farm wieder aufbauen können.« Robin wischte sich die Tränen aus dem Gesicht. »Aber wir waren nicht dazu imstande. Wir wollten einfach nur weg. Darum haben wir beschlossen, auf einem anderen Planeten neu anzufangen.«

Das verstand Mike gut.

»Und warum seid ihr bei den Nachzüglern?«, fragte Natasha, an Ellie gewandt.

»Der Papierkram.« Ellie lächelte. »Mein Mann war noch als Reservist gemeldet, obwohl man ihn längst aus dem Militärdienst entlassen hatte. Darum wurde der Auswanderungsantrag zunächst abgelehnt.«

»Ich dachte, die Regierung ermutigt potenzielle Siedler und unterstützt sie, wo es nur geht«, wunderte sich Natasha.

»Das ist richtig«, entgegnete Mike. »In meinem Fall gab es aber noch ein offenes Gerichtsverfahren, das zunächst abgeschlossen werden musste.«

Das war natürlich nur die halbe Wahrheit.

»Als der Papierkram dann endlich vorlag, war der Siedlertransport schon abgeschlossen.« Ellie wollte offenbar schnell das Thema wechseln. »Wir mussten zwei Monate warten, bis wir für den heutigen Versorgungsflug eingeteilt wurden.«

Gerry drehte sich wieder herum und rieb sich mit der Hand über das gerötete Gesicht. »Entschuldigung.«

»Es gibt nichts, wofür du dich entschuldigen müsstest«, sagte Mike.

Ganz abgesehen davon, dass sie bald Nachbarn waren und er Gerry und seine Frau sehr sympathisch fand, konnte es für Mike und seine Familie von Vorteil sein, sich mit den Paines anzufreunden, da sie offensichtlich über große Kompetenz im Hinblick auf die Landwirtschaft in frostigen Gebieten verfügten. Mike und Ellie hatten zwar einen Lehrgang mitgemacht, und sie würden auch fortlaufend Unterstützung von der Administration auf Omicron 3 erhalten, aber jahrelange Erfahrung konnte das natürlich nicht ersetzen. Wenn die beiden Familien gut miteinander auskamen, war es vielleicht auch irgendwann eine Option, die Farmen zusammenzulegen. Mit Nerzfellen hatten sie sogar die Möglichkeit, Waren zu exportieren, statt nur für den Eigenbedarf der Kolonie zu produzieren. Dank der reduzierten Importzölle von neuen Siedlungen konnten sie hier womöglich wirklich etwas Geld machen. Mike nahm sich vor, Gerry während des zweiwöchigen Fluges zumindest einmal auf diese Idee anzusprechen. Bis dahin würde er nach weiteren Gemeinsamkeiten suchen.

»Du hast im Krieg gedient?«, fragte Gerry.

Mike nickte. »Ja, ich war Pilot«, erwiderte er knapp. Er wollte verhindern, über Details zu sprechen. Irgendwann würde er Gerry sagen müssen, was genau er im Krieg getan hatte, aber das konnte warten, bis sie sich besser kennengelernt hatten.

»Mich würde interessieren, wer die anderen Passagiere sind.« Robin sah sich um. »Habt ihr schon jemanden kennengelernt?«

Mike zeigte zu Manny Wheeler, der mit seinen Männern und Frauen an der Bar stand und sich an ein Bierglas klammerte. »Ja, da ist eine Gruppe von sieben Soldaten, die zur Verstärkung der dortigen Garnison mitfliegen.«

Gerry runzelte die Stirn. »Es gibt einen Außenposten des Militärs auf Omicron? So weit draußen?«

Einige Meter neben ihm hatten sich Neil und Mary an das Fenster gestellt und betrachteten das Sternenschiff. Mike trat einen Schritt auf Gerry zu. Es war nicht nötig, dass die Kinder die Unterhaltung mitbekamen. »Ich habe mit dem Captain gesprochen. Das Oberkommando hat wohl Angst vor Piratenüberfällen, so dass auch auf den äußeren Kolonien eine Militärpräsenz vorgesehen ist.«

»Piraten?« Natasha verzog das Gesicht.

Mike hatte selbst seine Zweifel.

»Ich hoffe, das ist nur eine Vorsichtsmaßnahme«, sagte

Natasha. »Ich habe jedenfalls auch einige Leute vor dem Start in Cape Canaveral kennengelernt, die mit uns nach Omicron 3 fliegen. Seht ihr den Typ da drüben?« Sie deutete auf einen mittelgroßen Mann mit sorgfältig gescheitelten braunen Haaren, der an einem Tisch saß und an einer Tasse Kaffee nippte. »Der heißt Baumann und kommt aus Deutschland. Er ist Reaktortechniker. Er soll den Verantwortlichen im Kraftwerk ablösen, der sich wohl als wenig kompetent herausgestellt hat. Sagt Baumann zumindest.«

Dann wies sie auf einen großgewachsenen Mann in einem dunklen Anzug mit grauer Krawatte, der aus einer goldenen Brille auf einige Papiere starrte, die er vor sich auf einem Stehtisch ausgebreitet hatte. In der Rechten hielt er ein Glas Whisky.

»Mit dem habe ich mich ebenfalls unterhalten«, sagte Natasha. »Der ist Geschäftsmann und hat eine Firma, die mit Rohstoffen handelt. Er fliegt nach Omicron, um mit den Geologen zu reden. Er vermutet dort einige Vorkommen und überlegt, Claims zu beanspruchen.«

»Rohstoffe?«, fragte Gerry. »Ich habe gehört, dass die Kolonie nicht gerade reich an Rohstoffen sein soll.«

Das war auch für Mike neu. Er hatte die Untersuchungsberichte der ersten Expedition vor zwei Jahren durchgelesen. Die Autoren des Berichts gingen davon aus, dass sogar Metalle wie Eisen und Aluminium importiert werden mussten. Von Edelmetallen hatte man mit den Spektrometern aus dem Orbit bestenfalls Spuren gefunden.

»Nach was sucht er denn?«, fragte Ellie.

Natasha schüttelte den Kopf. »Das hat er mir nicht sagen wollen.«

Robin starrte den Mann an seinem Stehtisch an. »Ob das mit der Rohstoffsuche nur ein Vorwand ist? Vielleicht hat er etwas ganz anderes vor?«

»Und was?«, forschte Gerry.

»Das weiß ich doch nicht«, erwiderte Robin.

Gerry grinste. »Meine Frau hat manchmal eine etwas paranoide Ader.«

Robin schlug ihm mit dem Handrücken gegen den Oberarm. »Das musst du gerade sagen. Wer hat denn immer den Gouverneur verdächtigt, die Verkaufspreise für Weizen in den Keller zu drücken?«

Gerry hob die Hände. »Gut. Gut. Sind wir beide halt etwas paranoid.«

»Was heißt paranoid?«

Robin bückte sich zu ihrer Tochter hinab, die vom Fenster zurückgekommen war. »Zum Beispiel, wenn du glaubst, dass dich alle anstarren. Und dann guckst du hin, aber dich starrt gar keiner an.«

Mike sah sich nach Neil um, der nach wie vor am Fenster stand und hinausschaute.

»Warum sollte mich jemand anstarren?«

Robin umarmte ihre Tochter und richtete sich wieder auf.

»Wer ist denn der finster aussehende Typ?«, fragte Ellie.

Mike drehte sich um. »Wer? Wen meinst du?«

»Der dahinten auf der Treppe sitzt.«

Jetzt erkannte Mike, wen seine Frau meinte. Hinter der Bar befand sich ein schmaler Treppenaufgang zur Aussichtsgalerie. Auf der zweiten Stufe saß ein mittelgroßer, muskulöser Mann. Sein Schädel war kahl rasiert, was einen guten Blick auf ein Tattoo ermöglichte, das sich wie eine Flamme von der Schulter über den Hals bis zur Schädeldecke zog. Der Mann hatte die Beine ausgestreckt und den Kopf nach hinten gelegt. Er schien zu dösen, was man wegen der dunklen Sonnenbrille aber nicht genau sagen konnte.

»Keine Ahnung«, sagte Natasha. »Der ist mir überhaupt noch

nicht aufgefallen. In der Raumfähre von Cape Canaveral saß er jedenfalls nicht.«

»Vielleicht ist er von einer anderen Station hierhergekommen«, vermutete Mike. »Oder von einem anderen Planeten im Sonnensystem.«

»Jedenfalls wirkt er irgendwie gruselig«, erklärte Ellie.

»Ich finde, du übertreibst«, meinte Mike. Sie hatte dem Mann nicht einmal in die Augen sehen können, geschweige denn mit ihm gesprochen, wie wollte sie sich ein Urteil über ihn bilden? Er kannte viele ehemalige Kameraden, die seelisch verwundet aus dem Krieg zurückgekommen waren und die nun auf ihre Mitmenschen finster wirkten. Er nahm sich vor, nach dem Abflug mit dem Mann zu sprechen. Man würde sich sicher in der Messe einmal zu Gesicht bekommen. Vielleicht war er wirklich Soldat gewesen.

»Siebzehn«, verkündete Natasha trocken.

»Bitte?«

»Ich glaube nicht, dass noch jemand kommt. Also sind es siebzehn Passagiere.«

»Nicht gerade viel«, sagte Ellie.

Da hatte sie recht. »Kein Wunder, dass man uns ein so altes Schiff zugeteilt hat.«

Gerry blickte aus dem Fenster. »Aber für die Anzahl an Leuten ist es doch immerhin ein recht großes Schiff.«

»Ich denke, dass wir noch einige hundert Tonnen Fracht an Bord haben«, vermutete Mike mit Blick auf die angeflanschten Container.

»Kein Wunder«, meinte Robin. »Bei den klimatischen Bedingungen auf Omicron werden einige Jahre vergehen, bis wir unseren Bedarf an Nahrungsmitteln selbst tragen können.«

»Ich frage mich, wann wir endlich an Bord gehen können«, sagte Ellie.

Neil war vom Fenster zurückgekehrt und stellte sich neben seine Mutter.

Mike blickte auf seine Armbanduhr. Seine Frau hatte recht. Die Zeit für den Beginn des Boardings war schon um fast eine Stunde überschritten.

Natasha seufzte und ging zum Schalter des Boardingpersonals. Nachdem sie einen Moment mit einer jungen, blonden Frau gesprochen hatte, kam sie zurück. »Es geht wohl jeden Moment los.«

»Gab es denn Probleme an Bord?«, fragte Robin.

Natasha hob die Arme. »Keine Ahnung. Davon hat sie nichts gesagt.«

Robin wandte sich an Mike. »Sie kennen sich doch aus.«

Mike sah sie fragend an.

»Ist es gefährlicher, auf so einem alten Schiff zu fliegen?«

Mike lächelte und bemühte sich um die Demonstration von Zuversicht. »Überhaupt nicht. Die Schiffe dieser Baureihe gelten als die zuverlässigsten, die jemals gebaut wurden.« Dass es in der letzten Zeit Probleme mit den Überlichttriebwerken dieses Schiffstyps gegeben hatte, erwähnte er nicht.

»Da hörst du es«, sagte Gerry mit leicht überheblicher Stimme. »Es kann gar nichts passieren.«

»Ich fliege nicht gerne«, erklärte Robin mit einem entschuldigenden Lächeln. »Weder mit Flugzeugen noch mit Raumfähren. Und mit einem Sternenschiff in einem Sekundenbruchteil über eine solch gewaltige Entfernung zu springen, das macht mir richtig Angst.«

Mike wandte den Kopf. Neil hatte eine Brotdose aus seinem Rucksack genommen und bot gerade Mary die Hälfte seiner Knusperstange an. Das Mädchen griff sie, ohne zu zögern, und stopfte sie sich in den Mund. Dann flüsterte sie Neil etwas ins Ohr, und die beiden rannten in Richtung Fenster davon.

»Es ist wirklich selten geworden, dass irgendetwas bei einem Überlichtflug schiefläuft«, sagte Natasha.

»Erinnert ihr euch noch an die *Artania* letztes Jahr?«, wandte Robin ein. »Da ist es schiefgelaufen.«

Mike verkniff sich ein Augenrollen. Es war klar, dass der Name bei einer Diskussion über Flugsicherheit unweigerlich fallen musste. »Ja, das ist richtig. Aber denke einmal daran, wie viele Schiffe inzwischen jeden Tag im Überlichtflug durch den Weltraum reisen. Alleine auf der Rennstrecke zwischen dem Sonnensystem und Barnards Stern sind inzwischen jeden Tag Tausende kleine und große Schiffe unterwegs, neue und alte, ohne Probleme. Man schätzt, dass jetzt, nach dem Krieg, täglich mindestens zwanzigtausend Vehikel eine interstellare Reise machen.«

»Aber das ändert nichts daran, was mit der *Artania* passiert ist«, beharrte Robin. »Sie ist nie wieder aufgetaucht.«

»Die meisten Experten meinen, dass sie zusammen mit dem Triebwerk explodiert ist und niemand an Bord etwas gemerkt hat«, erklärte Gerry.

»Man darf nicht an diese Einzelschicksale denken«, sagte Mike mit ruhiger Stimme. »Ich habe im Krieg Hunderte Sprünge gemacht, und selbst mit bei Einsätzen schwer beschädigten Schiffen hat es im Überlichtflug niemals Probleme gegeben. Wenn eines von zehn Millionen bei einem Überlichtflug Probleme hat, dann ist das Risiko, in der nächsten Stunde an einem Herzinfarkt zu sterben, viel größer.«

Mike wusste nicht, ob dieser Vergleich stimmte, aber er hatte offensichtlich Eindruck hinterlassen. Die Frau entspannte sich zusehends.

Er lächelte wieder. »Sie müssen sich nicht die geringsten Sorgen machen.«

4

»SCHEISSE.« Christine holte den kleinen silbernen Metallrahmen mit dem Bild ihrer Tochter aus der Reisetasche und machte ihn mit einem Magnet über dem Bett fest.

Ich habe es schon wieder vergessen!

Nadine würde wütend werden, wenn sie wüsste, dass ihre Mutter immer noch das alte Bild auf ihre Dienstreisen mitnahm. Die Zöpfe fand sie längst lächerlich. Christine musste auf jeden Fall dran denken, es abzuhängen, wenn sie eine Videoübertragung mit Nadine aufrief. Sie nahm sich vor, es durch ein neues zu ersetzen.

Sie legte ihre Klamotten säuberlich in den schmalen Spind, genau so gefaltet, wie es die Fluggesellschaft von ihren Offizieren erwartete, ganz unabhängig davon, dass es sowieso niemals jemand kontrollieren würde. Die Whiskyflasche versteckte sie hinter den Slips, die sie vor zwei Tagen in Orlando noch schnell gekauft hatte, da sich ihre Größe schon wieder geändert hatte.

Leider nicht zu meinem Vorteil.

Sie schloss den Schrank mit einem Tritt und nahm sich vor, auf dieser Reise endlich mal den Raum mit den Fitnessgeräten aufzusuchen. In ihrem Alter konnte sie sich nicht mehr damit herausreden, dass körperliche Betätigung nur Zeitverschwendung sei.

Christine setzte sich an den Schreibtisch, der die andere Hälfte der winzigen Kabine einnahm. Ein Fenster gönnten diese veralteten Schiffe weder den Offizieren noch den Passagieren in ihren Privatkabinen.

Sie nahm die Mappe mit den Flugdokumenten aus ihrer Tasche und breitete die Papiere vor sich aus. Nacheinander ging sie jedes einzelne von ihnen durch. Christine hasste es, schlecht vorbereitet auf einen Flug zu gehen, und erwartete das akribische Studium der Flugpläne auch von jedem ihrer Offiziere. Aber sie konnte sich auf ihre Männer und Frauen verlassen. Vielleicht mit Ausnahme von del Toro, doch dessen Qualitäten wogen seine sonstigen Defizite auf.

Christine klappte die Sternkarte auseinander, auf der mit einem weißen Permanentmarker ihr programmierter Kurs eingezeichnet war. Nach all den Jahren im Dienst von Handelsflotte und Fluggesellschaften grenzte es für sie immer noch an ein Wunder, eine solch große Entfernung von über hundert Lichtjahren im Bruchteil einer Sekunde zurückzulegen. Als sie sich mit sechzehn für die Raumfahrt zu begeistern begann, stellten Flüge über einige wenige Lichtjahre zu Nachbarsternsystemen noch eine technische Herausforderung dar. Die Menschheit war in den letzten fünfzig Jahren weit gekommen. Sie konnte sich kaum vorstellen, dass vor achtzig Jahren noch nicht einmal bemannte Flüge zum Mars machbar gewesen waren.

Ihre Begeisterung für die Raumfahrt hatte angehalten, und sie war tatsächlich von der Raumpilotenakademie aufgenommen worden.

Es hatte sie damals genervt, ihre Ausbildung in der Flotte zu machen, aber weder sie noch ihre Eltern hätten sich einen Pilotenschein mit STPL an einer kommerziellen Flugschule leisten können. Einen Kredit hätte ihr keine Bank des Sonnensystems gewährt.

Allerdings hatte sie ihre Militärkarriere bereits bei der erstbesten Gelegenheit beendet, denn über die Vorträge zu Raumkampftaktik und Bombentechnik hatte sie ihre pazifistische Ader entdeckt.

Schließlich war Christine lange als Kommandantin verschiedener Frachter in der Handelsflotte tätig gewesen, bevor sie ihre Lizenz auf Passagierraumschiffe umschreiben ließ, in der Hoffnung, mehr Zeit bei ihrer Familie verbringen zu können, was sich im Nachhinein als Trugschluss erwiesen hatte.

Christine seufzte und widmete sich wieder der Sternkarte. Der Kurs führte dicht an einigen anderen Systemen vorbei, was sich als nützlich erweisen konnte, wenn der Antrieb vorzeitig abschaltete, was hin und wieder bei Schiffen dieses Typs infolge von Fehlkalkulationen des anfälligen Bordcomputers vorgekommen war. Aber im Grunde rechnete sie nicht mit Problemen.

Sie steckte die Sternkarte in eine Schublade. Auf der Brücke war diese grobe zweidimensionale Projektion sowieso nicht hilfreich. Im Fall eines Systemversagens waren sie auf die dreidimensionalen Hologramme des Bordcomputers angewiesen.

Christine holte die Passagierliste aus der Mappe und überflog sie. Nur siebzehn Gäste gab es auf diesem Flug. Und das bei einer Kapazität von dreißig. Die Gesellschaft würde nicht viel Gewinn machen. Aber es war ihr ganz recht. Weniger Passagiere bedeutete weniger Ärger. Es kam auf jedem Flug vor, dass sich erboste Fluggäste beim Captain meldeten und sich über den mangelnden Luxus ihrer Kabinen oder die erbärmliche Auswahl der Robotküche ausließen. Die *Challenger* war nun einmal ein altes Linienschiff, dessen Hauptverwendungszweck der Frachtverkehr war.

Christine grunzte. Die Leute machten heute einfach zu viele Kreuzfahrten auf Luxusschiffen mit Bespaßung von morgens bis abends und konnten keine zwei Wochen mehr in einer minimalistischen Umgebung ertragen, obwohl Ruhe und Einsamkeit dem Geist auch mal ganz guttaten.

Auf einmal erregte ein Detail auf der Liste ihre Aufmerksamkeit. *Warnock. Mike Warnock.*

Irgendwo hatte sie diesen Namen schon einmal gehört.

Aber wo nur?

Jemand betätigte den Türsummer, und sie zuckte zusammen.

Dieses Scheißding ist definitiv zu laut.

»Wer stört?«, rief sie, streckte aber gleich die Hand aus, um den Öffner zu drücken. Die Tür fuhr zischend in die Wand.

Ravi trat in die Kabine. Er füllte den letzten freien Platz aus. »Es stört nur dein Erster Offizier.«

»War nicht so gemeint.«

»Weiß ich doch.« Ravi klang gelangweilt. Er hielt einige Papiere in der Hand.

»Was hast du da?«

»Die Frachtpapiere. Ich brauche deine Unterschrift für den Lademeister.«

»Hast du die Fracht überprüft?«

»Ja.«

»Persönlich?«

»Jedes einzelne Stück.«

»Gut«, sagte Christine, nahm ihm die Papiere aus der Hand und fischte einen Kugelschreiber aus der Brusttasche ihrer Kombination. Sie krakelte zwei Kringel auf das Papier, die entfernt ihren Initialen ähnelten.

»Danke«, sagte Ravi.

»Was machen die Systemtests?«

»Laufen noch. Ich habe jetzt alle Stationen besucht, und so weit sieht es gut aus. Ich mache die Endabnahme gleich von der Brücke aus, nachdem ich dem Lademeister die Papiere zurückgegeben habe.«

Christine nickte. »Ich bin fertig mit meinem Kram und gehe auch gleich zur Brücke. Wir können die Endabnahme dann dort zusammen machen.«

Ravi trat in den Korridor hinaus. Die Tür ließ er offen.

Christine beugte sich noch mal über die Passagierliste. Wo hatte sie diesen verdammten Namen schon gehört?

Schließlich packte sie die Papiere wieder in die Mappe. Sie machte sich in der winzigen Nasszelle frisch, ging dann mit der Kladde unter den Arm geklemmt in den Korridor hinaus und machte sich auf den Weg in Richtung Brücke.

Obwohl das Schiff entsprechend den Vorschriften gewartet wurde, drang ihr ein leicht modriger Geruch in die Nase. Schweiß, Feuchtigkeit und Bakterien waren längst in die Ritzen der Wandpaneele und in die Zwischenräume der Module eingedrungen und vermischten sich mit Noten von Maschinenöl und dem beißenden Geruch von Ozon. Christine wusste, dass sie den Geruch nach einem Tag nicht mehr wahrnehmen würde. Die Passagiersektion roch angenehmer, da die Kabinenmodule vor einem Jahr noch erneuert worden waren. Zum Glück, sonst hätte sie sich das Gejammer der Fahrgäste über den »Gestank« sicher jeden Tag anhören können.

Sie verließ die Crewquartiere und bog in einen Gang, der durch die Längsachse des Schiffes führte. Die Wandpaneele glänzten golden im Licht der grellen Neonleuchten. Christine blieb stehen und fuhr mit dem Zeigefinger darüber. Sie waren von einer leichten Fettschicht überzogen, die schon seit vielen Jahren niemand mehr aus der rauen, matten Oberfläche des Metalls entfernen konnte.

Christine seufzte.

So langsam wurde es vielleicht doch Zeit, die *Challenger* zum Abwracken auf eine Mondstation zu bringen.

Als sie an der kleinen Robotküche der Besatzung vorbeiging, überlegte sie kurz, sich einen Kaffee zu holen, verschob das aber dann auf später.

Sie setzte ihren Weg fort, an einigen Lagerräumen, dem Avionikraum und der kleinen Krankenstation vorbei, die nebenberuflich von Navigatorin Schmitt betreut wurde, und betrat die Zentrale, deren Schott offen stand.

Ihr Puls beschleunigte sich.

Es ist doch zum Kotzen!

Andauernd wies sie ihre Crew darauf hin, dass die Schotten auch im angedockten Zustand immer geschlossen zu sein hatten. Sie war drauf und dran, eine entsprechend gepfefferte Durchsage über den Interkom auf ihre Mannschaft loszulassen, aber dann fiel ihr ein, dass das auch einer der Mechaniker der Station gewesen sein konnte.

Mühsam beruhigte sie sich wieder. Sie war allein im Raum. Christine ging zu ihrer Konsole, die im hinteren Bereich stand, damit sie alle Besatzungsmitglieder im Blick haben konnte. Durch die beiden großen Fenster an der Front war die Krümmung der Raumstationswand zu sehen. Dahinter prangte majestätisch der Vollmond im All.

Christine setzte sich und aktivierte ihre Konsole. Die Bildschirme füllten sich mit Statusanzeigen. Die meisten Werte des Bordcomputers leuchteten grün, nur einige waren noch in sattem Rot dargestellt oder fehlten ganz. Da die Endabnahme noch nicht stattgefunden hatte, war das nicht weiter tragisch.

Das Schott öffnete sich, und Ravi betrat die Zentrale. »Ist das ein Idiot.«

Christine lachte laut auf. »Idioten gibt es mehr als genug auf der Welt.«

Ravi trat neben sie und legte ihr einige Papiere hin.

Christine lehnte sich vor. Es waren die Frachtpapiere. »Ich dachte, du wolltest sie gleich zum Lademeister bringen.«

»Der Lademeister ist der Idiot. Er akzeptiert die Unterschrift so nicht.«

Christine sah ihren Ersten Offizier auffordernd an.

»Er will es mit offiziellem Stempel der Fluggesellschaft.«

Christine ruckte in ihrem Sessel zurück. »Was will er?« Sie lachte auf. »Mit einem Stempel? Wann hat denn bitte schön jemals jemand auf einem Stempel bestanden?«

»Nicht, seit ich auf diesem Schiff meinen Dienst angetreten habe.«

Einen Stempel! Christine schüttelte den Kopf und öffnete die oberste Schublade.

»Haben wir überhaupt einen Stempel von der Fluggesellschaft?«, fragte Ravi.

Christine wühlte in der Schublade herum. »Irgendwo habe ich mal einen gesehen.«

Kugelschreiber, Büroklammern, ein Fläschchen Grafit, eine kleine Micky-Maus-Figur, eine Packung Kondome, ein Feuerzeug, ein Schlüssel für Gott weiß was und jede Menge anderer nutzloser Kram. Aber kein Stempel.

»Vielleicht im Schiffstresor?«, schlug Ravi vor.

Christine schüttelte den Kopf. »Da sollte er zwar sein, aber wenn er dort drin wäre, wüsste ich das.«

»Was machen wir denn jetzt? Soll ich die Mannschaft rufen, damit wir eine Suchaktion starten können?«

»Eine Suchaktion? Ist das ein Witz? Und dann das Startfenster verpassen, weil so ein aufgeblasener Wichtigtuer auf veralteten Vorschriften besteht?« Sie schnaubte. »Die Antwort darauf ist ein klares Nein.«

»Aber was machen wir jetzt?«, fragte Ravi erneut.

Christine überlegte, ob sie zum Telefon greifen sollte, um sich mit dem Lademeister der Station verbinden zu lassen und ihm zu erklären, wohin er sich seinen verfluchten Stempel stecken konnte. Aber wenn der Typ Krawall machte, konnte sich die Raumflugkontrolle veranlasst sehen, ihre Starterlaubnis zurückzuziehen. Nein, sie hatte eine andere Idee. Sie nahm die Frachtpapiere und riss sie in Fetzen, um sie dann in ihrem kleinen silbernen Mülleimer zu entsorgen.

»Das wird nicht funktionieren«, sagte Ravi trocken.

Christine grinste ihn an. »Aber klar wird es das. Die Raumflug-kontrolle weiß nicht, dass die Papiere fehlen, und bevor dieses Rindvieh bemerkt, dass wir abgehauen sind, sind wir schon halb aus dem System.«

»Aber du kriegst Ärger. Die Kommandantin ist verantwortlich für die ordnungsgemäße Abgabe der Papiere.«

»Ich werde keinen Ärger kriegen.«

Ravi musterte sie durchdringend. »Der Abflug ohne grünes Licht vom Lademeister ist eine schwere Ordnungswidrigkeit. Du könntest deine Lizenz verlieren.«

Christine nickte langsam. »Ja, das könnte ich.«

»Aber deine Lizenz ist der …«

Sie unterbrach ihn mit einer Handbewegung. »Ich brauche meine Lizenz nicht mehr. Es ist mein letzter Flug.«

Ravi stand sekundenlang völlig stumm da. Er wurde langsam bleich. »Nein«, sagte er schließlich.

Christine lächelte. Er war der Erste, dem sie es erzählte. Selbst ihrer Familie hatte sie noch nichts gesagt. Aber es fühlte sich gut an.

»Du hast es wirklich getan?«, fragte Ravi.

Christine nickte. »Ja. Ich habe gekündigt.«

»Aber was machst du in Zukunft?«

»Es wird sich schon etwas finden lassen.«

»Piloten, die nicht fliegen, sind nicht gerade gesucht auf der Erde.«

Das war Christine selbst klar. »Es wird sich schon etwas finden lassen«, wiederholte sie.

»Bei der momentanen Arbeitslosigkeit? Das möchte ich doch arg bezweifeln. Ich denke, dass du einen Fehler machst.«

Das hatte sie auch lange geglaubt, aber jetzt, nachdem sie die Entscheidung getroffen hatte, zweifelte sie keine Sekunde mehr an der Richtigkeit. »Es mag ein paar Monate dauern, bis ich etwas Neues aufgetan habe. Das ist aber nicht schlimm. Ich habe mir ein bisschen auf die Seite gelegt, und Roger verdient ja schließlich auch noch.«

»Was meint er denn dazu?«

»Er weiß es noch nicht.«

Ravi hob die linke Augenbraue. »Er weiß es noch nicht? Du hast es nicht mit ihm vorher besprochen?«

Christine schüttelte den Kopf. »Ich habe es für Nadine getan.«

»Nadine ist sechzehn«, sagte Ravi. »Nach allem, was du mir erzählst, geht sie sowieso in Kürze ihre eigenen Wege. Schon bald wird sie …«

»… ihre Schule beendet haben und ausziehen«, vollendete Christine den Satz. »Das weiß ich. Also habe ich nur noch wenig Zeit, um mich meiner Tochter zumindest ein bisschen wieder anzunähern.«

»Meinst du nicht, dass es dafür inzwischen zu spät ist?«

Zorn stieg in Christine auf. Sie hatte selbst ein ausreichend schlechtes Gewissen ihrer Tochter gegenüber, ohne dass Ravi sie auch noch darin bestärkte. Sie wollte glauben, dass das Verhältnis zu Nadine noch zu kitten war.

Außerdem hatte Ravi keine Familie. Del Toros Frotzeleien nach zu urteilen, vögelte sich Ravi in den Heimaturlauben durch die Betten schnell wechselnder Frauen. Wenn man bedachte, wie attraktiv ihr Erster Offizier war und wie charmant er sein konnte, war Christine geneigt, diese Gerüchte zu glauben. Wie wollte er also wissen, wie ihr zumute war und welche Folgen dieses unstete Leben für den Zusammenhalt einer Familie haben konnte?

»Ravi, du bist einfach …«

Der Erste Offizier hob die Hände und trat einen Schritt zurück.

»Schon gut. Ist deine Entscheidung. Ich wollte nur meine Gedanken dazu äußern.«

»Das hast du somit eindrucksvoll getan.«

Ein Summen ertönte von Christines Konsole, und ein Licht leuchtete auf. Sie drückte die Sprechtaste. »Ja?«

»Schmitt hier. Ich steh am Ausgang der Gangway.«

»Was gibt es denn?«

»Die Passagiere werden allmählich unruhig. Die Zeit für das Boarding ist schon seit fast einer Stunde überschritten.«

»Passagiere.« Christine machte sich keine Mühe, die Verachtung in ihrer Stimme zu verbergen. Fracht konnte nicht nerven oder einen ruhigen Flug durch permanentes Gejammer versauen. Na ja, es hatte ja bald ein Ende. Eines hatte sie sich auf jeden Fall vorgenommen für die Suche nach einem neuen Job auf der Erde: Er würde nichts mit Menschen zu tun haben.

Christine ächzte und wandte sich an Ravi. »Wie weit sind wir denn mit den Passagierunterkünften?«

»Sind fertig.«

»Selbst kontrolliert?«

Ravi bejahte. »Alles einwandfrei.«

»Na schön.« Christine drückte wieder auf die Sprechtaste. »Ihr könnt die Passagiere an Bord lassen. Kümmern Sie sich bitte um das Boarding.«

»Mach ich«, antwortete die Navigatorin.

Stewardessen oder Gästebetreuer gab es auf einem Schiff dieser Größe nicht. Die Offiziere würden sich abwechselnd um die Passagiere kümmern.

Christine stand auf und ging zu den Fenstern auf der linken Seite der Zentrale. Von hier konnte sie die Gangway erkennen, deren transparente Plexiglaswände einen Blick auf die Passagiere erlaubten.

Es dauerte nicht lange, da kamen die Männer, Frauen und Kinder in Sicht. Die Gruppe wurde von Schmitt geführt, die sich mit einer Frau in einem adretten Kostüm unterhielt.

Ravi pfiff leise. »Nette Beine.«

»Altes Chauvinistenschwein«, kommentierte Christine mit rauer Stimme.

»Ich kann eben nicht aus meiner Haut.«

Sie tippte ihrem Ersten Offizier mit dem Finger auf die Brust. »Keine Promiskuität zwischen Besatzung und Passagieren, klar?«

»Ich werde nicht mehr tun, als mich mit ihr zu unterhalten«, versprach Ravi.

Christine brummte befriedigt.

»Was ich während der Woche Zwangsurlaub auf Omicron mache, ist allerdings meine Sache.«

Christine winkte ab. »Das ist dann nicht mehr mein Zuständigkeitsbereich.«

Eine Familie mit einem Kind ging über die Gangway. Der Junge ließ ein Spielzeugauto fallen, das unter eine Wandkonsole auf der anderen Seite des Ganges purzelte. Der Vater kniete sich hin, stocherte mit irgendetwas aus seiner Tasche unter der Verkleidung herum. Als er sich aufrichtete, konnte Christine sein Gesicht deutlich sehen.

Ich kenne ihn.

Dann fiel der Groschen.

Das ist Mike Warnock.

Sie biss sich auf die Lippen. Sie kannte ihn aus den Nachrichten. Wie hatten sie ihn während des Prozesses genannt?

Den Verräter!

Sie biss sich auf die Lippe. Sie wollte diesen Mann nicht an Bord ihres Schiffes haben, ihn weder sehen noch mit ihm reden. Er stand für alles, was sie am Militär so verachtete. Er war nicht nur ein Verräter. Das alleine wäre in ihren Augen nicht einmal ein Makel gewesen, eher ein Pluspunkt.

Ihr Problem mit Warnock war, dass er seinen Verrat nicht früh genug begangen hatte, sondern erst viel zu spät, nachdem er den schändlichen Auftrag des Oberkommandos schon ausgeführt hatte. Das machte diesen Mann zu etwas ganz anderem.

Christine atmete tief durch.

Einem Massenmörder!

5

»HIER ist Ihre Kabine«, sagte die Schiffsnavigatorin, deren Name Mike schon wieder entfallen war.

»Vielen Dank, Miss Schmitt«, sagte Ellie.

Ach so, ja.

Neil drückte sich an Mike vorbei in den Raum.

»Wann werden wir ablegen?«, fragte Mike.

»In etwa einer Stunde.« Lieutenant Schmitt lächelte. »Es wird eine Durchsage geben, so dass Sie das Manöver von der Messe aus verfolgen können. Dort befinden sich die einzigen Fenster des Passagierbereichs. Kurz nach dem Ablegen wird die Kommandantin in die Messe kommen, einige Worte an die Passagiere richten und Sie mit den Sicherheitseinrichtungen der *Challenger* vertraut machen. Anschließend gibt der Erste Offizier einen kleinen Sektempfang und erläutert währenddessen die Flugroute.«

Mike sah sich um. »Wo ist die Messe?«

»Sie gehen einfach den Korridor weiter in Richtung Bug, dann folgen Sie an der Abzweigung der Beschilderung.«

Mike nickte. »Hört sich gut an. Vielen Dank.«

Die Navigatorin lächelte ihn noch einen Moment lang an, dann ging sie, um den anderen Gästen ihre Kabinen zuzuweisen.

Mike ließ Ellie den Vortritt, bevor er selbst die Kabine betrat. Sie war winzig, und er musste sich eng an seine Frau drücken, damit sie zu dritt hier drin Platz hatten. Die Wände der Kabine und auch das Interieur bestanden aus weiß lackiertem Metall. Der Boden war grau. Die Neonröhre an der Decke strahlte ein kühles weißes Licht aus. Die Einrichtung war spartanisch und bestand aus einem schmalen Doppelbett auf der linken Seite und einem Schrank mit grauen Türen.

»Wo soll ich denn schlafen?«, fragte Neil.

Mike schob sich an seiner Frau vorbei zur rechten Seite der Kabine. »Hier.« Er öffnete einen Verschluss und klappte ein dünnes Bett aus der Wand.

»Die Behauptung, es sei eng, ist ziemlich untertrieben«, sagte Ellie mit leiser Stimme.

Mike zuckte mit den Schultern. Er war solche Einrichtungen gewöhnt. Im Krieg hatte er auf seinen Schiffen monatelang so gelebt. Und es war ihm im Gegensatz zu den Unteroffizieren noch verhältnismäßig gutgegangen, denn die mussten sich ihre Kojen mit der zweiten Schicht teilen. »Es wird für zwei Wochen gehen. Dann sind wir am Ziel und haben eine ganze Welt fast für uns alleine.«

Ellie ergriff seine Hände und gab ihm einen Kuss. »Ich werde mich nicht beklagen.«

»Gibt es auf dem Raumschiff einen Spielplatz?«, wollte Neil wissen. Er klang enttäuscht. Mike war klar, dass er sich unter einem Sternenschiff etwas anderes vorgestellt hatte. In den Medien sah man immer nur die luxuriösen Kreuzfahrtschiffe. Am schlimmsten war diese Soap-Opera auf dem Feelgood-Channel, die komplett auf einem solchen Vehikel spielte, aber in einer Phantasiekulisse gedreht wurde, die mit dem wahren Leben im Weltraum nicht das Geringste zu tun hatte. Einmal hatte Mike in einem Anflug von Langeweile die Serie eingeschaltet, aber den Stream nach wenigen Minuten völlig entgeistert abgebrochen. Kein Wunder, dass die Leute enttäuscht waren, wenn sie dann auf einen lapidaren Linienflug gingen.

Mike ging in die Knie und legte seinem Sohn die Hand auf die Schulter. »Es gibt keinen Spielplatz auf diesem Schiff. Die *Chal-*

lenger ist nun mal ein Linienschiff und kein Luxuskreuzer. Aber sie wird uns zu unserer neuen Heimat bringen, und darum werden wir die Enge ertragen, ohne uns darüber zu beklagen.«

Sofort bedauerte er die Schärfe in seiner Stimme.

»Mama.« Neil wandte sich ab und klammerte sich an die Beine seiner Mutter, die stumm die Augen verdrehte.

Mike schämte sich. Er hatte mit Neil gesprochen wie mit einem seiner untergebenen Offiziere, der sich danebenbenommen hatte. Warum zum Teufel gelang es ihm einfach nicht, in seinem Sohn das zu sehen, was er nun einmal war: ein kleiner Junge. Lag es wirklich daran, dass er die ersten Jahre seiner Entwicklung verpasst hatte? Lag es daran, dass er Neil nie als hilfloses Baby auf seinem Arm hatte tragen dürfen?

Mike hatte keine Ahnung. Vielleicht war er auch einfach nicht der Daddy-Typ. Er hatte die Hoffnung, dass sich ihr Verhältnis bessern würde, wenn sie auf Omicron angekommen waren. Vielleicht musste Neil erst älter werden, damit Mike etwas mit ihm anfangen konnte. Die Frage war, ob Neil dann mit seinem Vater noch etwas anfangen konnte.

Mike seufzte. »An Bord ist eine Messe. Dort hat es etwas mehr Platz, und für gewöhnlich gibt es einen Schrank mit Spielzeug für die mitreisenden Kinder.«

»Können wir dort hingehen?«, fragte Neil. »Hier ist alles so eng.«

Ellie legte ihren Arm um Neils Schultern. »Neil hat recht. Es ist so eng, dass man sich hier eigentlich nur zum Schlafen aufhalten kann. Ich räume unsere Sachen später ein.«

Warum nicht. »Meinetwegen, gehen wir zur Messe.« Dort gab es immerhin Fenster.

Sie spazierten den Gang entlang in Richtung Bug, passierten die Gemeinschaftswaschräume und standen kurz darauf in der Messe.

Neil stürzte sofort zum Fenster, das einen phantastischen Blick auf die Raumstation und die Erde dahinter freigab. Ellie folgte ihm.

Sehr groß war der Aufenthaltsraum der *Challenger* allerdings auch nicht. Es gab vier Tischreihen mit auf dem Boden festgeschweißten Metallbänken, wo die Passagiere ihre Mahlzeiten einnehmen konnten. An der vorderen Seite des Raumes befanden sich die Steuerung und die Entnahmeklappe der Robotküche, wo sie auch ihre Getränke ordern konnten. Im hinteren Bereich gab es einige Polstermöbel, die reichlich abgenutzt aussahen. Daneben stand ein Billardtisch, und an der Wand hing ein großer Fernseher. Ein Fitnessgerät in der Ecke, das man für verschiedene Übungen hätte nutzen können, war mit weiß-rotem Flatterband abgesperrt. Die kühle Deckenbeleuchtung war so ungemütlich wie überall auf dem Schiff. Eine der Lampen flackerte.

Mike unterdrückte ein Ächzen. Er hatte auf übleren Schiffen Dienst getan, aber er verstand, dass zwei Wochen Aufenthalt für seine Familie und viele andere Passagiere nicht einfach werden würden.

Der Geschäftsmann betrat die Messe. Er sah sich um und schüttelte den Kopf. »Was für ein Drecksloch.«

Mike musste schmunzeln. Der Typ mit seinen Nadelstreifen und den zurückgegelten Haaren passte nun wirklich nicht hierher. »Hört sich an, als seien Sie Besseres gewohnt.«

»Das kann man wohl sagen.« Der Geschäftsmann stellte sich neben ihn. »Normalerweise fliege ich mit anderen Linien. Aber leider gab es diesen Monat keinen anderen Flug in das Omicron-System. Blieb mir also nichts anderes übrig.«

Mike zuckte nur mit den Schultern.

Der Typ gestikulierte vor Mikes Gesicht herum. »Es war mir ja klar, dass das hier kein Luxusdampfer ist, aber so eine Absteige habe ich wirklich nicht erwartet. Haben Sie schon die Kabinen gesehen?«

Mike nickte. »Ich habe sie gesehen, und ich finde sie gar nicht mal so schlimm.«

Der Mann hob die Augenbrauen.

Mike lachte. »Ich muss gestehen, dass ich lange auf solchen Schiffen gedient habe, darum bin ich diese Bedingungen wohl eher gewohnt als Sie.«

»Sie waren im Krieg?«

»Ja, in der Raumflotte. Da bin ich auf übleren Kästen mitgeflogen als der *Challenger*.«

Der Mann presste die Lippen zusammen. »Wahrscheinlich halten Sie mich nun für einen verhätschelten Jammerlappen.«

»Das habe ich nicht gesagt.«

»Aber gedacht.«

Mike widersprach nicht.

Ellie kam zu ihnen hinüber, während Neil am Fenster zurückblieb und zwei Astronauten zuschaute, die im Raumanzug über die Außenhülle der Raumstation kletterten, um irgendwas zu warten oder zu reparieren.

Ellie streckte die Hand aus. »Guten Tag. Ich bin Ellie Warnock. Das ist mein Mann Mike.«

Der Mann nahm Ellies Hand. »Freut mich, Sie kennenzulernen, Mrs. Warnock. Mein Name ist Goodyear. Hal Goodyear.«

»Was machen Sie auf Omicron 3, Mr. Goodyear?«

»Ich bin Geschäftsmann«, sagte Goodyear. »Ich möchte sehen, ob es sich lohnt, eine Filiale auf Omicron zu eröffnen.«

»Sehr viele Kunden werden Sie dort nicht für Ihren Laden finden.«

»Ein Laden.« Goodyear lachte. »Meine Kunden befinden sich auf der Erde und den anderen Zentralwelten. Ich bin im Rohstoffgeschäft.«

Mike räusperte sich. »Ich habe gelesen, dass es auf Omicron 3 keine nennenswerten Rohstoffe gibt.«

Goodyear lächelte schwach und rückte seine goldene Brille zurecht. »Sie sind Siedler?«

»Ja«, sagte Ellie. »Wir gehen in das Omicron-System, um dortzubleiben.«

Goodyear schaute abwechselnd Mike und Ellie in die Augen. Sein Gesicht nahm einen seltsamen Ausdruck an. Als hielte er sie für Idioten. Oder für verrückt. Doch dann entspannte er sich wieder. »Ich habe den geologischen Bericht der Prospektoreneinheit gelesen. Er steckt voller Fehler.«

»Voller Fehler?«, wiederholte Mike.

Goodyear grinste. »Voller Fehler. Man hat an zu wenigen Stellen Proben genommen und nicht weit genug in die Tiefe gebohrt. Dann hat man die Proben mit alten Verfahren analysiert. Die Spektrometer der Orbitaluntersuchung waren restlos veraltet. Viele Rohstoffe können damit gar nicht detektiert werden.«

»Sie glauben also, dass auf Omicron vielleicht doch noch etwas zu holen ist?«, wollte Ellie wissen.

Goodyear antwortete mit einer Gegenfrage. »Kennen Sie Farpoint?«

»Ja, diese stinkreiche Kleinkolonie«, antwortete Mike. »Haben ihr Geld mit Promethium gemacht.«

»Genau«, sagte Goodyear. »Das hat man auch erst nach langen Jahren eher zufällig entdeckt, nachdem die ersten Prospektoren der Welt eine unterdurchschnittliche Ressourcenausbeute prognostiziert haben.«

»Sie suchen also nach Promethium?«, erkundigte sich Ellie.

Der Mann wiegte leicht den Kopf. »Ich suche nach allem, was meiner Firma Geld einbringt. Und ich sage Ihnen einmal was: Wenn ich wirklich etwas finde, werde nicht nur ich sehr reich, sondern Sie auch.«

»Wir auch?«, staunte Ellie.

Goodyear lächelte. »Natürlich. Ich würde für meine Minenkonzession der Administration ein gutes Angebot machen. Die Gesetze sagen, dass Kolonisten an dieser Ausbeute beteiligt werden, also wäre das für Ihre Finanzen sicher auch förderlich. Mit Sicherheit brächte es Ihnen mehr ein, als Sie an Nahrungsmitteln aus dem kargen Boden herausholen können.«

Das Angebot sollte sich vielleicht freundlich anhören, aber die eiskalten blauen Augen und die aufgesetzte Mimik zeugten eher davon, dass Goodyear bei eventuellen Verhandlungen so knallhart wie möglich seine eigenen Interessen vertreten würde. Rohstoffe konnten eine Kolonie unfassbar reich machen, aber genauso gut war es denkbar, dass Mike sich mit seiner Familie in einigen Jahren auf die Suche nach einer neuen Heimat machen musste, wenn Omicron 3 zu einer alleinigen Minenkolonie umgewandelt würde. Es wäre nicht das erste Mal. Mike hoffte, dass die Suche des Mannes erfolglos blieb.

»Fliegen Sie mit der *Challenger* wieder zurück?«, fragte er kühl.

Goodyear schüttelte den Kopf. »Nein, das Schiff bleibt nicht lange genug für die notwendigen Untersuchungen. Ich benötige einen Monat vor Ort, dann kommt die …«

Ein Geräusch, das an einen Gong erinnerte, leitete eine Ansage ein. »Liebe Passagiere. Hier spricht Ravi Chandrasekhar, der Erste Offizier. Ich heiße Sie im Namen von Captain Christine Dillinger und der gesamten Besatzung an Bord der *Challenger* willkommen. Es ist kein luxuriöses Schiff, aber wir werden dennoch versuchen, Ihnen den Aufenthalt an Bord und den Flug so angenehm wie möglich zu machen.«

Goodyear nickte Mike zu und ging nach vorne zur Robotküche.

Der Erste Offizier fuhr mit seiner Ansprache fort. »Wir haben soeben die Erlaubnis für das Abdocken bekommen und bereiten nun die Abtrennung vor. Sobald der Druckausgleich in den Verbindungsschleusen abgeschlossen wurde, koppeln wir umgehend ab und beginnen den Flug an den Rand des Sonnensystems zu unserem Sprungpunkt. Ich empfehle Ihnen, den Beginn unserer Reise in der Messe zu erleben, da wir einen tangentialen Abflugvektor erhalten haben, der einen phantastischen Blick auf die Erde ermöglichen dürfte. Gönnen Sie sich dazu einen Sekt oder einen anderen Drink aus der Robotküche.«

Der Mann räusperte sich. »Im Anschluss an das Ablegemanöver möchte Captain Dillinger Sie um achtzehn Uhr zu einem kleinen Umtrunk in der Passagiermesse einladen, um Ihnen die Flugplanung zu präsentieren. Hier haben Sie auch die Möglichkeit, Fragen zu stellen und die Besatzung kennenzulernen. Sollten Sie irgendeinen Wunsch oder ein Problem haben, so zögern Sie bitte nicht, auf den Interkomkonsolen die 220 zu wählen, wo Sie jederzeit den zuständigen Serviceoffizier erreichen. Nun genießen Sie einfach das Ablegemanöver.«

»Gleich geht es los«, sagte Ellie zu Neil, der wieder zu seinen Eltern zurückgekehrt war.

»Sollen wir uns nicht setzen?« Mike zeigte auf einen Tisch am Fenster. »Ich hole uns etwas zu trinken.«

Ellie lächelte. »Gute Idee. Ich nehme tatsächlich einen Sekt.«

»Haben die Kakao?«, fragte Neil.

Mike lächelte. »Mit Sicherheit gibt es in der Robotküche Kakao.« Er ging zu Goodyear hinüber, der gerade an einem Glas mit einer goldfarbenen Flüssigkeit nippte. Der Geschäftsmann verzog das Gesicht und kippte den Rest des Getränks in den Abfluss.

»Schmeckt es nicht?«, erkundigte sich Mike.

Goodyear schüttelte energisch den Kopf. »Noch nie so einen schlechten Whisky getrunken.«

»Das wundert mich nicht«, sagte Mike. »Die Syntheseapparate

haben mit alkoholischen Getränken immer noch Probleme. Bier kriegen sie halbwegs akzeptabel hin, wenn man nicht zu viel erwartet, aber je hochprozentiger das Getränk ist, umso synthetischer schmeckt es.«

»Dann bleibe ich lieber bei Wasser«, murmelte Goodyear, ließ sich ein Glas klare Flüssigkeit eingießen und verschwand in Richtung der Sessel am Ende des Raumes.

»Ein Glas Sekt, einen Kakao und ein Glas Bier«, sagte Mike in das Mikrophon der Anlage. Sofort öffnete sich eine Klappe, und ein kleines Tablett mit den gewünschten Getränken fuhr heraus. Der Kakao dampfte. Mike nahm das Tablett und balancierte es zum Tisch.

Als er sich hingesetzt hatte, betraten weitere Passagiere die Messe, offenbar angelockt von der Durchsage des Ersten Offiziers.

Mike erkannte Natasha Beckwith, die freundlich winkte, und Paul Baumann. Der Reaktortechniker bestellte sich eine Cola und setzte sich dann auf einen Sessel, wo er ein Gespräch mit Goodyear begann.

Als Nächstes stapften die Soldaten hintereinander im Gleichschritt in die Messe. Sie bestellten sich ausnahmslos Bier und rotteten sich um einen Stehtisch zusammen.

»Darf ich?«, fragte Natasha mit einem Glas Sekt in der Hand und zeigte auf den freien Platz neben Ellie.

»Natürlich«, antwortete die.

»Die Kabinen sind ganz schön eng«, meinte Natasha.

»Das kann man wohl sagen«, erwiderte Ellie.

Mike musste sich zwingen, nicht die Augen zu verdrehen.

»Ich bin schon mal in einem solchen Schiff geflogen und sollte es eigentlich gewohnt sein«, erzählte Natasha. »Aber das ist lange her, und die Reisen seitdem habe ich auf geräumigeren Schiffen unternommen.«

Mike hob sein Bierglas. »Wahrscheinlich warst du aber dann auch nicht auf so einer abgelegenen Welt wie Omicron 3.«

»Da hast du recht. Meistens war ich in deutlich größeren Kolonien. Dorthin gab es dann immer Linienflüge.« Sie seufzte. »Man vergisst, wie beschwerlich diese interstellaren Reisen vor wenigen Jahren noch waren.«

Mike ballte unter dem Tisch seine Hände zu Fäusten. Er konnte das Gejammer nicht mehr hören. Miss Beckwith sollte erst einmal monatelang in einem Bomber zwischen Stützpunkten und Zielen hin- und herfliegen. Am besten in einem Kampfschiff, dessen Toilette ausgefallen war und wo man in einen Beutel scheißen musste, den man dann in einem Fach seines persönlichen Schranks unterzubringen hatte.

»Papa, warum gibt es hier Schwerkraft und in der Raumfähre nicht?«

Mike wandte sich zu seinem Sohn um. Beim Blick in Neils Augen entspannte er sich sofort. »Auf dem Boden des Moduls gibt es einen Generator für künstliche Gravitationsfelder. Darum haben wir hier Schwerkraft, obwohl das Schiff nicht rotiert. Die Raumfähre war zu klein dafür. Gravitationsgeneratoren sind sehr schwer, und die Fähre hätte dann nicht abheben können. Es gibt aber inzwischen neue, große Raumfähren, die auch bei einem Flug in den Orbit eine künstliche Schwerkraft erzeugen.«

»Und warum sind wir dann nicht mit so einer zur Raumstation geflogen?«

Weil Papa dafür nicht genug Geld hat.

»Es war ja nur ein kurzer Flug, und ich dachte, die Schwerelosigkeit würde dir Spaß machen.«

»Mir hat die Schwierigkeit keinen Spaß gemacht.«

»Schwerelosigkeit.«

»Ja.« Neil schaute aus dem Fenster.

Plötzlich klang ein Geräusch wie von schweren Hämmern durch die Messe.

»Was war das?«, fragte Ellie.

»Das waren die Riegel des Dockingmechanismus«, antwortete Mike. »Wir legen gerade ab.«

Wie auf Kommando schob sich die Hülle der Raumstation nach hinten. Die Erde wurde sichtbar.

»Phantastisch«, flüsterte Natasha.

Die Soldaten verließen ihren Stehtisch und traten ans Fenster.

Mike hatte einen grandiosen Blick über den afrikanischen Kontinent, der vom weißen Wolkenband der innertropischen Konvergenzzone in zwei Hälften geteilt wurde. Darüber und darunter war die gesamte afrikanische Landmasse wolkenfrei. Einige grüne Kreise in der Sahara zeugten vom Erfolg der vor einigen Jahren begonnenen Bewässerungskampagne. Am Horizont war Europa erkennbar, über das südliche Mittelmeer zogen einige Gewitterfronten.

Die Aussicht war atemberaubend. Selbst Goodyear stand auf und ging mit seinem Wasserglas in der Hand zu einem der Fenster.

Neil schaute mit weit aufgerissenen Augen. »Toll.«

Die Reise hatte begonnen.

6

»BESCHLEUNIGUNG nominell dreißig Meter pro Sekundenquadrat«, meldete Lieutenant Laski.

Christine schüttelte den Kopf. Sie hatte die Zahlen ebenfalls auf ihrem Monitor, und der Steuermann wusste das.

Er will sich bloß wieder wichtigmachen.

Christine beschloss, sich nicht darüber aufzuregen. Abdocken und Beschleunigungsmanöver waren wie nach Lehrbuch durchgeführt worden. Damit hatte ihre letzte Reise als Kommandantin eines Raumschiffes begonnen. Es war ihre feste Absicht, jeden Moment des Abfluges von der Erde zu genießen.

»Captain, ich habe einen eingehenden Kanal von der Raumstation«, meldete Lieutenant Schmitt.

»Von der Leitstelle?«, fragte Christine.

»Nein, ich kenne die Frequenz nicht. Soll ich durchstellen?«

Christine bejahte. »Durchstellen.«

Es rauschte kurz aus den Lautsprechern, dann dröhnte eine basslastige Männerstimme durch die Zentrale. »Damit werden Sie nicht durchkommen. Ich erstatte Anzeige bei der Raumüberwachung.«

Ravi neigte sich zu Christine herüber. »Das ist der Lademeister.«

Christine verdrehte die Augen.

»Ich werde dafür sorgen, dass Sie Ihre Lizenz verlieren und Ihren Schrotthaufen stilllegen müssen.«

Christine nickte Lieutenant Schmitt zu und machte eine schnelle Handbewegung auf Höhe ihrer Kehle.

Die Navigatorin kappte die Funkverbindung, und dann war wieder Ruhe im Raum.

Christine lehnte sich in ihrem Sessel zurück und betrachtete die Erde, die langsam an den rechten Rand des Fensters zurückfiel, als das Schiff auf einen neuen Kurs schwenkte.

»Wir haben IRFAS passiert«, verkündete Lieutenant Schmitt. »Ich gehe nun auf Pfad IR2S.«

Christine winkte ab. »Sie brauchen nicht jeden Schritt einzeln zu erklären. Ich habe den Kurs ja auch auf meinem Schirm. Wenn mir was nicht gefällt, dann melde ich mich schon.«

»Aye, aye, Sir.«

Christine schloss die Augen.

Etwas über einen Monat noch.

Dann hatte die Herumreiserei ein Ende. Sie freute sich auf diesen Moment. Allerdings war sie sich auch sicher, dass sie den Weltraum vermissen würde. Aber vielleicht konnte sie mit ihrer Familie kleinere Reisen machen.

Lieutenant Schmitt räusperte sich. »Ich habe Freigabe für die Beschleunigung auf TV1. Soll ich?«

Christine beugte sich über ihre Konsole. Die Erde lag schon weit zurück. Auf dem Radar war alles frei. Keine anderen Schiffe, die ihnen gefährlich werden konnten. Ungewöhnlich für diese Tageszeit. Aber das konnte Christine nur recht sein. »Gehen Sie auf Beschleunigung für TV1.«

Nur wenige Sekunden später stieg der Wert des Beschleunigungsmessers auf fast zehn g. Hätte die *Challenger* keine künstliche Schwerkraft gehabt, wäre dieser Wert den Besatzungsmitgliedern und erst recht den Passagieren nicht zumutbar gewesen. Sie würden diese Beschleunigung eine gute Stunde aufrechterhalten, die Triebwerke abschalten und dann im antriebslosen Flug bis zum Sprungpunkt weiterfliegen. Fürs Erste war ihre Arbeit getan.

»Gut gemacht.« Christine klatschte in die Hände und wandte sich an Lieutenant Laski. »Gehen Sie auf Autopilot, und dann übernehmen Sie bitte die erste Wache.«

Der Steuermann nickte.

Christine sah zu Ravi hinüber. »Wollen wir es hinter uns bringen?«

Der Erste Offizier grinste. »Ich weiß gar nicht, warum du den Kontakt mit den Passagieren so schlimm findest. Ich genieße den Umgang mit unseren Gästen immer.«

Klar, damit du dir wieder eine junge Schnepfe aufreißen kannst.

Er musste selbst wissen, was er tat. »Also, dann los.«

Christine schaltete das Mikro auf den besatzungsinternen Interkom und drückte die Sprechtaste. »Alle Crewmitglieder bis auf den Brückenoffizier vom Dienst in fünf Minuten in die Passagiermesse zum Sektempfang.«

Dann erhob sie sich und strich ihre Uniform glatt.

Ravi verließ mit ihr die Zentrale. Schmitt folgte ihnen in einigen Metern Abstand. Del Toro und Goldman waren noch im Maschinenraum und würden von der anderen Seite aus in den Passagierbereich kommen.

»Ist immer toll, von einem Sektempfang zu reden, wenn wir nur Wasser trinken dürfen«, jammerte Ravi.

»Es steht dir frei, ein Glas Milch zu bestellen«, erwiderte Christine.

Sie gingen den Hauptkorridor entlang und standen wenige Augenblicke später vor dem schweren Schott, das zu den Fracht- und Passagierbereichen führte. Christine gab die Kombination ein, und die Doppelluke fuhr zischend in die Wand. Nur Crewmitglieder kannten den Code für dieses Schott. Passagieren blieb der Zutritt zu den Besatzungsbereichen verwehrt. Christine war froh darüber. Ihr Blick fiel auf einen Aufkleber zwischen den beiden Luken, der vor Explosivstoffen warnte.

Christine ließ Ravi vorbei, wartete, bis sich die Schotten hinter ihr wieder geschlossen hatten, und ging dann weiter. Kurz darauf betrat sie die Passagiermesse und setzte ein Lächeln auf, von dem sie wusste, dass es künstlich wirkte. Aber das war besser, als die ganze Zeit mürrisch dreinzuschauen, was ihr vor langer Zeit bereits eine Rüge der Firmenleitung eingebracht hatte.

Die Passagiere waren vollzählig. Einige hatten Sektgläser in der Hand und unterhielten sich, andere standen vor den Fenstern und starrten der Erde hinterher, die sich gerade von einer kleinen Kugel in einen hellen Stern verwandelte.

»Guten Tag«, sagte Christine laut. Sie verschränkte die Arme vor der Brust und wartete, bis die Gespräche verstummt waren. In der Zwischenzeit hatten auch del Toro und sein Mechaniker die Messe aus der entgegengesetzten Luke betreten und positionierten sich hinter der Kommandantin. Lieutenant Schmitt stellte ein Tablett mit einigen Gläsern Sekt, die sie aus dem Robotautomaten gezogen hatte, auf einen Stehtisch.

»Ich begrüße Sie an Bord der *Challenger*.« Christine zeigte auf das Tablett. »Bitte bedienen Sie sich.«

Eine Gruppe Soldaten in Uniform trat an den Stehtisch heran.

»Macht es Ihnen etwas aus, wenn wir bei unserem Bier bleiben?«, erkundigte sich der Anführer im Rang eines Captains.

»Überhaupt nicht«, erwiderte Christine. Sie gab Corporal Goldman ein Zeichen, einige Bier aus der Robotküche zu holen. Dann wandte sie sich wieder dem Captain zu. Wheeler hieß der Mann, wie eine Plakette auf der Uniform informierte. Er hatte denselben Rang wie Christine, obwohl man die Dienstgrade des Militärs und einer zivilen Fluglinie kaum miteinander vergleichen konnte. Obwohl sie das Militär an sich nicht mochte, hatte sie gerne Soldaten als Passagiere auf ihrem Schiff. Die waren enge Verhältnisse gewohnt und jammerten grundsätzlich nicht. Vielleicht würde ihr letzter Flug doch nicht so übel werden.

Ein Mann in einem dunklen Anzug nahm ein Glas Sekt. Er roch an dem Glas, trank einen vorsichtigen Schluck und verzog das Gesicht. »Zu Hause würde ich dieses Zeug nicht einmal meiner Katze anbieten. Ein paar Flaschen hätten Sie doch sicher mitnehmen können, anstatt sich auf dieses synthetische Zeug zu verlassen.«

»Es tut mir leid.« Christine zwang sich, höflich zu bleiben. »Über das Catering entscheidet die Geschäftsleitung. Ich werde Ihre Bemerkung aber gerne ins Logbuch eintragen.«

»Tun Sie das.« Der Mann stellte das fast volle Glas wieder auf den Stehtisch. »Und machen Sie bei der Gelegenheit gleich noch eine Bemerkung über die Größe und den abgewohnten Zustand der Gästekabinen.«

»Sehr wohl, Sir.«

Christines gute Laune war dahin. Was dachten sich die Leute eigentlich? Auf der Homepage der Fluggesellschaft gab es umfassende Informationen über die Größe der Gästekabinen und deren Ausstattung. Man konnte sich das ganze gottverdammte Schiff in der virtuellen Realität anschauen. Machte das heute keiner mehr? Ein Flug in der *Challenger* kostete gerade mal zwanzigtausend Dollar. Was erwarteten diese Jammerlappen denn für das Geld?

Scheiße!

Am liebsten würde sie sich gleich in der Kabine mit Whisky volllaufen lassen und dann, wenn sie genügend intus hatte, nach hinten gehen und den Passagierbereich absprengen.

Zum Glück begab sich der Mann wieder zu den Sesseln.

Mal sehen, ob sich noch mehr solcher Wichtigtuer unter den Passagieren befinden.

Ein unscheinbar wirkender Mann näherte sich. Er nahm eines der Sektgläser und hob dann ruckartig den Kopf. »Darf ich Sie etwas fragen?«

Der Typ hatte eine lustige Stimme, die gut zu einer Comicfigur gepasst hätte.

»Sicher.«

»Wäre es mir möglich, den Maschinenraum anzuschauen?«

Auf was für Ideen kamen die Leute? »Unsere Fluggesellschaft sieht das gar nicht gerne.«

Der Mann hob besänftigend die Hände und verschüttete dabei einen Teil seines Sekts. »Sehen Sie, ich bin Reaktoringenieur. Ich arbeite in einem Kraftwerk, aber früher habe ich auch kleine Reaktoren für Raumschiffe entworfen.«

Immerhin jemand, der Begeisterung für seine Arbeit zeigte. Na ja, man konnte ja vielleicht einmal eine Ausnahme machen. Christine wandte sich um, rief Lieutenant del Toro zu sich und erklärte ihm den Wunsch des Mannes.

Sofort schüttelte der Bordingenieur den Kopf. »Passagieren ist das Betreten der technischen Abteilungen nicht gestattet.« Er starrte Christine durchdringend an. »Das wissen Sie doch, Captain Dillinger, oder etwa nicht?«

Der Wunsch nach einem Glas Whisky steigerte sich mit jeder Sekunde. »Danke für den Hinweis, Lieutenant del Toro.«

Ohne ein weiteres Wort war der Ingenieur verschwunden.

»Tut mir leid, Mr. Baumann.«

Der Mann senkte den Kopf. Seine Lippen kräuselten sich, als wollte er gleich losflennen. Er drehte sich um und ging davon. Christine wusste jetzt schon, dass er den Flug schlecht bewerten würde. Und sie konnte sich dann dafür wieder rechtfertigen. Am liebsten hätte sie sich del Toro später vorgeknöpft, der an dieser Szene sicher seine helle Freude haben würde, aber das war so sinnlos, wie Apfelsaft in einer Raumfahrerkneipe auf Ross 154c zu bestellen.

Eine Familie näherte sich. Eine hübsche Frau mit braunen

Haaren und ein kleiner Junge, den sie schon vom Blick aus dem Fenster her kannte. Der Vater war Mike Warnock.

Die Frau nahm ein Glas Sekt und lächelte Christine zu. »Wir sind froh, auf dem Schiff zu sein, und hoffen auf eine ruhige Reise.«

Christine hatte keine Lust, sich mit der Familie eines Massenmörders zu unterhalten. Aber die Entscheidung, wer als zahlender Passagier an Bord zugelassen wurde, oblag nicht ihr, sondern der Verkaufsabteilung. Sie musste zu allen Gästen freundlich sein. »Ich freue mich, Sie an Bord begrüßen zu dürfen, und ich danke Ihnen, dass Sie sich für unsere Fluglinie entschieden haben«, leierte sie lustlos ihr Sprüchlein herunter.

»Wir haben bisher nur Gutes darüber gehört«, sagte Mike Warnock. »Die Linie hat eine der niedrigsten Verlustraten aller Gesellschaften.«

»Der Abflug war total aufregend«, meinte der Junge.

Immerhin waren diese Leute nett und jammerten nicht herum. Dennoch glaubte Christine, wenn sie dem scheinbar so netten Familienvater ins Gesicht sah, die Todesschreie von Millionen Menschen zu hören. Vielleicht war das harte Leben eines Kolonisten auf einem der kargsten besiedelten Planeten eine gerechte Strafe.

Mike Warnock warf ihr einen freundlichen Blick zu, dann kehrte die Familie zu dem Tisch zurück, von dem sie eben aufgestanden war.

Wenn Christine diese Reise hinter sich gebracht hatte, würde sie den Menschen wahrscheinlich nie wieder zu Gesicht bekommen, und das war immerhin ein Lichtblick. Sie hoffte, dass sie Mike Warnock auf diesem Flug möglichst selten über den Weg laufen musste.

Ein großer Typ mit Glatze baute sich vor ihr auf. Stumm musterte er Christine. Trotz des Lächelns lag Eis in seinen fast schwarzen Augen. Er griff nach einem Sektglas und neigte leicht den Kopf. »Schönes Schiff haben Sie hier.«

Die Stimme des Mannes war vollständig emotionslos, und Christine konnte nicht sagen, ob der Satz ehrlich oder sarkastisch gemeint war.

Der Kerl klang nicht wie ein Mensch, sondern wie einer von diesen gruseligen humanoiden Roboterprototypen, die letzte Woche in den Nachrichten vorgestellt worden waren. War das womöglich einer davon? »Freut mich, das zu hören«, erwiderte sie unsicher.

»Das meine ich ehrlich«, sagte der Mann mit heiserer Stimme. »An meinem letzten Wohnort war es weitaus unbequemer.«

Christine runzelte die Stirn. »Wo war denn Ihr letzter Wohnort?«

Ravi trat an den Tisch. »Sie dürfen an Bord der *Challenger* keinen Alkohol trinken, Mr. Ferguson. Stellen Sie das Glas wieder auf den Tisch zurück, oder ich muss den Verstoß gegen Ihre Bewährungsauflagen der Aufsichtsbehörde melden.«

Schlagartig fiel Christine ein, wen sie da vor sich hatte. Es war Slick Ferguson, vorzeitig auf freien Fuß gesetzt, nachdem er sich zu einem zweijährigen Einsatz in der Kolonie von Omicron 3 gemeldet hatte. Natürlich hatte der ehemalige Häftling Auflagen.

Ferguson lächelte und schnüffelte an dem Glas, bevor er es zurück auf den Tisch stellte. »Wollte nur mal das Aroma riechen.«

Als der Mann verschwunden war, drehte sich Christine zu Ravi herum. »Der Scheißkerl war mir ja ganz entfallen. Was hatte der noch mal ausgefressen? Ich habe die Akten nur überflogen.«

Ravi zuckte mit den Schultern. »Keine Ahnung. Das stand nicht in den Papieren. Aber ich sprach heute vor dem Abflug noch einmal mit der Leitstelle, und die wiesen auf ein Alkoholverbot hin.«

»Hast du die Robotküche entsprechend programmiert?«

Ravi nickte. »Habe ich sofort gemacht. Aber die kann natürlich auch nicht kontrollieren, wenn einer der Passagiere für alle anderen eine Runde schmeißt.«

Christine ballte die Hände zu Fäusten. »Scheiße. Wieso geben die uns so jemanden mit? Wenn wir die anderen Passagiere darüber aufklären, dass da ein Ex-Knacki an Bord ist, dem sie keinen Alk ausgeben dürfen, dann wird das sicher nicht auf einhellige Begeisterung stoßen.«

Ravi legte den Kopf schief. »Ich hab mir das nicht ausgesucht.«

Das hatte Christine auch nicht. »Am besten redest du mal einzeln mit den Gästen. Du sagst ihnen einfach, dass es einen Passagier mit einem Alkoholproblem gibt. Wir müssen ihnen ja nicht auf die Nase binden, dass das ein Knacki ist. Und es wäre auch kein Fehler, wenn der Wachhabende öfter mal einen Blick auf die Überwachungskamera der Passagiermesse wirft.«

»Ich kümmere mich darum«, versprach Ravi.

»Danke.«

»Entschuldigen Sie bitte?«

Christine und Ravi drehten sich gleichzeitig herum. Die junge Frau in dem Businesskostüm stand mit einem strahlenden Lächeln vor ihnen. Sie hatte sich wie die anderen bereits ein Glas Sekt genommen.

Ravi setzte sein charmantestes Lächeln auf. »Was können wir für Sie tun?«

»Ich habe eigentlich nur eine Frage.«

»Wie heißen Sie?«

»Natasha Beckwith«, antwortete die Frau.

»Natasha. Sie tragen ein sehr hübsches Kostüm. Es betont Ihre faszinierenden Augen«, erklärte Ravi.

Die Frau errötete. »Danke.« Sie lachte leise.

Christine unterdrückte ein Ächzen.

»Was möchten Sie wissen, Natasha?«

»Ich habe mich gefragt, ob es möglich wäre, das Schiff auch einmal abseits der Passagierräume zu besichtigen.«

Ravi grinste und beugte sich ein wenig vor. »Eigentlich ist es uns verboten, aber in Ihrem Falle machen wir selbstverständlich eine Ausnahme. Es wird mir ein Vergnügen sein, Sie persönlich im Schiff herumzuführen.«

Christine verdrehte die Augen.

Schlepp sie doch gleich mit in deine Kabine!

»Aber halt dich vom Maschinenraum fern«, zischte sie ihm zu.

»Aye, aye, Sir!«

Sie holte tief Luft. Nun wollte zum Glück niemand mehr etwas von ihr. Sie überließ die Ansprache mit der Routenplanung ihrem Ersten Offizier und war froh, als sie den Passagierbereich endlich wieder verlassen konnte.

Sie brauchte jetzt dringend einen doppelten Whisky.

7

»SCHACH«, sagte Gerry.

Mike lehnte sich über den Tisch. Er hatte offensichtlich keinen sinnvollen Zug gemacht. Er verlor, das war ganz klar. Dabei hatte es zunächst so gut ausgesehen, als er seinem zukünftigen Nachbarn in den ersten zehn Zügen zwei Bauern abgenommen hatte.

Aber Gerry war geschickt. Der Verlust der Bauern war wohl kalkuliert gewesen, und so hatte Mike in der Folge seinen Springer und dann auch noch einen Turm verloren. Und als ob das noch nicht gereicht hätte, war Gerry nach vorne geprescht und bedrohte nun Mikes König abwechselnd mit seiner Dame und einem Springer. Mike sah genau, dass Gerry seine Türme in Position brachte, um ihm den Rest zu geben.

Mike hob das Glas und kippte den Rest des Bieres in seine Kehle. Dann studierte er ein letztes Mal das Spielfeld.

Wie zum Teufel konnte ich mich nur in eine solch erbärmliche Position manövrieren?

Er zerbrach sich noch einige Minuten lang den Kopf, aber dann musste er sich geschlagen geben.

Er nahm seinen König und legte ihn auf das Spielfeld. »Ich gebe auf, Großmeister.«

Gerry grinste. »Na, von der Klasse bin ich noch ein ganzes Stück entfernt.«

»Mag sein, aber man merkt, dass du früher im Verein gespielt hast.«

»Auch da war ich nicht der Beste. Noch eine Runde?«

Mike schüttelte den Kopf. Sie hatten heute dreimal gespielt. Er hatte dreimal verloren.

Gerry pfiff eine fröhliche Melodie, als er Spielfeld und Figuren wieder in die Schachtel packte und sie an das Ende des Tisches schob. Dann widmete auch er sich seinem Bierglas.

Seit ihrem Abflug aus dem Erdorbit hatten sie sich jeden Abend mit ihren Familien in der Messe getroffen. Gerry und Mike hatten Schach gespielt und Bier getrunken, während die Frauen im hinteren Bereich der Messe auf Kissen saßen und sich mit den Kindern beschäftigten.

Ellie und Neil waren dann gegen acht in der Kabine verschwunden, während Robin und Mary sich etwas später verabschiedeten. Zwischen den Schachspielen, den langen Gesprächen und den vielen geleerten Biergläsern war tatsächlich eine Freundschaft entstanden. Heute Abend würde sich entscheiden, ob diese Freundschaft Bestand haben konnte.

Mike stand auf. »Noch ein Bier?«

»Aber immer.«

Mike nahm die Gläser und ging zur Robotküche, wo er Nachschub orderte. Zu den Bieren bestellte er zwei Whisky, obwohl er genau wusste, dass sie nicht schmeckten.

Lautes Lachen ertönte aus der Ecke der Messe, in die sich die Soldaten zurückgezogen hatten. Sie saßen um einen Tisch herum und vertrieben sich die Zeit mit Kartenspielen. Heute hatten sie sich wohl für Poker entschieden. Die Militärs blieben fast immer für sich, selten mischten sie sich unter die Zivilisten. Einmal hatte sich Captain Wheeler mit Captain Dillinger in der Messe zum Abendessen getroffen. Die Atmosphäre zwischen ihnen war Mike sehr geschäftsmäßig vorgekommen. Offenbar hatten sich die beiden nicht viel zu sagen gehabt.

Im hinteren Bereich der Messe saß Goodyear mit einem Buch.

Der Geschäftsmann hielt sich meistens um diese Zeit hier auf und las.

An einem der anderen Tische unterhielt sich Natasha mit Chandrasekhar, dem Ersten Offizier. Natasha war das genaue Gegenteil von Goodyear. Sie war beinahe den ganzen Tag in der Messe und genoss die Gesellschaft aller Passagiere. Bis auf Ferguson hatte Mike sie schon mit jedem ein langes Gespräch führen sehen. Insofern passte sie zu dem Ersten Offizier, der sich, im Gegensatz zu Captain Dillinger, oft unter die Gäste mischte, seinen Charme spielen ließ und die Gesellschaft offensichtlich auch genoss. Er hätte einen guten Offizier auf einem der neuen Kreuzfahrtschiffe abgegeben.

Baumann und Ferguson, so viel hatte Mike inzwischen mitbekommen, sah man meist nur zu den Mahlzeiten in der Messe. Im Gegensatz zu dem ebenfalls introvertiert erscheinenden Goodyear saßen die beiden auch dann meistens etwas abseits.

Mike fragte sich, was es mit Ferguson auf sich hatte. Einmal, als Ellie und Neil müde auf das Abendessen verzichtet hatten, hatte Mike sich beim Essen neben ihn gesetzt, aber der Glatzkopf hatte nur seine Suppe geschlürft und ihn ignoriert.

Mike stellte die Gläser auf ein kleines Tablett und balancierte es zu Gerry hinüber, der in Erwartung des Nachschubs grinste.

»Whisky?«

Mike setzte sich. »Ein Single Malt ist das leider nicht, aber zum letzten Abend im Sonnensystem hielt ich einen Absacker für angemessen.«

»Na dann, auf das Sonnensystem. Möge es auch ohne uns seinen Weg in die Zukunft gehen.«

Sie stießen an, und Mike atmete tief ein. »Gerry, ich möchte dir etwas über mich erzählen.«

»Ach ja?«, fragte Gerry etwas dümmlich.

»Wenn wir in Zukunft Nachbarn sind, gemeinsame Projekte

anstoßen und Freunde bleiben wollen, dann solltest du das vorher über mich wissen.« Mike machte eine Pause, um seine Worte sacken zu lassen. »Es ist eine Sache, mit der einige Leute Probleme haben, und darum halte ich es nur für fair, es zu erwähnen.«

Gerry schaute Mike irritiert an. Er wusste wohl nicht so recht, was er von der Eröffnung zu halten hatte. »Schieß einfach los.«

Mike nahm seinen Whisky und kippte das halbe Glas mit einem Schluck. »Ich habe angedeutet, dass ich im Krieg als Pilot gekämpft habe.«

»Ja, das hast du.«

»Ich war aber nicht Pilot eines Raumjägers, sondern beim strategischen Bomberkommando.«

Diese Eröffnung reichte vielen schon, um sich von Mike abzuwenden. Gerry sah ihn jedoch weiterhin verständnislos an.

»Wir hatten den Befehl zur Bombardierung feindlicher Welten bekommen, und ich habe mit meiner Crew diese Befehle ausgeführt. Auch auf zivilen Welten.«

Gerry nickte. »Das hat der Feind schließlich bei uns auch gemacht. Ich erinnere mich noch an die Bombardierung von San Francisco. Wir haben es zum Glück nur aus den Nachrichten erfahren, aber die Bilder waren schrecklich.«

»Unsere Ziele waren auch auf Zivilwelten zunächst rein militärische Anlagen«, fuhr Mike fort. »Später entschied sich Verteidigungsminister Cohagen dann für die Bombardierung von bewohnten Städten, um die Kampfmoral des Feindes zu schwächen.«

Gerry nickte wieder. »Es war Krieg. Ich verstehe das. Du hast ja auch nur Befehle befolgt, und es war nicht deine Entscheidung.«

»Ich wurde dann zum 42. Bombergeschwader versetzt.«

Gerry blickte ihn nach wie vor aus großen Augen an. Bei den meisten anderen fiel spätestens zu diesem Zeitpunkt der Groschen.

»Ich war in dem Geschwader, das die Nova-Bombe geworfen hat.«

Gerrys Miene gefror. *Jetzt* hatte er verstanden.

»Die erste haben wir in meiner Maschine geflogen. Ich habe den Befehl zum Abwurf auf Tau Ceti 2 gegeben.«

Gerry sah zu Boden.

Diese gottverdammte Nova-Bombe.

Mike wünschte sich, er wäre nie mit dieser Aufgabe betraut worden. Der Abwurf jener Bombe hatte sein Leben gezeichnet. Hatte *ihn* gezeichnet. Für den Rest seines Lebens würde die Hälfte der Bevölkerung ihn als Sünder vor Gott bezeichnen, so wie er sich auch selbst sah. Zu welcher Hälfte gehörte Gerry?

Endlich blickte Mikes Gegenüber auf. Immer wieder blinzelte er. »Diese Bombe hat den ganzen Planeten zerstört.«

Was sollte Mike erwidern? »Das hat sie.«

»Warum wurde sie eingesetzt?«, erkundigte sich Gerry heiser. »Warum auf Tau Ceti? Es gab dort keine nennenswerte Industrie, keine militärischen Anlagen. Ich habe es nie verstanden.«

»Der Chef des strategischen Bomberkommandos wollte ein Exempel statuieren«, erwiderte Mike. »Er hatte die Hoffnung, dass die Vernichtung von Tau Ceti 2 die Kampfmoral des Feindes bricht und ihn zur Kapitulation zwingt.«

»Wie viele Menschen lebten auf dieser Welt? Wie viele davon waren Zivilisten?«

»Fünf Komma drei Millionen.« Mike wusste, was als Nächstes kommen würde. »Alle waren sie Zivilisten.«

»Und sie starben alle auf einen Schlag, als die Nova-Bombe den Planeten in einen verglühenden Stern verwandelte.«

Ja, das hatten sie getan. Er, Mike Warnock, hatte das Blut von über fünf Millionen Menschen an seinen Fingern kleben. Wenn es jemanden gab, den man neben General Cohagen dafür verantwortlich machen konnte, dann war er es.

Gerry sah Mike lange in die Augen. Er öffnete den Mund, schloss ihn aber sogleich wieder.

Dann stand er auf, ließ Whisky und Bier auf dem Tisch stehen und verließ wortlos die Messe.

8

»GUTEN Abend«, sagte Christine, als sie die Zentrale betrat.

»Guten Abend, Sir«, antwortete Steuermann Laski übertrieben zackig.

Navigatorin Schmitt an der Konsole daneben verdrehte die Augen.

Del Toro und Goldman teilten sich eine Schalttafel, die eine genaue Kopie der Steuerungsanlage im Maschinenraum war, und nickten im Takt. Der Ingenieur spielte mit einem Kugelschreiber herum und ließ die Mine mit einem nervtötenden Klicken rein- und rausschnellen.

Christine setzte sich an ihren Platz. »Alles klar, Ravi?«

»Alles klar, Christine.«

»Gut, dann wollen wir beginnen.« Sie aktivierte ihre Konsole, studierte den Navigationsbildschirm und überflog die Statusanzeigen des Schiffes. So weit, so gut. Sie öffnete das Logbuch und machte einen neuen Eintrag: Vorbesprechung Hypersprung.

»Navigation«, forderte Christine.

Lena Schmitt schwang auf ihrem Sessel herum. »Sir, wir haben den Wegpunkt ISRA passiert und steuern nun auf AR12 zu, wo sich unser Sprungpunkt befindet.«

»Die Freigabe für den Sprung?«

Schmitt hielt ein Papierstück hoch. »Eben gekommen.«

»Gut, heften Sie es in den Protokollordner.«

Die Navigatorin sah müde aus, als hätte sie seit dem Abflug von der Erde nicht richtig geschlafen.

Christine blickte zu del Toro hinüber, der immer noch mit dem Kugelschreiber herummachte. »Status der Maschinen.«

»Alles bestens«, antwortete del Toro lapidar.

Wut stieg in Christine auf. »Ich erwarte eine ordentliche Meldung, Lieutenant del Toro.«

»Wenn's denn sein muss. Schiffssysteme sind überprüft und einsatzbereit. Antrieb gecheckt und bereit für den Hypersprung. Kondensatoren können jederzeit aufgeladen werden.«

»Danke, Lieutenant del Toro. So hätte ich das in Zukunft gern sofort.«

Del Toro lehnte sich zu seinem Mechaniker vor und machte eine Bemerkung, die Christine nicht verstand. Goldman grinste.

»Steuermann, Meldung!«, befahl Christine.

»Sir, alle Systeme einsatzbereit«, sagte Laski laut.

Christine nickte. »Gut so. Ravi, was machen die Passagiere?«

»Ich bin gerade noch in der Messe gewesen. Die Stimmung ist gut, und es gibt keinerlei Probleme.«

»Sehr gut«, erwiderte Christine.

Sie war Ravi dankbar, dass er sich über das erforderliche Maß hinaus um die Passagiere kümmerte. Durch seine charmante Art löste er viele Probleme, bevor sie zu ihr vordrangen. Vor Ravi hatte sie einen introvertierteren Ersten Offizier gehabt, damals musste sie sich andauernd mit den verdammten Fluggästen herumschlagen. Wenn es nach ihr ging, konnte er anbandeln, mit wem er wollte. Solange sie von den Schwierigkeiten auf den Passagierdecks verschont wurde, war ihr alles recht. Sollte Ravi doch diese Natasha mit in seine Kabine nehmen und ihr den Verstand rausbumsen, wenn ihm so sehr danach war und sie das freiwillig mitmachte.

Christine unterdrückte ein Ächzen. Morgen würden sie den Sprung in das Omicron-System machen, und dann hatten sie die Hälfte des Fluges geschafft. Mit ein bisschen Glück waren auf dem Rückflug gar keine Passagiere an Bord, sondern nur Fracht.

»Also gut.« Christine sah ihre Offiziere nacheinander an. »Hat jemand sonst noch irgendetwas?«

Niemand antwortete.

»Okay, dann beginnen Sie mit dem Aufladen der Kondensatoren für den Überlichtsprung«, wandte sie sich an del Toro.

»Aye, aye, Sir«, antwortete del Toro betont. Goldman kicherte. Dann endlich führte der Ingenieur den Befehl auf seiner Konsole aus.

Was für ein Arschloch! Mit jedem Flug wurde del Toro dreister. Wenn Christine nicht gekündigt hätte, würde sie sich nach einem neuen Bordingenieur umsehen. Da konnte del Toro noch so ein Genie sein.

»Für wann soll ich den Sprung anmelden?«, fragte Schmitt.

»Ich würde sagen, für zehn Uhr«, antwortete Christine. »Dann haben die Passagiere gefrühstückt und halten sich in der Messe auf, um ihn zu beobachten.«

Wobei es bei einem Hypersprung nicht wirklich viel zu beobachten gab. Aber die meisten Passagiere wollten diesen Moment in einem Raum mit Fenster erleben.

»In Ordnung«, bestätigte Schmitt. »Ich setze den Timer.«

Christine erhob sich. »Ich ziehe mich zurück. Wie sieht der Wachplan aus?«

»Ich übernehme die erste Wache«, antwortete Schmitt. »Dann Lieutenant Laski und zuletzt del Toro.«

Christine schaltete ihre Konsole aus. Sie würde erst wieder für den Überlichtflug an ihrem Platz sitzen, es sei denn, dass es zu Problemen kam. Sie hatte lediglich Rufbereitschaft, bis das Schiff wieder zurück im Sonnensystem war.

»Gute Nacht allerseits«, sagte sie und verließ die Zentrale. Wenige Augenblicke später schloss sie die Tür zu ihrem Quartier hinter sich. Sie fischte ihr privates Tablet aus der Tasche und öffnete das Bibliotheksprogramm. Sie brauchte eine neue Lektüre. Nach kurzem Zögern entschied sie sich für ein Sachbuch über den Yucatán-Konflikt. So lange Jahre war sie immer nur sporadisch auf der Erde gewesen, und sie hatte inzwischen das Bedürfnis, sich ein fundiertes Wissen über die Vorkommnisse auf ihrem Heimatplaneten während der letzten Jahrzehnte anzueignen.

Sie nahm ein Glas vom Tisch, ging zum Schrank und holte die Whiskyflasche aus ihrem Geheimversteck. Dann goss sie sich zwei Fingerbreit ein und ging zurück an den Tisch. Die Stühle waren alles andere als ergonomisch, und ihr war vollkommen klar, dass sie Rückenschmerzen nach dem Aufstehen haben würde, wenn sie hier allzu lange saß.

Sie legte ihre Füße auf den zweiten Stuhl, winkelte die Beine etwas an und positionierte das Pad auf ihrem Schoß.

Noch bevor sie den ersten Satz gelesen hatte, ertönte der Türsummer.

Christine stöhnte. Sie griff nach dem Glas, um es hinter dem Topf mit der roten Plastikblume zu verstecken, hielt aber inne. Wenn nach diesem Flug Schluss war, konnte es ihr auch egal sein, ob sie mit Alkohol während ihrer Rufbereitschaft erwischt wurde. Ob sie ein schlechtes Vorbild für die jüngeren Offiziere abgeben würde, konnte ihr ebenfalls egal sein.

Sie beugte sich zur Wand, um den Türöffner zu betätigen.

Es war Ravi.

»Christine, hast du kurz …« Er stutzte, als er das Glas auf dem Tisch sah. »Ich gehe nicht davon aus, dass das Apfelsaft ist.«

»Komm rein und mach die gottverdammte Tür zu«, zischte Christine.

Ravi gehorchte. »Hältst du das für klug?«

Christine machte eine wegwerfende Handbewegung. »Ich

habe mich mein ganzes Leben lang an jede noch so kleine gott-verdammte Vorschrift gehalten. Wenn du jetzt ein Problem damit hast, dass ich mich bei meinem letzten Flug einmal ein kleines bisschen gehen lasse, dann scher dich am besten gleich zum Teufel.«

Ravi setzte sich und grinste. »Ist deine Sache. Ich finde es nur lustig, weil du mir gegenüber betont hast, ich solle die Finger vom Sekt lassen.«

»Du bist, im Gegensatz zu mir, noch viele Jahre von deinem letzten Flug entfernt.«

»Auch wieder wahr«, murmelte der Erste Offizier.

»Was kann ich für dich tun?«

»Ich wollte nur bemerken, dass die Passagiere etwas nervös werden, was Ferguson angeht.«

»Inwiefern?«

»Er verhält sich merkwürdig«, antwortete Ravi. »Einigen Gästen macht er sogar Angst.«

»Inwiefern tut er das?«

»Na ja, er guckt komisch.« Ravi hob entschuldigend die Arme, wusste offenbar nicht so recht, wie er es ausdrücken sollte.

Christine runzelte die Stirn. »Er guckt komisch?«

»Er steht manchmal einfach in den Gängen herum und starrt die Leute an, die ihm begegnen.«

Christine lachte laut auf. »Er steht im Gang und guckt Leute komisch an. Das scheint mir ja fast ein Kapitalverbrechen zu sein.«

Sie hatte schon einige Ex-Knackis kennengelernt. Wenn sie lange gesessen hatten, machten sie immer einen merkwürdigen Eindruck. Das war aber nichts, worüber man sich unmittelbar Sorgen machen musste. Wenn Ferguson gefährlich gewesen wäre, dann hätte man ihn nicht mit einer Passagierfähre geschickt, sondern mit einem Gefangenentransporter. Dass Knackis sich im Austausch gegen einen Teilerlass ihrer Strafe freiwillig verpflichten konnten, war schon seit einigen Jahren möglich. Das bot man aber nicht Leuten an, die eine Gefahr für die Kolonie darstellten. Christine zuckte mit den Schultern. »Ich fürchte, da kann ich nicht wirklich was machen.«

»Willst du mal mit dem Mann reden? Soll *ich* mal mit dem Mann reden, dass er sich etwas weniger auffällig verhält?«

Christine griff nach ihrem Glas und nippte an der goldenen Flüssigkeit. Es war ein guter Whisky. Er hatte sie auf der Raumstation ein kleines Vermögen gekostet.

»Christine?«

Sie schüttelte den Kopf. »Lass den Mann einfach in Ruhe«, antwortete sie gelassen. »Behalte ihn im Auge, aber lass ihn in Ruhe.«

»Und die anderen Passagiere? Was soll ich denen sagen?«

»Die sollen sich um ihren eigenen Scheißdreck kümmern.«

Ravi sah sie erschrocken an.

Christine hob die rechte Hand mit ausgestrecktem Zeigefinger. »Das sagst du ihnen natürlich nicht so!«

Ravi entspannte sich merklich.

»Sag ihnen einfach, dass von dem Mann keine Gefahr ausgeht«, schob sie nach.

»Aber stimmt das denn?«, fragte Ravi. »Können wir uns da sicher sein?«

»Kann man sich jemals sicher sein?« Christine nahm einen weiteren Schluck. »Ich meine, was will er an Bord schon tun? Fliehen kann er nicht.«

»Soll ich eine Anfrage an die Zentrale stellen, warum genau er eigentlich eingesessen hat?«

Christine lachte. »Wozu sollte das gut sein? Wir sind jetzt seit einer Woche unterwegs und springen morgen nach Omicron. Egal, was die Zentrale uns mitteilt, wir werden den Flug unverändert fortführen.«

Ravi nickte langsam.

»Aber ich werde mir die Sache merken und das nächste Mal, wenn wir einen Knacki auf unserer Liste haben, genauer nachfragen.«

Ravi verengte seine Augen zu Schlitzen. »Beim nächsten Mal?«

Es dauerte einen Moment, bis Christine sich daran erinnerte, dass es für sie kein nächstes Mal geben würde. »Entschuldige bitte.«

Ravi grinste. »Nach einem halben Jahr bist du wieder zurück. Da gehe ich jede Wette ein.«

Christine dachte an die Passagiere. »Diese Wette verlierst du, mein Lieber.«

»Wir werden sehen.«

»Themawechsel«, bestimmte Christine. »Hast du dich mal mit Mike Warnock unterhalten?«

Ravi bejahte. »Ist ganz nett. Sehr zurückhaltend. Ich hätte ihn mir ganz anders vorgestellt.«

»Du weißt also, wer er ist.«

»Hat etwas gedauert, obwohl mir der Name auf der Passagierliste gleich bekannt vorkam. Wir haben nicht sehr oft VIPs an Bord.«

Christine rümpfte die Nase. »VIP? In einem sehr negativen Sinne kann man das wohl sagen.«

»Du verurteilst ihn?«

»Du etwa nicht?«

Ravi lehnte sich in seinem Stuhl zurück. »Ich bin mir nicht sicher, ob wir das jetzt ausdiskutieren sollten.«

Christine deutete auf ihr Glas. »Und wenn ich dir befehle, aus medizinischen Gründen einen Whisky mit mir zu trinken?«

»Dann würde ich mich eventuell dazu hinreißen lassen.«

Christine stand auf und schenkte Ravi ein Glas ein.

Der Erste Offizier roch daran. Dann nahm er einen kleinen Schluck und hob die Augenbrauen. »Scheiße, ist der gut.«

»Single Malt.«

»Wo hast du den denn her?«

Christine winkte ab. »Mike Warnock.«

»Also gut.« Ravi nahm noch einen Schluck und stellte das Glas auf dem Tisch ab. »Wenn du mich fragst, ist er ein Held.«

Christine schnaubte. »Ein Held? Du hältst ihn wirklich für einen Helden? Der Typ hat eine Bombe abgeworfen, einen ganzen Planeten vernichtet und Millionen Menschen dabei umgebracht.«

Ravi winkte ab. »Er war Soldat. Er hat einen Befehl befolgt. Hätte er es nicht getan, hätte es jemand anders gemacht.«

»Das ist keine Ausrede, denn hätten sich alle geweigert, dann würden diese Menschen jetzt noch leben.«

Ravi schüttelte energisch den Kopf. »Das ist eine hypothetische Frage. Der ganze Krieg hat über zwanzig Millionen Menschen das Leben gekostet. Hätte sich das Oberkommando gegen den Einsatz der Nova-Bombe entschieden, wäre vielleicht eine Invasion des Gemini-Sektors nötig geworden. Wer weiß, wie viele Millionen Menschenleben eine solche Operation gefordert hätte. Vor allem von *unseren* Soldaten. Von *unseren* Söhnen und Töchtern. Und bei einem Fehlschlag hätte man die Nova-Bombe womöglich doch einsetzen müssen.« Er schüttelte den Kopf. »Die Bombe abzuwerfen, war die einzig richtige Entscheidung.«

Millionen tote Zivilisten.

Es war eine verquere Kriegslogik, einen solchen Einsatz als Heldentat zu bezeichnen. Nein, Warnock und alle anderen, die an dem Abwurf dieser Höllenbombe beteiligt gewesen waren, stellten für Christine schlicht Massenmörder dar. Es hätte eine zweite Möglichkeit gegeben, den Krieg zu beenden. Da war sie ganz sicher.

»Ich habe ein anderes Problem mit Warnock«, sagte Ravi.

Christine hob die Augenbrauen.

»Dass er danach zum Verräter wurde, verzeihe ich ihm nicht.«

Christine begann zu lachen, bis ihr Tränen die Wangen hinabliefen.

»Was?«, fragte Ravi irritiert.

Christine griff nach einem Taschentuch und wischte sich die Nässe aus dem Gesicht. Sie hatte Mühe, ihren Lachanfall unter Kontrolle zu bekommen.

»Was?«, wiederholte Ravi.

Christine packte das Taschentuch wieder weg und griff nach ihrem Whiskyglas. »Es ist eine Ironie der Geschichte. Für die eine Hälfte der Bevölkerung war der Abwurf der Nova-Bombe eine Heldentat. Und genau bei dieser Hälfte hat er sich anschließend unmöglich gemacht, indem er desertierte und das Nova-Projekt verriet. Vielleicht ist das die gerechte Strafe für einen solchen Menschen.«

Ravi betrachtete sie wortlos.

»Die einen hassen ihn wegen der Bombe, die anderen wegen seines Verrats.« Sie schwieg einen Moment. »Mike Warnock hat in dieser Welt keine Freunde mehr. Und es wundert mich, dass seine Familie noch zu ihm steht.«

9

DIE Kabinentür fuhr zischend in die Wand.

»Da bist du ja«, flüsterte Ellie und drehte sich im Bett herum.

Mike zog sich das Sweatshirt aus und legte es in den offen stehenden Schrank. »Ich wollte dich nicht wecken.«

»Ist nicht so schlimm. Ich habe noch nicht tief geschlafen.«

Mike schlüpfte aus Hose und Socken und kroch ins Bett. Wenigstens Neil schlief tief und fest, wie er im schwachen Licht der gelblichen Notbeleuchtung an der Decke erkannte. »Die Tür zischt so laut, wenn man sie schließt.«

»Ich sagte doch, es ist nicht schlimm.«

Mike zog sich die Decke über den Körper und drehte sich auf die Seite. Doch nach dem gescheiterten Gespräch mit Gerry wusste er, dass der Schlaf heute Nacht auf sich warten lassen würde.

Ellie schmiegte sich an ihn und legte ihren Arm um seinen Körper. Ihre Berührung fühlte sich immer noch nicht vertraut an.

»Du bist früher als sonst«, murmelte sie. »Ist alles in Ordnung?«

Mike presste die Lippen zusammen. Er hatte keine Lust, mit Ellie darüber zu sprechen.

»Mike? Stimmt etwas nicht?«

Was soll's …

»Ich habe Gerry vom Krieg erzählt.«

»Oh nein.« Sie ahnte offenbar, was geschehen war. »Konntest du es denn nicht einfach einmal verschweigen?«

Nein, das konnte er nicht. »Irgendwann erfahren sie es alle.

Und mir ist es lieber, wenn das früher als später geschieht. Und von mir. Dann weiß ich, woran ich bin. Und sie wissen auch, woran sie sind.«

»Was hat er gesagt?«

Mike drehte sich um und schaute Ellie in die Augen, die im Dämmerlicht nur schwer zu erkennen waren. »Er hat gar nichts gesagt. Er ist einfach aufgestanden und gegangen.«

»Vielleicht muss er erst darüber nachdenken, wie er mit deiner Vergangenheit umgehen soll.«

»Ich fürchte, dass unsere Freundschaft mit den Paines beendet ist, bevor sie richtig angefangen hat.« Es wäre nicht das erste Mal gewesen. Schon auf der Erde hatten sich die meisten ihrer Bekannten von ihnen abgewandt. Und selbst die, die es nicht getan hatten, blieben auf Abstand.

»Ich rede morgen mit Robin«, erklärte Ellie.

Mike hatte Zweifel, dass das etwas bringen würde. »Wir hätten einen anderen Namen annehmen sollen. Dann wäre es schwerer gewesen, etwas über meine Vergangenheit herauszufinden.« Diese Möglichkeit hatten sie tatsächlich gehabt. Viele Siedler nutzten sie, um eine völlig neue Existenz auf einem anderen Planeten zu beginnen.

Ellie schüttelte den Kopf. »Und unser Leben auf Omicron auf einer Lüge aufbauen? Nein, das haben wir schon besprochen.«

Sie mochte recht haben, doch die Alternative bedeutete einen schwierigen Weg. Im schlimmsten Fall standen sie auf Omicron allein da.

Es war zum Verzweifeln. Vor allem Ellie und Neil taten Mike leid. Sie hatten sein Schicksal zu teilen, obwohl sie an dem, was er getan hatte, gänzlich unbeteiligt waren.

»Warum bist du noch mit mir zusammen?« Die Frage hatte er sich schon seit langer Zeit gestellt. Er hatte sie niemals ausgesprochen. Vielleicht weil er Angst vor der Antwort hatte. Aber nach dem Gespräch mit Gerry war er in einer derart düsteren Stimmung, dass ihn nichts mehr erschrecken konnte.

Ellie richtete sich ruckhaft auf. »Was?«

»Warum bist du nach dem Krieg mit mir zusammengeblieben? Es hätte so viel einfacher für dich und Neil werden können.«

Sie legte ihren Zeigefinger auf seine Lippen. »So darfst du nicht denken. Das darfst du mich nicht fragen.«

»Aber ich frage dich.«

Sie schaute ihn einen Augenblick stumm an und erwiderte dann: »Ich habe dich geheiratet. Schon vergessen? Ich habe dir ein Versprechen gegeben.«

Sein Mut sank. Eine solche Antwort hatte er erwartet und befürchtet. »Also bist du mit mir zusammen, weil du dein Versprechen nicht brechen willst.«

Sie lächelte ihn an. Es war ein warmherziges Lächeln. Was immer sie nun sagen würde, meinte sie ehrlich. »Ja, ich habe dir ein Versprechen gegeben. Und ich habe dir dieses Versprechen nicht leichtfertig gegeben. Ich habe dich auch nicht geheiratet, weil ich mit Neil schwanger war, sondern weil ich dich liebe und wusste, dass du dich um unseren Sohn und deine Familie kümmern wirst.«

Sie zögerte. »Ich habe mich damals in dich verliebt, weil du nicht nur von Verantwortung geredet, sondern sie auch übernommen hast. Weißt du noch, als du unsere erste gemeinsame Reise abgesagt hast?«

Mike nickte. »Wie könnte ich das vergessen. Der Trip zum Mond war dir so wichtig, dass ich dachte, ich verliere dich.«

»Deine Mutter war krank, und du hast die Reise ausfallen lassen, weil du dich um sie kümmern musstest. Du wolltest sie nicht ins Heim geben. Du hast dich selber auf die Mondfahrt gefreut, aber du standest zu deiner Verantwortung. Das hat mir imponiert. Du warst der Mensch, den ich immer wollte. Ich habe dich gesucht und gefunden. Mit dem ich mein Leben verbringen wollte.«

»Ich bin nicht mehr derselbe Mensch wie früher.«

»Ja, du hast dich nach dem Krieg verändert, aber ich bin fest davon überzeugt, dass du wieder zu dem glücklichen, lustigen Mann werden kannst, in den ich mich damals verliebt habe.«

Würde Neil nicht neben ihnen schlafen, hätte er losgelacht. »Ich glaube nicht, dass das möglich ist. Du weißt doch, was ich im Krieg getan habe.«

»Ich habe dir gesagt, dass ich dich dafür nicht verurteile. Du hast einen Befehl ausgeführt. Das ist es doch, was Soldaten tun, oder? Sie führen Befehle aus.«

»Ich hätte diesen Befehl niemals ausführen dürfen«, sagte Mike.

Ellie nahm seinen Kopf in ihre Hände.

Seine Augen begannen zu brennen. »Ich hätte es nicht tun dürfen. Die vielen Menschen.« Er konnte ein Schluchzen nicht unterdrücken.

Bei Gott, er bedauerte es, und er würde alles tun, um es ungeschehen zu machen. Alles!

Ellie hielt ihn fest, während er leise vor sich hin wimmerte. Irgendwann wurde er müde und versank in der unwirklichen Welt zwischen Wachen und Schlafen.

Ich werde diese Schuld mit mir tragen. Für den Rest meines Lebens.

10

CHRISTINE betrat die Zentrale und setzte sich an ihre Konsole. Nacheinander aktivierte sie die Monitore. »Wie ist die Lage?«

»Alles bestens«, meldete der Steuermann. »Das Schiff ist in gutem Zustand, und es gibt keine Hinweise, dass sich daran etwas ändern könnte.«

»Position?«

»Wir haben den letzten Wegpunkt passiert und sind nun innerhalb des Sprungkorridors.«

»Was von den Passagieren?«

Laski schüttelte den Kopf, schaltete aber seinen Monitor auf das Kamerasystem des Passagierbereichs. »Ich habe keine Klagen gehört. Im Moment versammeln sich die Leute nach und nach in der Messe zum Frühstück und für den Sprung.«

Christine rieb sich die Hände. Vielleicht würde heute ein guter Tag. »Prima.« An Sprungtagen war sie immer besser gelaunt als während der mitunter doch recht langweiligen Transittage in den äußeren Sonnensystemen ihrer Start- und Zielsterne.

»Morgen, Captain.« Goldman salutierte, bevor er sich an die Konsole des Maschinenraumpersonals setzte.

Christine erwiderte den Gruß. Corporal Goldman war eigentlich ein netter Kerl, wenn er nicht gerade über del Toros blöde Witze lachte. Sie hoffte, dass der junge Ingenieur sich nicht zu viele von den schlechten Angewohnheiten seines direkten Vorgesetzten abschaute.

Nacheinander betraten die Besatzungsmitglieder die Zentrale und begaben sich an ihre Plätze.

Schließlich fehlte nur noch Ravi.

Christine sah auf ihre Armbanduhr. Es wurde Zeit für das Sprungmanöver. Ihre Hand näherte sich der Taste für das Mikro des Interkoms, als der Erste Offizier die Zentrale betrat, dunkle Ringe unter den Augen.

»Was ist denn mit dir passiert?«, flüsterte Christine ihm zu, nachdem er sich gesetzt hatte. »Bist du etwa …«

Sie verstummte, als er sie dümmlich angrinste. Sie stöhnte. Es war völlig klar, was er in der Nacht getrieben hatte.

»Ich habe …«, begann Ravi, aber Christine winkte ab. Sie wollte es gar nicht im Detail wissen.

Sie stand auf. »Wir bereiten nun den Überlichtsprung vor. Hat jemand noch irgendwas?«

Schweigen.

Christine setzte sich wieder. »Navigation.«

»Position ist im Zentrum des Absprungkorridors. Kurs ist gesetzt, und die Berechnungen sind vom Computer durchgeführt. Sprungprogramm steht. Alle Systeme bereit.«

»Steuermann.«

»Schiffssysteme für den Überlichtflug bereit«, antwortete Laski, ohne sich herumzudrehen.

»Antrieb?«

»Überlichtantrieb ist in gutem Zustand. Alle Systeme sind im grünen Bereich. Kondensatoren sind aufgeladen und für die Einspeisung in den Casimir-Generator bereit.«

Christine hob anerkennend die Augenbrauen. Sie hatte eine blöde Bemerkung oder zumindest einen sarkastischen Tonfall erwartet, aber der Chefingenieur gab sich heute betont ernst.

»Ravi?«

»Bereit für die Checkliste.«

»Gut. Hast du einen Kontrollgang gemacht?«

»Ja, alle Schleusen sind geschlossen. Den Passagieren geht es ausnahmslos gut.«

Dieser Natasha geht es heute Morgen sicher ganz besonders gut.

»Soll ich eine Durchsage machen, oder willst du das tun?«

Christine seufzte. »Mach du das ruhig.«

Ravi lächelte und griff nach der Sprechtaste.

11

MIKE hatte gerade ein Tablett mit Getränken geholt und ließ sich am Tisch neben Ellie und dem am Fenster sitzenden Neil nieder, als der Erste Offizier sich über den Lautsprecher meldete. Mike reichte Ellie eine Tasse Kaffee und Neil einen Tee.

»Liebe Gäste, es erfüllt mich mit Freude, Ihnen mitzuteilen, dass wir nun unsere Position für den Überlichtsprung erreicht haben.«

Sehr pathetisch.

Seltsamerweise fühlte Mike sich ausgeruht. Er hatte sich in den Schlaf geweint und dann bis zum Morgen durchgeschlafen. Im Grunde hatte er doch geahnt, dass das Gespräch mit Gerry auf diese Weise enden musste. Er hatte nun mal keine Freunde, und das würde bis zum Ende seines Lebens auch so bleiben.

Chandrasekhar fuhr fort. »Wir beginnen in Kürze mit der letzten Checkliste und der Aktivierung des Überlichtantriebs. Unser Chefingenieur Diego del Toro versichert, dass die Systeme in fabelhaftem Zustand sind und keine Probleme erwartet werden. Wenn die Besatzung die Checkliste bearbeitet hat, werden wir den letzten Countdown mit einer Dauer von einer Minute einleiten, was ein kurzer Signalton ankündigen wird.«

Es knackte im Lautsprecher, und Chandrasekhar verstummte. Für Mike war das alles nichts Neues, aber Ellies Lächeln wirkte ungewohnt gezwungen. Neil hibbelte auf seinem Sitz herum und starrte dabei aus dem Fenster.

Dann sprach der Erste Offizier wieder. »Einen weiteren Signalton gibt es zehn Sekunden vor der Aktivierung. Im Anschluss an den Überlichtsprung werden die Kondensatorbänke heruntergefahren, was weitere zehn Sekunden dauert. Nach Beendigung hören Sie einen letzten Signalton. Wenn wir dann unsere abschließende Checkliste abgearbeitet haben, werden wir Sie erneut zu einem Sektempfang in der Passagiermesse begrüßen, bei dem wir auf die erfolgreiche Ankunft im Omicron-System anstoßen.«

Allmählich kam der Rest der Passagiere in die Messe. Zuerst erschien Goodyear mit seinem Buch. Er setzte sich auf eine Couch, diesmal, ohne vorher der Robotküche seinen obligatorischen Besuch abzustatten.

Dann strömten wie auf Kommando die Soldaten herein, die sich eilig nach vorne begaben, um schnell noch ihre Biergläser zu füllen.

»Bier um zehn Uhr morgens?«, fragte Ellie.

Mike zuckte mit den Schultern. »Beim Militär nichts Ungewöhnliches.«

Anschließend betrat Familie Paine die Messe. Gerry und Robin nickten ihnen zu, setzten sich aber an einen leeren Tisch.

Mike war darauf vorbereitet, aber dennoch schmerzte es ihn. Er mochte es ja verdient haben, aber dass auch seine Familie darunter leiden musste, war einfach nicht fair.

»Hab's ja gesagt«, flüsterte er seiner Frau zu.

»Ich werde mich später mit Robin unterhalten.«

Natasha blieb einen Augenblick unentschlossen in der Tür stehen. Sie blickte zur Robotküche, hatte aber wohl keine Lust, sich hinter den Soldaten anzustellen, und kam zu Ellie und Mike. »Darf ich?«

»Sicher«, sagte Ellie.

Natasha setzte sich neben sie. Während sie an den letzten Tagen stets ein adrettes Kostüm getragen hatte, war sie nun in einem zerknautschten Sweatshirt unterwegs. Ihre Haare wirkten frisch gewaschen, aber ungeordnet.

»Du siehst müde aus«, sagte Mike. »Hast du nicht gut geschlafen?«

»Ich war lange wach.« Ihr Tonfall machte deutlich, dass sie nicht ins Detail gehen wollte.

Zuletzt kam Ferguson herein. Er blieb hinten bei der Luke stehen und drückte sich an der Wand herum.

Mike fragte sich, wie lange die Besatzung wohl für das Abarbeiten der Checkliste brauchte. In seinem Bomber hatten er und seine Crew den Antrieb binnen weniger Sekunden hochgefahren und überprüft.

»Was wird passieren?«, fragte Neil. »Gibt es einen Ruck?«

»Du musst keine Angst haben«, beruhigte Ellie ihn.

Mike beugte sich zu ihm hinüber. »Weil wir künstliche Schwerkraft an Bord der *Challenger* haben, merken wir noch nicht mal, dass wir uns bewegen. Es wird für einen kurzen Moment dunkel, während wir im Hyperraum sind, aber dieser Zeitraum ist so kurz, dass wir es gar nicht wirklich mitkriegen. Normalerweise nur wenige Mikrosekunden.«

Der Junge sah ihn verständnislos an.

»Mike«, mahnte Ellie.

Doch Mike konnte nicht anders. »Einstein hat gesagt, dass sich in unserem Universum nichts schneller als das Licht bewegen kann. Darum schirmt uns das Casimir-Feld vom Rest des Universums ab, und das Schiff kann dann mit Überlichtgeschwindigkeit fliegen. Es reitet auf seiner eigenen Welle aus Raumzeit vom Sonnensystem bis zu unserem neuen Zuhause. Da die Wellengeschwindigkeit des Antriebs sehr hoch ist, legen wir die gesamte Strecke in nur einem Augenblick zurück. Schau aus dem Fenster und sag mir, was du siehst.«

Neil wandte den Kopf. »Sterne.«

»Genau. Es sind die Sterne, die man vom Sonnensystem aus erkennen kann. Und dann, einen kurzen Augenblick der Dunkelheit später, sehen wir den Sternenhimmel des Omicron-Systems.«

»Das ist alles?«, fragte Neil.

»Das ist alles.« Mike grinste.

Neil wandte sich an Ellie. »Mama?«

»Das ist alles«, versicherte sie ihm.

Sein Verhalten verärgerte Mike ein wenig. Andauernd fragte Neil seine Mutter, weil er seinem Vater nicht glaubte. Er musste sich zwingen, keinen blöden Kommentar abzugeben.

»Ein reizender Junge«, sagte Natasha.

»Ja, sehr reizend.«

Mike erschrak angesichts seines sarkastischen Tonfalls.

Ellie warf ihm einen bösen Blick zu. Natasha sah ihn irritiert an.

»Er ist ein toller Junge«, schob Mike nach und lächelte. »Das meine ich wirklich.«

Natasha beeilte sich, zu nicken.

»Wie viele interstellare Flüge hast du schon unternommen?«, fragte Mike, um das Thema zu wechseln.

Natasha legte die Stirn in Falten. »Das ist eine gute Frage. Ich mache meist um die drei, vier Reisen im Jahr, und ich bin schon seit fast zehn Jahren bei der Firma. Also schätze ich, so um die vierzig Flüge.«

»Du bist also auch im Krieg gereist?«

Natasha nickte. »Ja, wir haben während dieser Zeit für das Verteidigungsministerium gearbeitet und Firmen bei der Umstellung auf die Rüstungsproduktion beraten.«

Zufällig fiel Mikes Blick auf die gegenüberliegende Seite des Raumes, wo die Paines an ihrem Tisch saßen. Gerry und Robin starrten ihn beide an und tuschelten miteinander, bevor sie sich schnell abwandten.

So nicht!

Mike stand auf.

»Was hast du vor?«, fragte Ellie in scharfem Tonfall. Sie musste die Szene mitbekommen haben.

Mike setzte sich in Bewegung.

»Mike, nicht!«

Er ignorierte Ellie und trat vor den Tisch der Paines. »Wenn ihr mir etwas zu sagen habt, dann bitte ins Gesicht«, sagte er lauter als beabsichtigt.

Die Gespräche im Raum verstummten. Die Soldaten starrten ihn genauso an wie Goodyear.

Dem Geschäftsmann fiel sein Buch aus der Hand. Als es auf den Boden polterte, durchdrang das Geräusch die Stille wie Donner.

Gerry und Robin wechselten einen schnellen Blick. Robin hob abwehrend die Hände. Mary sah ihn ängstlich an.

Gerry erhob sich. »Hör zu, Mike. Immer mit der Ruhe.«

Mike stand einfach nur da. Er kochte innerlich.

»Ich habe nichts gegen dich«, sagte Gerry langsam. »Du hast mir nichts getan, und es liegt mir fern, dich zu verurteilen. Aber uns ist diese Sache einfach unheimlich, und darum möchte ich euch bitten, uns aus dem Weg zu gehen, okay?«

Gar nichts ist okay!

»Ich habe dir nichts getan«, stieß Mike hervor. »Das ist wahr. Aber das andere ist eine Lüge. Du verurteilst sehr wohl, was ich getan habe. Soll ich dir mal was sagen?«

Gerry schwieg.

»Ich verurteile mich selbst mehr, als du das jemals tun kannst.« Mikes Stimme zitterte. »Und weißt du, was mich so richtig stört?«

Ellie trat neben ihn und griff nach seinem Arm. »Mike!«

»Es stört mich nicht nur, es kotzt mich richtig an, dass ich andauernd von Menschen verurteilt werde, denen ich nicht das Geringste getan habe.«

Alle im Raum sahen Mike inzwischen an.

»Ich habe eine Schuld auf mich geladen, die ich nie wieder gutmachen kann«, schrie er. »Nie wieder! Aber ihr habt nicht das gottverdammte Recht, mich zu verurteilen. Niemand auf diesem Schiff hat das.«

»Lass gut sein, Mike«, drängte Ellie. »Bitte lass es gut sein.«

Ein Summton ging durch die Messe. Gleichzeitig wurde allmählich das Licht heruntergedimmt.

»Der Sprung«, flehte Ellie. »Gleich ist es so weit. Bitte lass uns zum Tisch gehen.«

»Es tut mir leid, Mike«, sagte Gerry leise. »Aber bitte lasst uns einfach in Ruhe.«

Wie in Trance drehte Mike sich um und ging zum Tisch zurück. Neil starrte ihn schweigend an.

Irgendwann würde auch der Junge begreifen, was sein Vater im Krieg getan hatte, und sich von ihm abwenden.

Als Mike sich setzte, ließ auch die Aufmerksamkeit der anderen Passagiere nach, und sie konzentrierten sich auf die Fenster.

Natasha schenkte ihm ein aufgesetztes Lächeln. Es war klar, dass sie nun am liebsten ganz woanders gesessen hätte, sich aber nicht traute, aufzustehen. »Scheint eine komplizierte Sache zu sein.«

»Ja, sehr kompliziert.« Es würde nicht lange dauern, bis auch Natasha oder jeder hier wusste, wer er war und was er getan hatte.

Ein weiterer Summton schallte durch den Raum. Es war nun fast völlig dunkel. Nur die Notbeleuchtung war noch angeschaltet. Sie machte aus den Menschen und Möbeln in der Messe schemenhafte Umrisse.

»Noch zehn Sekunden.« Neil wandte den Blick nicht von den

Sternen hinter dem Fenster. »Neun, acht, sieben, sechs, fünf, vier, drei, zwei, eins …«

Die Sterne verschwanden …

… und tauchten nicht wieder auf.

Draußen blieb es dunkel. Dunkler als die finsterste Nacht.

Ungläubig sah Mike aus dem Fenster.

Was zum Teufel …?

»Mama?«, fragte Neil.

»Ist das normal?«, wollte Natasha konsterniert wissen. »Das ist doch nicht normal, oder doch?«

Die Sterne mussten doch wieder auftauchen!

Lange Sekunden vergingen. Irgendjemand im Raum lachte unterdrückt. Allmählich schälte sich Mike aus seiner Starre. Draußen war es unverändert dunkel. Keine Sterne.

»Mike?« Ellie hatte Neil in den Arm genommen.

»Was geschieht hier, Mike?«, drängte Natasha.

»Scheiße, verdammte.« Ferguson trat an das nächste Fenster. »Wir sind ja so im Arsch.«

»Mike, was ist passiert?«

Seine Gedanken rasten. Wenn die Sterne nach einem Hyperflug nicht wieder auftauchten, dann konnte das nur eines bedeuten.

Mike drehte sich zu seiner Frau um. Ihr Blick wanderte zwischen seinem Gesicht und dem Fenster hin und her.

»Wir haben wohl ein Problem mit dem Antrieb«, krächzte er.

Sie mussten nach wie vor im Überlichtflug sein. In einem unkontrollierten.

Er bekam eine Gänsehaut.

Wir haben ein gewaltiges Problem.

12

EIGENTLICH hätte sich ihr Monitor mit neuen Zahlen füllen sollen. Stattdessen wurden die alten Werte durch rot blinkende Fehlermeldungen ersetzt. Christine blickte auf. Hinter dem Fenster stand nicht Omicron als heller Stern, dort war nur Dunkelheit.

Hatten sie einen falschen Kurs programmiert? Wo zum Teufel waren sie? »Navigation, Meldung!«

Schmitt blieb stumm. Sie saß einfach nur da und starrte auf ihren Monitor.

»Lieutenant Schmitt, Meldung, verdammt nochmal!«

Die Navigatorin zuckte zusammen, drehte sich um und schaute Christine verwirrt an. »Die Sensoren empfangen nichts. Ich habe keine Ahnung, was passiert ist.«

Christine beugte sich nach vorne. »Die Sternsensoren müssen doch irgendetwas empfangen.«

»Da sind keine Sterne.« Ravi war aufgestanden und zum Fenster gegangen. »Da draußen ist nur Finsternis.«

»Das kann nicht sein«, erklärte Christine. »Irgendwo müssen wir herausgekommen sein. Wir sind ja nicht an den Rand des Universums geflogen.« Sie wandte sich an Laski. »Steuermann, Meldung. Welchen Kurs haben wir genommen?«

Laski hantierte auf dem Touchpad seiner Konsole herum. Hologramme entstanden vor ihm in der Luft und fielen wieder in sich zusammen. »Unmöglich zu sagen, Sir!«

»Was meinen Sie damit?« Christine konnte nicht verhindern,

dass sich ein hysterischer Unterton in ihre Stimme mischte. Sie hatte eine solche Situation noch nie erlebt.

Frustriert warf Laski die Hände in die Luft. »Ich habe Schwierigkeiten, den Kurs nachzuvollziehen.« Ein neues Hologramm entstand über seiner Konsole. Es zeigte bunte Linien und Punkte, die langsam um eine gemeinsame Achse rotierten. »Wir sind auf jeden Fall mit dem richtigen Vektor aus dem Sonnensystem gestartet.«

»Ja, aber wo sind wir herausgekommen?«, insistierte Christine.

Laski schüttelte den Kopf und studierte eine lange Zeit schweigend das Hologramm. »Wir sind über das Ziel hinausgeschossen«, sagte er schließlich. »Die Kursverfolgung endet zwei Lichtjahre hinter dem Omicron-System.«

»Also sind wir nun im interstellaren Leerraum?«, vermutete Lieutenant Schmitt. »Aber warum orte ich dann keine Sterne mit meinen Sensoren?«

Das war die große Frage. Christine hatte Angst vor der Antwort.

»Nein, wir sind nicht im interstellaren Leerraum«, antwortete Laski nach langem Schweigen.

»Du hast doch gerade gesagt, der Überlichtflug endete zwei Lichtjahre hinter dem …«

»Nein, das habe ich nicht gesagt«, fiel Laski der Navigatorin ins Wort. »Ich habe gesagt, dass die Kursverfolgung zwei Lichtjahre hinter dem Omicron-System endet. Das heißt aber nicht, dass wir an dieser Stelle zum Stillstand gekommen sind, denn ich sehe hier kein Durchstoßen der Grenzschicht. Nur die Aufzeichnung ist dort abgebrochen.«

Christine stand auf. »Also sind wir weiter geflogen als geplant. Kann es sein, dass wir aufgrund einer Fehlberechnung im intergalaktischen Leerraum herausgekommen sind?«

Das wäre zumindest eine Möglichkeit. Die Überlichtgeschwindigkeit während des Sprungs war so hoch, dass bei einem zu langen Betrieb des Antriebs sehr große Entfernungen zurückgelegt werden konnten. Eine Testsonde mit einem modifizierten Antrieb hatte vor einigen Jahren sogar die Andromedagalaxis erreicht und dafür nur einige Sekunden benötigt, obwohl auf der Erde in der Zwischenzeit anderthalb Jahre vergangen waren.

Laski hob die Schultern und senkte sie wieder. »Ich kann das von meiner Position aus nicht sagen, Sir.«

»Wie lange hat denn der Sprung gedauert?«, fragte Christine.

Laski schüttelte langsam den Kopf. »Ich habe hier keine konsistenten Werte, um diese Frage beantworten zu können.«

Christine hörte Geflüster von der anderen Seite und wandte den Kopf. Del Toro und Goldman beugten sich über einen Monitor ihrer Konsole und tuschelten miteinander. Immer wieder zeigte Goldman auf eine Stelle des Bildschirms. Der Mechaniker war auffallend blass geworden.

»Lieutenant del Toro, Meldung!«

Der Ingenieur reagierte gar nicht auf ihren Befehl. Stattdessen zischte er Goldman an und tippte seinerseits auf eine Stelle des Bildschirms. War irgendetwas mit dem Antrieb schiefgelaufen? Ein kalter Schauer durchlief sie, und sie schüttelte sich.

»Lieutenant del Toro, Meldung!«, wiederholte sie, deutlich lauter.

Endlich blickte der Ingenieur auf. Er erwiderte Christines Blick stumm, hob kurz den Zeigefinger und beugte sich über einen anderen Bildschirm, der eine Unmenge von Zahlen zeigte.

Verdammt nochmal, was ging da vor sich? Wusste es del Toro selbst nicht?

Es fiel Christine schwer, ruhig zu bleiben. Aber sie sah, dass der Ingenieur ein Problem gefunden hatte und dass er Zeit brauchte, um es zu analysieren.

Sie atmete tief ein.

Was konnte bloß passiert sein? Hatte der Antrieb eine Fehlfunktion gehabt? Sie war keine Expertin für Überlichttriebwerke, aber wenn das Casimir-Feld verspätet zusammengebrochen war, dann waren sie definitiv viel weiter geflogen als geplant. Dann konnte ihre Hypothese eines Fluges in den intergalaktischen Leerraum schon stimmen.

Sie wandte sich an Lieutenant Schmitt. »Resetten Sie Ihr komplettes System und machen Sie eine Komplettabtastung des Himmels. Und zwar mit den Teleskopen und nicht mit den Sternsensoren. Wir müssen unbedingt herausfinden, wo wir aus dem Überlichtflug herausgekommen sind.«

Sie brauchten eine genaue Position, wenn sie den Rückflug in die Milchstraße programmieren wollten. Wenn sie sich wirklich im intergalaktischen Leerraum befanden, dann waren sie weit außerhalb der Reichweite jeglicher Funkfeuer. Die Milchstraße hatte über zweihundert Milliarden Sterne. Es würde nicht einfach werden, die Sonne darin zu finden, aber sie hatten detaillierte Sternkarten, die ihnen die Suche nach dem – relativ gesehen – winzigen Einflussbereich der Menschheit mit Hilfe der galaktischen Pulsare ermöglichten, die sie als improvisierte Leuchtfeuer benutzen konnten.

»Aye, aye, Sir!« Schmitt widmete sich ihrer Konsole.

»Steuermann!«

»Sir?«

»Gehen Sie in eine leichte Rotation.«

Irgendwo dort draußen musste die Milchstraße zu sehen sein. Vielleicht war sie näher als gedacht.

»Jawohl.«

»Ravi, regele bitte die Kabinenbeleuchtung bis auf die Notlichter herunter.«

Der Erste Offizier brummte eine Bestätigung, dann wurde es schlagartig dunkel in der Zentrale. Nur die Monitore und die grünlichen Notlichter verursachten ein gedämpftes Licht. Hinter den Fenstern blieb es schwarz.

Rotiert das Schiff denn überhaupt?

Ein Blick auf ihren Bildschirm sagte Christine, dass die *Challenger* sich sehr wohl um ihre Achsen drehte, denn das künstliche Schwerefeld musste die Bewegung ausgleichen. Aber draußen blieb es dunkel. Keine Milchstraße. Überhaupt keine Galaxis. War es im intergalaktischen Leerraum denn so finster?

»Sir«, meldete sich Lieutenant Schmitt.

»Ja?«

»Ich habe die Abtastung beendet.« In der Stimme der Navigatorin schwang Angst mit. »Dort draußen ist absolut überhaupt nichts.«

Christine glaubte, ihren Ohren nicht zu trauen. Das konnte einfach nicht sein. »Was meinen Sie?«

»Die Teleskope fangen nichts ein. Es ist wie mit den Sternsensoren. Keine Sterne, keine Nebel, keine Galaxien. Nichts. Als ob wir in einem völlig leeren Universum herausgekommen wären.«

In einem völlig leeren Universum. Ein eigenes Universum, nur für das Schiff und die Menschen an Bord.

Christine hatte eine böse Ahnung.

Sie wandte den Kopf zu den Technikern. »Del Toro«, krächzte sie. »Reden Sie.«

Der Ingenieur sah sie mit einem seltsamen Ausdruck in den Augen an. Er war so blass geworden wie sein Mechaniker. »Captain.« Er verschluckte sich. »Captain, wir haben ein Problem.«

Christine machte einen Schritt auf den Mann zu. »Der Antrieb. Richtig?«

Del Toro blickte zu Boden und nickte dann. »Der Antrieb.«

»Er hat sich nicht abgeschaltet«, vermutete Christine.

»Doch, hat er«, erwiderte del Toro. »Aber es hat anscheinend eine Fehlfunktion im Casimir-Konverter gegeben. Und zwar genau zu dem Zeitpunkt, als der Antrieb deaktiviert wurde. Wie es aussieht, hat sich die Grenzschicht dadurch nicht abgebaut.«

»Und das heißt, Lieutenant?« Ravi hatte es offenbar noch nicht begriffen.

Christine *hatte* es begriffen. Sie wusste, was geschehen war. Und nach einem Augenblick wurden ihr auch die Konsequenzen klar. Sie würden nicht wieder nach Hause kommen, selbst wenn sie einen Weg zurück fanden.

Lieutenant Schmitt und Laski drehten sich wie auf Kommando um und starrten den Chefingenieur an.

Del Toro holte tief Luft. »Wir befinden uns immer noch im Überlichtflug.«

Christine schluckte.

»Ach du Scheiße«, sagte Laski. Lieutenant Schmitt riss die Augen auf und starrte del Toro mit offenem Mund an.

Christine schaute auf ihre Armbanduhr. Ihr Abflug aus dem Sonnensystem war fast eine halbe Stunde her. Ja, es gab kein Zurück in ihr altes Leben mehr. Durch die Zeitdilatation des Überlichtfluges waren seit dem Abflug schon Jahrzehnte vergangen. Und sie waren inzwischen Millionen Lichtjahre von der Milchstraße entfernt. Für den Fall, dass es ihnen gelang, den Antrieb zu reparieren und zurückzufliegen, wäre es nicht mehr der Planet, von dem sie gestartet waren. Alles würde sich verändert haben. Die Menschen zu Hause waren gealtert. Ihr Mann ein Greis, wenn er denn überhaupt noch lebte, ihre Tochter eine Erwachsene im fortgeschrittenen Alter.

Oh mein Gott!

In jeder Sekunde, die sie mit unvorstellbarer Geschwindigkeit durch den Hyperraum rasten, vergingen auf der Erde weitere Wochen und Monate.

Ihr Blick traf sich mit del Toros.

»Wir müssen den Überlichtflug beenden«, sagte sie mit heiserer Stimme. »Wir müssen es unbedingt!«

13

»MIKE«, sagte Ellie. »Was ist denn geschehen? Wo sind wir? Wo sind die Sterne hin?«

Mike versuchte, ruhig zu bleiben. »Offenbar hat es ein Problem gegeben. Einen technischen Defekt am Antrieb.«

»Ja, aber wo sind wir?«, fragte Natasha. »Wo sind wir herausgekommen?«

Mike konnte nicht anders, als laut zu lachen. Er hörte selbst, wie verzweifelt es klang.

Die Beleuchtung im Raum wurde allmählich wieder hochgeregelt, und die Soldaten am Stehtisch hatten sich zu ihm herumgedreht.

»Wo wir herausgekommen sind, ist nicht die passende Frage.« Mike lachte wieder.

Goodyear stand auf und kam langsam auf ihren Tisch zu. Sein Gesicht war nur eine Maske. »Was ist die passende Frage, Mr. Warnock?«

Mike stand auf. Die anderen wirkten zwar irritiert, teils auch beunruhigt, aber niemand außer ihm hatte offenbar begriffen, was die sternenlose Finsternis draußen bedeutete. »Die passende Frage wäre: Wo werden wir herauskommen? Wir sind nämlich noch immer im Überlichtflug.«

»Wir sind noch im Überlichtflug? Das kann doch gar nicht sein.« Natasha rieb sich die Schläfen.

Mike nickte. »Der Antrieb muss versagt haben, als das Casimir-Feld abgebaut wurde. Jetzt hat das Aggregat die Kontrolle über den Überlichtflug verloren. Wir rasen immer weiter in das Universum hinaus.«

Einer der Soldaten, mit denen sich Mike noch nicht unterhalten hatte, trat an den Tisch. Der Name des Mannes war Getz, laut der Plakette auf seiner Brust. »Aber es sollte doch nur ein Sprung sein. Wie können wir uns da immer noch im Hyperraum befinden?«

Mike schüttelte den Kopf. »Es ist kein Sprung. Es ist ein Überlichtflug. Er ist normalerweise aber so kurz, dass er als Sprung wahrgenommen wird, daher die gängige Bezeichnung. Das Schiff geht in den Hyperraum, indem das Casimir-Feld aufgebaut wird, fliegt dort zu seinem Ziel und verlässt ihn wieder, indem das Casimir-Feld abgebaut wird. Ohne Casimir-Feld gibt es keinen Wechsel zwischen Hyperraum und dem normalen Universum. Das Casimir-Feld bildet die Grenze.«

»Ist dir das schon mal passiert?«, rief Gerry von seinem Tisch aus.

Mike lachte wieder. »Nein. Niemandem ist das schon mal passiert.«

Oder doch? War das vielleicht einigen der Schiffe geschehen, die in den letzten Jahren spurlos verschwunden waren? Der *Artania* zum Beispiel, die nie wieder aufgetaucht war? Raste sie immer noch in ihrer Hyperblase durch das Universum? In einem fernen Bereich des Weltalls und in einer weit entfernten Zukunft? Würde das nun auch ihr Schicksal sein?

»Warum meldet sich der Captain denn nicht?« In Goodyears Stimme schwang Zorn mit. »Die soll uns gefälligst sagen, was passiert ist.«

»Die Crew wird erst mal mit sich selbst und dem Problem beschäftigt sein«, erwiderte Mike. »Ich schätze, wir können darauf vertrauen, dass die Besatzung alles tun wird, um den Schaden zu beheben.«

Und wenn nicht? Dann würde dieses Schiff zu seinem Grab, dem seiner Familie und aller Menschen an Bord werden.

Goodyear stapfte zum Interkom neben dem Ausgang der Messe und hieb auf den Knopf. »Goodyear in der Messe. Reden Sie mit uns, verdammt!«

Die Lautsprecher schwiegen.

»Lassen Sie es gut sein, Mann«, mischte sich Captain Wheeler ein.

Goodyear ignorierte den Soldaten und drückte wieder auf den Knopf. »Ich erwarte eine Antwort, Captain!«

Endlich knackte es aus den Lautsprechern. »Hier spricht Captain Dillinger. Wir haben ein technisches Problem und sind nicht wie geplant im Omicron-System eingetroffen. Aber es besteht keine unmittelbare Gefahr für das Schiff. Ich evaluiere mit meiner Besatzung momentan die Lage, und wir werden Sie so bald wie möglich über die Fortschritte informieren. Bis dahin verhalten Sie sich bitte ruhig und lassen die Besatzung ihre Arbeit machen.«

»Die hört sich reichlich angepisst an«, sagte einer der Corporals zu seinem Captain.

»Es nützt ja alles nichts.« Wheeler ging zum Stehtisch zurück. »Wir müssen abwarten.«

Seine Männer und Frauen folgten ihm.

Baumann, der Reaktortechniker, trat zu Mikes Tisch. »Sie kennen sich aus?«

Mike hob die Schultern. »Mehr oder weniger. Das, was Kommandanten von Sternenschiffen beim Militär halt beigebracht wird, ohne dass sie Antriebsspezialisten sind.«

»Auf welche Art wird das Casimir-Feld erzeugt?«

Mike pfiff leise durch die Zähne. Das war schon eine ausgesprochen detaillierte Frage. »Mit der Energie aus den Kondensatoren werden zwei elektromagnetische Felder aufgebaut, die sehr dicht nebeneinander sehr starke Gradienten erzeugen. Durch den geringen Abstand und den damit verbundenen Casimir-Effekt steigt an dieser Stelle die Vakuumenergiedichte so stark an, dass der Raum um das Schiff aus dem klassischen Universum gehoben wird und …«

»Dieses Prinzip ist mir bekannt«, unterbrach ihn Baumann. »Ich wollte wissen, wie genau aus der Energie der Kondensatoren die elektromagnetischen Felder …«

Mike schüttelte den Kopf. »Von den technischen Details habe ich keine Ahnung. Da müssen Sie schon den Chefingenieur der *Challenger* fragen. Das ist auch, glaube ich, von Schiff zu Schiff verschieden. Warum wollen Sie das überhaupt wissen?«

Baumann musterte Mike durchdringend. »Falls das Casimir-Feld über ein induktives Verfahren bei der Entleerung der Kondensatoren gebildet wird, stabilisiert es sich bei einem Abbruch automatisch. Es bricht nicht zusammen, wenn der Strom abgeschaltet wird. Dieses inhärent stabile Feld kann dann durch eine Überladung nicht mehr abgebaut werden.«

Mike kratzte sich am Kinn, versuchte, die Worte des Mannes zu verstehen. Ihm war klar, dass der Mann eine gewisse Ahnung hatte, aber dieser quengelige Tonfall, dieser arrogante Blick – er glaubte eher, dass der Mann sich einfach nur wichtigmachen wollte.

»Mir ist das nicht klar, Mr. Baumann«, sagte Ellie. »Was bedeutet das denn nun?«

Der Ingenieur starrte Ellie finster an. »Es bedeutet, dass der Überlichtflug nicht beendet werden kann.«

Mike biss sich auf die Lippe, bis es schmerzte. Er konnte nur hoffen, dass der Mann sich wirklich nur wichtigmachen wollte.

Ellies Augen wurden größer.

»Womöglich nie mehr«, schob Baumann nach.

14

»VERDAMMT nochmal!« Christine funkelte del Toro wütend an. »Irgendetwas müssen wir tun, um das abzuschalten.«

Del Toro wirkte zerknirscht. Christine hatte den Mann noch nie so ratlos gesehen. Von seinem an Arroganz grenzenden Selbstbewusstsein war nichts mehr übrig. »Es tut mir leid, Captain. Es gibt nichts, was wir tun können.«

»Warum schalten wir den Antrieb nicht einfach ab?«

Del Toro wich ihrem Blick aus. »Weil er schon abgeschaltet ist. Er hat beim Abbau des Casimir-Feldes versagt.«

»Dann fahren wir den scheiß Antrieb eben noch mal hoch und schalten ihn dann richtig aus.«

Del Toro lachte.

»Was ist daran so gottverdammt witzig?« Christine fiel es schwer, ihre Stimme im Zaum zu halten.

»Wir würden ein Casimir-Feld innerhalb eines Casimir-Feldes errichten. Wenn wir das dann abbauen, ist immer noch ein Feld da. Das funktioniert einfach nicht.«

»Dann lassen Sie sich gefälligst etwas einfallen«, zischte Christine.

Del Toro rückte mit seinem Mechaniker zusammen. Sie tuschelten und riefen technische Unterlagen auf ihrem Bildschirm auf.

Christine ballte ihre Hände zu Fäusten. Sie blickte sich in der Zentrale um. »Hat irgendjemand einen intelligenten Vorschlag?«

Schmitts Augen schimmerten feucht. Sie musste über ihrer Konsole geweint haben.

Für einen Moment schien es, als wollte Steuermann Laski etwas sagen, aber dann schüttelte er den Kopf und beugte sich wieder über seine Bildschirme.

Christines Blick traf sich mit Ravis. Der Erste Offizier wirkte gefasst, aber Christine bemerkte, dass er zitterte. Es gab nur einen, der genug Ahnung vom Antrieb hatte, um diese Fahrt in die Hölle zu beenden. Ihr Leben lag in den Händen von del Toro, dem mutmaßlichen Antriebsgenie. Jetzt würde sich zeigen, ob der Ruf des Mannes gerechtfertigt war.

Der Ingenieur war mit Goldman in ein Streitgespräch verwickelt. Christine konnte zwar Wortfetzen vernehmen, hatte aber keine Ahnung, worum es ging. Es fiel ihr schwer, sich zu gedulden, aber ihr war bewusst, dass es nichts brachte, wenn sie del Toro jetzt hetzte.

Über eine Sache brauchten sie Klarheit. Christine wandte sich an die Navigatorin. »Lieutenant Schmitt.«

Es dauerte einen Moment, bis die Angesprochene reagierte. »Sir?« Ihre Stimme klang hysterisch.

»Finden Sie bitte heraus, wie weit in der Zukunft wir uns schon befinden und wie schnell wir in der Zeit vorwärtsreisen.«

Die Navigatorin hob entschuldigend die Hände. »Aber wie soll ich …«

Christine unterbrach sie brüsk. »Gehen Sie in die Berechnungsfunktionen des Navigationscomputers. Dort finden Sie den Umrechnungsfaktor. Finden Sie außerdem heraus, welche Entfernungen wir zurücklegen.«

Die Navigatorin nickte und wandte sich ihrer Konsole zu. Diese Berechnungen hatte Christine in ihrer Ausbildung machen müssen, und sie wunderte sich, dass die Navigatorin davon offenbar nichts wusste.

Ravi lehnte sich zu ihr herüber. »Selbst wenn wir die Kiste anhalten können, müssen wir immer noch zurück. Das bedeutet, dass sich der Zeitraum, den wir in die Zukunft gereist sind, verdoppelt hat, wenn wir wieder zu Hause ankommen.«

Das war nicht ihr einziges Problem. »Wenn wir die Kiste zum Anhalten kriegen, sind wir wahrscheinlich so weit entfernt, dass wir niemals wieder nach Hause zurückkehren können. Wir würden unsere Galaxis gar nicht finden«, flüsterte sie.

Und wenn wir noch länger brauchen, um den Überlichtflug zu beenden, befinden wir uns vermutlich schon jenseits des kosmischen Horizonts.

Alles dahinter war unentdecktes Terrain, von dem die Menschheit noch nicht einmal wusste, ob die Naturgesetze hier galten. Sonden hatte man dorthin nie geschickt, da diese ohnehin erst nach mehreren hundert Jahren Erdzeit zurückgekehrt wären. Und jetzt war die *Challenger* womöglich das erste Schiff, das unfreiwillig mit einer Besatzung in diese unbekannten Regionen des Universums vorstieß.

»Ich habe einen Wert errechnet«, krächzte Lieutenant Schmitt. Feuchtigkeit schimmerte in ihren Augen.

Christine musterte sie schweigend.

»Wir sind in der einen Stunde seit dem Abflug aus dem Sonnensystem schon siebenhundert Jahre in die Zukunft gereist.«

Christine schloss die Augen. Gleich würde sie in Ohnmacht fallen.

»In jeder Minute reisen wir weitere elf Jahre in die Zukunft.«

Himmel! Das kann nicht sein! Das darf nicht sein!

Lieutenant Laski lachte laut auf. Es klang wie das Gelächter eines Wahnsinnigen.

»Oh Gott!«, murmelte Ravi.

Sie waren erledigt. Endgültig erledigt. Selbst wenn sie es in der nächsten Stunde schafften, anzuhalten, zu wenden und zur Erde

zurückzufliegen, würden sie nicht mehr in ihre Heimat zurückkehren. Fast tausendfünfhundert Jahre wären seit ihrem Aufbruch vergangen.

Mein Mann ist tot! Meine Tochter ist tot!

Sie würde sie niemals wiedersehen.

Innerlich blieb Christine erstaunlich ruhig. Vom Verstand her
hatte sie es begriffen. Bis es emotional gesackt war, würde es
noch dauern. Sie kannte das vom Unfalltod ihrer Eltern vor vielen
Jahren und wusste, dass der Moment kommen würde, an dem sie
vor Trauer fast verging.

Ravi begann zu schluchzen. Er hatte keine Familie. Keine Frau.
Keine Kinder. Aber auch er hatte verstanden, dass das Leben, wie
er es kannte, vorbei war.

Christine schob jeden Gedanken an ihre Familie zurück. Jetzt
war nicht die Zeit für Trauer. Es gab immer noch ein gewaltiges
Problem zu lösen. »Lieutenant del Toro.«

Der Ingenieur blickte auf. Seine Augen waren gerötet. Auch er
hatte Frau und Kinder. »Ja, Sir?«

»Sind Sie schon weitergekommen?«

Del Toro schnaufte. »Wir sollten es versuchen.«

»Was sollten wir versuchen?«, wollte Christine wissen.

»Den Antrieb einschalten und wieder ausschalten.«

Was zum Teufel …?

»Sie haben mir doch vor fünf Minuten erklärt, dass das keinen
Sinn ergibt.«

»Wir könnten versuchen, mehr Energie in die Kondensatoren
zu leiten und anschließend das Casimir-Feld mit einer höheren
Energiedichte herunterzufahren. Vielleicht bricht die zweite
Grenzschicht dann in sich zusammen.«

Christine holte tief Luft. Ihr war klar, dass der Ingenieur nicht
mit einem Erfolg rechnete. »Etwas anderes ist Ihnen nicht ein-
gefallen?«

Del Toro sah zu Boden.

»In Ordnung. Ich habe verstanden. Wir versuchen es.« Schlimmer konnte ihre Lage kaum noch werden.

»Ich lade die Kondensatoren.« Del Toro beugte sich über seine Konsole. »Wenn sie aufgeladen sind, können wir den Versuch sofort starten.«

»Wie lange wird es dauern?«, erkundigte sich Christine skeptisch. Normalerweise ließen sie die Kondensatoren stundenlang aufladen.

»Ich fahre den Reaktor auf einen höheren Betriebspunkt. Fünf Minuten. Ich nehme nicht an, dass Sie eine dramatische Abnutzung der Supraleiter stört.«

Christine nickte. »Da vermuten Sie richtig. Laden Sie die Kondensatoren so schnell, wie es gefahrlos vertretbar ist.«

Del Toro gab seinem Mechaniker einige Befehle und wandte sich dann seiner Konsole zu.

»Was ist mit den Passagieren?« Ravis Stimme hörte sich verweint an.

Der Erste Offizier hatte recht. Wie sollte sie das den Passagieren beibringen? Auf gar keinen Fall über die Lautsprecher. Christine musste es persönlich tun. Aber dazu blieb vor dem Aufladen der Kondensatoren keine Zeit. Außerdem wollte sie zuerst das Schiff zum Stillstand bringen und schauen, in welcher Lage sie dann waren.

»Das ist den anderen Schiffen auch passiert«, sagte Lieutenant Schmitt.

Christine starrte die Navigatorin an. »Bitte?«

»Die Schiffe, die verschwunden sind. Denen ist dasselbe passiert. Zumindest manchen von ihnen.«

Christine war bisher immer davon ausgegangen, dass diese Schiffe vernichtet worden waren. Wegen eines durchgehenden Reaktors oder weil sie mit einem Hindernis kollidiert waren.

Aber wahrscheinlicher war tatsächlich, dass ein Defekt diese Schiffe im Hyperraum festhielt und sie durch Raum und Zeit schleuderte. Vielleicht jagten sie immer noch durch das All, weit jenseits des kosmischen Horizonts. Oder sie befanden sich auf ihrer langen Reise nach Hause und würden Stück für Stück nach Hunderten oder Tausenden von Jahren wieder auf der Erde eintreffen. Einer Erde, die ihnen fremd geworden war. Und nun hatte es die *Challenger* erwischt.

Warum? Warum ausgerechnet wir?

Christine schloss wieder die Augen. In ihrer Zeit als Kommandantin von Fracht- und Passagierschiffen hatte sie Hunderte von Flügen mitgemacht. Und ausgerechnet jetzt, bei ihrem letzten, musste sie dieses Unglück erleben. Hätte es denn nicht noch einmal gutgehen können? Ein einziges Mal noch?

Sie schlug mit der Faust auf ihre Konsole.

Ravi schreckte hoch. »Christine?«

Christine hob abwehrend die Hände. »Schon gut. Schon gut.«

Sie sollte sich zusammenreißen. Sie hatte immer noch die Verantwortung für ihre Crew. Und für die Passagiere. Sie mussten das Schiff zum Stillstand bringen. Dann konnten sie weitersehen. Schritt für Schritt.

»Was macht der Kondensator?«, fragte sie.

»Ist in einer Minute aufgeladen«, antwortete del Toro.

»Lieutenant Schmitt, bereiten Sie die Aktivierung des Antriebs vor.«

Die Navigatorin reagierte nicht.

»Lieutenant Schmitt«, sagte Christine ruppig.

Endlich wandte die Navigatorin den Kopf. Tränen liefen über ihre Wange. »Sir?«, murmelte sie.

»Reißen Sie sich zusammen.« Christine bemühte sich um eine ruhige Stimme. »Ich sagte: Bereiten Sie die Aktivierung des Antriebs vor.«

Lieutenant Schmitt schluchzte leise. »Ja. In Ordnung. Welchen Kurs soll ich setzen?«

»Weiter in Flugrichtung.«

»Die Dauer des Sprungs?«

»So kurz wie möglich«, antwortete Christine. »Ein Lichtjahr.«

»Kondensator ist aufgeladen«, meldete del Toro. »Ich habe die Steuerungselektronik dahingehend umprogrammiert, dass das Feld beim Runterfahren überladen wird.«

»Hoffen wir, dass das funktioniert«, erwiderte Christine. »Alle bereit?«

Nacheinander musterte sie ihre Offiziere. Abgesehen von einem leichten Nicken Lieutenant Laskis reagierte niemand auf die Frage.

Ein Summen ertönte von Ravis Konsole. Es war die Interkomleitung der Passagiermesse.

»Was soll ich denen sagen?«, wollte der Erste Offizier wissen.

Christine winkte ab. »Gar nichts. Geh nicht ran.«

»Okay.«

»Lieutenant Laski, aktivieren Sie den Antrieb in genau dreißig Sekunden. Auf mein Zeichen, jetzt.«

Der Sprungcountdown wurde auf ihrer Konsole angezeigt. Christine hatte keine große Hoffnung.

Langsam zählte die Uhr die Sekunden herab.

Das verdammte Summen von Ravis Konsole nahm einfach kein Ende. »Schalte das scheiß Telefon aus, Herrgott nochmal«, brauste Christine auf.

Ravi legte einen Schalter um, und das Geräusch verstummte. Nur ein blinkendes rotes Licht zeigte, dass nach wie vor jemand mit der Zentrale sprechen wollte.

»Noch zehn Sekunden«, meldete Laski. »Neun, acht, sieben, sechs, fünf, vier, drei, zwei, eins …«

Es knallte laut, irgendwo weit hinten am Heck. Das Schiff

bäumte sich auf, als hätte es von einem Hyperraumriesen einen Tritt in den Hintern bekommen. Christine wurde trotz der Gurte nach vorne gegen ihre Konsole geschleudert und prallte mit der Nase gegen einen Bildschirm.

Ravi schrie auf. Über ihm stoben Funken aus einer Sicherungskonsole und fielen glühend herab. Panisch wedelte er sie sich aus den Haaren.

Das Ächzen von überlastetem Metall durchzog die Zentrale. Es hörte sich an, als würde die Hülle des Schiffes vor Schmerzen schreien. Eine starke Vibration ging durch das Raumschiff.

»Schadensmeldung!«, brüllte Christine.

»Kurzzeitige Überlastung der Zelle.« Del Toro hatte Mühe, sich über den Lärm hinweg verständlich zu machen. »Der Kondensator hat sich deaktiviert. Die Schnellabschaltung des Reaktors hat eingegriffen. Wir sind auf Notversorgung. Ich sehe hier eine starke Belastung an der Verbindungsstelle der Nutzlastcontainer zum Rumpf.«

Christines Blick fiel auf den Schalter für das Absprengen der Passagiersektion. Er war mit einer roten Kappe und einem silbernen Stift gesichert. Wenn das Schiff nicht aufhörte zu schwingen, musste sie zumindest die Frachtcontainer loswerden, damit es das Schiff nicht zerriss.

»Haben wir einen Hüllenbruch?«, wollte sie wissen.

»Kein Hüllenbruch«, antwortete del Toro. »Der Druck ist stabil.«

Allmählich beruhigte sich das Schiff. Das Schwingen ließ nach, und die Vibration ging zurück. Nach wenigen Sekunden war es wieder ruhig in der Zentrale.

Das Manöver! Hat es wenigstens geklappt?

Christine blickte aus dem Fenster.

Finsternis. Unendliche Finsternis.

Christines Hoffnung sank.

»Lieutenant Schmitt«, flüsterte sie. »Sehen Sie etwas mit den Sensoren?«

Einige Sekunden vergingen, während die Navigatorin mit ihren Instrumenten beschäftigt war. »Nein, Sir.« Ihre Stimme war emotionslos. »Es hat sich nicht das Geringste geändert.«

»Es hat sich etwas geändert«, krächzte del Toro.

»Und was?« Christine schwante Übles.

»Der Antrieb hat sich erneut während des Runterfahrens abgeschaltet. Wir haben einen schweren Fehler gemacht. Das Aggregat ist beschädigt, und wir haben es nun zweimal benutzt.«

Christine verstand nicht, was der Ingenieur damit sagen wollte. Sie forderte ihn mit einer Handbewegung zum Weitersprechen auf.

»Wir haben nun eine Hyperraumblase in einer Hyperraumblase geschaffen. Eine doppelte Grenzschicht. Wir hätten zunächst den Defekt am Antrieb reparieren müssen.«

Christine hob abwehrend die Hände. »Es hat nicht geklappt. Ich habe es begriffen.«

»Nicht nur das.« Del Toros Gesicht war so grau wie ein Grabstein. »Geschwindigkeit und Zeitdilatation haben sich aufgrund der doppelten Grenzschicht verstärkt.«

Langsam ging ihr auf, was er meinte. »Wir reisen nun doppelt so schnell in die Zukunft?«

Del Toros Hände ballten sich zu Fäusten. »Der Effekt verläuft nicht linear, sondern exponentiell.«

Christine fühlte sich, als würde jeden Moment ihr Herz stehenbleiben. »Wie schnell …?« Sie verschluckte sich.

Del Toro blickte zu Boden. »Das weiß nur Gott allein.«

15

»WAS war das?« Ellie hielt den schluchzenden Neil fest im Arm.

»Ich habe keine Ahnung.« Mike tastete an seine Stirn und spürte etwas Feuchtes. Blut. Bei dem plötzlichen Ruck war er mit dem Kopf gegen den Tisch geprallt. Er holte ein Taschentuch hervor und tupfte seine Stirn damit ab. Dann sah er sich um.

Baumann saß an seinem Platz und hielt sich mit schmerzverzerrtem Gesicht den Bauch. Die Soldaten hatte der Stoß von den Beinen gerissen. Sie rappelten sich gerade auf. Offenbar hatte sich aber niemand ernsthaft verletzt. Goodyear war nach hinten geschleudert worden. Sein Glas war zerbrochen, aber der Geschäftsmann war unversehrt.

Ferguson hatte sich an einer Strebe festgehalten. Mit grimmigem Gesichtsausdruck sah er aus dem Fenster.

Die Paines waren dicht zusammengerückt. Gerry hielt seine Frau und seine Tochter im Arm. Allen dreien stand die Angst ins Gesicht geschrieben.

Natasha wirkte gefasst. »Es ist nach wie vor dunkel draußen. Was auch immer die versucht haben, es hat nicht funktioniert.«

Mike wandte sich an Neil. »Bist du in Ordnung?«

Sein Sohn nickte.

»Warum meldet sich denn niemand?«, fragte Ellie. »Warum werden wir nicht informiert?«

Sie war offensichtlich nicht die Einzige mit dieser Frage.

Goodyear war aufgestanden und wieder an den Interkom getreten. Er läutete Sturm auf der Brücke, aber niemand antwortete ihm.

Mike hatte Verständnis dafür, dass die Crew sich zunächst um die Probleme kümmern wollte und der Technik eine höhere Priorität einräumte als den Passagieren, aber allmählich wäre es wirklich an der Zeit gewesen, Klartext zu sprechen.

»Scheiße!«, brüllte Goodyear in das Mikro des Interkoms. »Redet endlich mit uns, ihr gottverdammten Bastarde!«

Mary Paine begann zu weinen.

»Schreien Sie nicht so laut«, forderte Robin. »Sie machen meiner Tochter Angst.«

Goodyear stürmte nach vorne in Richtung Crewbereich, aber die Tür war blockiert. »Verdammt, wollen die uns jetzt auch noch hier einsperren?« An seiner Stirn pochte eine Zornesader.

Captain Wheeler trat zu ihm und legte ihm die Hand auf die Schulter. »Beruhigen Sie sich, Mr. Goodyear. Es gibt keinen Grund …«

»Nehmen Sie Ihre Drecksfinger da weg!«, schrie der Geschäftsmann.

Neil schluchzte.

Mike stand auf und ging langsam nach vorne. Es war nicht gut, wenn die Leute jetzt vor den Kindern ausflippten.

Wheeler hob abwehrend die Hände. »Schon gut, Mr. Goodyear. Ich möchte nur, dass Sie sich beruhigen.« Auch die anderen Soldaten traten näher.

»Ich soll mich beruhigen?« Goodyear war außer sich. »Dann sollen die Arschlöcher da vorne gefälligst …«

Mike trat einen weiteren Schritt auf ihn zu. »Es sind Kinder in diesem Raum.« Er bemühte sich, seine Stimme ruhig klingen zu lassen. »Seien Sie ein Vorbild und regen Sie sich ab. Wir können in Ruhe über alles reden.«

Goodyear funkelte ihn aus zusammengekniffenen Augen an. »Ich lasse mir von einem Kriegsverbrecher nichts sagen.«

Mike hielt die Luft an.

»Ja, ich weiß, wer Sie sind«, stieß Goodyear hervor. »Ich habe die Klappe gehalten, weil es mich einen Dreck angeht. Aber quatschen Sie mich hier nicht von der Seite an.«

Baumann trat zu der Gruppe. Er hielt sich immer noch den Bauch. »Es wäre in der Tat wichtig, mit dem Captain zu sprechen.«

»Warum, Mr. Baumann?«, fragte Captain Wheeler.

»Ich bin Reaktortechniker«, antwortete Baumann ruhig. »Ich habe mit Energiequellen wie der auf diesem Schiff gearbeitet. Ich kann vielleicht helfen.«

Mike stöhnte. Er drehte sich um, damit alle im Raum ihn sehen konnten. »Ich bin der vollen Überzeugung, dass die *Challenger* von einer exzellenten und gut ausgebildeten Crew geflogen wird, die sehr wohl in der Lage ist, die Probleme richtig einzuschätzen, und alles daran setzt, sie zu lösen.«

Er suchte Wheelers Blick. Der Offizier nickte.

»Aber das können Sie nicht wissen«, beharrte Baumann.

»Mr. Baumann, die Fluggesellschaften sind alle lizenziert und haben strikte Ausbildungsvorgaben«, entgegnete Wheeler. »Ich versichere Ihnen, dass wir es in der Zentrale nicht mit einem Kindergarten zu tun haben. Die Besatzung wird sich uns widmen, sobald sie die Zeit und die Kapazitäten dazu hat. Solange sich Captain Dillinger oder Commander Chandrasekhar nicht bei uns melden, werden wir die Crew in Ruhe lassen. Ist das klar, Mr. Baumann?«

Der Ingenieur zuckte mit den Schultern und ging davon.

»Ist Ihnen das auch klar, Mr. Goodyear?« Wheeler baute sich vor dem Geschäftsmann auf.

Es stand außer Frage, dass Goodyear am liebsten widersprochen hätte, aber er sah offenbar ein, dass er unterlegen war. »Arschloch!«, zischte er und drehte sich um. Seine Hände zitterten, als er zur Robotküche ging, wo er sich ein Glas des von ihm so gehassten synthetischen Whiskys geben ließ.

»Baumann!«, sagte Wheeler.

Der Ingenieur drehte sich um.

Der Offizier winkte. »Kommen Sie her.« Dann wandte sich der Captain an Mike. »Sie kennen sich aus?«

Das wusste der Soldat doch. »So gut sich ein ehemaliger Kommandant eines Raumbombers auskennt.«

»Gut, folgen Sie mir bitte beide.«

Mike und Baumann begleiteten den Captain in eine Ecke etwas abseits der Robotküche.

»Was ist geschehen?« Wheeler sah zwischen dem Ingenieur und Mike hin und her.

Baumann legte los, bevor Mike antworten konnte. »Der Antrieb muss beschädigt sein. Die Grenzschicht des Hyperraums hat sich nicht aufgelöst, und darum befinden wir uns immer noch im Überlichtflug.«

»Ist das auch Ihre Meinung, Mr. Warnock?«

Mike bejahte. »Das bedeutet, wir reisen nun mit irrsinniger Geschwindigkeit durch den Weltraum und gleichzeitig, wegen der Zeitdilatation, in die Zukunft.«

»Ich verstehe«, sagte Wheeler. »Und diese Erschütterung eben?«

»War vermutlich ein gescheiterter Versuch, wieder in unser normales Universum zurückzukehren«, erwiderte Mike.

»Was kann schlimmstenfalls passieren?«, wollte der Captain wissen.

»Wir rasen bis in alle Ewigkeit im Überlichtflug durch den Weltraum.« Baumann sprach so ungerührt, als verkündete er ein angebranntes Abendessen.

Mike fragte sich, was mit dem Mann nicht stimmte.

»Und bestenfalls?«

»Bestenfalls kriegt die Crew die Kiste bald zum Stehen«, erklärte Mike. »Dann könnten wir zur Erde zurückkehren, aber es wären sicherlich in der Zwischenzeit viele Jahre vergangen. Womöglich sogar Jahrzehnte.«

Die Augen des Captains weiteten sich. »Jahrzehnte? Ist das Ihr Ernst?«

Baumann nickte. »Sind Sie verheiratet?«

»Ja, ich habe eine Frau zu Hause.«

»Ist sie jünger oder älter als Sie?«, fragte Baumann.

»Susan ist zwei Jahre jünger. Warum fragen Sie?«

»Wenn wir zurückkehren, ist sie es nicht mehr«, antwortete der Ingenieur trocken.

Captain Wheeler wurde blass. »Mein Gott!«

»Die Situation verschlimmert sich mit jeder Minute, die wir noch im Hyperraum sind«, erläuterte Mike.

Baumann trat vor und tippte dem Offizier gegen die Uniform. »Darum halte ich es für wichtig, dass wir der Besatzung so schnell wie möglich meine Dienste anbieten. In unserer Situation kann man es sich nicht leisten, abzuwarten.«

Wheeler schaute den Ingenieur lange Sekunden mit leerem Blick an, dann nickte er. »Das ist mir jetzt klar.« Er schluckte. »Was würden Sie denn unternehmen, Mr. Baumann?«

Der Ingenieur rieb sich das Kinn. »Das kann ich im Moment noch nicht sagen. Ich müsste mich zunächst über die Systeme des Schiffes unterrichten lassen.«

»Unterrichten lassen? Sie haben doch gerade gesagt …«

Baumann unterbrach ihn mit seiner nörgelnden Stimme. »Ich habe gesagt, dass ich mich mit den Reaktoren dieses Schiffstyps auskenne. Inwiefern man damit etwas machen kann, hängt aber davon ab, wie der Hyperantrieb genau funktioniert. Damit kenne ich mich nicht wirklich aus.«

Mike war nicht überzeugt davon, dass Baumann der Besatzung eine Hilfe sein konnte. Er nahm sich vermutlich wichtiger, als er war. Wahrscheinlich hatte er in seiner Firma – oder wo auch immer Baumann arbeitete – eine Führungsposition und konnte nun nicht anders, als sich in den Vordergrund zu drängen.

Captain Wheeler sah Mike an. »Haben Sie einen intelligenten Vorschlag, Mr. Warnock?«

Mike fuhr sich durch die Haare. Er war noch nie in einer solchen Situation gewesen. Er kannte auch niemanden, der jemals in einer ähnlichen Lage gewesen war. Sie hatten sich im Training mit allen möglichen Problemen auseinandergesetzt und den Umgang mit Myriaden Fehlfunktionen geprobt. Aber einen Defekt am Überlichtantrieb, ausgerechnet in der winzigen Zeitspanne, die er aktiv war, hatte niemals jemand in Erwägung gezogen. Er fragte sich, was er getan hätte, wenn dieses Ereignis während einem seiner Flüge zu einem feindlichen Planeten eingetreten wäre. »Ich kann dazu nichts sagen, Captain Wheeler. Ich bin kein Antriebsspezialist. Bei einem eigenen Einsatz hätte ich meinen zuständigen Chefingenieur um Rat gefragt.«

Wheeler nickte. »Gut. Wir werden warten, bis sich die Besatzung bei uns meldet.«

16

CHRISTINE beugte sich über das Waschbecken und schöpfte sich eiskaltes Wasser ins Gesicht. Als sie danach in den Spiegel schaute, erkannte sie sich selbst fast nicht wieder.

Dieser Ausdruck in den Augen …

Sie hätte schreien mögen. Ihr Leben war vorbei. Zumindest das Leben, das sie kannte, und das Leben, das sie zu führen gehofft hatte. Seit dem Unfall waren nun drei Stunden vergangen. In den ersten Minuten danach war ihre Familie im Zeitraffertempo gealtert und gestorben. Auch ihre Enkel, wenn sie denn welche gehabt haben sollte, waren längst tot. Nichts, was sie kannte, existierte mehr. Womöglich noch nicht einmal die Erde und die Menschheit selbst. Christine hatte das Gefühl, im Spiegel nur noch eine leere Hülle anzustarren.

Abrupt drehte sie sich um und verließ das Badezimmer.

Nachdem sie nichts mehr erreicht hatten und auch del Toro stumm geblieben war, hatte sie der Besatzung eine Pause von einer halben Stunde befohlen. Es war eine Pause, in der das Universum draußen weitere Jahrhunderte oder gar Jahrtausende alterte. Aber sie konnten nichts dagegen tun.

Christine ging zu ihrem Schrank, holte die Whiskyflasche heraus und goss sich großzügig ein. Dann setzte sie sich und nahm einen tiefen Schluck.

Mit dem Nachlassen des scharfen Brennens im Hals spürte sie, wie sie sich allmählich beruhigte und zumindest ein Teil der Anspannung von ihr abfiel.

Sie schloss die Augen.

Meine Familie ist tot ...

Sie hatte immer noch Schwierigkeiten, diese Tatsache zu akzeptieren. Sie spürte keine Trauer. Keinen Zorn.

Wie sollte es weitergehen? Irgendwie mussten sie das Schiff zum Stillstand bringen. Irgendwie ...

Sie hatte zu wenig Ahnung von der zugrunde liegenden Technik. Ihr blieb nur, sich darauf zu verlassen, dass del Toro eine Möglichkeit fand.

Und es gab noch eine andere Aufgabe. Sie hatte sich davor gedrückt, aber nun ließ es sich nicht länger aufschieben. Die Passagiere hatten ein Recht, über ihre Lage informiert zu werden. Für einen kurzen Augenblick spielte sie mit dem Gedanken, Ravi allein gehen zu lassen, aber das durfte sie nicht tun. Sie war der Captain und damit für die Passagiere verantwortlich.

Verantwortlich.

Bei diesem Wort drehte sich ihr der Magen um. Sie würgte und stürzte gerade noch rechtzeitig in das Badezimmer, um den Mageninhalt inklusive des gerade getrunkenen Whiskys in die Toilettenschüssel zu entleeren. Dann brach sie auf dem Boden zusammen. Bohrende Kopfschmerzen setzten ein.

Verantwortlich.

Sie wusste genau, dass die Passagiere sie für die Lage verantwortlich machen würden.

Verdammt, sie konnte doch nichts für die Fehlfunktion des Antriebs. Vielleicht hatte ein Wartungstechniker auf der Knotenstation Scheiße gebaut. Vielleicht war es ein Konstruktionsfehler, den man dem zuständigen Ingenieur des Bauteils ankreiden konnte. Vielleicht war es irgendein Gott gewesen, der sie für ihre permanenten Nörgeleien bestrafen wollte.

Christine wischte sich über das Gesicht. Sie fühlte sich nicht für die Scheiße verantwortlich. Sie kannte sich gar nicht genug mit dem Antrieb aus. Vielleicht sollte sie del Toro und Goldman zu den Passagieren schicken.

Wieder konnte sie nicht anders, als an ihre Tochter zu denken. *Nadine ist tot.*

Es wollte immer noch nicht sacken. Stattdessen fielen ihr die zwei Kinder an Bord ein. Mary hieß das eine. An den Namen von Warnocks Sohn konnte sie sich nicht erinnern. Christine hatte die Verantwortung für diese Kinder. Sie konnte nicht rückgängig machen, was geschehen war, aber sie mussten einen Weg finden, die Kinder zur Erde zurückzubringen, ganz egal, wie viel Zeit dort draußen vergangen war. Und der erste Schritt auf diesem Weg führte in die Messe, wo Christine ihre Aufgabe zu erfüllen hatte.

Sie blickte auf ihre Armbanduhr. Die halbe Stunde war um. Sie holte tief Luft und griff dann zum Interkom. »Erster Offizier bitte zu meiner Kabine.«

Christine schaltete auf den Passagierbereich. »Sehr geehrte Passagiere, hier spricht Captain Dillinger. Ich möchte Sie zu einer Besprechung in die Messe einladen, um mit Ihnen unsere aktuelle Situation zu diskutieren.«

Dann holte sie ihr Pad aus der Tasche und überflog noch mal die Passagierliste, die nun auch die beim Einchecken gemachten Fotos enthielt. Sie strengte sich an, alle Namen auswendig zu lernen.

Nur wenige Sekunden, nachdem sie damit durch war, wurde der Türsummer aktiviert. Christine öffnete die Luke und trat nach draußen. »Bringen wir es hinter uns?«

Ravi deutete wortlos Richtung Gang.

Ausnahmslos alle Gäste hatten sich in der Messe eingefunden, sie waren wohl die ganze Zeit seit dem Unfall im Aufenthaltsraum gewesen. Die meisten Leute saßen an den Tischen. Nur der Geschäftsmann und der Ex-Knacki Ferguson standen im hinteren Bereich. Alle starrten Christine an.

Ich hasse es. Ich will das nicht tun!

Christine blieb neben der Robotküche stehen, wo sie den gesamten Raum überblicken und von allen Gästen gesehen werden konnte. Ravi stellte sich neben sie. Erst jetzt fiel ihr auf, dass er seine Dienstwaffe am Gürtel festgemacht hatte. Das hatte sie bei ihm bisher noch nie gesehen. Rechnete er etwa mit einem Aufstand? Sie konnte sich das zwar nicht so recht vorstellen, aber vielleicht war ein bisschen Vorsicht gar nicht schlecht.

Sie räusperte sich. »Wie Sie wissen, hatten wir eine technische Fehlfunktion. Diese Fehlfunktion traf leider unseren Antrieb während des Sprungs, was dann dazu geführt hat, dass wir uns immer noch im Überlichtflug befinden.«

»Das haben wir schon alleine rausgefunden!«, rief der Geschäftsmann. Sein Gesicht zeigte unverhohlenen Zorn.

»Wir reisen durch Raum und Zeit, nicht wahr?«, fragte Natasha Beckwith.

Anscheinend hatten sich die Passagiere schon ihr eigenes Bild von der Lage gemacht. Kein Wunder, Mike Warnock war ein erfahrener Pilot. Und dann war da noch dieser Reaktortechniker, der sich womöglich auch ein wenig mit Antriebssystemen auskannte. Doch Christine vermutete, dass die Leute noch nicht begriffen hatten, wie schlimm die Lage wirklich war.

»Sie haben recht«, sagte sie. »Der überlichtschnelle Flug führt uns immer weiter von der Erde fort. Durch die Zeitdilatation reisen wir in die Zukunft. Und zwar sehr rapide.«

»Wie rapide?«, rief einer der Soldaten im Range eines Unteroffiziers, dessen Name Christine schon wieder entfallen war.

»Die Zahl wird Ihnen allen nicht gefallen.« Sie stockte. »Es sind bereits über tausend Jahre vergangen. Womöglich deutlich mehr.«

Eine Weile starrten die Gäste sie ausdruckslos an, als hätte sie gerade einen besonders geschmacklosen Scherz gemacht. »Ich wiederhole es noch einmal: Wir sind bereits über tausend Jahre in die Zukunft gereist, und einen Weg zurück in die Vergangenheit gibt es nicht.«

Goodyear sackte ohnmächtig in sich zusammen. Captain Wheeler hatte die Augen weit aufgerissen. Die Frau von Warnock schrie auf. Mike Warnock selbst wirkte gefasst, atmete aber in schnellen Stößen.

»Ihr verdammten Bastarde!«, brüllte einer der Soldaten im Mannschaftsrang.

Allein Baumann und Ferguson zeigten keine Überraschung. Ferguson verzog den Mund sogar zu einem Grinsen.

Natasha Beckwith stand auf und stapfte wie in Trance nach vorne. Sie blieb unmittelbar vor Christine stehen. »Tausend Jahre …«, flüsterte sie. »Alle sind tot?«

»Ich fürchte, so ist es«, sagte Christine ruhig, aber laut genug, dass alle im Raum es mitbekamen.

Die Frau wandte den Kopf und blickte den Ersten Offizier an. »Ravi?«

Der Offizier lächelte gezwungen. »Captain Dillinger hat recht.«

»Aber ich …« Die Augen der Frau schlossen sich, und sie kippte wie in Zeitlupe nach vorne. Ravi fing sie auf und legte sie vorsichtig auf den Boden.

»Es tut mir leid«, sagte Christine. »Wir müssen uns leider damit abfinden, dass unsere Heimat, so wie wir sie kennen, nicht mehr existiert.«

Captain Wheeler erhob sich. »Wir sind nach wie vor im Hyperraum. Also reisen wir weiter in die Zukunft. Richtig?«

Christine bejahte. »Wir haben leider noch keinen Weg gefunden, den Überlichtflug zu stoppen. Um ehrlich zu sein, wissen wir nicht, ob es uns überhaupt möglich ist.«

Mike Warnock stand ebenfalls auf. »Wenn es uns nicht gelingt, den Antrieb zu stoppen, werden wir an Bord verhungern.«

»Ich dachte, der Mensch verdurstet zuerst«, meldete sich einer der Soldaten zu Wort.

Plötzlich redeten alle durcheinander.

Christine wartete, bis sich der Lärm gelegt hatte. »Lassen Sie mich eines klarstellen: An Bord wird niemand ersticken oder verdursten. Das Lebenserhaltungssystem des Schiffes arbeitet mit fast hundertprozentiger Luft- und Wasserrückgewinnung. Verhungern muss so bald auch niemand. Wir haben im Frachtraum einige Vorräte für Omicron 3. Damit kommen wir notfalls einige Wochen aus.«

»Wochen?«, fragte Robin Paine. »Gehen Sie wirklich davon aus, dass wir Wochen in diesem Schiff eingesperrt sind?«

»Und dabei weitere Tausende Jahre in die Zukunft reisen …«, schob der Corporal düster nach.

Christine hob abwehrend die Hände. »Ich sage ja nur, dass wir genug Vorräte haben, falls es nötig werden sollte, die …«

»Wird es notwendig werden?«, unterbrach Gerry Paine sie.

Alle schauten Christine an. Sie nahm sich einen Augenblick, um die Gesichter ihrer Passagiere zu betrachten. Einige hatten Angst, das war deutlich zu sehen und auch nicht verwunderlich. Niemand war zornig. Bis auf den Geschäftsmann vorhin, aber der war immer noch ohnmächtig. Das Gespräch lief besser, als sie erwartet hatte. Bisher hatte auch niemand ihr die Verantwortung für die Katastrophe gegeben. Aber das konnte natürlich noch kommen.

»Wird es notwendig werden?«, wiederholte Gerry Paine seine Frage.

Sollte Christine ehrlich sein? Sie war ja selbst nicht davon überzeugt, dass sie die Kiste jemals wieder aus dem Überlichtflug bekommen würden. Sie entschied sich dafür, ein wenig Zuversicht auszustrahlen. Das war ja schließlich der Job einer Kommandantin eines Passagierraumschiffes. Sie zwang sich ein

Lächeln auf. »So schrecklich und trostlos unsere Lage im Moment wirkt, bin ich der vollen Überzeugung, dass wir mit Hilfe unserer Erfahrung und unseres Verstands eine Lösung entwickeln können. Ja, ich bin sicher, dass wir einen Weg finden, zur Erde zurückzukehren.«

»Zu einer Erde, die wir nicht mehr wiedererkennen werden«, wandte Soldat Getz düster ein. »Zu einer Menschheit, mit der wir nichts mehr gemeinsam haben oder die schon gar nicht mehr existiert.«

»Wir werden überleben«, betonte Christine. »Und wir werden zurückkehren. Das sind die Ziele, auf die wir uns nun konzentrieren. Alles andere folgt danach.«

Sie wollte sich umdrehen und gehen, aber der Reaktortechniker namens Baumann trat nach vorne. »Captain, ich würde die Mannschaft gerne bei der Lösungsfindung unterstützen und möchte mich deshalb mit dem Chefingenieur über die Funktionsweise des Antriebs unterhalten.«

Christine hätte beinahe geschmunzelt. Del Toro würde garantiert in Begeisterung ausbrechen, wenn sie diesen komischen Vogel mit seiner aufdringlichen Art anschleppte. »Vielen Dank für das freundliche Angebot, Mr. Baumann. Mein leitender Ingenieur und sein technisches Personal sind hinreichend ausgebildet, um die Probleme zu lösen. Wenn es einen Weg gibt, den Überlichtflug zu beenden, dann wird Lieutenant del Toro ihn finden.«

»Aber ich kann wirklich …«

Christine unterbrach ihn mit einer Handbewegung. »Wie ich bereits sagte, benötigen wir zurzeit keine Hilfe. Sollte sich daran etwas ändern, werde ich Sie rufen lassen.«

Sie wandte sich um.

»Und wie geht es jetzt weiter?«, fragte Ellie Warnock.

Christine war das Gespräch leid. Sie wollte endlich hier verschwinden, um weiter nach einer Lösung suchen zu können. »Meine Besatzung und ich werden alles für eine Rückkehr zur Erde tun.«

Mrs. Warnock hob die Hand. »Ja, aber was machen wir jetzt?«

Was für eine blöde Frage. Christine hatte Mühe, sich eine sarkastische Antwort zu verkneifen. »Die Passagierbereiche stehen zu Ihrer Verfügung. Sie können sich frei bewegen und alle Einrichtungen nutzen. Meine Mannschaft und ich werden Sie regelmäßig über die Fortschritte unserer Arbeiten unterrichten.«

»Sollten wir nicht damit beginnen, die Nahrung zu rationieren?«, fragte Captain Wheeler.

Christine verneinte. »Die Robotküche hat Rohstoffe für weitere drei Wochen. Ich gehe davon aus, dass wir bis dahin eine Lösung haben. Sollte das nicht der Fall sein, werden wir das Lagergut anbrechen. Wie ich bereits sagte, haben wir Vorräte für eine lange Zeit.«

Und wenn sie zu diesem Zeitpunkt immer noch keinen Weg gefunden hatten, den Überlichtflug zu beenden, waren sie ohnehin verloren. Dann war es vielleicht sogar besser, in sechs Wochen zu verhungern als in zwölf.

Sie lächelte mit aller Zuversicht, die ihre begrenzten Schauspielkünste hergaben. »Wie gesagt rechne ich fest mit einem glücklichen Ausgang. Bitte entschuldigen Sie mich nun. Auf mich wartet viel Arbeit.«

»Eine Frage habe ich noch, Captain Dillinger.« Mike Warnock kam langsam auf sie zu.

»Schießen Sie los, Mr. Warnock.«

»Sie haben uns nichts verschwiegen?«

»Absolut nichts.« Christine lächelte.

Warnock schien zufriedengestellt und kehrte zu seiner Familie zurück.

Es gab keine weiteren Fragen.

»Lass uns gehen«, sagte sie zu ihrem Ersten Offizier.

»Ich bleibe noch.« Ravi zeigte auf die am Boden liegende Frau. »Ich warte, bis Natasha aufgewacht ist.«

Christine war schon auf dem Weg zur Tür, da stutzte sie.

»Ravi?«

»Sir?«, fragte er förmlich.

Sie rückte dicht an ihn heran und flüsterte: »Verriegle das Schott zwischen Crew- und Passagierbereich, wenn du gehst.«

17

»ICH habe Angst«, flüsterte Ellie.

Mike drehte sich im Bett herum und nahm seine Frau in den Arm. »Ich weiß.« Er reckte den Kopf, so dass er das Nachbarbett sehen konnte. Neil schlief.

»Es ist verrückt«, sagte Ellie.

Mike nickte nur. Was sollte er schon sagen?

»Während wir heute Nacht schlafen, werden wir weitere Jahrhunderte in die Zukunft reisen.«

»Ja«, bestätigte Mike. »Aber wir müssen schlafen.«

Das war wirklich notwendig. Sie hatten noch lange nach Captain Dillingers Ansprache in der Messe gesessen und mit den anderen Passagieren diskutiert. Die Stimmung hatte zwischen Angst, Zorn und Verzweiflung geschwankt. Nachdem Goodyear einen weiteren Wutanfall bekommen hatte, war er schließlich schluchzend zusammengebrochen und musste von zwei Soldaten in seine Kabine gebracht werden. Baumann hatte sich mehr als einmal darüber beklagt, dass man ihm keinen Zugang zu den Schiffssystemen gewährte, aber niemand war geneigt, ihn zu unterstützen.

Schließlich war Gerry zu Mike gekommen und hatte ihn nach seinen Erfahrungen mit Überlichtflügen ausgefragt. Einzig Ferguson hatte sich nicht an den Unterhaltungen beteiligt, sich stattdessen in der Nähe der hinteren Tür herumgedrückt und die anderen Passagiere beobachtet.

Nach stundenlangen Diskussionen, ohne dass Neuigkeiten

von Dillinger oder einem anderen Crewmitglied gekommen waren, hatten sich Mike und seine Frau mit dem bereits schlafenden Neil in ihre Kabine zurückgezogen. Mike war sich noch nie so hilflos vorgekommen. Selbst im Krieg nicht.

»Wir werden diese Situation gemeinsam durchstehen.« Mike wischte Ellie mit dem Daumen eine Träne von der Wange. Sie vergrub ihr Gesicht an seiner Schulter und schluchzte. Mike nahm sie fest in den Arm und strich ihr über den Rücken. Es tat gut, nicht alleine zu sein.

Seit er aus dem Krieg zurückgekehrt war, hatte er sich Ellie nicht mehr so nahe gefühlt. Dumm nur, dass dafür erst eine solche Katastrophe nötig gewesen war.

»Wie soll es denn nur weitergehen?« Ellie schniefte erneut.

»Ich weiß es nicht.« Mike wollte seine Frau nicht anlügen. »Wir sind in einer schlimmen Situation. Wir wissen weder, ob wir imstande sind, in die Milchstraße oder zur Erde zurückzukehren, noch, ob wir den Überlichtflug der *Challenger* jemals stoppen können.«

»Wenn das nicht klappt, werden wir verhungern«, sagte Ellie mit verheulter Stimme.

Mike streichelte seiner Frau sanft die Wange. »So weit sind wir noch lange nicht.«

»Glaubst du denn, dass wir eine Chance haben, das Schiff anzuhalten?«

Was sollte er sagen. »Ich weiß es nicht.« Ihm war klar, dass diese Worte keinen Trost spendeten. Aber es brachte nichts, sich falschen Hoffnungen hinzugeben. »Unser Vorteil ist: Wir haben Zeit. Captain Dillinger sagte es bereits. Es ist einiges an Vorräten vorhanden. Wir haben eine hervorragend ausgebildete Crew. Wenn es eine Möglichkeit gibt, dann wird die Mannschaft sie finden.«

»Du glaubst also an eine Chance?«

Er bemühte sich, überzeugend zu klingen. »Ja. Wir haben noch eine Chance.« Es war der Satz, den sie hören wollte. Welches Recht hatte er, ihn ihr zu verweigern?

»Was dann? Wir sind in der Zukunft gestrandet. Womöglich können wir nie wieder zur Erde zurückkehren.«

»Selbst dann gibt es Hoffnung«, erklärte Mike. »Wir kehren entweder zur Erde zurück, ganz gleich, wie viele Jahrhunderte vergangen sind. Oder wir werden uns einen Planeten suchen, auf dem wir überleben können.«

»Irgendwo tief im All, abgeschnitten von der Heimat durch eine riesige Entfernung in Raum und Zeit«, murmelte Ellie.

Mike nickte. »Wir müssen das Beste aus der Situation machen.«

»Aber was, wenn wir es nicht schaffen, das Schiff anzuhalten?«

Mike legte seiner Frau den Zeigefinger auf die Lippen. »Darüber sollten wir jetzt nicht nachdenken.«

Ellie lachte verzweifelt auf. »Weißt du, was mir auch sehr schwerfällt? Wir sind nur Passagiere. Wir können gar nichts tun. Bloß warten und uns den Kopf zerbrechen.«

Mike schüttelte den Kopf. »Das sollten wir nicht.« Es würde lediglich zu Furcht und Panik führen. Er kannte die Situation aus dem Krieg, als er mit seinem Bomber zu feindlichen Systemen unterwegs war. In den Tagen bis zum Erreichen des Sprungpunkts gab es kaum etwas zu tun. Man hatte alle Zeit der Welt, über die Möglichkeit des kurz bevorstehenden Todes nachzugrübeln. In der Ausbildung hatte man ihnen Möglichkeiten beigebracht, das zu unterbinden.

»Ich möchte aber trotzdem darüber sprechen«, beharrte Ellie. »Was tun wir, wenn in einigen Wochen die Vorräte ausgehen und wir immer noch keinen Weg gefunden haben, das Schiff anzuhalten? Was machen wir dann mit Neil?«

Mike biss die Zähne zusammen. Er wollte nicht darüber nachdenken und das Thema erst recht nicht mit seiner Frau bespre-

chen. Es war einfach kontraproduktiv. Es brachte nichts. Er
drehte sich um, ohne Ellie eine Antwort zu geben.

»Mike? Ich habe dich etwas gefragt.«

»Schlaf jetzt«, sagte er kühl.

Er wollte nicht lügen. Denn es war ganz klar, was sie tun mussten, wenn sie begannen zu verhungern.

18

»LIEUTENANT del Toro, ich habe Sie etwas gefragt«, sagte Christine so schneidend, dass Ravi neben ihr zusammenzuckte.

Der Ingenieur stand von seiner Konsole auf und musterte Christine aus Eisaugen. »Ich lasse mich von Ihnen nicht anbrüllen, Captain Dillinger.«

»Lieutenant …« Christine verstummte, atmete tief durch und begann erneut, diesmal etwas leiser: »Lieutenant del Toro, ich wollte von Ihnen wissen, welche weitere Vorgehensweise Sie empfehlen.«

Der Ingenieur setzte sich. »Ich habe noch keine weiteren Vorschläge oder Empfehlungen.«

Christine schloss die Augen. Fast zwanzig Stunden waren inzwischen seit dem Unfall vergangen. Sie fühlte sich erledigt. Sie war erschöpft und gleichzeitig aufgedreht, eine Folge der Pillen, die sie eingeworfen hatte, um durchhalten zu können. Aber die Wirkung der Medikamente ließ allmählich nach. Sie hatte die letzten Stunden mit Ravi, Lieutenant Schmitt und Lieutenant Laski jede Möglichkeit durchdiskutiert, die ihnen in den Sinn gekommen war. Nichts versprach Erfolg. Del Toro und Goldman waren derweil stundenlang im Maschinenraum verschwunden, um dort nach einer Lösung zu suchen. Es konnte doch nicht sein, dass in dieser ganzen Zeit niemand eine Idee gehabt hatte. »Was haben Sie denn die ganze Zeit im Maschinenraum gemacht, wenn ich fragen darf?«

Del Toro funkelte sie an. »Captain Dillinger, ich mache Sie darauf aufmerksam, dass der Defekt unseres Antriebs schon zweimal den Abschaltvorgang eines Überlichtfluges versaut hat. Bevor wir diesen Fehler nicht gefunden und behoben haben, brauchen wir gar nichts Neues zu versuchen, weil wir dann nur abermals scheitern würden.«

»Haben Sie denn den Fehler schon gefunden?«, fragte Ravi.

Del Toro schüttelte den Kopf. »Nein.«

»Und warum nicht?«, bohrte Christine.

»Ich glaube, dass der Fehler im Kondensator liegt. Um den genau inspizieren zu können, müssen wir zunächst die Hälfte des Antriebs ausbauen, weil das Mistding so beschissen konstruiert ist.«

»Wie lange wird es dauern?«, erkundigte sich Ravi.

»Was meinen Sie?« Der Ingenieur hob die Augenbrauen. »Die Inspektion? Sicher noch mal fünf Stunden. Wie lange dann eine Reparatur braucht, kann ich erst sagen, wenn wir wissen, was los ist. Falls das Problem denn überhaupt im Kondensator liegt.«

Christine schloss wieder die Augen. Es schien einfach keinen schnellen Ausweg zu geben. Sie hatte ursprünglich gehofft, noch heute einen neuen Versuch starten zu können, den Überlichtflug zu beenden. Aber es sah so aus, als würden noch Tage vergehen, bis sie etwas erreichten. Sie sah ein, dass es keinen Sinn hatte, den Ingenieur zur Eile zu drängen. Er würde nur Fehler machen, und das brachte am Ende niemandem etwas.

Sie hob beschwichtigend die Hände. »Ist in Ordnung, Lieutenant del Toro. Nehmen Sie sich die Zeit, die Sie brauchen.«

»Herzlichen Dank, Sir!« Tiefe Verachtung lag in seiner Stimme. »Dürfen wir dann wieder in den Maschinenraum gehen, um unsere Arbeit zu tun, oder sollen wir weitere Zeit bei dieser unnützen Besprechung verschwenden?«

Ravi stand auf. »Lieutenant del Toro, Sie werden …«

Christine legte ihm die Hand auf den Arm. »Ist schon gut, Ravi. Ist schon gut.«

Der Erste Offizier setzte sich wieder.

»Gehen Sie, Lieutenant«, forderte sie del Toro auf.

Der Ingenieur stand auf und strich sich die Uniform glatt. Goldman trottete seinem Vorgesetzten hinterher. Der Mechaniker hatte dunkle Augenringe und blinzelte auffallend oft.

»Lieutenant«, sagte Christine.

Del Toro blieb stehen.

»Wenn Sie eine Pause brauchen, dann machen Sie die einfach, okay?«

Del Toro sah sie einen Moment überrascht an. Dann nickte er wortlos und verschwand zusammen mit seinem Mechaniker durch die Luke.

Christine fuhr sich mit den Händen durch die Haare und spürte Filz. »Was für eine riesengroße Scheiße«, murmelte sie.

»Sir?«, fragte Ravi.

Christine winkte ab. »Schon gut.« Sie wandte sich an die anderen beiden Offiziere. »Lieutenant Laski, Lieutenant Schmitt. Haben Sie in der Zwischenzeit etwas erreicht?«

Laski rutschte auf seinem Sitz hin und her. »Nun ja. Mehr oder weniger, Sir.«

»Was meinen Sie?«

Der Steuermann kratzte sich am Kinn. »Ich habe einen kompletten Check der Schiffssysteme durchgeführt. Laut Bordcomputer funktioniert alles einwandfrei.«

Christine runzelte die Stirn. »Einwandfrei? Was ist mit dem Antrieb?«

»Die Routinen zeigen keinen Fehler an. Was auch immer der Defekt ist, er wird vom Bordcomputer nicht erkannt.«

Das erklärte, warum vom Bordcomputer keine Warnung gekommen war, als sie zum zweiten Mal das Überlichttriebwerk hochgefahren hatten. »Immerhin ist es beruhigend, dass, abgesehen vom Antrieb, alles in Ordnung ist.«

»Ja«, stimmte Laski zu. »Es wäre in unserer Lage dramatisch, wenn es Probleme mit dem Lebenserhaltungssystem gäbe. Oder mit einem anderen kritischen System.«

»Was sagen die Verbrauchsmaterialien?«, erkundigte sich Christine.

Laski studierte seine Bildschirme. »Wir sind bei allen Werten weit im grünen Bereich, da wir die Tanks auf der Knotenstation alle bis zum Rand gefüllt haben. Es sind noch über neunzig Prozent Xenon in den Speicherbehältern des Lageregelungssystems, das Plutonium im Reaktor reicht für mehrere Sprünge, und die Notreserven an Wasserstoff und Sauerstoff im Falle eines Lecks haben wir bislang nicht einmal angebrochen.«

»Gut, Lieutenant. Sehr gut.« Christine fand es beruhigend, dass sie sich zumindest darum keine Sorgen machen mussten.

Sie wandte sich an Lieutenant Schmitt. »Wie sieht es bei Ihnen aus? Haben Sie in der Zwischenzeit bestimmen können, wie schnell wir uns bewegen?«

Das Gesicht der Navigatorin wirkte aufgedunsen. Sie war immer wieder in Weinkrämpfe verfallen, woraufhin Ravi sie in den Arm genommen und getröstet hatte. Lieutenant Schmitt kam innerhalb der Besatzung am schlechtesten mit der Situation klar. Immerhin machte sie halbwegs konzentriert ihren Job.

Die Navigatorin schüttelte den Kopf. »Ich kann absolut nichts sagen. Durch den erfolglosen Versuch, das Schiff zum Stillstand zu bringen, haben wir keinerlei Anhaltspunkt mehr, was unsere Position angeht. Keiner weiß, wie sich eine doppelte Grenzschicht auf die Dynamik auswirkt.«

Christine presste die Lippen zusammen. Del Toro hatte das ja auch schon angedeutet.

»Ich habe aber etwas anderes entdeckt, das eventuell von Bedeutung sein könnte«, ergänzte die Navigatorin.

Christine horchte auf. »Was denn, Lieutenant Schmitt?«

»Bei der Überprüfung der Lageregelungssensoren habe ich herausgefunden, dass wir ein leichtes Moment in Richtung steuerbord haben.«

Christine hob die Hände. Das sagte ihr nichts. »Woran liegt das, und was soll das bedeuten?«

Lieutenant Schmitt zögerte. »Es ist nur eine Vermutung, aber es könnte sein, dass die Grenzschicht nicht gleichmäßig ausgeprägt ist und es dort draußen Gravitationsgradienten gibt, die das Schiff ganz sachte in eine Richtung ziehen. Wenn das hier im Inneren der Hyperraumblase der Fall ist, dann dürfte sich das auch auf die Bewegung außerhalb auswirken.«

»Wollen Sie damit sagen, dass wir eine Kurve fliegen?«

Lieutenant Schmitt zuckte mit den Schultern. »Wie gesagt, ist nur eine Vermutung. Aber wenn sie zutrifft, dann ist es tatsächlich nicht auszuschließen, dass wir im Kreis fliegen.«

Christine verstand. »Und wenn wir im Kreis fliegen …«

Ravi erhob sich. »… dann könnte es sein, dass wir uns die ganze Zeit in der Nähe der Milchstraße befinden.«

Es wäre eine Chance, zur Erde zurückzukehren. Draußen waren zwar Jahrtausende vergangen, aber sie würden immerhin herausfinden können, wie es der Menschheit in der Zwischenzeit ergangen war. Es war ein Lichtblick. Ein Trost. »Stellen Sie fest, ob das wirklich der Fall ist«, forderte Christine die Navigatorin auf.

Lieutenant Schmitt wandte sich erneut ihrer Konsole zu. Es vergingen nur wenige Momente, da begann sie, wieder zu schluchzen.

Christine beugte sich zu Ravi hinüber. »Wie geht es dir?«, flüsterte sie.

Der Erste Offizier legte den Kopf schief. »Wie soll es mir schon gehen?«

»Ich meine, kommst du klar?«

Ravi grinste zögerlich. »Ich komme klar. Keine Sorge. Was ist mit dir?«

Christine überlegte, was sie darauf antworten sollte.

Ich habe eine Familie, die ich niemals wiedersehen werde. Was für eine Frage.

Aber sie hatte diese Frage zuerst gestellt, also zwang sie sich ein Lächeln auf. »Ich komme auch klar.« Sie wechselte abrupt das Thema. »Was ist mit den Passagieren?«

Ravi atmete tief ein. »Ich bin eben noch einmal in der Messe gewesen. Es waren nur noch wenige Leute dort. Zwei stockbesoffene Soldaten und der Geschäftsmann, der schweigend aus dem Fenster starrte. Die meisten Gäste haben sich in ihre Kabinen zurückgezogen.«

Christine nickte. »Irgendwann braucht jeder mal Schlaf. Wir eigentlich auch.«

»Ich weiß nicht, ob ich schlafen kann, wenn währenddessen draußen die Jahrhunderte verfliegen.«

Christine fiel es immer schwerer, ihre Augen offen zu halten. »Unter Schlafmangel sind wir nicht in der Lage, vernünftige Entscheidungen zu treffen. Du hast del Toro ja gehört. Es kann noch Tage dauern, bis die Fehlerquelle im Antrieb gefunden ist und wir einen neuen Versuch starten können, den Flug zu stoppen. So lange halten wir ohne Schlaf nicht durch.« Christine schaute auf ihre Armbanduhr. »Es wird wirklich Zeit. Lieutenant Laski?«

Der Steuermann drehte sich um. »Sir?«

»Ich schicke die Besatzung in die Kojen. Sie übernehmen bitte die erste Wache. Drei Stunden. Trauen Sie sich das zu?«

»Ja, Sir. Im Zweifelsfall nehme ich noch eine Tablette.«

Christine schüttelte energisch den Kopf. »Das tun Sie nicht, denn dann werden Sie nach Ihrer Schicht nicht schlafen. Wenn Sie nicht mehr können, lassen Sie sich früher ablösen. Verstanden?«

»Ja, Sir.« Laski wandte sich wieder seiner Konsole zu.

»Wer übernimmt die zweite Wache?«, fragte der Erste Offizier.

»Ich wollte dich darum bitten, Ravi.«

Der Erste Offizier zögerte einen Moment. »Okay«, sagte er schließlich. »Drei Stunden werden schon reichen. Wenn du erlaubst, ziehe ich mich umgehend zurück.«

Christine stimmte zu. Ravi verschwand in Richtung seiner Kabine.

Christine aktivierte den Interkom. »Zentrale an Maschinenraum. Es wird Zeit für eine Pause. Beenden Sie, woran Sie gerade arbeiten, und dann ruhen Sie sich für mindestens sechs Stunden aus. Verstanden?«

Zunächst kam keine Antwort. Sie wollte wieder nach dem Interkom greifen, da meldete sich endlich Corporal Goldman. »Wir haben verstanden, Captain.«

»Lieutenant Schmitt, Sie auch«, forderte Christine.

»Ich mache nur noch eine Sache hier fertig, Captain.«

Christine schaltete ihre Instrumente aus und verließ die Zentrale.

Trotz ihrer Müdigkeit rasten ihre Gedanken immer noch. Es war, als würde ein Wirbelsturm durch ihren Kopf fegen, und sie zweifelte daran, dass sie ohne Hilfe Schlaf finden würde.

Sie überlegte einen Moment lang, ob sie auf die Krankenstation gehen sollte, um sich eine Schlaftablette zu holen, aber sie entschied sich schließlich dagegen.

Ein doppelter Whisky musste reichen.

19

MIKE trat an die Ausgabe der Robotküche. Er hatte weder Hunger noch Durst. Aber er musste etwas zu sich nehmen, und seine Familie auch. Er orderte Kaffee für sich und Ellie und einen Orangensaft für Neil. Toast mit Butter und Marmelade würde als Frühstück ausreichen. Er packte alles auf ein Tablett und stapfte zurück zum Tisch.

Außer ihnen war nur Goodyear in der Messe. Der Geschäftsmann saß auf einem Sessel im hinteren Bereich des Raumes. Mit leerem Blick starrte er hinaus in die sternenlose Finsternis.

Mike setzte sich, nahm seinen Kaffee und den Toast und schob seiner Frau das Tablett hin.

»Ich will nichts«, sagte Ellie mit dünner Stimme. Sie griff nach dem Kaffee und stellte vor Neil einen Teller mit Toast auf den Tisch.

»Warum seid ihr so traurig?«, fragte Neil.

Der Junge hatte zwar mitbekommen, dass bei dem Flug etwas schiefgelaufen war, aber natürlich verstand er die Konsequenzen nicht.

Ellie umarmte ihren Sohn. »Es ist alles in Ordnung.« Ihre Stimme zeugte vom kompletten Gegenteil.

»Was ist denn los?«, fragte Neil erneut. Seine Miene drückte keine große Besorgnis aus.

Mike schob seinen Teller beiseite. »Das Schiff ist kaputt.«

Ellie sah ihn warnend an. Er konnte förmlich ihre Gedanken lesen: *Übertreibe es nicht!*

»Das Schiff ist kaputt«, wiederholte er. »Und wir werden wohl länger an Bord bleiben müssen als geplant.«

»Und wie lange?«

»Das wissen wir noch nicht«, antwortete Mike. »Bis die Besatzung den Schaden repariert hat. Das kann noch etwas dauern, also müssen wir warten.«

Das schien dem Jungen als Antwort zu genügen, und er widmete sich seinem Toast.

Die Paines betraten die Messe. Gerrys Gesicht war grau und bleich. Robin sah aus, als hätte sie die ganze Nacht geheult. Mary winkte Neil zu, der sich aber gerade auf sein Essen konzentrierte.

Mikes und Gerrys Blicke trafen sich. Der Farmer aus Alaska blieb stehen und flüsterte seiner Frau etwas ins Ohr. Als Robin nach einigen Sekunden nickte, kamen sie auf Mikes Tisch zu.

»Dürfen wir uns zu euch setzen?«, fragte Gerry.

Mike rutschte auf den Nachbarstuhl, und Ellie nahm ihre Tasche vom Sitz neben sich.

»Ich hole uns etwas zu essen«, erklärte Gerry mit schwacher Stimme und trottete zur Robotküche.

Mary ging zu Neil. »Wollen wir etwas spielen gehen?«

»Darf ich?«, fragte er seine Mutter.

Ellie murmelte leise eine Zustimmung.

Neil ließ den angebissenen Toast auf den Teller fallen und verschwand mit Mary im hinteren Teil des Raumes, wo sie eine Kiste mit Spielzeug aus einem Schrank holten.

»Habt ihr geschlafen?«, fragte Robin.

»Nicht wirklich«, erwiderte Ellie. »Ihr?«

Robin schüttelte den Kopf.

Nach einigen Augenblicken kam Gerry mit einem Tablett zurück. Er schob sich und Robin je einen Teller mit Brot und Butter hin, den beide nicht anrührten.

Stattdessen starrten sie in ihre Kaffeetassen und schwiegen.

Mike wunderte sich nicht wirklich, dass die Paines nun wieder zu ihnen gekommen waren. In einer solchen Katastrophe suchte man Gesellschaft, um sich auszutauschen. Alle anderen Befindlichkeiten traten dahinter zurück.

Und doch saßen sie nur schweigend nebeneinander. Niemand schien Interesse an einem Gespräch zu haben.

Die Soldaten stapften hintereinander an Mikes Tisch vorbei, ohne zu grüßen, und gingen zur Robotküche. Während sie ihren Aufenthalt an Bord in den letzten Tagen offenbar als Urlaub betrachtet und schon zum Frühstück die Biergläser hatten kreisen lassen, gab es heute nur Kaffee und Wasser. Die Uniformierten setzten sich an einen Tisch und flüsterten nur wenige Worte miteinander. Mit der jovialen Atmosphäre war es definitiv vorbei.

»Mike.« Robin schaute ihm direkt in die Augen.

»Ja?«

»Werden wir den Überlichtflug beenden können, oder werden wir an Bord verhungern?« Die Frau stellte die Frage völlig emotionslos, als ginge es um den Wocheneinkauf im nächsten Supermarkt. Aber ihre Augen sagten etwas völlig anderes. Sie hatte Todesangst vor der Antwort.

Was sollte Mike tun? Sollte er sie beruhigen? Ehrlich sein?

Nun ja, sie war eine erwachsene Frau. »Ich weiß es nicht.«

»Aber was glaubst du?«, beharrte Robin.

Auch Gerry musterte ihn, das Gesicht eine Maske.

Mike atmete tief durch. »Ich habe von niemandem gehört, der schon einmal in einer solchen Situation war. Wir haben uns in der Ausbildung nicht einmal theoretisch damit beschäftigt.« Das war die volle Wahrheit. »Aber wir sollten die Hoffnung nicht aufgeben. Du hast ja gehört, was Captain Dillinger gesagt hat. Wir haben Vorräte für Wochen. Wir haben eine gut ausgebildete Crew und abgesehen von der Notlage ein gesundes Schiff. Wenn es einen Weg gibt, dann wird die Besatzung ihn finden.«

Robin starrte aus dem Fenster in die Dunkelheit. »Ich habe Angst. Angst, hier wochenlang zu sitzen und zu hoffen, nur um meine Tochter am Ende verhungern sehen zu müssen.«

Ellies Lippen wurden bleich. Mike war klar, dass dieser Gedanke sie auch beschäftigte.

Er schaute zum hinteren Teil der Messe, wo Neil und Mary auf dem Boden saßen und aus Klötzen einen hohen Turm bauten. Ja, es war noch mal etwas völlig anderes, wenn die eigenen Kinder betroffen waren. Was würde er tun, wenn es keinen Ausweg gab, die letzte Mahlzeit gegessen war und er seinem Sohn nichts mehr geben konnte? Würde er dann in der Lage sein, das Unausweichliche zu beschleunigen, um Neil unnötiges Leid zu ersparen?

Er drängte die Gedankenspirale beiseite. Es war zu früh dafür. Aber es war wirklich schlimm, nichts tun zu können.

Baumann betrat den Raum und steuerte direkt auf Mike zu. »Vielleicht können Sie mal mit der Kommandantin reden«, sagte er ohne Umschweife.

Mike legte den Kopf schief. »Was meinen Sie? Worüber soll ich mit Captain Dillinger reden?«

Der Mann blickte zum Interkom und wieder zurück. »Ich habe von meiner Kabine aus mit ihr gesprochen und ihr erneut meine Hilfe angeboten, aber sie hat abgelehnt, mich in den Maschinenraum zu lassen, damit ich mit dem Bordingenieur reden kann.« Baumann klang völlig empört. Als hätte Dillinger ihm ein ihm zustehendes Grundrecht verweigert.

Mike stöhnte innerlich. »Die Mannschaft ist gut ausgebildet und sicher in der Lage, selber eine Lösung zu finden.«

Ohne ein weiteres Wort drehte sich Baumann um und verließ die Messe wieder.

Gebrüll klang aus den Reihen der Soldaten auf.

»Ich mache das nicht mit!«, rief Corporal Morris. Einer seiner Kameraden drückte ihn wieder auf seinen Stuhl. Captain Wheeler redete auf ihn ein. Der Mann schüttelte immer wieder den Kopf, beruhigte sich dann aber.

Die Leute drehen durch. Kein Wunder.

Mit jedem Tag, an dem sie weiter durch den Hyperraum rasten, würde die Verzweiflung der zur Tatenlosigkeit verdammten Passagiere zunehmen. Wenn das wirklich über Wochen und Monate so ging, dann waren sie am Ende alle nur noch emotionale Wracks. Wenn Captain Dillinger schlau war, würde sie die Passagiere durch geschickt verteilte Aufgaben irgendwie miteinbeziehen. Oder aber sie ging den leichten Weg und schloss die Gäste in ihrem Bereich ein. Mike war gespannt, für was sich die Kommandantin entschied.

20

CHRISTINE passierte auf ihrem Weg zum Maschinenraum das Schott zum Passagierbereich der *Challenger*. Sie wollte schon weitergehen, stutzte dann und stellte sich vor die Konsole. Sie gab ihren Code ein und stellte sicher, dass das Schott nach wie vor von der anderen Seite nicht geöffnet werden konnte. Dann setzte sie ihren Weg fort.

Vor einem großen Fenster blieb sie stehen. Sie befand sich jetzt genau unter dem vorderen Beschleunigerring des Antriebsmoduls, der das Schiff in einem Radius von fünfzehn Metern umgab. Das bläuliche Material der Magnete schimmerte im Licht der Außenscheinwerfer. Ansonsten war der Himmel finster. Fünf Tage waren vergangen, und sie befanden sich immer noch im Überlichtflug. Während sie offenbar in einer weiten Kurve immer wieder um die Milchstraße herumflogen, konnte niemand wissen, wie weit in die Zukunft sie schon gereist waren. Jahrtausende? Zehntausende Jahre? Weder Christine noch Lieutenant Schmitt noch del Toro hatten eine Idee.

Immerhin hatte es heute einen Fortschritt gegeben. Der Ingenieur hatte sich gemeldet und sie heruntergebeten. Anscheinend war der Fehler im Antriebssystem gefunden.

Sie setzte sich wieder in Bewegung. Nach wenigen Minuten erreichte sie die schwere Luke zum Antriebssystem. Sie identifizierte sich an der Lukensteuerung mit ihrem Zugangscode, und die schwere Tür fuhr mit einem schleifenden Geräusch in die Wand.

Im Maschinenraum erwartete sie eine düstere Atmosphäre.

Die Lampen waren weiter voneinander entfernt und strahlten weniger Licht aus als im zentralen Korridor. Dazu kam, dass die meisten Geräte und Apparate schwarz lackiert waren. Selbst die Wände bestanden aus schwarzen Vertäfelungen, in die nur einige gelbe Beschriftungen und rote Warntafeln etwas Farbe brachten. Es roch nach einer Mischung aus Schmieröl und Verdünnungsmittel. Das dumpfe, gleichmäßige Pumpen des Kühlsystems am Heck hörte sich wie der Schlag eines riesigen Herzens an.

»Del Toro? Goldman?«, rief Christine. »Sind Sie da?«

Keine Antwort.

Langsam ging Christine weiter. Sie mochte den Maschinenraum nicht. Sie hasste den Gestank und den Dreck überall und diese scheinbar chaotische Anordnung der Apparate, die den Raum in ein riesiges Labyrinth verwandelte.

Natürlich war Christine als Kommandantin der *Challenger* auch mit der Funktionsweise der wichtigsten Aggregate vertraut, aber die technischen Details waren ihr bei vielen Geräten nach wie vor ein Rätsel. Während sie tiefer in den Maschinenraum vordrang, achtete sie penibel darauf, keines der Geräte zu berühren, um nicht aus Versehen irgendetwas in Gang zu setzen, das sie Kopf und Kragen kosten würde.

»Del Toro? Wo sind Sie, verdammt nochmal?«

Keine Antwort.

Wozu hatten die Techniker sie denn hergebeten? Etwa, um Verstecken mit ihr zu spielen?

An einer Wand neben einer offenen Wartungsklappe stand ein Werkzeugkoffer. Dahinter war ein Durchgang zu einer der Röhren, die durch den Ausleger zum Ringbeschleuniger führten. Der Lichtfinger einer Taschenlampe zuckte darin umher.

Christine trat neben die Öffnung. »Del Toro?«

»Goldman hier, Sir!«, rief der Mechaniker. »Ich komme raus. Sekunde.«

Rückwärts kroch Goldman aus der Röhre. Er hielt sich den Rücken, als er sich aufrichtete. Ein schwarzer Streifen von Maschinenöl lief in einer diagonalen Linie über sein Gesicht.

»Wo ist del Toro?«, erkundigte sich Christine.

»Er kommt sofort. Er wollte die Magnetsysteme im vorderen Ausleger überprüfen.«

»Was haben Sie herausgefunden?«

Goldman druckste ein wenig herum. »Nun ja, wir haben … Am besten erklärt del Toro es Ihnen.«

»Bin schon hier.« Der Ingenieur kletterte rückwärts aus dem Wartungsschacht. Auch sein Gesicht war mit Öl verschmiert. Er blinzelte auffallend oft, konnte in der letzten Nacht nicht viel Schlaf gefunden haben.

»Mit den Beschleunigerringen alles in Ordnung?«, fragte Christine.

»Soweit wir das von hier aus beurteilen können, ja.«

Christine breitete die Arme aus. »Gut, also, was wollten Sie mir zeigen?«

Del Toro legte einen Schraubenschlüssel in den Werkzeugkasten und ging tiefer in den Maschinenraum hinein. »Kommen Sie mit«, sagte er mit mürrischer Stimme.

Christine folgte ihm, während Goldman hinter ihr hertrottete.

Schließlich erreichten sie ein Aggregat ganz am Ende des Maschinenraums. Es war zu einem großen Teil zerlegt, und Christine musste aufpassen, dass sie nicht auf eines der Bauteile trat, die um die Maschine herum verstreut lagen.

»Das ist der Kondensator, richtig?«, wollte sie wissen.

»Ja, kommen Sie mal her.«

Christine kletterte über weitere Teile, bis sie neben dem Ingenieur stand. Er kniete sich hin und zeigte auf eine schwarze Platte, die so groß wie ihre Kabine war. »Streichen Sie mal über diese Stelle.«

Christine kniete sich neben del Toro und fuhr mit der Hand über das glatte Metall. Es war gleichmäßig, bis auf eine kaum sichtbare Stelle, die sich anfühlte wie ein Pickel auf eiskalter Haut. »Eine kleine Delle.«

Del Toro nickte. »Diese Delle ist für unsere Misere verantwortlich.«

Christine hob die Augenbrauen. »Erklären Sie mir das.«

Del Toro verdrehte die Augen, als müsste die Kerbe im Metall bereits eine ausreichende Information sein. Wahrscheinlich hielt er sie mal wieder für dumm. Es war Christine egal.

»Der Kondensator gibt die gespeicherte Energie in einem kurzen Puls an den Casimir-Konvertor weiter. Die Pulsdauer entspricht dabei der Dauer des Überlichtfluges. Die Delle sorgt dafür, dass sich die Kondensatorplatte bei einer bestimmten Kapazität verbiegt und mit dem Kollektor zusammenstößt. Das gibt einen Kurzschluss, so dass keine Spannung mehr in den Casimir-Konverter strömt. Die Grenzschicht kann also nicht abgebaut werden.«

Christine hatte Mühe, den Ausführungen zu folgen. »In Ordnung. Diese Beule ist also schuld.« Sie zeigte auf die ganzen Bauteile um sich herum. »Diese Platte ist offenbar von genügend Material umgeben, so dass sie eigentlich geschützt sein müsste. Also, wie kommt diese Delle da rein?«

Del Toro schnaubte, als wäre das völlig klar.

Goldman wischte sich über den Mund. »Wir vermuten, dass ein Wartungstechniker der Knotenstation bei der letzten Inspektion Scheiße gebaut hat. Vielleicht ist ihm ein Schraubenschlüssel aus der Hand gefallen. Oder er ist aus Versehen draufgetreten.«

Christine konnte es nicht glauben. »Aber dann hätte er den Unfall melden müssen.«

Del Toro schnaubte wieder. »Vielleicht hatte er Angst vor einer

Bestrafung und hat gehofft, dass nichts passiert. Ist ja auch nur eine kleine Delle.« Sein letzter Satz troff vor Sarkasmus.

Christine holte tief Luft. »Immerhin sind wir jetzt etwas klüger. Können wir den Schaden denn reparieren?«

»Das ist kein Problem«, antwortete del Toro. »Die Delle habe ich in einer Stunde ausgebessert.«

»Gut.« Christine rieb sich die Hände. Vielleicht konnten sie dann noch heute einen neuen Versuch unternehmen, den Überlichtflug zu stoppen.

Del Toro musste ihre Gedanken erraten haben. »Täuschen Sie sich nicht. Die Reparatur wird uns erst einmal nicht weiterhelfen.«

Das durfte nicht wahr sein. »Wieso? Wir können doch nach der Reparatur einen erneuten Versuch starten, den Antrieb hoch- und wieder runterzufahren.«

Del Toro schüttelte den Kopf. »Ich glaube inzwischen nicht mehr, dass das funktioniert.«

»Und wieso nicht?«

Er funkelte sie an. »Nennen Sie es Intuition.«

»Intuition?« Was sollte denn der Scheiß? »Ich dachte, Sie sind ausgebildeter Antriebsingenieur. Ich dachte, Sie können so etwas ausrechnen. Und Sie kommen mir mit Intuition?«

Del Toro trat einen Schritt nach vorne. »Captain Dillinger, ich hatte eigentlich geglaubt, Sie kennen sich in der Materie besser aus. Dann wüssten Sie, dass viele Aspekte des Überlichtfluges noch nicht richtig verstanden worden sind. Darum verlässt man sich in der Antriebstechnik auf die Ergebnisse von Experimenten und auf Erfahrungen, die Eingang in empirische Gleichungen finden und das Geschehen hinreichend annähern.«

Christine hatte weder Zeit noch Lust, jetzt eine Vorlesung zu den Grundlagen des Überlichtfluges über sich ergehen zu lassen. Allerdings würde es del Toro womöglich guttun, etwas Dampf abzulassen. Das machte er besser bei ihr statt bei Goldman, weil die Arbeit des Technikers darunter sonst leiden würde. Also schwieg sie.

»Eine doppelte Grenzschicht ist mit empirischen Gleichungen nicht zu berechnen«, fuhr del Toro fort. »Es fehlen die Erfahrungswerte mit einer solchen Situation. Darum bleibt uns gar nichts anderes übrig, als unsere Intuition zu nutzen. Und ich sage Ihnen, das erneute Hoch- und Runterfahren bringt uns überhaupt nichts.«

Christine wandte sich Goldman zu. »Wie denken Sie darüber?«

Der Mechaniker hob die Arme. »Ich kenne mich damit nicht gut genug aus. Sicher hat del Toro recht.«

»Natürlich habe ich recht«, grollte der Ingenieur.

»Wir werden *herausfinden*, ob Sie recht haben«, erklärte Christine.

Del Toro starrte sie an. »Wie meinen Sie das?«

»Wir werden einen Versuch starten, den Antrieb hoch- und wieder runterzufahren. Irgendetwas müssen wir ja tun, und da Sie offensichtlich noch keine bessere Idee haben, werden wir eben den Versuch von neulich mit dem reparierten Kondensator wiederholen.«

Del Toro schüttelte den Kopf. »Ich unterstütze das nicht.«

»Was wollen Sie damit sagen?«

»Ich sagte, dass ich einen solchen Versuch nicht unterstütze.«

Christine richtete sich kerzengrade auf. »Ich habe Sie schon verstanden, Lieutenant del Toro. Ich frage mich nur, ob Sie damit andeuten wollen, dass Sie vorhaben, meine Befehle zu missachten. Ist das so, Lieutenant?«

Del Toros Lippen bebten. Seinem Gesichtsausdruck nach zu urteilen, wäre er am liebsten nach vorne gestürzt und hätte sie erwürgt.

»Ich frage Sie noch einmal, Lieutenant. Wollen Sie meine Befehle missachten?«

Del Toro schien mit sich um eine Antwort zu ringen. Ob er wohl wieder einmal meinte, mit einer Frechheit durchzukommen? Aber Befehlsverweigerung war mehr als Frechheit. Das würde Christine nicht dulden. Wenn del Toro jetzt damit weitermachte, würde sie Ravi rufen, um den Lieutenant unter Arrest zu stellen. Blieb nur die Frage, wer sich in diesem Fall um den Antrieb kümmerte. Goldman alleine war dazu nicht in der Lage.

Schließlich blickte der Ingenieur zu Boden. »Nein«, murmelte er.

»Bitte was?«, fragte Christine mit strenger Stimme.

»Nein, ich habe nicht vor, Ihren Befehl zu verweigern.«

»Gut.« Christine spürte Erleichterung. Diesen Kampf hatte sie gewonnen. Sie hielt es aber für angebracht, dem Mann eine Gelegenheit zu geben, das Gesicht zu wahren. »Haben Sie denn fachliche Bedenken gegen einen neuen Versuch? Besteht die Gefahr, unsere Lage dadurch zu verschlimmern?«

Del Toro verneinte. »Eine Gefahr besteht nicht, wenn der Kondensator repariert ist. Aber es ist völlig unnütz.«

Sie hatte es geahnt, er wollte nur wieder seinen Kopf durchsetzen.

»Gut«, wiederholte sie. »Dann möchte ich Sie und Corporal Goldman bitten, die Reparatur abzuschließen und den Antrieb wieder in Funktion zu bringen. Werden Sie das für einen erneuten Versuch um 1800 schaffen?«

Del Toro murmelte irgendetwas vor sich hin.

Christine beugte sich vor. »Ich habe Sie nicht verstanden. Was haben Sie gesagt?«

Del Toro musterte sie mit tiefer Verachtung. »Ja, werden wir schaffen.« Er zischte wie eine Schlange.

Er hasst mich. Wieso auch immer.

Es konnte ihr egal sein, solange der Ingenieur seine Arbeit machte.

21

MIKE trat hinter Ellie und Neil in die Messe. Offenbar waren sie die Letzten.

Ellie ging direkt auf Robin zu und umarmte sie. Mike stellte sich neben Gerry, der ihm verhalten zunickte. Die meisten Leute standen an den Fenstern, um diesem erneuten Versuch, den Hyperraum zu verlassen, zuzuschauen. Nur Goodyear saß auf seinem Sessel. Mit glasigen Augen starrte er aus dem Fenster.

Neil trat zu Mary ans Fenster. Das Mädchen ergriff seine Hand. Die Kinder mochten zwar die Konsequenzen des Unfalls noch nicht begriffen haben, aber sicher ahnten sie intuitiv, dass dieser Versuch heute Abend kritisch war.

»Wird es klappen?«, flüsterte Gerry.

Fast hätte Mike laut losgelacht. Die anderen behandelten ihn, als wäre er ein Experte. Klar, er war Pilot gewesen, aber er hatte doch auch keine Ahnung von der aktuellen Lage und was genau die Besatzung in wenigen Minuten machen würde. Er wurde genauso wenig in die Handlungen und Erkenntnisse der Crew einbezogen wie alle anderen Passagiere, also was sollte er schon sagen?

Vor sechs Stunden hatte der Erste Offizier angekündigt, dass heute Abend ein neuer Versuch unternommen werden sollte, das Raumschiff zu stoppen. Mehr hatte man ihnen nicht mitgeteilt. Selbst Mike, der immer der Meinung gewesen war, dass die Verantwortung für das Schiff bei der Crew lag und dass man die Leute besser in Ruhe arbeiten ließ, war inzwischen über die herrschende Informationspolitik ernüchtert. Am Tag zuvor hatte die

Besatzung nicht eine einzige Durchsage gemacht, woraufhin Goodyear wiederholt ausgeflippt war. Nur mit Mühe und viel Whisky hatten Mike und Captain Wheeler ihn beruhigen können. Die Kinder waren in Tränen ausgebrochen, und Robin verlangte daraufhin, den Geschäftsmann in seiner Kabine einzusperren, was Mike umgehend abgelehnt hatte. Es würde sicher der Zeitpunkt kommen, an dem *jeder* an Bord seine Nerven verlor.

Ein Piepen kündigte eine Durchsage an. »Hier spricht Captain Christine Dillinger. Wie bereits heute Mittag angekündigt, werden wir nun noch einmal versuchen, den Überlichtflug zu beenden. Im Moment laden wir die Kondensatoren, was in etwa sechzig Sekunden abgeschlossen sein sollte. Unmittelbar danach beginnen wir mit einem Countdown von zehn Sekunden, was durch kurze Summtöne angekündigt wird. Mit ein bisschen Glück sehen wir anschließend draußen die Sterne wieder. Mein Erster Offizier oder ich melden uns nach dem Manöver mit einem Statusupdate.«

Ellie trat zu Mike und nahm seine Hand. Niemand im Raum sprach.

Langsam verstrich die Minute. Mike hätte alles darum gegeben, nun in der Zentrale zu sein und mit Informationen versorgt zu werden.

Plötzlich stand Baumann neben ihm. Der Ingenieur hatte vorschlagen wollen, eine Bildübertragung von der Zentrale in die Messe umzuleiten, damit die Passagiere die Bemühungen mitverfolgen konnten, aber sein Anruf über Interkom war nicht einmal entgegengenommen worden.

»Es wird nicht funktionieren«, murmelte Baumann.

»Wie können Sie nur so etwas sagen«, zischte Robin. »Halten Sie den Mund.«

»Glauben Sie mir«, flüsterte Baumann in Mikes Ohr. »Es wird nicht funktionieren.«

Mike ärgerte sich über den Mann. Der wusste doch noch nicht einmal, was die Crew überhaupt plante. Also war es vollkommen müßig, jetzt darüber Spekulationen anzustellen. »In wenigen Sekunden werden wir es wissen.«

»Ich weiß es bereits.« Baumann ging davon.

Ein lautes Summen ertönte, gefolgt von kurzen Pieplauten.

Mike zählte mit.

Zehn, neun, acht, sieben, sechs …

Ellies Griff um seine Hand verstärkte sich.

… fünf, vier, drei, zwei, eins, null.

Das Piepen hörte auf.

Es blieb dunkel.

Nichts hatte sich geändert.

»Scheiße!«, rief Gerry.

Robin begann zu schluchzen.

Es hat nicht funktioniert.

Ellie umarmte Mike, vergrub ihr Gesicht an seiner Schulter.

Goodyear stand auf und verschwand durch die Luke in den Korridor.

Neben der Tür stand Ferguson. Ungerührt blickte der Mann von einem zum anderen, als betrachtete er ein psychologisches Experiment. Ihm schien das Ganze nicht das Geringste auszumachen.

In ihrer Ecke des Raumes begannen die Soldaten ein Streitgespräch. Mike konnte nur Wortfetzen verstehen, aber es schien hitzig herzugehen. Vor allem Corporal Morris war rot vor Wut.

Neil zupfte an Mikes Ärmel. »Müssen wir jetzt noch länger an Bord bleiben?«

Mike sah seinen Sohn an. Angst hatte Neil nicht, er war höchstens verunsichert.

Mike nickte. »Ja, wir müssen noch ein Weilchen an Bord bleiben.« Seine Augen füllten sich mit Tränen.

22

»SCHEISSE«, lallte Christine. »Was für eine Riesenscheiße.«

Sie stand auf und ging zwei Schritte, bis sie an der gegenüberliegenden Seite ihrer Kabine angekommen war. Dann drehte sie sich um, ging zum Stuhl zurück und setzte sich wieder.

Sie starrte auf das Bild ihrer lächelnden Tochter, bis sie es nicht mehr ertragen konnte.

»Scheiße!« Christine schlug mit der Faust gegen die Wand. »Scheiße!«

Nadine.

Sie ist tot. Tot! Tot! Tot!

Niemals würde sie ihre Familie wiedersehen. Niemals.

Sie hatte den Moment gefürchtet, an dem ihre Trauer sie überwältigen würde. Nun war er da.

Die Qual fraß sie von innen auf. Breitete sich in ihren Eingeweiden aus und erfasste schließlich den ganzen Körper. Das ganze Universum war nur noch unendlicher, unerträglicher Schmerz.

Christine griff zu ihrem Whiskyglas und stürzte den letzten Rest ihre Kehle hinunter.

Die Sprechanlage summte. Christine ignorierte sie, goss sich stattdessen noch einen Whisky in ihr Glas und kippte die Hälfte davon gleich wieder.

Sie hatte gehofft, der Schmerz und die Trauer würden durch den Alkohol etwas nachlassen, aber das war nicht der Fall. Im Gegenteil, der Whisky wirkte wie ein Brandbeschleuniger.

Ich habe Nadine im Stich gelassen. Ich bin nie für sie da ge-wesen. Immer nur unterwegs. Und dann habe ich sie mit der Challenger *endgültig verlassen.*

Nadine musste sich bis an ihr Lebensende gefragt haben, warum und wohin ihre Mutter verschwunden war. Mit dieser Ungewissheit war sie dann wohl auch gestorben.

Ob Nadine eine Familie gegründet hatte? Eigene Kinder in die Welt gesetzt? Was hatte sie für einen Beruf gewählt? War sie glück-lich geworden? Oder hatte das Verschwinden ihrer Rabenmutter dafür gesorgt, dass sie nie eine enge Bindung eingegangen war?

Christine würde es niemals erfahren. Nie!

Sie schluchzte und vergrub das Gesicht in den Händen. Sie wünschte sich, das Schiff wäre beim Übertritt in den Hyperraum einfach explodiert. Im Augenblick vergangen. Einfach weg, ohne dass irgendjemand an Bord lange leiden musste. Es wäre besser so gewesen.

Der Türsummer schreckte sie erneut auf. »Christine?«, hörte sie dumpf Ravis Stimme.

»Verschwinde!«, schrie Christine. »Hau ab!«

»Christine, mach die Tür auf!«

Zum Teufel, konnte dieser gottverdammte Bastard sie nicht einfach mal in ihrer Trauer allein lassen? »Verpiss dich!«

»Nein«, beharrte Ravi. »Ich gehe hier nicht eher weg, bis du mich reingelassen hast.«

Dann sollte er doch vor der Tür versauern. Sie griff nach ihrem Glas und nahm einen weiteren tiefen Schluck.

Wieder ertönte der Türsummer. Und wieder. Und wieder.

Dass sich dieses verdammte Ding nicht einfach abstellen lässt!

»Christine!«

Sie stöhnte. Wenn Ravi hier so hartnäckig blieb wie bei seinen Weibern, dann hatte sie keine Chance.

»Was soll's«, murmelte sie. Sie lehnte sich zur Wand und betätigte den Türöffner.

»Verdammt, Christine!« Ravi trat ein. Wenigstens war er alleine.
Er schloss die Tür hinter sich. »Was ist nur mit dir los? Ich habe
die ganze Zeit versucht, dich zu erreichen.«

»Ist denn was Besonderes?«, lallte sie.

»Du bist ja stockbesoffen.«

»Ja. Und ich habe vor, noch besoffener zu werden.« Sie griff
nach ihrem Glas, aber Ravi war schneller.

»Hey, was zum …« Sie schrie auf, als Ravi den Rest des Glases
in den Ausguss entleerte. »Bist du irre? Hast du eine Ahnung, was
der gekostet hat?«

»Nein, es interessiert mich auch nicht«, antwortete er. »Aber
du solltest dir das nicht antun.«

Christine winkte ab. »Befürchtest du, dass das zum Dauerzustand wird? Ich kann dich beruhigen. Die Flasche ist nämlich fast leer, und danach war es das mit meinen Alkoholvor-
räten.«

»Du bist die Kommandantin dieses Schiffes, Herrgott«, sagte
Ravi. »Willst du, dass deine Offiziere dich so sehen? Oder die
Passagiere?«

Christine brummte missmutig. Es war ihr egal.

»Die Stimmung ist ohnehin schon am Tiefpunkt. Wenn das
jetzt auch nur einer der Passagiere mitbekommt, dann kursiert
ganz schnell das Gerücht, es sei vorbei.«

»Es *ist* vorbei«, brauste Christine auf. »Sie sind alle tot. Alle sind
tot.«

»Du meinst Nadine und Roger.« Ravis Stimme war leise geworden. »Ich verstehe deinen Schmerz.«

Christine lachte auf. »Du hast doch selber keine Familie. Wie
zum Teufel willst du meinen Schmerz verstehen?«

Ravi holte tief Luft. »Gut, du hast recht. Wahrscheinlich verstehe ich deinen Schmerz nicht. Aber du kannst dich nicht so gehenlassen. Du darfst dich dem Schmerz nicht hingeben. Du hast immer noch ein Raumschiff zu führen. Du hast immer noch die Verantwortung für fünf Besatzungsmitglieder und für siebzehn Passagiere. Du musst Stärke zeigen.«

»Ich habe keine Stärke mehr«, flüsterte Christine. »Jetzt müssen alle alleine klarkommen.«

Ravi schüttelte energisch den Kopf. »Nein, das ist nicht wahr. Ich weiß, dass du die Kraft hast, diese Situation zu überstehen. Und du wirst sie brauchen. Niemand sonst ist in der Lage, das Schiff zu führen.«

Christine machte eine wegwerfende Handbewegung. »Kannst den Job gerne übernehmen. Und jetzt hau ab.«

Ravi berührte sie an der Schulter. »Ich weiß, dass es weh tut«, flüsterte er.

»Schön, dass du das weißt«, fauchte sie. »Also, mit welcher Berechtigung willst du mir das Trauern verbieten?«

Ravi lächelte. »Ich verbiete dir das Trauern nicht. Ich möchte nur nicht, dass du in Selbstmitleid zerfließt und es als Ausrede benutzt, dir selbst zu schaden.«

»Selbstmitleid …«, stöhnte sie.

Ravi nickte. »Trauern ist etwas anderes. Trauern ist ein langer Prozess. Es wird dauern. Und der Alkohol kann dir dabei nicht helfen.«

Sie wusste, dass er recht hatte. Sie hatte den Whisky benutzt, um sich in ihre Wut hineinzusteigern. Das half ihr wirklich nicht. Und am Ende hatte sie nur einen riesigen Kater.

»Du solltest schlafen«, empfahl Ravi. »Wir haben immer noch ein Problem zu lösen. Lass meinetwegen die Tränen raus. Das ist sinnvoll. Glaube mir.«

Wie auf Kommando wurden ihre Augen feucht, sie schluchzte, und Tränen liefen über ihre Wangen. Sie hasste es, vor jemand anderem zu weinen, aber sie konnte es nicht aufhalten. »Geh bitte«, sagte sie zu ihrem Ersten Offizier.

»Gut, ich lasse dich jetzt alleine.« Ravi griff nach der Flasche und kippte den Rest in den Ausguss. Christine protestierte nicht mehr.

»Geh ins Bett«, sagte er. »Wein dich aus und schlaf dich aus. Morgen möchte ich dich wieder in einem Zustand sehen, in dem du das Schiff führen kannst.«

Christine nickte schwach. Im Moment fühlte sie sich nicht so, als könnte sie auch nur eine Gruppe Pfadfinder durch einen öffentlichen Park führen.

»Ich werde den anderen sagen, dass du Ruhe brauchst, und die Rufbereitschaft für dich übernehmen.«

Christine nickte wieder.

Als Ravi die Tür hinter sich geschlossen hatte, kroch sie in ihr Bett. Mit den Tränen kam die Erschöpfung. Sie machte sich nicht die Mühe, Schuhe und Klamotten auszuziehen.

»Nadine«, flüsterte sie. Kurz darauf war sie eingeschlafen.

23

MIKE betrat die Messe, als ein Piepen eine Durchsage ankündigte. Es war die erste seit dem fehlgeschlagenen Versuch vor einigen Tagen, das Schiff endlich anzuhalten.

Die Stimmung wurde immer gedrückter. Die Passagiere hatten die Hoffnung noch nicht verloren, aber allen war klar, dass mit jedem Tag ihre Chancen sanken, doch noch heil aus der Sache rauszukommen. Mike hatte seinen Teil dazu beigetragen, die Leute zu beruhigen.

Er blieb stehen und wartete. Im Raum diskutierten die Soldaten, die an einem Tisch saßen, leise mit Ingenieur Baumann. Alle anderen waren wohl in ihren Kabinen. Wie Ellie. Sie war weinend aufgewacht, ohne die Kraft, aufzustehen. Neil hatte bei seiner Mutter bleiben wollen. Mike beabsichtigte, ihnen etwas zu essen in die Kabine mitzubringen.

»Hier spricht der Erste Offizier. Wir haben im Moment keine Neuigkeiten, die wir Ihnen mitteilen könnten. Unsere Techniker arbeiten weiter mit äußerster Kraft an einer Lösung unseres Problems. Ich werde mich wieder bei Ihnen melden, wenn es Fortschritte gibt.« Dann verstummten die Lautsprecher.

»Verdammt!« Corporal Morris schlug mit der Faust auf den Tisch.

Captain Wheeler musterte seinen Unteroffizier zwar streng, wartete aber ansonsten tatenlos den Wutausbruch ab.

Mike ging zur Robotküche und bestellte einen Kaffee.

Von der Crew hatte sich seit einigen Tagen niemand mehr im

Passagierbereich blicken lassen, selbst der am Anfang so bemühte Erste Offizier nicht. Es war kein Wunder, dass die Gäste sich ausgeschlossen fühlten. So konnte man in einer solchen Lage mit den Fluggästen nicht umgehen. Mike wurde allmählich wütend auf Captain Dillinger. Sie waren doch kein Frachtgut!

Als sich der Unteroffizier beruhigt hatte, redete Baumann mit seiner hohen Stimme auf den Captain ein. Es wunderte Mike, dass die Soldaten, die sich in den letzten Tagen immer mehr isoliert hatten, jetzt so ausgedehnt mit dem Ingenieur diskutierten.

Mike nahm seinen Kaffee und setzte sich an einen Tisch. Während das dampfende Getränk abkühlte, schaute er missmutig aus dem Fenster. Über eine Woche rasten sie schon durch die Dunkelheit. Laut Zeitplan hätten sie längst Omicron 3 erreichen sollen. Wäre alles gutgegangen, dann würden er und seine Familie bereits das Haus auf ihrem neuen Grund und Boden in Besitz genommen haben. Er fragte sich, ob mittlerweile ein anderer Siedler, der mit einem späteren Flug nach Omicron 3 gekommen war, seine Parzelle übernommen hatte.

Mike wusste nicht, wie weit sie jetzt schon in die Zukunft vorgedrungen waren, aber eigentlich spielte das auch keine Rolle mehr.

War er am Anfang noch vorsichtig optimistisch gewesen, dass sie aus dieser Situation heil wieder herauskommen konnten, so verlor er nun zunehmend den Mut. Wenn die Besatzung es bis jetzt nicht geschafft hatte, das Schiff anzuhalten, warum sollte sie es dann in Zukunft noch tun?

Zukunft. Er lachte auf. Es war paradox, dass er in diesem Moment in die Zukunft reiste, sich aber eingestehen musste, wahrscheinlich keine mehr zu haben.

Gestern Abend hatte er sich zum ersten Mal intensiv mit dem Gedanken auseinandergesetzt, was er tun würde, wenn es keinen Ausweg mehr gab.

Das ging ihm auch jetzt nicht aus dem Kopf. Brachte er es wirklich über sich, seine Frau und seinen Sohn zu töten, um ihnen das Verhungern zu ersparen, bevor er sich selbst erschoss? Wo bekam er in diesem Fall eine Waffe her? Oder würden sie mit der Crew irgendwann darüber abstimmen, das Schiff mit Hilfe der Reaktoren zu sprengen? Diese Möglichkeiten wurden allmählich immer realistischer.

Mit Gewalt schob er die Gedanken beiseite, aber es fiel ihm zunehmend schwer.

»Mr. Warnock?«

Mike erschrak. Er hatte gar nicht mitbekommen, dass Captain Wheeler zu ihm getreten war.

»Darf ich mich einen Augenblick zu Ihnen setzen?«, fragte der Soldat.

Mike wies auf den freien Platz gegenüber.

Der Offizier setzte sich und strich seine Uniform glatt. Sie wirkte, als hätte er sie erst heute Morgen frisch gebügelt, was möglicherweise sogar der Fall war. Disziplin hatte der Mann immerhin.

»Was kann ich für Sie tun, Captain?«

»Zunächst wollte ich Sie fragen, wie Sie über unsere Lage denken«, sagte Wheeler förmlich.

Mike konnte nicht umhin, zu schmunzeln. Das war eine dämliche Frage. »Sieht ziemlich übel aus, würde ich sagen.«

»Sie glauben also nicht, dass die Besatzung einen Weg findet, den Flug zu beenden«, meinte Wheeler.

Mike hob die Hände. »Das habe ich nicht gesagt. Wir wissen nichts darüber, was die Besatzung gerade macht oder plant.«

Wheeler nickte. »Das halte ich in der Tat für ein Problem. Wir bekommen weder von der Kommandantin noch vom Ersten Offizier verwertbare Informationen, was dort oben in der Zentrale vorgeht.«

Der Captain hatte offenbar das Vertrauen in die Schiffsführung verloren. Mike schwieg.

Wheeler fuhr fort. »Der Frust unter meinen Männern darüber, dass wir nicht aktiv in die Problemlösung einbezogen werden, wächst. Wir sind nicht mehr nur Passagiere, die nach Omicron 3 gebracht werden, sondern wir kämpfen hier gemeinsam mit der Besatzung um unser Überleben.«

Das stimmte natürlich. »Was schlagen Sie denn vor?«

»Haben Sie sich schon einmal mit Mr. Baumann unterhalten?«

Mike bejahte. »Sicher.«

»Dann wissen Sie auch, dass er Ingenieur ist.«

»Ja«, entgegnete Mike. »Er ist Reaktoringenieur, soweit ich weiß.«

»Finden Sie es dann nicht auch merkwürdig, dass man ihn nicht zumindest einmal anhört?«

Mike atmete laut aus. Er bezweifelte nach wie vor, dass der Mann etwas zur Lösung des Problems beitragen konnte. »Baumann hat mir gegenüber auch gesagt, dass er kein Spezialist für Antriebe ist.«

»Nichtsdestotrotz ist er Ingenieur. Er hat einige Ideen, was man versuchen könnte, und dennoch weigert sich die Kommandantin, ihn anzuhören.«

Mike runzelte die Stirn. »Habe ich irgendwas verpasst?«

»Ich wollte schon gestern Abend mit der Kommandantin sprechen, aber dieser Chandrasekhar sagte mir ganz unverblümt, er würde sie nicht mit mir verbinden. Es stört mich auch, dass wir hier im Passagiercontainer eingesperrt sind. Ich komme zu dem Schluss, dass uns die Kommandantin etwas verschweigt oder bereits aufgegeben hat.«

»Captain, reden Sie doch geradeheraus. Was haben Sie vor?«

Wheeler blickte zu seinen Männern hinüber, die immer noch mit Baumann diskutierten. »Wir möchten die Kommandantin dazu bringen, uns anzuhören und vor allem Baumann miteinzubeziehen. Sollte uns das nicht gelingen, werden wir uns Zugang zur Zentrale verschaffen und das Schiff übernehmen.«

Mike lehnte sich in seinem Stuhl zurück.

Ein Aufstand!

Das war es also, was der Captain plante. Mike konnte verstehen, dass die Soldaten frustriert waren, aber war wirklich schon der Zeitpunkt gekommen, sich gegen die Crew aufzulehnen? »Ist es nicht etwas früh für solch drastische Maßnahmen?«

Wheeler hob den Blick zur Überwachungskamera, die in der Mitte des Raumes an der Decke angebracht war. Er beugte sich nach vorne, um in Mikes Ohr zu flüstern. »Wir wissen nicht, was die Kommandantin vorhat. Schon bald werden die Ressourcen der Robotküche aufgebraucht sein, und dann sind wir auf Nahrungsverteilung aus den Frachtcontainern angewiesen.«

Mike verstand nicht. »Na und?«

»Was ist, wenn die Besatzung diese für sich alleine haben möchte, um möglichst lange durchzuhalten?«

Mike lachte laut auf. »Das glauben Sie doch nicht wirklich.«

»Leise!«, zischte der Captain. »Können Sie sicher sein, dass es nicht so ist? Wenn die sich plötzlich dazu entschließen, die Luken zu verschweißen, kommen wir hier nie wieder raus. Wir sollten kein Risiko eingehen und lieber früher als später reagieren.«

Wheelers Gedankenkonstrukt war eher unwahrscheinlich. Mike konnte sich nicht vorstellen, dass Dillinger ihnen plötzlich die Nahrung verweigerte. Aber dadurch, dass sie die Passagiere völlig ignorierte, leistete sie natürlich aufkommenden Verschwörungstheorien Vorschub. Ein Aufstand ergab allerdings wenig Sinn. »Was würden Sie denn tun, wenn Sie das Raumschiff übernommen haben? Sie sind wohl kaum in der Lage, es zu fliegen.«

»Das müssten wir auch nicht. Das würde weiterhin die Besatzung tun, wenn wir das Kommando übernehmen.«

Mike war sich sicher, dass der Captain in erster Linie sich selbst meinte.

Wheeler richtete den Zeigefinger auf Mike. »Ich brauche aber jemanden, der kontrolliert, dass unsere Anweisungen ausgeführt werden. Das kann nur eine Person machen, die sich mit Raum-schiffen auskennt. Und da kommen Sie ins Spiel.«

Der Captain wollte sich also zum neuen Kommandanten er-nennen, und Mike sollte sein williger Erster Offizier sein. Er schüttelte den Kopf. »Ich mache dabei nicht mit. In meinen Au-gen hat uns die Besatzung keinen Grund für eine solche Auflehnung geliefert. Zumindest noch nicht. Ich gebe zu, ich bin mit der Informationspolitik der Kommandantin auch nicht zufrieden, aber das können wir bei der nächsten Gelegenheit ansprechen.«

Der Captain nickte. »Ja, das können wir. Wie wäre es jetzt gleich? Kommen Sie.« Er erhob sich.

Mike seufzte und folgte dem Soldaten.

»Baumann, Sie auch!«, rief der Captain.

Gemeinsam gingen sie zum Interkom.

Wheeler wandte sich an Mike. »Versuchen Sie es. Mal sehen, ob Sie mehr Erfolg haben als ich. Vor allem will ich, dass Baumann Zugang zum Maschinenraum bekommt.«

Mike straffte sich und tippte die Nummer der Zentrale. Nur wenige Sekunden vergingen, dann hatte er den Ersten Offizier in der Leitung. »Hier Chandrasekhar in der Zentrale. Was kann ich für Sie tun?«

»Warnock hier. Ich möchte Captain Dillinger sprechen«, sagte Mike.

»Es tut mir leid, die Kommandantin ist beschäftigt. Worum geht es denn?«

Mike zögerte. Sollte er freundlich auftreten oder seine alte Offiziersstimme auspacken? Er konnte nicht gut genug einschätzen, was sie bei dem Ersten Offizier am ehesten weiterbringen würde. Aber da er sich nicht abwimmeln lassen wollte, legte er eine gewisse Strenge in seine Stimme. »Ich denke, ich spreche für alle Passagiere, wenn ich Ihnen sage, dass wir hier sehr frustriert sind, wie Sie und …«

»Sie sind frustriert?«, unterbrach ihn der Erste Offizier in einem Tonfall, als hätte er es mit einem Idioten zu tun.

»Ja, allerdings. Denn wir …«

»Lieber Mr. Warnock, ich kann Ihnen versichern, dass auch wir hier frustriert sind über unsere Lage.«

Mike trat einen Schritt zurück. Die Vehemenz des Ersten Offiziers, der doch in den Tagen vor Beginn des Überlichtfluges die Freundlichkeit in Person gewesen war, überraschte ihn. Aber natürlich stand auch die Besatzung unter hohem Druck.

»Es geht nicht nur um den Frust über unsere Lage, sondern über die Position der Passagiere an Bord. Wir …«

»Ganz recht«, unterbrach ihn der Offizier erneut. »Sie haben die Lage gerade sehr schön auf den Punkt gebracht. Sie sind Passagiere. Wir sind die Besatzung. Es ist *unsere* Aufgabe, einen Ausweg aus dieser Situation zu finden. Ich verstehe natürlich, dass Sie beunruhigt sind, aber ich kann Ihnen versichern, Mr. Warnock, dass wir alles tun, was in unserer Macht steht. Ich bitte Sie darum weiterhin um Geduld.«

Captain Wheeler beugte sich zu Mike hinüber. »Sehen Sie …«, flüsterte er.

»Commander Chandrasekhar, wann werden wir Gelegenheit haben, wieder mit der Kommandantin zu sprechen?«, hakte Mike nach.

»Captain Dillinger wird sich an Sie wenden, wenn sie es für angebracht hält. Und jetzt entschuldigen Sie mich bitte.«

Mike wusste, dass er mit freundlicher Bestimmtheit nicht weiterkam. Er musste eine andere Taktik versuchen.

»Ich will, dass der Ingenieur Baumann sich mit Ihrem technischen Personal unterhält und Zugang zum Maschinenraum erhält, damit er eigene Vorschläge machen kann.«

Für einen Moment war Schweigen in der Leitung. »Sie wollen ...?«

»Ja, das fordern wir als Passagiere.«

Captain Wheeler brummte zustimmend.

Wieder Schweigen.

»Ich werde Ihre ... Forderung an Captain Dillinger weiterleiten.« Chandrasekhars Stimme klang versöhnlich. Er hätte die Forderung rundweg ablehnen können, aber er wollte es wohl hier und jetzt nicht auf eine Konfrontation ankommen lassen. Oder er versuchte einfach nur, Mike auf diese Art abzuwimmeln.

Wheeler beugte sich über das Mikro. »Wheeler hier. Wir wollen sofort eine Antwort.«

»Dann muss ich Sie enttäuschen, Captain. Unbefugte haben zum Maschinenraum keinen Zutritt, auch wenn sie über eine technische Ausbildung verfügen.«

Es knackte aus dem Lautsprecher. Das Gespräch war beendet.

Wheeler und Mike entfernten sich aus der Empfangsreichweite des Mikrophons, während Baumann mit säuerlicher Miene zu den wartenden Soldaten zurückging.

»Dieselbe Antwort«, meinte Captain Wheeler. »Was sagen Sie nun?«

Mike war selbst Kommandant eines Raumschiffes gewesen. Er hatte auch schon Entscheidungen getroffen, Mitreisende nicht mit Informationen zu versorgen oder ihnen Wünsche zu verweigern. »Es ist noch zu früh.«

»Das sehe ich völlig anders«, erklärte Wheeler. »Der richtige Zeitpunkt ist gekommen. Ich möchte wissen, ob Sie für uns oder gegen uns sind.«

Mike lachte. »Ich bin nicht gegen Sie. Es gibt in meinen Augen aber einfach noch nicht genug Gründe für einen Aufstand.«

»Ich würde es nicht *Aufstand* nennen«, sagte der Captain.

Mike schüttelte den Kopf. »Es ist mir egal, wie Sie es nennen. Wenn Sie das Kommando mit Gewalt übernehmen, dann ist es ein Aufstand. Punkt. Und wenn Sie Gewalt anwenden, dann müssen Sie in Kauf nehmen, dass dabei Menschen verletzt werden oder das Schiff beschädigt wird.«

Der Captain hob die Augenbrauen. »Sie haben mit einer einzigen Bombe über fünf Millionen Leben ausgelöscht, und nun reden Sie hier von Verwundeten?«

Was soll der Scheiß?

Mike begann zu zittern. »Was damals geschehen ist, hat mit der Lage heute nicht das Geringste zu tun.« Er brauchte seine ganze Kraft, um ruhig zu bleiben.

»Sie sind also gegen uns«, stellte Wheeler fest.

Mike stöhnte. »Ich habe gesagt, ich unterstütze den Plan zum gegenwärtigen Zeitpunkt nicht. Da können Sie doch nicht gleich davon ausgehen, dass ich gegen Sie bin.«

»Manchmal muss man sich für eine Seite entscheiden«, erklärte Wheeler mit harter Stimme. Er drehte sich abrupt um und ging zu seinen Männern.

Mike kehrte zu seinem Platz zurück. Er trank einen Schluck des nur noch lauwarmen Kaffees und betrachtete die Soldaten aus dem Augenwinkel.

Wheeler hatte auf ihn gesetzt, da er einen erfahrenen Piloten zum Überwachen der Crew brauchte. Den hatte er nun nicht. Würde er seinen Plan trotzdem umsetzen?

Er sah aus dem Fenster in die Dunkelheit.

Verdammt, was soll ich nur tun?

Die Soldaten erhoben sich. Wheeler warf Mike noch einen bösen Blick zu, dann verschwanden die Uniformierten und Baumann im hinteren Korridor.

Mike stand auf und folgte ihnen leise.

24

RAVI schaltete das Mikrophon aus. »Ich glaube nicht, dass diese Reaktion sehr klug war.«

Christine schnaubte. »Wir müssen die Passagiere abwimmeln, bis wir eine Lösung haben. Oder zumindest eine Idee, an der wir arbeiten können.«

Sie wandte sich ihrer Konsole zu, um eine Eintragung ins Logbuch zu machen. Wozu auch immer das gut sein sollte. Schmitt und Laski ruhten sich aus, del Toro und Goldman waren im Maschinenraum.

»Du solltest zur Passagiermesse gehen und mit den Leuten reden«, empfahl Ravi.

Christine schüttelte energisch den Kopf. »Denk doch mal nach, Mann. Was ist wohl, wenn wir zu denen hinuntergehen und dann offen und ehrlich sagen, dass wir keine Ahnung haben, wie wir aus dieser beschissenen Scheiße wieder herauskommen sollen.«

Sie deutete auf den Monitor. Dort war ein Bild von der Überwachungskamera in der Passagiermesse zu sehen. »Sieh dir die Gesichter von denen doch an. Die zerreißen uns in der Luft.«

»Ich begreife nicht, dass del Toro noch nicht mit einem neuen Lösungsvorschlag gekommen ist«, sagte Ravi.

Christine lachte trocken. »Das mag wohl daran liegen, dass selbst unserem genialen Topingenieur die Ideen ausgegangen sind.«

Es würde nicht mehr lange dauern, bis del Toro zugab, am

Ende seiner Weisheit angelangt zu sein. Und was taten sie dann? Wie wollten sie den Passagieren erklären, dass sie alle langsam und qualvoll verhungern würden? Ravi das übernehmen zu lassen, war wohl kaum eine Option. Wäre es nicht humaner, gar nichts zu sagen und einfach die Entlüftungsventile zu sprengen? Ohne Atemluft würden die Leute in Sekunden das Bewusstsein verlieren und schmerzlos sterben.

»Was ist mit diesem Baumann?«, wollte Ravi wissen.

Christine schreckte hoch. »Was?«

»Ich fragte, was mit diesem Ingenieur ist. Diesem Baumann. Vielleicht hat der Mann tatsächlich eine Idee.«

Christine stöhnte. »Du hast dieses selbstgefällige Arschloch doch gesehen. Wenn wir den mit del Toro in einen Raum sperren, gehen die sich schon nach einer Minute gegenseitig an die Gurgel.«

»Da magst du recht haben, aber wäre es nicht einen Versuch wert?«

Christine kaute auf der Unterlippe. »Nein, Baumann wird den Maschinenraum nicht betreten.«

»Warum denn nicht?«

Christine starrte Ravi durchdringend an. Die Antwort auf diese Frage sollte er sich eigentlich selbst geben können. »Wenn der sich mit del Toro unterhält, checkt er sofort, dass wir keine Ideen mehr haben. Sobald das zu den anderen Passagieren durchsickert, gibt es einen Aufstand.«

»Es wird nicht mehr lange dauern, dann gibt es den ohnehin«, beharrte Ravi. »Du hast die Soldaten doch gesehen. Die sind richtig angepisst. Wenn ich da die ganze Zeit eingesperrt wäre, wäre ich das allerdings auch.«

Christine funkelte ihn an. »Und was schlägst du vor?«

»Vielleicht sollten wir die Passagiere stärker miteinbeziehen. Man könnte es einfach mal mit Offenheit probieren.«

»Und die dann frei an Bord herumlaufen lassen?« Das war nicht ihre Philosophie. Christine fühlte sich am sichersten, wenn die Zugänge zur Passagiersektion verriegelt blieben.

Von Ravis Konsole ertönte ein Summen. »Aus Mike Warnocks Kabine.« Ravi betätigte die Sprechtaste. »Mr. Warnock, ich dachte, wir seien uns einig, dass ...«

»Halten Sie die Klappe«, zischte Warnock. »Die Gruppe von Captain Wheeler plant einen Durchbruch in die Besatzungsbereiche. Ich habe sie bis vor einer Minute am hinteren Notschott beobachtet. Einer der Unteroffiziere hantiert dort an der Konsole herum, und er sieht verdammt nochmal so aus, als wüsste er, was er da tut. Informieren Sie sofort den Captain.«

Christine erstarrte. »Scheiße!«

»Was haben die Soldaten vor, Mr. Warnock?«, fragte Ravi erschrocken.

»Was wohl, Sie Schlaukopf. Das Schiff übernehmen.«

Ravi schaltete den Kanal stumm und drehte an einem Knopf. Das Bild des Überwachungsmonitors wechselte in schneller Folge. Schließlich zeigte es eine Aufnahme des Notzugangsschotts.

Zwei der Soldaten sicherten den Flur, die anderen standen vor dem Schott. Einer der Unteroffiziere hantierte an einem kleinen Gerät herum, das er über zwei Kabel mit der Elektronik in der Wand verband.

»Er trägt eine Waffe«, verkündete Ravi.

»Wer?«, fragte Christine, doch da sah sie es selbst. Captain Wheeler hielt eine Pistole in der Hand.

»Scheiße, woher hat er die?«, murmelte Ravi. »Die dürfen selbst Soldaten nicht mit ins Handgepäck nehmen.«

Christine schnaubte. »Als wäre es so schwer, eine Pistole an Bord zu schmuggeln. Habe ich selber auch schon gemacht.«

Sie griff an ihre Konsole und aktivierte den Besatzungsinterkom. »Achtung, an alle. Wir haben ein Sicherheitsproblem an der hinteren Schleuse zum Passagierbereich. Mehrere Männer und Frauen bereiten einen Angriff vor. Kommen Sie sofort bewaffnet an das Notschott des Passagiercontainers.« Sie stand auf und holte ihre eigene Waffe aus einer Schublade ihrer Konsole. Sie hatte das Ding schon seit Ewigkeiten nicht mehr in der Hand gehabt.

Hoffentlich funktioniert sie noch.

Geschossen hatte sie zuletzt bei einem Training vor einigen Jahren.

»Soll ich Alarm geben?«, wollte Ravi wissen.

»Bloß nicht«, zischte Christine. »Den hört man auch in den Gästebereichen. Wir wollen sie lieber überraschen, wenn es ihnen gelingt, die Sicherheitsbarriere zu durchbrechen.«

Ravi murmelte eine Bestätigung und steckte seine Waffe in das Halfter.

Zusammen rannten sie aus der Zentrale in Richtung Heck. Es schmeckte Christine nicht, das Cockpit ohne Besatzung zu lassen, aber ihr blieb keine andere Wahl. Sie atmete auf, als sie das Schott in noch geschlossenem Zustand erreichten. Im selben Moment kamen del Toro und Goldman mit gezogenen Pistolen aus Richtung Maschinenraum gelaufen.

Christine gab ihnen ein Handzeichen, sich ruhig zu verhalten.

Schließlich trafen auch Laski und Schmitt ein. Sie umstellten die Luke keine Sekunde zu früh. Mit einem Zischen fuhr sie in die Wand.

Christine blickte in Wheelers weit aufgerissene Augen.

»Überraschung!«, knurrte sie.

Wheeler riss die Waffe nach oben und zielte auf Christine. Ihr Finger zuckte, und beinahe hätte sie auf den Captain gefeuert. Aber sie wollte niemanden töten. Zumindest nicht, wenn es nicht sein musste.

Sie sah es in seinen Augen. Er würde nicht auf sie schießen.

»Legen Sie die Pistole auf den Boden«, forderte Ravi ihn auf. »Wir haben mehr Waffen als Sie.«

Mit arbeitender Kiefermuskulatur ging Wheeler auf die Knie und schob die Waffe von sich fort. Laski hob sie auf.

»Sie haben uns über die Kamera beobachtet«, stellte Wheeler fest. »Zufall?«

In diesem Moment trat Mike Warnock hinter die Soldaten. »Nein. Kein Zufall.«

Wheeler drehte sich um und blitzte den ehemaligen Piloten an. »Sie sind ein verdammter Verräter, Warnock. Das werde ich Ihnen nicht vergessen. Dafür werden Sie bluten!«

»Halten Sie die Klappe«, befahl Christine.

Sie überlegte fieberhaft, was sie jetzt tun sollte. Den Captain in Einzelarrest in seine Kabine sperren? Alle sieben Soldaten und diesen Baumann in ihren Räumen einschließen? Die *Challenger* war kein Gefängnisschiff, und sie konnte niemanden zur Überwachung von acht Gefangenen abstellen. Die Männer einfach freizulassen, erschien ihr aber ebenso wenig sinnvoll, denn dann war es nur eine Frage der Zeit bis zum nächsten Versuch.

Sie holte tief Luft. Vielleicht hatte sie einen Fehler gemacht. Womöglich war es besser, auf Ravi zu hören. Es kam auf einen Versuch an.

Christine steckte die Pistole in ihren Gürtel. »Also gut. Sie wollten reden? Dann reden wir.«

25

»MIR gefällt die Stimmung hier überhaupt nicht«, flüsterte Ellie in Mikes Ohr.

Mike wusste, was sie meinte. Er saß neben seiner Frau und Neil an einem der hinteren Tische. Die gesamte Besatzung bis auf die Navigatorin, die wieder in die Zentrale gegangen war, und alle Passagiere der *Challenger* hatten sich in der Messe eingefunden. Die Soldaten saßen ganz vorne. Darauf hatte Captain Dillinger bestanden, damit sie sie besser im Auge behalten konnte. Mike war froh, dass die Kommandantin die Aufrührer nicht einfach weggesperrt hatte. So würde es endlich zu einer Aussprache kommen, und das war es doch, was die Soldaten sich ursprünglich gewünscht hatten. Mike war überzeugt davon, mit der Meldung der Rebellion in der Zentrale die richtige Entscheidung getroffen zu haben.

Wheeler sah das offenbar anders. Immer wieder drehte er sich auf seinem Stuhl um und blitzte Mike voller Zorn an. Der Captain würde von nun an sein Feind sein, das war klar.

Die Kommandantin trat in die Mitte des Raumes. Ihre Offiziere nahmen hinter ihr Aufstellung. Sie waren gut sichtbar bewaffnet.

»Also gut«, begann Dillinger. »Ich habe offenbar einen Fehler gemacht, indem ich Sie hier allein gelassen und nicht mit Ihnen geredet habe.«

Sie wandte sich an Captain Wheeler. »Das ist aber noch lange kein Grund, einen bewaffneten Aufstand anzuzetteln. Wären wir auf einer normalen Mission, würde ich Sie nun unter Arrest stellen. Beim nächsten Versuch werde ich das auch tun. Und zwar, ohne zu zögern. Haben Sie das alle verstanden?«

Sie machte eine Geste zu den Soldaten. Zunächst reagierte niemand, dann nickte der Captain widerwillig.

Goodyear stand auf. »Wir wollen hier nicht länger eingesperrt sein, und wir verlangen, zu erfahren, wie es weitergeht.«

Dillinger schüttelte den Kopf. »Ich werde keine Passagiere unbegleitet auf meinem Schiff herumlaufen lassen. Ich will nicht, dass Sie sich oder uns gefährden, indem Sie beispielsweise in den Avionikraum oder den Maschinenraum spazieren.«

Jemand tippte auf Mikes Schulter. Gerry neigte sich zu ihm, um ihm ins Ohr zu flüstern. »Ich finde es gut, dass du die Soldaten gehindert hast, in die Zentrale zu kommen. Das wäre nicht der richtige Weg gewesen.«

Mike brummte zustimmend und konzentrierte sich wieder auf die Kommandantin.

»Sie wollten wissen, wo wir stehen, und ich will ehrlich zu Ihnen sein.« Dillinger machte eine rhetorische Pause. »Wir haben bisher noch keinen Weg gefunden, das Schiff anzuhalten.«

Natasha erhob sich. »Ja, aber was wollen Sie als Nächstes probieren?«

Dillinger presste die Lippen zusammen und blickte ihren Bordingenieur an. Als der nicht reagierte, sprach sie weiter. »Wir haben im Moment keine Idee.«

Robin gab einen erschreckten Laut von sich. »Wollen Sie damit etwa sagen, dass Sie aufgegeben haben?«

Die Kommandantin schüttelte entschieden den Kopf. »Nein, ich habe noch nicht aufgegeben. Wir werden weiter nach einer Lösung suchen.«

Mit »wir« meinte sie offenbar ihren Ingenieur. Der stand nur still mit verschränkten Armen an der Wand und starrte in die

Luft. Mike war klar, dass dieser del Toro mit seinem Latein am Ende war. Er hatte es nur noch nicht zugegeben.

Mike stand auf. »Ich möchte gerne, dass der Ingenieur Baumann Zugang zum Maschinenraum bekommt.«

»Das wird wohl kaum …«, begann Christine.

Mike unterbrach sie. »Er ist der einzige Ingenieur unter uns Passagieren. Ich weiß nicht, ob es etwas bringt, aber es kann zumindest nicht schaden.«

Baumann sah ihn dankbar an.

Zunächst sah Dillinger aus, als würde sie diese Forderung wieder ablehnen, doch dann entspannte sie sich. Sie drehte sich zu ihrem Bordingenieur um. »Sie werden sich um Mr. Baumann kümmern.«

Del Toro betrachtete seine Kommandantin kühl. »Nein, Captain, das mache ich nicht. Der Maschinenraum ist für …«

Dillinger brachte ihn mit einer Handbewegung zum Schweigen. »Ich habe Ihre Aufmüpfigkeit satt. Und zwar endgültig. Sie und Corporal Goldman werden Mr. Baumann durch den Maschinenraum führen und aufrichtig und geduldig seine Fragen beantworten. Und zwar jede einzelne, sonst lernen Sie mich so richtig kennen. Ist das klar, Lieutenant del Toro?«

Der Ingenieur wurde rot. Es war klar, dass er es nicht gewohnt war, vor versammelter Mannschaft runtergeputzt zu werden. Schließlich presste er eine Zustimmung zwischen den Zähnen hervor.

»Gut«, fauchte Dillinger. »Sonst noch etwas?«

Wheeler nickte grimmig. »Wir wollen eingebunden werden. Sie sollen uns nicht wie Fracht behandeln und in diesem Container einsperren.«

»Nein, ich werde Ihnen keinen freien Zugang zu den Mannschaftsbereichen gestatten.« Die Kommandantin zögerte. »Ich habe aber einen anderen Vorschlag. Sie ernennen jemanden aus

Ihrer Mitte zu Ihrem Anführer beziehungsweise zu Ihrer Vertrauensperson. Er oder sie dient dann als Kontaktmann oder -frau zwischen der Crew und den Passagieren. Diese Person hat jederzeit Zugang zu mir und der Zentrale. Natürlich in Begleitung eines Offiziers.«

»Meinetwegen können wir es so machen«, stimmte Wheeler zu. »Ich werde dann zu Ihnen kommen, um die Einzelheiten …«

Die Kommandantin lachte rau. »Nein, Sie akzeptiere ich nicht. Nicht nach dem, was Sie sich eben geleistet haben.« Sie ließ den Blick durch die Messe schweifen.

»Was ist mit Mr. Warnock? Würden Sie ihn akzeptieren?«, fragte Gerry zu Mikes grenzenloser Überraschung.

Die Kommandantin sah ihn aus Eisaugen an. Sie mochte ihn nicht. Womöglich war ihr seine Geschichte bekannt. Aber immerhin hatte er sich loyal verhalten und womöglich unnötiges Blutvergießen verhindert.

Captain Wheeler funkelte Mike an, sagte aber nichts.

»Ich bin dafür«, erklärte Natasha laut. »Soll Mike das machen.«

Niemand sprach sich dagegen aus, was Mike erstaunlich fand.

»Wollen Sie den Job, Mr. Warnock?«, fragte Dillinger.

Er überlegte, nein zu sagen. Er wollte diesen Job nicht, weil die Menschen an Bord ihn noch vor ein paar Tagen abgelehnt hatten.

Dann sah er Ellie an. Sie lächelte aufmunternd.

Mike stöhnte im Stillen. »Ja, ich mache den Job.«

26

CHRISTINE zeigte auf den Stuhl. »Setzen Sie sich.«

Warnock nahm Platz, lehnte sich zurück und sah sich in der Kabine um.

Christine ließ sich auf der Bettkante nieder und fixierte den Mann, versuchte zu ergründen, wie er tickte. Sie hatte wenig Lust, sich mit Warnock auseinanderzusetzen oder überhaupt den Passagieren ein Mitspracherecht einzuräumen. Aber sie sah ein, dass sie deren Belange nicht länger ignorieren konnte. Niemals hatte sie mit einem Aufstand gerechnet. Ravi hatte die Lage besser erkannt. Sie hätte früher auf ihn hören sollen. Nun ja, besser spät als nie.

Und jetzt hatte sie diesen Kriegsverbrecher neben sich in ihrer Kabine sitzen. Das widerte sie an. Aber sie konnte nicht ignorieren, dass Wheeler und seine Leute womöglich das Schiff übernommen hätten, wenn Warnock nicht gewesen wäre. Es wunderte sie immer noch, wie problemlos die übrigen Gäste ihn akzeptiert hatten, obwohl die meisten von seiner Vergangenheit wussten. Es mochte an der Tatsache liegen, dass sich Warnock im Gegensatz zu den übrigen Passagieren mit dem Weltraumflug auskannte.

Christine atmete tief ein. »Nun, Mr. Warnock, ich möchte mich bei Ihnen für die Warnung bedanken.«

Warnock nickte.

»Ich habe mir die Videoaufnahmen aus der Passagiermesse angesehen«, fuhr Christine fort. »Ich vermute, Wheeler hat versucht, Sie für seine Sache zu gewinnen, aber es sieht so aus, als hätten Sie abgelehnt. Warum?«

Warnock verzog den Mund zu einem spöttischen Grinsen. »Ich glaube kaum, dass Wheeler die Sache besser gemacht hätte als Sie. Ich wollte auch nicht, dass es im Zuge eines Aufstandes zu einem Schusswechsel kommt, bei dem am Ende jemand verletzt oder getötet wird.«

Christine hob die Augenbrauen. »Jemand wie Sie macht sich Gedanken um Verletzte oder Tote?«

Warnock kniff die Augen zusammen. »Jemand wie ich?«

Christine war über die Schärfe seines Tonfalls überrascht. »Nun ja, immerhin hat es Ihnen nichts ausgemacht, im Krieg die Nova-Bombe abzuwerfen. Es wundert mich, dass jemand, der Millionen Tote zu verantworten hat, sich um ein paar Verletzte auf einem drittklassigen Raumfrachter Sorgen macht.«

»Captain, es war Krieg. Ich habe einen Befehl befolgt, und außerdem …« Er verstummte. Seine Mundwinkel zuckten.

»Ja?«, fragte Christine herausfordernd. Sie hatte keine Veranlassung, diesen Mann mit Samthandschuhen anzufassen.

»Ich habe es satt, mich bei jeder Gelegenheit für meine Einsätze im Krieg verantworten zu müssen.«

»Das kann ich mir vorstellen.« Christine winkte ab. »Gewöhnen Sie sich besser daran. Sie werden es garantiert bis an das Ende Ihres Lebens tun müssen, wenn Sie sich nicht verstecken und irgendwo als Eremit leben wollen.«

»Das ist mir klar«, erwiderte Warnock. Er rückte auf seinem Stuhl nach vorne. Wahrscheinlich stand er gleich auf und ging.

Doch offensichtlich zwang sich der Mann zur Ruhe. »Ich schlage vor, dass wir dieses Thema vertagen und uns auf die anstehende Zusammenarbeit konzentrieren.«

Christine sah das ähnlich. Das war gewiss besser so, wenn sie jetzt nicht ernsthaft aneinandergeraten wollten. Immerhin hatte sie ihren Standpunkt klargemacht. Sie war sich ganz sicher, dass sie – ganz gleich, wie gut sie zusammenarbeiten würden – mit diesem Menschen niemals befreundet sein wollte. »Gut, Mr. Warnock. Sie sind nun Vertrauensperson der Passagiere. Wenn Sie mit mir sprechen wollen, werde ich Ihnen zuhören. Die Entscheidungen an Bord dieses Schiffes treffe aber immer noch ich. Haben Sie das verstanden?«

Warnock setzte ein gezwungenes Lächeln auf. »Selbstverständlich. Es ist Ihr Schiff. Sie sind die Kommandantin, und ich werde niemals etwas anderes verlangen. Dazu bin ich selber viel zu lange Kommandant eines Schiffes gewesen.«

Das wäre geklärt. »Gut. Also, was wünschen Sie?«

»Eine offene Informationspolitik«, antwortete Mike. »Wir sind nicht länger einfache Gäste auf einem simplen Transport nach Omicron, sondern wir kämpfen gemeinsam mit Ihnen ums Überleben. Respektieren Sie das, und ich werde dafür sorgen, dass wir uns alle entsprechend verhalten.«

Christine hatte Zweifel. »Sind Sie sich sicher, dass Sie Wheeler unter Kontrolle halten können?«

»Nein, sicher kann ich mir nicht sein, aber grundsätzlich halte ich ihn für vernünftig. Durch Ihr beharrliches Schweigen hat er Ihnen nicht mehr vertraut. Er ist ja auch für den Schutz seiner Leute verantwortlich. Sie haben ihn förmlich zum Handeln getrieben.«

Warnock sagte dasselbe wie Ravi. Es machte Christine wieder einmal klar, wie wenig sie mit der Psychologie anderer Menschen anfangen konnte. Und auch dieses Mal wünschte sie sich, sie wäre Kommandantin eines Frachtraumschiffes geblieben. »Gut. Vielleicht haben Sie recht. Wir werden es nun mit mehr Offenheit probieren. Ich bleibe aber dabei, dass sich niemand in den Bereichen bewegen darf, die der Besatzung vorbehalten sind. Auch Sie können hier nur in Begleitung sein. Ist das klar?«

»Das haben Sie schon gesagt.«

Das mochte sein, aber dieser Punkt war ihr ganz wichtig. »Ihnen ist erlaubt, in Begleitung die Zentrale zu betreten und bei wichtigen Manövern anwesend zu sein. Ich lasse Ihnen dort einen Jumpseat installieren.« Wenn es denn jemals wieder ein wichtiges Manöver geben würde.

Warnock schien einverstanden damit zu sein. »Bei den Lagebesprechungen möchte ich ebenfalls anwesend sein und Mitspracherecht haben. Wie eines Ihrer Crewmitglieder.«

Christine biss sich auf die Lippe. Ihr war klar, worauf Warnock hinauswollte. Er beabsichtigte, sich als einer ihrer Offiziere zu etablieren. Das konnte er sich gleich abschminken. Aber sie würde ihm zumindest das Gefühl geben, als wäre es so. Sie grinste ihn boshaft an. »Einverstanden. Was noch?«

»Baumann«, sagte Warnock. »Er soll Zugang zum Maschinenraum erhalten und mit Ihrem Bordingenieur sprechen dürfen.«

Christine strich sich durch die Haare. »Ja, das habe ich bereits in der Messe zugesagt. Glauben Sie wirklich, dass dieser komischen Figur eine Idee kommt, die mein Chefingenieur noch nicht hatte?«

Warnock sah sie einen Augenblick stumm an und schüttelte dann den Kopf. »Offen gestanden halte ich nicht sehr viel von Baumann. Der Typ kommt mir eher vor wie ein Sprücheklopfer, der sich wichtiger nimmt, als er ist. Außerdem ist er Reaktoringenieur und hat zugegeben, dass er sich mit Antrieben nicht wirklich auskennt.«

Christine konnte nicht anders, als zu schmunzeln. »Dann haben wir das gleiche Bild von Baumann. Sie müssen mir erklären, warum es Ihnen dennoch so verdammt wichtig ist, dass ich den Typ in den Maschinenraum lasse.«

Warnock verzog das Gesicht. »Mir selbst ist es nicht sonderlich wichtig, aber Baumann hat die anderen Gäste, darunter die Soldaten, derart vollgequatscht, dass sie nun davon überzeugt sind, er sei imstande, einen Beitrag zu leisten. Die Leute können nicht nachvollziehen, dass Sie ihm nicht zumindest einen Versuch gestatten. Und da Sie nun zugegeben haben, Ihre Leute hätten keine neuen Ideen, gibt es nun wirklich keinen Grund mehr, ihm den Zugang zu verweigern. Lassen Sie ihn einfach machen. Wir haben ja doch nichts mehr zu verlieren.«

Höchstens meinen Verstand, wenn ich diesen Baumann und del Toro aufeinander loslasse.

Am besten brachte sie es gleich hinter sich. Christine stand auf und betätigte den Interkom. »Ravi?«

»Hier. Bin in der Zentrale.«

»Lasse bitte diesen Baumann holen und bringe ihn zum Maschinenraum. Wir treffen uns dort.«

Sie drückte eine andere Taste. »Del Toro. Goldman. In zehn Minuten im Maschinenraum für eine Lagebesprechung.«

Von den Technikern erhielt sie keine Antwort, aber sie ging davon aus, dass die beiden sie gehört hatten.

»Kommen Sie«, sagte sie zu Warnock.

Gemeinsam gingen sie in Richtung Heck. »Bringen Sie mich zurück in den Passagierbereich?«, wollte Warnock wissen.

Christine schüttelte den Kopf. »Sie kommen mit in den Maschinenraum, während Baumann sich mit meinen Technikern trifft. Ich will, dass Sie verstehen, warum ich so lange gezögert habe, dem Mann den Zugang zu gewähren.«

Als sie die Fenster mit Blick auf die Ringsektion erreichten, schaute Warnock hinaus. »Schönes Schiff. Wie lange dienen Sie schon an Bord?«

Christine lachte laut. »Das nennen Sie ein schönes Schiff?«

Warnock nickte. »Ich habe die Modelle der B-Serie immer gemocht. Sie sind zwar nicht filigran, haben aber einen robusten Charme, der eine solide Funktionalität ausstrahlt.«

Christine lachte wieder. »Mein Gott, Sie können ja richtig philosophisch sein. Aber Sie haben recht. Ich habe mich an Bord dieses Schiffes immer sehr wohlgefühlt.«

»Und? Wie lange dienen Sie schon an Bord der *Challenger*?«

Dienen. »Bei den zivilen Fluggesellschaften dient man nicht, man arbeitet. Ich bin jetzt seit fünf Jahren an Bord.«

»Waren Sie mal beim Militär?«

Christine bejahte. »Ich habe meine Ausbildung bei der Raumflotte gemacht. Hatte es aber dann eilig, in die zivile Raumfahrt zu wechseln.«

»Warum?«, fragte Warnock.

Sie blieb stehen und sah ihm in die Augen. »Ich wollte niemals in die Verlegenheit kommen, das tun zu müssen, was Sie getan haben.«

»Das war deutlich«, meinte Warnock.

Das sollte es auch sein. »Warum haben Sie nicht in den zivilen Dienst gewechselt?«

»Das wollte ich sofort nach Ende der Mindestverpflichtung tun. Ich bin nur zum Militär gegangen, weil ich mir den Pilotenschein sonst nicht hätte leisten können. Ich hatte schon einen Job bei einer Frachtgesellschaft. Aber dann kam leider der Krieg dazwischen, und ich wurde zum Bomberkommando zwangsverpflichtet.«

Christine betrachtete den Mann aus dem Augenwinkel, während sie weitergingen. Er hatte einen ähnlichen Weg eingeschlagen wie sie. Irgendwie tat er ihr leid. Hätten die Zentrumsmächte nicht diesen nutzlosen, schwachsinnigen Krieg begonnen, dann würde Warnock womöglich nun für dieselbe Spaceline arbeiten wie sie. Was hätte sie getan, wenn sie während ihrer Ausbildung zwangsverpflichtet worden wäre? Sie war sich sicher: Sie hätte keine Bombe abgeworfen, die einen ganzen Planeten mit seiner Bevölkerung auslöschte.

Christine unterbrach ihre Gedanken. Das war im Moment nicht ihr dringendstes Problem.

Sie erreichten den Maschinenraum. Del Toro kam ihnen mit finsterer Miene entgegen. »Was will der hier?«

»Sie haben es ja mitbekommen: Mr. Warnock ist nun Verbindungsmann zwischen uns und den Passagieren, und wir beide werden Ihre Besprechung mit Baumann begleiten.«

»Meine Besprechung mit Baumann …«, murmelte del Toro.

»Ja, der Ingenieur ist auf dem Weg hierher.«

Del Toro funkelte sie an. »Wollen Sie mir jetzt tatsächlich einen Amateur in meinen Maschinenraum schleppen und …«

Christine schnitt ihm mit einer Handbewegung das Wort ab. »Lieutenant del Toro. Das ist nicht Ihr Maschinenraum. Dieser Maschinenraum ist, genau wie das gesamte Schiff, Eigentum der Gesellschaft. Er ist lediglich Ihr Arbeitsplatz auf einem Schiff, das unter meinem Kommando steht. Und ich befehle Ihnen, unverzüglich …«

»Ich habe hier die Verantwortung für Mensch und Material.« Del Toro konnte seine Wut offenbar kaum unterdrücken.

»Ja, Lieutenant del Toro«, sagte Christine leise. »Sie haben hier die Verantwortung, und die kann ich Ihnen ganz oder in Teilen entziehen.«

Del Toro lachte auf. »Tun Sie das doch. Am besten sperren Sie mich gleich in meine Kabine. Und dann? Dann können Sie mit den Maschinen alleine klarkommen. Und wir sehen mal, ob Ihr komischer Möchtegernbordingenieur in der Lage ist, meinen Job zu übernehmen.«

Es bedurfte Christines gesamter Kraft, nicht die Beherrschung zu verlieren. Ihre Hände zitterten.

Warnock trat nach vorne und hielt dem Ingenieur die Hand hin. »Lieutenant del Toro, wir wurden uns noch nicht vorgestellt. Mein Name ist Mike Warnock.«

Del Toro musterte die Hand, als wäre sie eine tote Ratte. »Ich weiß, wer Sie sind. Sie sind dieser Bombenschmeißer.«

»Ich bin hier als Vertreter der Passagiere. Nichts sonst.«

Argwöhnisch ergriff der Ingenieur die Hand und schüttelte sie.

»Baumann mag kein Bordingenieur sein«, fuhr Warnock fort. »Aber er ist unter uns Passagieren der einzige, der sich auch nur ansatzweise mit Technik auskennt. Es wäre für uns ein großer Vertrauensbeweis, wenn Sie Baumann etwas über die Systeme an Bord und die Probleme mit dem Antrieb erzählen, damit er es uns erklären kann. Dann müssen zumindest Sie sich nicht mit dummen Fragen der Passagiere herumplagen.«

Del Toro biss sich auf die Lippe, beruhigte sich aber zusehends. Offenbar hatte Warnock dem Ingenieur gegenüber den richtigen Ton angeschlagen. Selbst Warnock war also ein besserer Menschenkenner als Christine. Wie er die *Challenger* wohl geführt hätte?

»Gut, ich zeige diesem Baumann den Maschinenraum, wenn es Sie so glücklich macht.« Del Toro verschränkte die Arme vor der Brust.

In diesem Moment trat Baumann zusammen mit Ravi ein. Der Ingenieur sah sich mit weit geöffneten Augen um. »Interessant«, meinte er. »Ist das erste Mal, dass ich den Maschinenraum eines richtigen Schiffes sehe. Ganz anders als die Kraftwerke, in denen ich bisher gearbeitet habe.«

»Sehen Sie sich ruhig um«, forderte del Toro ihn eisig auf. »Aber nichts anfassen, klar?«

»Was ist das da?« Baumann zeigte auf ein graues, quaderförmiges Aggregat, aus dem lange Rohre ragten, die in der Decke verschwanden.

Del Toro ging zu dem Gehäuse und strich mit der rechten Hand darüber. »Das sind die Filter für die Reaktorkühlung. Sie sorgen dafür, dass das Wasser ohne kontaminierte Schwebstoffe in den Wärmetauscher fließt.«

»Interessant.«

Langsam ließ sich Baumann von del Toro und Goldman durch den Maschinenraum führen. Der Bordingenieur erklärte die Funktion jedes Gerätes und jeder Steuerungsanlage mit mehr Geduld, als Christine es jemals für möglich gehalten hätte.

Baumann kannte die meisten Aggregate nicht und machte sich auch nicht die Mühe, detaillierte Nachfragen zu stellen. Christine hatte so etwas erwartet. Das war kein Gespräch unter Experten. Es wirkte eher, als ließe sich ein ahnungsloser Politiker herumführen, um zu entscheiden, ob er zusätzliche Gelder lockermachen sollte. Christine war sich sicher, dass das hier zu nichts führen würde. Warnock dachte wohl genauso, seinem verbissenen Gesicht nach zu schließen.

Schließlich erreichten sie den von del Toro und Goldman reparierten Kondensator. Der Mechaniker erklärte den Defekt, der sie überhaupt erst in diese Lage gebracht hatte, und erläuterte die Reparatur.

»Erstaunlich, dass ein so kleiner Kratzer die Ursache für diese katastrophale Lage sein kann«, meinte Baumann.

Del Toro breitete die Arme aus. »Jetzt habe ich Ihnen den kompletten Maschinenraum gezeigt. Sind Sie nun zufrieden?«

»Ich will die Beschleunigerringe sehen«, antwortete Baumann ohne jede Emotion in der Stimme.

Del Toro verdrehte die Augen. »Dafür müssten wir durch die Wartungsschächte des Auslegers kriechen. Was erhoffen Sie sich denn davon?«

»Erkenntnis«, sagte Baumann knapp.

Del Toro atmete laut hörbar. Es musste ihn eine unfassbare Beherrschung kosten, Baumann nicht umgehend aus dem Maschinenraum zu werfen. Schließlich drehte er sich abrupt um. »Gut. Kommen Sie mit.«

Sie folgten dem Bordingenieur zu der Wartungsluke, neben der noch der Werkzeugkoffer stand. Del Toro öffnete die Klappe, gab Baumann ein Zeichen, ihm zu folgen, und verschwand in dem Schacht.

»Soll ich mitkommen?«, wollte Goldman wissen.

»Nein!«, schrie del Toro aus dem Schacht.

Der Mechaniker ging einige Meter weiter, um sich an einer Wand auf den Boden zu setzen.

»Das wird nichts bringen«, murmelte Warnock.

»Das wusste ich von Anfang an«, entgegnete Christine. »Ich hoffe nur, Sie und die anderen Passagiere sind dann endlich zufrieden.«

»Es wäre schön gewesen, wenn ich mich in Baumann getäuscht hätte«, sagte Warnock. »Aber er scheint noch nicht einmal zu verstehen, was Ihr Bordingenieur ihm erklärt hat.«

»Dieser Hoffnung habe ich mich erst gar nicht hingegeben.« Christine erschrak über die tiefe Verbitterung in ihrer Stimme.

»Sie haben Familie auf der Erde, richtig?«

Christine nickte langsam. *Nadine.* Es erforderte einen Kraftakt, die Tränen zurückzuhalten. »Ja, einen Mann und eine Tochter.«

»Tut mir leid«, sagte Warnock. »Ich habe meine Familie hier an Bord, ich mag mir nicht vorstellen, wie es für Sie ist.«

Christine antwortete nicht. Warnock hatte seine Familie bei sich, aber ihnen drohte die Gefahr, in einigen Wochen zu verhungern. So hatte Christine die Sache noch nicht gesehen. Eben noch war sie neidisch auf Warnock gewesen. Womöglich war es ihrer eigenen Familie auf der Erde deutlich besser ergangen. Doch Trost brachte ihr diese Erkenntnis auch nicht.

Schweigend standen sie nebeneinander und starrten den Wartungsschacht an.

Plötzlich hörte Christine ihren Bordingenieur laut schimpfen. Was hatte er denn nun schon wieder?

Dann kletterte zunächst Baumann aus dem Schacht, gefolgt von del Toro, der immer noch fluchte.

»Was haben Sie denn?«, fragte Christine.

»Hören Sie bloß nicht auf seine Idee!« Del Toro ballte die Hände zu Fäusten. »Wenn wir das machen, fliegt uns der Beschleuniger um die Ohren.«

Mike trat zu Baumann. »Was ist denn Ihre Idee?«

Del Toro antwortete, bevor Baumann den Mund öffnen konnte. »Er will den Kondensator überladen und alle Energie in einen Beschleunigerring leiten. Das wird aber das Kühlmittel nicht kompensieren können. Und wenn die Supraleiter sich dann erhitzen, fliegt uns zusammen mit den Magneten der ganze Beschleuniger um die Ohren.«

»Ist das wahr?«, fragte Warnock.

Baumann bestätigte das.

Goldman stand auf und kam zu der Gruppe hinüber.

Christine schüttelte den Kopf. »Was versprechen Sie sich davon?«

Baumann fuchtelte wild mit den Händen vor ihrem Gesicht herum. Sie trat einen Schritt zurück.

»Wir polen den Beschleuniger um. Die so erschaffenen Gravitationsfelder wirken dann entgegengesetzt zu denen der Casimir-Blase. Indem wir den Beschleuniger überladen, könnten wir die doppelte Grenzschicht zum Kollaps bringen.«

Christine blickte ihren Ingenieur an. Der schüttelte energisch den Kopf. »Es wird den Beschleuniger zerstören. Darauf gebe ich Ihnen Brief und Siegel.«

»Was sagen Sie dazu, Baumann?«

Der lächelte. »Sicher. Wir haben ja noch den zweiten Beschleuniger. Einer reicht völlig, um später wieder in den Überlichtflug zu gehen. Das ist für Notfälle vorgesehen. Auch wenn die Casimir-Blase dadurch unregelmäßig wird, muss das Schiff auf die entsprechenden Belastungswerte hin konstruiert sein.«

Christine hob die Augenbrauen. Der Mann schien sich besser auszukennen, als sie gedacht hatte. Aber stimmte das auch?

Del Toro baute sich vor Baumann auf. »Ich sage Ihnen mal was, Sie Schlauberger. Wenn die Supraleiter die Betriebstemperatur überschreiten, zerbersten die Magnete in tausend Stücke. Die Trümmer werden die Hülle von Besatzungs- und Passagierbereichen durchschlagen, und alle an Bord werden ersticken.«

Baumann schüttelte den Kopf. »Das Versagen der Supraleiter wurde bei der Konstruktion der B-Serie berücksichtigt. Darum sind die Hüllensegmente auf Höhe des Ringbeschleunigers verstärkt, falls es zu einem Versagen kommt.«

»Das mag vielleicht in der Theorie stimmen, aber in der Praxis würde ich es darauf nicht ankommen lassen.« In del Toros Stimme lag ein warnender Unterton.

»Woher wissen Sie das eigentlich, Baumann?«, fragte Christine.

Der Ingenieur musterte sie. »Ich habe die Betriebshandbücher der B-Serie gelesen. Sie finden diese Informationen aber auch in dem Buch von Harrington, wo er die historisch bedeutendsten Raumschiffkonstruktionen beschreibt.«

»Und wieso haben Sie das alles gelesen?«, erkundigte sich Warnock. »Ich dachte, Sie seien Reaktoringenieur.«

»Das würde mich allerdings auch mal interessieren«, sagte Ravi.

Baumann zögerte einen Moment. »Nun ja, ich wollte eigentlich immer in die Raumfahrt gehen, aber auf Alpha Centauri A5 gab es an der dortigen Universität nun mal nur Energie- und Reaktortechnik als Studienfach. Ich hätte auf die Erde gemusst, und das konnte ich mir nicht leisten. Aber ich habe in meiner Freizeit alles über die interstellare Raumfahrt gelesen, was ich in die Finger bekommen habe.«

»Warum haben Sie nicht gleich gesagt, dass Sie so fundiertes Wissen haben?«, fragte Warnock.

Der Ingenieur lachte trocken. »So weit haben Sie mich nie reden lassen.«

Christine wandte sich an del Toro. »Ist das durchführbar?«

Der Bordingenieur wurde bleich. »Sie werden den Plan dieses Wahnsinnigen doch nicht ernsthaft in Erwägung ziehen?«

Christine sah Ravi an. Der zuckte nur mit den Schultern. Dann ging sie einen Schritt auf del Toro zu. »Haben Sie mir denn eine Alternative anzubieten?«

»Im Moment nicht, nein. Noch nicht«, sagte er in einem Tonfall, der an Arroganz nicht zu überbieten war.

Christine ballte die Hände zu Fäusten. »Noch nicht?«, brauste sie auf. »Wollen Sie damit etwa andeuten, dass Sie morgen völlig überraschend mit einer Lösung um die Ecke kommen? Oder nächste Woche? Oder nächsten Monat?«

Del Toro schwieg trotzig.

Christine zitterte. Verdammt, was sollte sie nur tun? Sollte sie diesen riskanten Plan eines Möchtegernraumfahrttechnikers, der trotz seiner Qualifikation in anderen Bereichen auf diesem Schiff kaum mehr war als ein Amateur, etwa durchziehen? Sie hatte nicht die geringste Ahnung, ob dieses Vorhaben funktionieren konnte. Sie traute Baumann auch nicht. Eine solche Verzweiflungstat hob man sich besser auf, bis die Vorräte zur Neige gingen.

»Was denken Sie, Warnock?«, wollte sie wissen.

Der wirkte ratlos. »Ich weiß nicht. Ich kann das nicht beurteilen. Das muss eigentlich der Bordingenieur entscheiden.«

»Der Bordingenieur entscheidet sich dagegen«, verkündete del

Toro. »Ist viel zu riskant. Und ob das Casimir-Feld wirklich zusammenbricht, ist reine Spekulation.«

»Sind Sie denn in der Lage, rauszufinden, ob es funktionieren würde?«, fragte Christine. »Können Sie Berechnungen anstellen und das Verhalten der Grenzschicht simulieren?«

Del Toro lachte rau. »Sie haben offenbar nicht zugehört bei dem, was ich Ihnen neulich erklärt habe. Es gibt keine Simulationen, die das Verhalten einer Grenzschicht vorhersagen. Es gibt nur empirische, auf Erfahrungen beruhende Abschätzungen. Aber nicht für unseren Fall. Das Ganze beruht auf Spekulationen, und ein Erfolg wäre reines Glück.«

Baumann schüttelte energisch den Kopf. »Man hat sehr wohl Experimente mit Grenzschichten in kritischen Konfigurationen gemacht. Sie kennen offenbar die Arbeiten von Hooper und Carlson von der Universität von Wisconsin nicht.«

Del Toro funkelte Baumann an. »Nein, ich kenne die Arbeiten nicht. Ich bin kein Akademiker, sondern Bordingenieur auf einem Frachtkahn. Ich habe hier ein Schiff, um das ich mich kümmern muss und das meine ganze Aufmerksamkeit einfordert. Ich habe keine Zeit, irgendwelche theoretischen Papiere zu lesen, von denen am Ende sowieso der größte Teil in der Tonne landet.«

Baumann schmunzelte. »Es würde Ihnen sicher guttun, sich gelegentlich fortzubilden, Mr. del Toro.«

Del Toro riss die Augen auf. Sein Gesicht wurde rot wie ein überreifer Apfel. »Es würde ...« Schneller, als Christine reagieren konnte, sprang del Toro auf Baumann zu und legte seine Hände um dessen Hals. »Ich werde dir gleich helfen, du verschissener ...«

Zeitgleich stürzten Christine und Warnock nach vorne und zerrten den vor Wut tobenden Bordingenieur von Baumann weg. Der Reaktoringenieur ging auf die Knie, würgte und hielt sich den Hals.

»Lasst mich los!«, schrie del Toro mit verzerrtem Gesicht. »Ich mache dieses miese Stück Scheiße …«

»Beruhigen Sie sich endlich!«, donnerte Christine.

»Das war nicht sehr hilfreich«, sagte Warnock zu Baumann.

»Aber die Wahrheit«, keuchte der Reaktoringenieur und würgte wieder.

Es dauerte, bis del Toro sich beruhigt hatte. »Gehen Sie in mein Quartier«, befahl Christine ihm. »Warten Sie dort auf mich.«

Wutschnaubend verließ der Ingenieur den Maschinenraum.

»Sie gehen auch«, sagte Christine zu Warnock und Baumann. »Für heute ist die Besprechung beendet.«

Baumann hob die Hand wie ein Schüler. »Aber machen wir es denn jetzt so, wie ich es vorgeschlagen habe?«

Christine starrte den Mann an.

Irgendwas stimmt mit dem Typ nicht. Aber was nur?

Dann wandte sie sich an Goldman. »Bring die beiden in den Passagierbereich.«

»Aber …«, begann Baumann.

Warnock legte dem Ingenieur die Hand auf die Schulter, und der Mann verstummte.

Wenige Augenblicke später stand Christine mit Ravi alleine im Maschinenraum. Es pochte in ihrem Kopf, und sie rieb sich die Schläfen. »Was denkst du?«

Ravi stöhnte. »Was soll ich schon denken? Ich habe keine Ahnung, ob dieses Experiment gelingen könnte. Del Toro hält jedenfalls nicht viel davon.«

Christine schnaubte. »Del Toro hält grundsätzlich alles für Scheiße, was nicht von ihm selber kommt.«

»Was willst du tun?«, fragte Ravi.

Wenn sie es doch nur selbst wüsste. Sie rieb sich weiter die Schläfen. »Vielleicht können wir abstimmen?«

»Abstimmen?« Ravis Tonfall machte klar, dass er von diesem

Vorschlag überhaupt nichts hielt. »Du bist die Kommandantin. Du trägst die Verantwortung für das Schiff und die Passagiere. Du musst die Entscheidung treffen, ob wir diesen Plan durchführen. Das kann dir niemand abnehmen. Punkt.«

Christine seufzte. Sie wusste, dass Ravi recht hatte. Sie musste sich entscheiden, und das bald. Sie schloss die Augen.

Aber nicht mehr heute.

27

»DA bist du ja«, sagte Ellie.

»Ja«, flüsterte Mike. Er zog sich bis auf die Shorts aus und legte sich neben seine Frau. Er hatte angenommen, dass sie schon eingeschlafen war. Sein Sohn schlummerte jedenfalls friedlich vor sich hin.

»Neil hat einen gesunden Schlaf«, murmelte Mike.

Ellie schüttelte den Kopf. »Er ist lange nicht zur Ruhe gekommen. Es nimmt ihn sehr wohl mit. Er will es dir nur nicht zeigen.«

»Wenn er Angst hat, kann er es doch ruhig sagen.«

Ellie runzelte die Stirn. »Kann er das wirklich, mit dir als Vater?«

Mike schluckte. So deutlich war Ellie noch nie gewesen, was seine erzieherischen Qualitäten anging. Aber darüber wollte er heute Abend weder reden noch nachdenken.

»Und?«, fragte Ellie. »Hat Baumann eine Idee?«

Mike konnte das Gesicht seiner Frau im Dämmerlicht nur schemenhaft erkennen. Er streckte die Hand aus und strich ihr über die Haare. »Ja, er hat tatsächlich eine Idee.«

»Deiner Stimme nach bist du nicht sehr überzeugt.«

Sie hatte ihn durchschaut. »Der Plan ist riskant, und ein Erfolg ist völlig ungewiss.«

»Und?«, fragte Ellie. »Wird der Captain es versuchen?«

»Ich habe keine Ahnung. Wir werden es in den nächsten Tagen erfahren.«

Ellie rückte dicht an Mike heran und nahm ihn in den Arm. Es fühlte sich gut an. Vor allem vertrauter als vor einigen Tagen noch, warum auch immer.

»Ich hoffe, der Captain wird es wagen«, erklärte sie. »Auch wenn es gefährlich ist. Ich kann diese Ungewissheit nicht länger ertragen.«

Mike empfand genauso. Klar, er war es nach seinen Erfahrungen im Krieg gewohnt, sich in Geduld zu üben. Aber es war besser, ein Risiko einzugehen, als weiterhin Tage und Wochen auf eine alternative Idee dieses Bordingenieurs zu warten, die wahrscheinlich nie kam. Mike war davon überzeugt, dass Captain Dillinger das Wagnis eingehen würde. Sie konnte es sich gar nicht leisten, weiterhin die Tage untätig verstreichen zu lassen.

Letztlich kam es darauf an, ob das Schiff dieses Gewaltmanöver überstand und ob sie es dadurch schafften, endlich anzuhalten.

Und wenn ja, was dann? Sie wären tief in der Zukunft gestrandet. Zehntausende oder gar Hunderttausende von Jahren. Wenn er Dillinger richtig verstanden hatte, waren sie durch den kreisförmigen Kurs immer noch in der Reichweite der Milchstraße und hatten eine gute Chance, die Erde zu finden. Ob es noch eine Menschheit gab? Hatte sie sich vielleicht ausgelöscht? In einem der zahllosen Kriege womöglich, auf die der Mensch offensichtlich nicht verzichten wollte?

Mike hörte Ellie sanft und regelmäßig atmen. Sie war eingeschlafen. Er selbst fühlte sich müde und erschöpft, konnte seine Grübeleien aber nicht einstellen.

Es war gut vorstellbar, dass die Menschheit der Zukunft nicht das Geringste mehr mit der gemeinsam hatte, die sie mit dem Abflug von der Erde verlassen hatten. War sie erwachsen geworden? Vielleicht hatte sie sich über die Milchstraße ausgebreitet, über Milliarden von Sonnensystemen, und ein gewaltiges, geeintes Reich gebildet und war schon in die Nachbargalaxien vorgedrungen. Oder hatten die Menschen ihre körperliche Existenz aufgegeben und sich mit Hilfe fortgeschrittener Technologie zu einer Superintelligenz vereinigt, wie es einige Futuristen schon in seiner Jugend prophezeit hatten?

Nach weiteren Minuten mit endlosen Gedankenspiralen, gegen die auch seine Meditationsübungen nichts halfen, schwang Mike schließlich die Beine wieder aus dem Bett und zog sich an. Er schlich sich aus der Kabine und machte sich auf den Weg zur Messe.

Außer ihm war nur eine Soldatin anwesend. Die Jacke hatte sie in der Kabine gelassen und trug nur das hellblaue Hemd. Die mittellangen Haare fielen offen über ihre Schultern. Sie hatte eine Tasse in der Hand und saß auf einem der Sessel im hinteren Teil der Kabine. Mike wusste, dass die Unteroffizierin Marla Stanton hieß, aber er hatte sich noch nicht mit ihr unterhalten.

Er begab sich zur Ausgabe der Robotküche und ließ sich einen koffeinfreien Kaffee geben. Mit der Tasse in der Hand ging er zu Corporal Stanton. »Möchten Sie etwas Gesellschaft?«

Sie betrachtete ihn einen Augenblick unentschlossen und zeigte dann auf einen Sessel gegenüber.

Mike hätte es verstanden, wenn Stanton ihn davongejagt hätte. Schließlich hatte er den Plan der Soldaten verraten. Aber er war sich nicht sicher, ob Wheelers Vorhaben von jedem aus der Truppe unterstützt worden war. Vielleicht war jetzt eine gute Gelegenheit, herauszufinden, wie viel Rückhalt der Captain bei seinen Männern und Frauen hatte.

»Sie können nicht schlafen?«, fragte Mike.

»Sie ja offenbar auch nicht«, entgegnete die Frau kühl. »Sie haben mit Baumann und dem Captain gesprochen. Richtig?«

»Richtig.«

»Und?«

»Baumann hat einen Plan, und ich bin mir sicher, dass der

Captain ihn ausführen wird, wenn sich nicht bald Alternativen zeigen.«

Die Soldatin nickte. »Dann hat die Sache ja doch einen Sinn gehabt.«

Mike war klar, dass sie mit der *Sache* den Aufstand meinte. »Ja, insofern war Ihre Aktion ein Erfolg.«

Stanton nickte wieder. »Ich bin froh, dass es ohne Blutvergießen über die Bühne gegangen ist. In Captain Wheeler haben Sie nun allerdings einen Feind für den Rest Ihres Lebens, Mr. Warnock.«

Das hatte Mike in Kauf genommen. »Wie denken Sie und die anderen Soldaten darüber?«

»Wie gesagt, ich bin Ihnen dankbar, dass Sie eingeschritten sind und Blutvergießen vermieden haben. Meine Kameraden sind darüber geteilter Meinung. Corporal Morris war immer gegen eine gewaltsame Übernahme des Schiffes. Die vier Gefreiten stehen wohl eher an der Seite des Captains. Mal mehr, mal weniger.«

»Droht denn weiterhin die Gefahr einer unüberlegten Aktion?«, forschte Mike nach.

Die Frau dachte einen Moment nach, dann schüttelte sie den Kopf. »In der nächsten Zeit nicht, da ja offenbar Bewegung in die Sache gekommen ist.«

Mike stimmte ihr zu und blickte aus dem Fenster, während er vorsichtig an dem noch heißen Kaffee nippte.

»Mr. Warnock?«

»Ja?«

»Sie waren doch Pilot und kennen sich aus. Wird Baumanns Plan Erfolg haben?«

Mike zuckte mit den Schultern. »Ganz ehrlich, ich kann es nicht sagen.«

»Wir werden nie wieder nach Hause kommen, nicht?« Ihre Stimme drückte tiefe Verzweiflung aus.

»Wenn Sie mit *zu Hause* unsere alte Welt in unserer alten Zeit meinen, dann lautet die Antwort nein. Tut mir leid.«

Das hatte der Captain aber auch schon gesagt. Mike nahm an, dass Stanton es einfach nicht wahrhaben wollte. Sie schaute stumm aus dem Fenster.

Mike beugte sich zu der Frau hinüber. »Haben Sie Familie im Sonnensystem?«

»Ja. Meine Zwillingsschwester«, antwortete Stanton. »Wir stehen uns sehr nahe und teilen uns eine Wohnung auf dem Mars.«

Mike entging nicht, dass die Frau von ihrer Schwester in der Gegenwartsform sprach.

»Wir werden uns nie wiedersehen, nicht wahr?«, fragte die Unteroffizierin.

»Ich fürchte nein.«

Stanton schluckte und wischte sich über die Wange. Ihre Lippen bebten. Schließlich stand sie auf. »Entschuldigen Sie mich«, schluchzte sie und rannte aus der Messe.

Mike lehnte sich im Sessel zurück und starrte aus dem Fenster. Wenn Baumanns Plan nicht funktionierte, dann würde er dort draußen nie wieder etwas anderes sehen als Finsternis.

28

»HAST du Warnock holen lassen?« Christine drehte sich in ihrem Sitz um.

Ravi nickte. »Ich habe Goldman gebeten, ihn abzuholen. Der ist eh gerade auf dem Weg vom Maschinenraum hierher.«

In diesem Moment betrat del Toro die Zentrale. Ohne die anderen eines Blickes zu würdigen, ließ er sich auf seinem Platz nieder.

Laski und Schmitt saßen bereits auf ihren Sitzen. Der Steuermann hatte sich zu Schmitt hinübergebeugt, und Christine fragte sich, was die beiden zu tuscheln hatten.

Goldman kam endlich in die Zentrale. »Hier ist Mr. Warnock, Sir.«

Der Vertrauensmann der Passagiere schob sich an dem Mechaniker vorbei und blieb vor Christines Konsole stehen. Er sah aus, als hätte er die ganze Nacht nicht geschlafen, was womöglich auch der Fall war.

»Wie geht es Ihnen, Mr. Warnock?« Christine zeigte auf einen Behelfssitz an ihrer Seite.

Warnock nahm Platz. »Bestens, Captain.«

»Haben Sie sich schon mit den anderen über Baumanns Plan unterhalten?«

»Nur, dass es einen Plan gibt, über den wir diskutiert haben. Die Details hat Baumann dann den anderen Passagieren selber in einer Ansprache beim Frühstück erklärt.«

Das war ja zu erwarten gewesen. Wie hatte Christine auch erwarten können, dass dieser Baumann den Plan erst mal für sich behielt? »Wie denken die anderen Passagiere darüber?«

Warnock lächelte verhalten. »Die meisten sind der Meinung, dass es besser ist, ein Risiko einzugehen, als weiter einfach nur abzuwarten.«

Das kam Christine sehr entgegen, denn sie hatte sich heute Nacht zu einer Entscheidung durchgerungen. »Wir werden Baumanns Plan in die Tat umsetzen.«

Del Toro sprang auf. »Sie wollen doch nicht wirklich …«

»Setzen Sie sich wieder, Lieutenant«, sagte Christine barsch. »Da Sie ja offenbar keine Alternative vorschlagen können, werden wir das Risiko eingehen.«

»Aber vielleicht fällt mir …«

Christine brachte del Toro mit einer Handbewegung zum Schweigen. »Denken Sie, ich drehe hier weiter Däumchen und hoffe, dass Sie irgendwann von der Muse geküsst werden?«, donnerte sie. »Nein, wir müssen endlich etwas tun.«

»Zeit hätten wir ja schon noch«, gab Ravi zu bedenken. »Die Vorräte …«

Christine schüttelte den Kopf. »Ja, ja, die Vorräte, alles klar. Aber wenn wir noch länger abwarten, gehen sich alle gegenseitig an die Gurgel. Sie haben diesen Captain Wheeler ja erlebt. Ich will nicht, dass es zu einem zweiten Aufstand kommt. Außerdem ist völlig unklar, wie lange wir noch auf dem Schiff sein werden. Selbst wenn es uns gelingt, die *Challenger* zu stoppen, müssen wir erst noch ein Ziel für unsere Reise finden.«

»Die Erde …«, sagte Ravi.

»Wer weiß, ob es die Erde noch gibt«, entgegnete Christine leise.

»Ich bin dafür«, erklärte Lieutenant Schmitt. »Ich will es wissen. Ich will wissen, ob wir anhalten können oder nicht.«

»Schön. Ich werde aber keine Umfrage machen, da ich mich

bereits endgültig entschieden habe.« Christine musterte Ravi. Der nickte.

»Wann?«, fragte Warnock.

»Heute«, antwortete Christine. »Heute Abend um acht wäre mir lieb.« Sie wandte sich an del Toro. »Wird die Zeit für die Vorbereitungen ausreichen?«

Der Ingenieur stand stumm mit offenem Mund da.

»Wird die Zeit ausreichen?«, wiederholte Christine.

Goldman flüsterte seinem Vorgesetzten etwas ins Ohr. Allmählich fing sich der Ingenieur wieder. »Ja, die Zeit wird ausreichen«, sagte del Toro mit dünner Stimme.

»Gut, fangen Sie sofort an.«

»Wollen Sie es den Passagieren selber sagen, oder soll ich es tun?«, fragte Warnock.

Wenn sie nun schon einen Vertrauensmann der Passagiere installiert hatten, konnte der ruhig seine Arbeit machen. »Tun Sie das, Mr. Warnock. Die Details hat Baumann ja schon unters Volk gebracht, also gibt es nichts mehr zu erklären. Sagen Sie den Passagieren, dass sie alle für das Manöver in die Messe gehen sollen. Ich werde alle Schotten an Bord verriegeln, für den Fall, dass es zu einem Druckabfall kommt. Wer sich um zwanzig Uhr noch in seiner Kabine oder auf dem Korridor befindet, ist dort erst einmal eingesperrt.«

»Verstanden.«

»Sie können das Manöver gerne wie abgesprochen von der Zentrale aus begleiten.«

Warnock schüttelte den Kopf. »Ich würde dieses Manöver lieber bei meiner Familie abwarten.«

Das war verständlich.

»Ravi? Hast du noch etwas hinzuzufügen?«

Der Erste Offizier massierte sich die Nasenwurzel. »Ja, vielleicht. Wir haben in den Frachträumen große Platten aus Merkurit, die für Omicron bestimmt waren. Es ist möglich, die auf Höhe des vorderen Beschleunigers an der Hülle der *Challenger* zu befestigen. Das sollte uns zusätzlichen Schutz bieten. Außerdem könnten wir kurz vor dem entsprechenden Manöver die Luft aus allen nicht benötigten Räumen pumpen. So verlieren wir keinen Sauerstoff, falls es doch zu Beschädigungen der Hülle kommt, und es werden keine Brände entstehen, falls die Treibstoffleitungen der RCS-Systeme kaputtgehen.«

Das klang vielversprechend. »Gute Idee. Das ist ein Job für Sie, Corporal Goldman.«

Der Mechaniker nickte. »Ja, Sir. Ich werde mich darum kümmern.«

Christine schaute ihren Offizieren nacheinander in die Augen. »Hat sonst noch jemand Fragen oder Vorschläge?«

Das war nicht der Fall. Christine beendete die Besprechung. Heute Abend würde es sich entscheiden. Entweder sie stoppten durch diesen verrückten Plan das Schiff, oder sie taten es nicht. Unter Umständen würden sie bei diesem Manöver sogar ihr Leben verlieren, wenn die Explosion des Beschleunigers heftiger war als gedacht.

Auf der anderen Seite wäre dies ein schnelleres Ende, als in einigen Wochen zu verhungern.

29

»ICH hoffe, es klappt.« Gerry hatte sich ein Glas Wasser aus der Robotküche geholt, während Mike sein eigenes leeres Glas in die Ablage stellte.

»Das hoffe ich auch«, erwiderte Mike. Es war einige Minuten vor acht, und er hatte keine Lust, sich zu unterhalten. Gerry empfand offenbar ähnlich, denn er ging zu seiner Familie, die an einem der Tische saß.

Ein Signalton kündigte an, dass die Luken nun geschlossen werden würden. Im letzten Moment huschte Ferguson durch die Öffnung, bevor das Schott aus der Wand fuhr. Der Mann blieb mit verschränkten Armen gleich daneben stehen.

Die Soldaten hatten sich um einen Tisch herum gruppiert, und Captain Wheeler bedachte Mike mit einem wütenden Blick, als er an ihnen vorbeiging.

Ellie stand im hinteren Bereich vor einem Fenster. Sie drückte Neil fest an sich. Mike legte einen Arm um ihre Schultern, und gemeinsam starrten sie in die Dunkelheit. Zu sagen gab es nichts mehr. Jetzt konnten sie nur noch warten. Warten und hoffen, dass in einigen Minuten wieder die Sterne dort draußen auftauchten. Mike war davon überzeugt, dass dieses riskante Manöver ihre letzte Hoffnung war. Baumann hatte keine anderen Vorschläge mehr geäußert, und auch del Toro war bei der letzten Besprechung stumm geblieben. Es gab keine Alternativen.

»Hier spricht Captain Dillinger. Dies ist meine letzte Durchsage vor dem Manöver. Der Kondensator ist aufgeladen, und die

Luft wird gerade aus den nicht benötigten Räumen gepumpt. Wir gehen davon aus, dass das Manöver das Schiff beschädigen wird, und haben entsprechende Maßnahmen getroffen. Bitte bleiben Sie also ruhig, wenn das der Fall ist. Die Passagiermesse befindet sich außerhalb des gefährdeten Bereichs, Sie müssen sich keine Sorgen machen.«

Mike machte sich sehr wohl Sorgen. Wenn ein Trümmerstück die Hülle der Messe durchschlug, waren sie alle in wenigen Sekunden tot.

Captain Dillinger fuhr fort: »Falls alles nach Plan abläuft, werden Sie unmittelbar nach dem Manöver draußen wieder die Sterne sehen. Dann suchen wir nach einem Weg, zur Erde zurückzukehren, ganz gleich, wie viel Zeit dort in der Zwischenzeit vergangen ist. Wenn es noch eine Erde gibt, finden wir sie.«

Die Stimme der Kommandantin hörte sich nicht sehr überzeugend an.

»Ich melde mich kurz nach dem Versuch wieder. Ende«, schloss Dillinger ihre Durchsage.

Baumann trat neben Mike. »Ich bin mir sehr sicher, dass es klappt.«

Mike nickte nur. Er hätte den Ingenieur am liebsten fortgeschickt. Er wollte mit seiner Familie alleine sein. Aber der Mann schwieg, und so ließ Mike ihn neben sich stehen.

Mike schaute auf seine Uhr. Es war eine Minute vor acht.

Er holte tief Luft und sah sich um. Gerry stand neben seiner Frau und hielt seine Familie im Arm, wie Mike es mit seiner tat.

Natasha saß neben Goodyear. Sie versuchte gerade, ein Gespräch mit dem Geschäftsmann anzufangen, aber der schaute nur stumm aus dem Fenster.

Ferguson stand neben der Luke, als ginge ihn das hier alles nichts an. Sein Blick traf Mikes. Ferguson grinste.

Ein Signalton aus den Lautsprechern verkündete den Countdown von zehn Sekunden. Mike spannte unwillkürlich seine Muskeln an. Er vermied es, die letzten Sekunden mitzuzählen. Stattdessen verstärkte er den Griff um Ellies Schulter.

Im Raum war es so ruhig, dass Mike meinte, die Kühlmittelpumpen weit hinten am Heck zu hören.

»Mama«, flüsterte Neil.

»Was ist …?«, begann Ellie.

Ein lautes Krachen hallte durch den Raum. Durch das Schiff ging trotz der künstlichen Schwerkraft ein Ruck, der Mike beinahe von den Füßen riss. Er hielt Ellie und Neil fest, damit sie nicht zu Boden stürzten.

Robin schrie.

Eine starke Vibration erschütterte das Schiff, als stünde es auf einer gigantischen Rüttelplatte. Ein rot glühendes Trümmerteil flog am Fenster vorbei.

»Was war das?«, quiekte Neil mit geweiteten Augen.

Das konnte nur ein Stück des Beschleunigers gewesen sein.

Langsam ebbte die Vibration wieder ab. Mike wartete darauf, das Pfeifen von aus dem Schiff strömender Atemluft zu hören, aber alles blieb ruhig. Sie hatten das Manöver überstanden. Es war vorbei.

Hatte es funktioniert? Mike starrte nach draußen.

Da war nur Finsternis.

Es hat nicht geklappt.

30

»SCHADENSMELDUNG!«, brüllte Christine.

»Sämtliche Systeme des vorderen Beschleunigers sind ausgefallen«, meldete del Toro. »Aber das war zu erwarten, denn den gibt es nun nicht mehr.«

»Das Lebenserhaltungssystem?«, fragte Christine.

»Einer der Wassertanks des Reservesystems verliert Druck«, antwortete Lieutenant Laski. »An der Stelle muss ein Trümmerteil die Hülle aufgerissen haben. Sonst sehe ich hier keine Schäden. Der Druck in den überwachten Räumen ist stabil.«

Wenn das alles war, dann hatten sie richtig Schwein gehabt. Das Schiff hatte das Manöver bis auf den zerstörten Beschleuniger überstanden.

Christine verrenkte sich fast den Kopf, um aus dem seitlichen Cockpitfenster blicken zu können. Sie sah nur Finsternis, aber die Beleuchtung der Zentrale war womöglich zu hell, um die Sterne zu erkennen.

»Lieutenant Schmitt, Meldung.«

Die Navigatorin reagierte nicht.

»Lieutenant Schmitt, geben Sie mir eine Meldung, verdammt«, wiederholte Christine laut.

Es dauerte weitere Sekunden, bis die Navigatorin sich umdrehte. Sie war blass. Als sie den Kopf schüttelte, wusste Christine Bescheid.

Keine Sterne.

Es hat nicht funktioniert.

»Nichts?«, flüsterte sie.

»Die Sensoren erfassen überhaupt nichts.« Schmitts Stimme klang weinerlich. »Keine Sterne, keine Galaxien, gar nichts. Es hat sich nichts verändert. Da draußen herrscht ewige Finsternis.«

Christine sank in ihren Sessel zurück.

Das war es dann. Wir sind erledigt.

Jetzt konnten sie nur noch darüber abstimmen, ob sie zusammen verhungern oder das Schiff in die Luft sprengen sollten.

Del Toro brummte. »Seltsam. Ich dachte für einen Moment, der Plan dieses Wahnsinnigen sei tatsächlich aufgegangen. Ich sehe hier nämlich keine Gravitationsgradienten von der Grenzschicht mehr. Für mich wirkt es so, als wären wir tatsächlich aus der Casimir-Blase wieder in den Normalraum zurückgefallen.«

Christine regelte die Beleuchtung im Cockpit herunter und stand auf. Langsam ging sie nach vorne, bis sie hinter Schmitt stand, und neigte den Kopf. Dort draußen war absolute Dunkelheit. Del Toro musste sich irren. »Vielleicht hat der explodierte Beschleuniger die Sensoren beschädigt. Wir sind ganz klar noch im Hyperraum.«

»Nein, nein, die Instrumente sind in Ordnung«, beharrte del Toro. »Da draußen ist eindeutig keine Grenzschicht.«

Christine konnte es nicht begreifen. »Wo zum Teufel sind wir bloß gelandet? Sind wir vielleicht doch geradeaus geflogen? Und jenseits des kosmischen Horizonts herausgekommen? Vielleicht gibt es irgendwo einen Leerraum ohne Sterne.«

»Darf ich einen Vorschlag machen?«, fragte Laski.

»Sprechen Sie«, forderte Christine den Steuermann auf.

»Ich könnte eine Navigationsboje ausstoßen. Wenn wir immer noch im Inneren der Casimir-Blase sind, wird sie vernichtet, sobald sie die Grenzschicht erreicht.«

»Einverstanden. Raus damit.« Christine hielt den Atem an.

Laski nahm die entsprechende Schaltung vor, und mit einem

Zischen wurde eine kleine, zylindrische Boje ausgestoßen. Sie tauchte kurz in den Kegel des vorderen Scheinwerfers und verschmolz dann mit der Dunkelheit.

Auf dem Radar war sie als kleiner grüner Punkt zu erkennen, der sich schnell entfernte. Schon nach wenigen Sekunden hatte sie eine Entfernung erreicht, in der sie eigentlich von den Gravitationsgradienten der Grenzschicht hätte zerrissen werden müssen. Doch sie entfernte sich weiter. Und weiter.

»Ich glaube, Sie haben recht, del Toro«, flüsterte Christine. »Wir sind nicht mehr im Hyperraum. Definitiv nicht.«

Sie beugte sich zu Schmitt hinab. »Aber wo sind wir?«

Die Navigationsoffizierin hob ratlos die Arme. »Ich habe nicht die geringste Ahnung.«

»Wir müssen es herausfinden«, erklärte Christine. »Ich will, dass alle Sensoren aktiviert werden, die wir auf diesem Schiff haben. Sternsensoren, Teleskope, Strahlungsmesser, Radiometer, Pyrometer, alles. Ich erwarte einen vollständigen Bericht in fünf Minuten.«

»Aye, Sir«, bestätigten Schmitt und Laski unisono.

Christine ging zurück zu ihrem Platz. Sie tauschte einen schnellen Blick mit Ravi. Ihr Erster Offizier war genauso ahnungslos wie sie selbst.

Scheiße, was geht hier nur vor? Wo sind die Sterne?

»Die Passagiere«, flüsterte Ravi. »Wir sollten ihnen etwas sagen.«

Die Passagiere.

Ravi hatte recht. Die Leute da unten in der Messe mussten denken, dass sie nach wie vor im Überlichtflug waren. Nun, das waren sie nicht mehr, aber wie sollte sie den Menschen etwas erklären, was sie selbst nicht verstand?

Sie wandte sich an del Toro. »Pumpen Sie wieder Luft in die evakuierten Sektionen und entriegeln Sie die entsprechenden Luken.«

Scheiße, bringen wir es hinter uns.

Sie aktivierte den Interkom und schaltete ihr Mikro auf die Passagiermesse. »Hier spricht Captain Dillinger. Sie werden jetzt denken, dass das Manöver nicht funktioniert hat. Aber Ingenieur Baumann hatte recht. Wir befinden uns nicht mehr im Überlichtflug. Allerdings sehen Sie selber, dass es dort draußen trotzdem keine Sterne gibt. Wir wissen nicht genau, wo wir herausgekommen sind. Möglicherweise in einem großen galaktischen Leerraum. Meine Offiziere sondieren gerade die Lage, und wir können Ihnen sicher bald genauere Informationen geben. Bis dahin bitte ich Sie um Geduld.«

Christine atmete tief ein und wieder aus. Ganz egal, wo sie gelandet waren – es war sicher besser, die Passagiere früh genug miteinzubeziehen, bevor wieder jemand auf blöde Ideen kam. Sie betätigte die Sprechtaste erneut. »Ich möchte Mr. Warnock in die Zentrale bitten.«

Sie wandte sich an ihren Ersten Offizier. »Hol ihn bitte ab, ja?«

Ravi stand auf und verschwand im Korridor.

Christine konnte einfach nicht ruhig sitzen bleiben. Sie ging diesmal zum seitlichen Cockpitfenster. Auch hier war alles dunkel.

Scheiße, wo sind wir bloß gelandet?

31

»MIKE«, flüsterte Ellie. »Was ist bloß passiert?«

Mike starrte aus dem Fenster. Es war wirklich kein Unterschied feststellbar. Die Besatzung musste sich irren.

»Mike, kannst du das erklären?« Gerry trat mit seiner Familie zu ihnen.

Als wäre Mike ein Magnet und die anderen Passagiere kleine Metallspäne, versammelten sich nach und nach die Menschen um ihn herum. Und sie redeten alle gleichzeitig auf ihn ein.

»Wenn wir nicht mehr im Hyperraum sind, warum sind die Sterne dann nicht da?«, fragte Robin.

»Sind wir wirklich in dem sternenleeren Raum zwischen den Galaxien herausgekommen?«, fragte Corporal Morris.

»Ich weiß es nicht«, sagte Mike. Er versuchte, die Leute mit abwehrenden Gesten zum Schweigen zu bringen und sich seine Verzweiflung nicht anmerken zu lassen. Als ob er auf alles eine Antwort hätte! »Wir müssen abwarten, was die Besatzung herausfindet.«

»Was kann bloß schiefgelaufen sein?«, murmelte Baumann. »Was kann bloß schiefgelaufen sein?«

Langsam zerstreute sich die Menge, bis Mike allein neben Ellie und Neil stand.

»Werden wir nun sterben, Papa?«, fragte Neil mit absolut sachlicher Stimme.

Ellie schlug die Hand vor den Mund.

Möglicherweise ja.

Mike ging auf die Knie und strich über den Kopf seines Sohnes. Er zwang sich zu einem Lächeln. »Niemand wird sterben. Du hast den Captain ja gehört. Es ist ihnen gelungen, den Überlichtflug zu beenden. Aber jetzt müssen die Leute auf der Brücke herausfinden, wo genau wir sind und wie wir wieder nach Hause kommen.«

»Welches Zuhause?«, fragte Neil. »Die Erde oder Omicron?«

Mike schüttelte den Kopf. »Das weiß ich nicht. Möglicherweise müssen wir uns ein neues Zuhause suchen.«

»Mr. Warnock«, sagte der Erste Offizier von der Tür her. »Wollen wir gehen?«

Mike richtete sich auf und gab Ellie einen Kuss auf die Wange. Sie hatte Tränen in den Augen, und es war klar, dass sie Mike am liebsten weiter an ihrer Seite gehabt hätte, aber sie stimmte zu.

Mike folgte Commander Chandrasekhar zur Zentrale.

Die gedrückte Stimmung war einer nervösen Hektik gewichen. Navigatorin und Steuermann arbeiteten verbissen an ihren Konsolen und tuschelten miteinander.

»Was ist passiert?«, fragte Mike die Kommandantin.

»Wissen wir noch nicht, setzen Sie sich.« Sie zeigte auf den freien Sitz neben ihrer eigenen Konsole, und Mike nahm Platz.

Er blickte aus dem Fenster in die Finsternis. »Sind Sie sich absolut sicher, dass wir nicht mehr im Überlichtflug sind?«

Del Toro schnaubte. »Ich bin mir da absolut sicher, Mr. Warnock. Die Casimir-Blase hat sich definitiv aufgelöst.«

»Wir haben eine Navigationsboje ausgeschleust«, erklärte Captain Dillinger. »Sie ist schon über tausend Kilometer entfernt.«

Dann konnten sie wirklich nicht mehr im Hyperraum sein. Aber wo waren sie? Selbst in den Leerräumen zwischen den Galaxien war es nicht so dunkel. »Haben Sie es mit den Teleskopen versucht?«

»Läuft noch«, antwortete die Navigatorin.

»Ich habe einen kompletten Scan befohlen«, erklärte die Kommandantin. »Ich erwarte das Ergebnis in wenigen Minuten. Wie geht es den Passagieren?«

Wie sollte es den Passagieren schon gehen? »Zunächst dachten wir alle, dass das Manöver nicht funktioniert hat. Selbst Baumann. Die Verzweiflung hat sich dann nach Ihrer Durchsage in Ratlosigkeit verwandelt.«

»Kann ich verstehen«, sagte Dillinger. »Ratlos sind wir hier auch.«

»Das Schiff?«, wollte Mike wissen.

Die Kommandantin rang sich ein Lächeln ab. »Was das angeht, kann ich Sie beruhigen. Zwar haben wir, wie vorausgesehen, den vorderen Beschleuniger verloren, aber es gibt keine Hüllenbrüche und keine kritischen Systemausfälle. Das Schiff ist voll betriebsbereit.«

»Der Überlichtantrieb?«, fragte Mike weiter.

»Lieutenant del Toro?«, reichte Dillinger die Frage an den Bordingenieur weiter.

»Müssen uns halt auf den hinteren Beschleuniger beschränken«, brummte del Toro. »Wird eine unruhige Fahrt.«

Lieutenant Schmitt drehte sich um. »Ich habe hier erste Ergebnisse.«

»Schießen Sie los«, sagte Dillinger.

»Mit den Teleskopen kann ich nicht das Geringste erkennen. Keine Sterne, keine Galaxien, keine Nebel, nichts.«

»Ich habe hier aber was«, meldete Lieutenant Laski. »Die Sensoren zeigen gelegentliche Photonen mit sehr hoher Wellenlänge sowie hin und wieder mal ein Proton.«

»Vielleicht sind wir doch nicht im Kreis geflogen, sondern in einem exotischen Bereich des Universums gelandet«, überlegte Mike.

Dillinger lächelte schwach. »Diese Vermutung hatten wir auch, aber wir haben sie inzwischen verworfen.«

»Und warum?«

Lieutenant Schmitt drehte sich zu ihm um. »Ich bin mir sicher, dass wir im Kreis geflogen sind. Ich konnte sogar den Radius auf etwa eine Million Lichtjahre eingrenzen. Wir sind also immer wieder um das gravitative Zentrum der Milchstraße gekreist.«

Mike lachte verzweifelt. »Aber da draußen ist keine Milchstraße.«

»Vielleicht können wir sie nur nicht sehen«, murmelte Laski.

»Bleiben Sie bitte ernst«, blaffte Dillinger den Steuermann an. »Was haben wir sonst noch von den Sensoren?«

»Nichts«, antwortete Lieutenant Schmitt mit düsterer Stimme.

Es durfte einfach nicht wahr sein. Nun hatten sie es tatsächlich geschafft, den Flug durch den Hyperraum zu beenden, und jetzt steckten sie in einer Situation, die möglicherweise genauso schlimm war. Gab es keine Sterne, gab es auch keine Planeten, die sie anfliegen konnten. Ohne Milchstraße keine Erde und somit auch keine Nahrung. Am Ende würden sie doch noch alle verhungern. Irgendwo an einem unbekannten, lebensfeindlichen Ort des Universums.

Lieutenant Laski richtete sich auf und streckte den Kopf den Fenstern entgegen. Als müsste er nur konzentriert genug hinausstarren, um die Sterne zu sehen. »Scheiße das alles!«, brüllte er plötzlich und schlug mit der Faust gegen seine Konsole.

»Beruhigen Sie sich, Lieutenant Laski«, sagte Dillinger streng.

Wieder und wieder schlug der Steuermann auf seine Konsole und schrie dabei laut: »Scheiße! Scheiße!«

Mike wunderte sich nicht. Bei ihrer Situation konnte man leicht durchdrehen. Heute war eben der Steuermann dran.

»Scheiße! Scheiße!«

»Halten Sie endlich das Maul!«, brüllte Dillinger.

Chandrasekhar ging nach vorne und legte Laski den Arm um die Schultern. Der Erste Offizier flüsterte dem Steuermann lange ins Ohr, und allmählich beruhigte sich der Mann. Endlich ließ sich Laski zurück in seinen Sessel fallen. Chandrasekhar ging wieder zu seinem Platz.

»Können sich alle endlich mal wieder konzentrieren?«, fragte Dillinger mit einer Stimme, die vor Sarkasmus troff.

Mike runzelte die Stirn. Die Kommandantin war nicht gerade die geborene Führungspersönlichkeit. Aber das war ihm ja auch schon in ihrem Umgang mit den Passagieren aufgefallen. Bei einem normalen Flug ohne Probleme mochte man damit durchkommen, aber bei einem Unglücksflug wie diesem hier brauchte man einen Kommandanten mit Führungsvermögen. Aus eigener Erfahrung waren Gebrüll und Sarkasmus beim Umgang mit der eigenen Besatzung eher kontraproduktiv.

»Was ist denn jetzt mit den anderen Sensoren?«, fuhr Dillinger die Navigatorin an.

Die hob fast schon entschuldigend die Hände. »Ich habe sonst einfach nichts.«

»Scheiße, das kann doch nicht sein«, fluchte Dillinger.

Mike schüttelte den Kopf. Eine sorgfältige Analyse der Situation sah anders aus. »Ich fasse mal zusammen«, begann er. »Wir haben anscheinend den Überlichtflug beendet und sind in einem fernen Bereich des Universums gestrandet, obwohl wir dachten, wir umrunden die ganze Zeit die heimische Milchstraße. Die Sensoren erfassen nichts bis auf gelegentliche Photonen und Protonen. Gibt es eine Möglichkeit, herauszufinden, wie weit wir geflogen sind? Kann man das irgendwie abschätzen oder berechnen?«

»Nein.« Die Navigatorin schluchzte. »Mit dem Auftauchen einer zweiten Grenzschicht beim ersten fehlgeschlagenen Versuch, das Raumschiff anzuhalten, haben wir jede Möglichkeit verloren, die Geschwindigkeit des Überlichtfluges abzuschätzen. Ich schließe zwar aus der Gravitationsanomalie, dass wir permanent die Milchstraße umrundet haben, aber wie oft und welche Strecke wir dabei zurückgelegt haben, kann ich absolut nicht sagen.«

»Ist es denn wenigstens möglich, abzuschätzen, wie weit in die Zukunft wir geflogen sind?«

Del Toro schüttelte den Kopf. »Vergessen Sie es. Es gibt keine Erfahrungswerte mit doppelten Grenzschichten. Wir könnten Hunderttausende von Jahren in die Zukunft gerast sein. Womöglich sogar Millionen.«

Dillinger wandte sich ihm zu. »Millionen? Glauben Sie wirklich, dass wir Millionen von Jahren zurückgelegt haben?«

Del Toro wischte sich mit einem Tuch den Schweiß von der Stirn. »Ich kann es zumindest nicht ausschließen. Wir waren eine Woche im Überlichtflug. Es gibt einfach keine Erfahrungswerte.«

Mike fasste sich an die Schläfen. »Millionen Jahre«, murmelte er. Ein solch langer Zeitraum war kaum vorstellbar. Er blickte wieder hinaus in die unerklärliche Finsternis. Eine unheimliche Beklemmung zog seinen Brustkorb zusammen. Irgendetwas stimmte nicht. Es schien ihm, als wäre ihnen eine wesentliche Tatsache entgangen.

Er wandte sich an Christine Dillinger. »Was tun wir jetzt?«

Sie schüttelte wie in Zeitlupe den Kopf. »Wenn ich das nur wüsste.« Sie seufzte. »Heute machen wir gar nichts mehr. Es hat einen ganzen Tag harter Arbeit gekostet, das Manöver vorzubereiten. Wir brauchen alle eine Pause. Da wir uns hier nicht in unmittelbarer Gefahr befinden, schicke ich nun alle in die Kojen. Wir besprechen uns in acht Stunden erneut. Vielleicht hat jemand bis dahin eine Idee.«

Mike stand auf. »Was soll ich den anderen Passagieren sagen?«

Dillinger wirkte ratlos. »Das überlasse ich Ihnen.« Sie wandte sich an ihre Offiziere. »Wer übernimmt die erste Schicht?«

»Das mache ich«, antwortete Lieutenant Schmitt. »Ich möchte einige der Scans wiederholen.«

»Gut«, sagte Dillinger. »Ravi, bitte bringe Mr. Warnock wieder hinunter.«

Mike folgte dem Ersten Offizier durch den Korridor. »Ist Captain Dillinger immer so aufbrausend?«

Chandrasekhar sah Mike mit einem eisigen Ausdruck in den Augen an. »Mr. Warnock, ich werde mich mit Ihnen ganz sicher nicht in Abwesenheit des Captains über deren Vorzüge und Schwächen unterhalten.«

Mike nickte.

Guter Mann.

32

CHRISTINE hätte alles gegeben für einen Whisky.

Sie spielte mit dem Gedanken, sich in die Passagiermesse zu schleichen und sich dort ein kleines Gläschen an der Ausgabe der Robotküche zu holen, da ihre eigene keine alkoholischen Getränke ausschenkte.

Doch sie verwarf den Gedanken. Sie hätte dabei auf Menschen treffen können.

Sie fühlte sich müde und ausgelaugt. Aber der Schlaf wollte sich einfach nicht einstellen, und so starrte sie Minute für Minute die Decke an.

In was für eine Riesenscheiße waren sie bloß geraten? Sie verstand einfach nicht, warum dort draußen absolute Finsternis herrschte. Sie mussten in eine ferne Ecke des Universums gelangt sein! Aber Lieutenant Schmitt schloss das kategorisch aus und war immer noch der Meinung, dass sie im Kreis um die Milchstraße herumgeflogen waren.

Es ergab alles keinen Sinn.

Und so grübelte sich Christine durch die Nacht. Stunde um Stunde. Um zwei stand sie auf. Wenn mit Schlafen sowieso nichts war, konnte sie auch anstelle von Ravi Lieutenant Schmitt ablösen.

Christine ging in das Badezimmer, machte sich ein wenig frisch und zog ihre Uniform an, die sie schon zu lange nicht mehr gebügelt hatte.

Scheiß drauf.

Dabei war es gerade *ihr* immer so wichtig gewesen, ihre Offiziere in tadellosem Zustand zu wissen. Sie gab mal wieder kein gutes Vorbild ab. Aber was bedeutete das in ihrer Lage schon?

Sie ging zu der winzigen Offiziersmesse und ließ sich von der Automatik einen Kaffee synthetisieren. Mit der dampfenden Tasse in der Hand betrat sie die Zentrale.

Lieutenant Schmitt saß über einen ihrer Bildschirme gebeugt. Christine dachte zunächst, die Navigatorin wäre eingeschlafen.

Dann drehte sich Schmitt um. »Captain? Ich wollte gerade Commander Chandrasekhar anrufen.«

Christine stellte die Tasse in eine Halterung ihrer Konsole und winkte ab. »Ich kann nicht schlafen. Ich werde die nächste Schicht übernehmen.«

Schmitts Augen weiteten sich. »Sie? Aber …«

Christine lächelte. »Es ist unüblich, aber es gibt keine Regeln dagegen, dass auch einmal der Captain den Offizier vom Dienst spielt.«

Sie ging nach vorne und ließ den Blick über Schmitts Bildschirme schweifen. »Scannen Sie etwa immer noch?«

»Ja«, antwortete Schmitt. »Ich dachte, dass sich mit Langzeitbelichtungen der Teleskope vielleicht Galaxien finden lassen, die weit von uns entfernt sind.«

»Ihrem Tonfall nach zu urteilen, haben Sie dabei keinen Erfolg gehabt.«

Schmitt deutete auf einen ihrer Bildschirme, der ein Diagramm mit einer flachen Kurve anzeigte. »Wie Sie sehen. Nichts. Bis hin zum kosmischen Horizont ist einfach nichts. Nur diese verirrten Photonen und Protonen.«

Christine nickte langsam und setzte sich auf den Platz des Steuermanns, dessen Konsole deaktiviert war.

Ein leeres Universum.

Sie versuchte, die Konsequenz des Gedankens nicht an sich

heranzulassen. »Ist schon gut, Lieutenant Schmitt. Sie können gehen. Schlafen Sie ein paar Stunden. Morgen wartet auf uns noch viel Arbeit.«

Schmitt lehnte sich in ihrem Stuhl zurück und strich sich die Haare nach hinten. »Danke, Captain. Ich bin mir aber nicht sicher, ob ich schlafen kann.«

»Nehmen Sie eine Tablette aus der Bordapotheke.«

Schmitt lächelte gequält. »Das tue ich ohnehin, seit wir in den Überlichtflug gegangen sind. Die Tabletten verlieren allmählich die Wirkung, schätze ich.«

Die Navigatorin machte sich Sorgen. Ganz klar. Hatte vermutlich auch jemanden verloren und niemanden an Bord, mit dem sie reden konnte. »Wen haben Sie auf der Erde zurückgelassen? Hatten Sie einen festen Freund?«

»Ja, den hatte ich«, antwortete Schmitt.

»Tut mir leid.«

»Das ist nicht so schlimm, wir waren sowieso dabei, uns zu trennen. Aber ich hatte ein inniges Verhältnis zu meinen Eltern und meiner Schwester.« Schmitt flüsterte so leise, dass sie kaum zu verstehen war. »Jetzt sind alle tot. Sie sind alle schon lange tot.«

Christine presste die Lippen zusammen. Sie erinnerte sich an den Sonderurlaub, den Schmitt beantragt hatte, damit sie bei der Hochzeit ihrer Schwester dabei sein konnte. »Ich denke, es gibt niemanden an Bord, der nicht einen schweren Verlust erlitten hat.« Ihr war klar, dass das Schmitt nicht trösten würde.

Dennoch sind wir an Bord immer noch über zwanzig Menschen, die irgendwie überleben müssen.

Christine beugte sich nach vorne und stützte ihren Kopf mit den Armen auf Laskis Konsole ab, während sie in die Finsternis starrte.

»Wenn wir doch wenigstens wüssten, wie weit genau wir in die Zukunft gereist sind«, murmelte sie mehr zu sich selbst.

»Das wissen wir nicht. Wir können es nicht sagen wegen der doppelten …«

Christine richtete sich wieder auf. »… wegen der doppelten Grenzschicht. Ich weiß.«

Sie betrachtete Schmitts Bildschirme, die ausnahmslos Energiekurven und Histogramme der einzelnen Sensoren zeigten. »Sind wir vielleicht in der Lage, den Zeitpunkt irgendwie anders zu bestimmen?«

Schmitt runzelte die Stirn. »Wie denn?«

»Kann man es nicht irgendwie anhand der Sensoren herausfinden? Irgendein Messwert, der uns etwas über das genaue Alter des Universums aussagt? Wir haben doch hier so viel.« Sie ließ ihre Hand über die Bildschirme wandern. »Photometer, Magnetometer, Strahlenmesser, Temperaturmesser. Damit muss man doch irgendetwas anfangen können.«

Schmitt schüttelte langsam den Kopf. »Leider haben wir keinen Physiker an Bord. Abgesehen von den Vorlesungen über die Grundlagen von Astronomie und Kosmologie verfügen wir ja als Offiziere einer Fluglinie auch über kein detailliertes Hintergrundwissen. Aber …« Sie stutzte.

»Was?«

»Die Temperaturmesser«, sagte Schmitt.

»Was ist damit?«

»Die kosmische Hintergrundstrahlung mit einer Temperatur von knapp drei Grad Kelvin. Sie verändert sich mit der Zeit. Vielleicht kann man daraus etwas ablesen.«

Christine blickte aus dem Fenster. Würde das funktionieren? Die kosmische Hintergrundstrahlung war ein Nachbild des Urknalls, so viel wusste sie. Mit der Zeit sank diese Temperatur, weil sich das Universum ausdehnte und abkühlte. Vielleicht hatte sich die Temperatur verändert, und sie konnten aus der Differenz den Zeitunterschied berechnen. »Schauen Sie in den astronomischen Nachschlagewerken des Schiffsservers nach, ob Sie eine Tabelle oder so etwas finden. Probieren Sie es in dem Band über Kosmologie von Shackley.«

Schmitt begann, an ihrer Konsole zu hantieren. »Ich kann ja mal sehen.« Nach einigen Augenblicken erschienen Texte, Bilder und Tabellen auf einem ihrer Bildschirme.

»Na?«, fragte Christine.

Schmitt schüttelte den Kopf. »Ich weiß nicht so recht, wo ich …« Dann zeigte sie auf eine Tabelle. »Da habe ich was. Das Spektrum der kosmischen Hintergrundstrahlung ist mit fortlaufender Expansion des Universums einer steigenden Rotverschiebung ausgesetzt. Ja, hier ist eine Tabelle. Nach einer Million Jahren sollte sich das schon bemerkbar gemacht haben.«

»Dann prüfen Sie das nach. Geht das direkt?«

Lieutenant Schmitt nickte. »Sollte es eigentlich. Die Frequenz der Hintergrundstrahlung liegt im Mikrowellenbereich. Das müsste mit unseren Navigationsantennen aufzufangen sein, wenn ich mit der Empfindlichkeit hoch genug gehe. Moment, ich schalte die Filter aus.«

Ihre Finger flogen über die Konsole. Ein Bildschirm, der gerade noch ein Radarbild der Umgebung angezeigt hatte, bildete nun ein Diagramm ab, das aber nur eine flache Linie zeigte.

»Seltsam«, sagte Schmitt. »Eigentlich sollte hier jetzt eine Kurve mit einem Maximum von vier pro Zentimeter sein.«

»Da ist gar nichts«, bestätigte Christine. »Überhaupt nichts.«

Schmitt überflog Zahlen auf einem anderen Monitor. »Die Betriebsparameter der Signalverarbeitung sind in Ordnung. Es gibt da draußen keine Hintergrundstrahlung.«

Christine schaute wieder aus dem Fenster. »Wenn wir uns jenseits des kosmischen Horizonts befinden, dann sind wir vielleicht in einen Bereich gekommen, in dem es keine kosmische Hintergrundstrahlung gibt.«

Schmitt schüttelte den Kopf. »Nach allem, was ich darüber weiß, ist diese Strahlung im gesamten Universum identisch. Also egal, wo wir uns befinden, müsste hier diese Kurve sein.«

Scheiße! Wir kommen schon wieder nicht weiter. Jedes Mal, wenn wir denken, wir hätten eine gute Idee gehabt, tritt uns das Schicksal wieder in den Arsch.

»Was sollen wir jetzt tun, Sir?«

Christine stand auf und ging ein paar Schritte bis zur Eingangsluke. Sie bekam schon wieder Kopfschmerzen. Sie griff sich an die Schläfen und massierte sie sanft.

Sie wünschte sich, die Fliegerei schon vor Jahren aufgegeben zu haben. Hätte sie damals nur auf Roger gehört und die Stelle bei der Flugleitzentrale auf Knotenpunkt Delta angenommen. Dann wäre sie jeden Tag zum Abendessen zurück auf der Erde gewesen und könnte jetzt bei ihrer Familie sein, und jemand anders müsste sich mit der Scheiße hier herumschlagen.

Andererseits wäre sie dann zu diesem Zeitpunkt schon tot. Fast unendlich lange tot.

Unendlich.

Was war, wenn sie nicht nur ein paar Millionen Jahre in die Zukunft gereist waren?

Christines Herzschlag beschleunigte sich. Sie hatte plötzlich ein ganz mieses Gefühl. Sie stolperte zurück und sah Schmitt über die Schulter. »Was steht da über die zukünftige Evolution der kosmischen Hintergrundstrahlung?«

Schmitt scrollte auf dem Monitor nach unten, dann beugte sie sich vor, um den Text abzulesen. »Die kosmische Hintergrundstrahlung wird weiterer Rotverschiebung unterliegen, bis sie nicht mehr zu beobachten ist. Ihre Signale gehen in weiteren evolutionären Prozessen unter, zum Beispiel dem Protonenzerfall.«

Christines Gedanken rasten. Es passte. Wenn einige Photonen

und Protonen das Einzige waren, das sie noch mit ihren Sensoren messen konnten, dann passte es in dieses Bild.

Ihre Beine wurden schwach, und sie musste sich setzen.

»Sir?«, fragte Schmitt. »Ist alles in Ordnung? Was ist mit Ihnen?«

»Gar nichts ist in Ordnung.« Christine sah hinaus in die Finsternis, und in diesem Moment wurde ihr klar, dass sie dort draußen nie wieder etwas anderes sehen würde.

»Was meinen Sie, Sir?«

»Rufen Sie sofort die anderen Offiziere in die Zentrale«, sagte Christine. Sie mussten sich besprechen. Umgehend. Die ganze Lage hatte sich dramatisch verändert.

Schmitt gab ein Wecksignal über den Interkom der Crew und befahl die Besatzung in die Zentrale.

»Sir, was ist denn los?« Schmitts Gesicht war ein einziger Ausdruck von Unverständnis. »Was haben Sie denn?«

»Ich weiß, warum wir dort draußen keine Sterne sehen.«

»Und warum?«

Christine holte tief Luft. »Es gibt keine Sterne mehr.«

»Ich verstehe nicht.« Schmitt schüttelte den Kopf. »Warum sollte es keine Sterne mehr geben?«

Christine konnte sich nicht länger beruhigen.

»Sie sind ausgebrannt!«, schrie sie. »Begreifen Sie das nicht? Wir befinden uns so weit in der Zukunft, dass sämtliche Sterne des Universums bereits ihren Brennstoff verbraucht haben. Wir sind durch diesen scheiß Unfall nicht nur Millionen von Jahren weit gereist, sondern womöglich Milliarden oder Billionen Jahre. Wir befinden uns nun in einem toten Universum. Einem dunklen Universum. Und das wird es auch für immer sein. Es gibt keine Sterne mehr. Es gibt keine Planeten mehr.«

33

MIKE trat neben Goodyear an die Ausgabe der Robotküche. Der Mann sah ratlos aus.

»Alles in Ordnung?«, fragte Mike.

»Ich wollte mir einen Whisky nehmen, aber es passiert einfach nichts.«

»Versuchen Sie es noch einmal«, riet Mike ihm.

Goodyear sprach seinen Wunsch in das Mikrophon. Es piepte nur zweimal, dann war wieder Ruhe.

»Das war eine Fehlermeldung«, sagte Mike.

»Eine Fehlermeldung?« Goodyear stierte ihn konsterniert an.

»Lassen Sie mich mal versuchen.«

Goodyear rückte ein Stück zur Seite, und Mike bestellte sich zwei Kaffee und einen Kakao.

Sofort öffnete sich eine Klappe, und ein Tablett mit den bestellten Getränken kam heraus.

»Ja, da soll mich doch der …« Goodyear verstummte.

»Ein Whisky, bitte«, orderte Mike.

Wieder piepte es. Mike öffnete eine Blende neben der Ausgabe.

»Was tun Sie da?«, wollte Goodyear wissen.

»Irgendwo muss es einen Bildschirm geben, der den Fehlercode anzeigt.«

Da war tatsächlich ein kleiner Monitor unter der Blende.

Goodyear trat näher und las. »Ethanol nachfüllen.«

Mike konnte sich ein leises Kichern nicht verkneifen und klappte die Blende wieder nach unten.

»Was soll denn das heißen?«, fragte Goodyear.

»Das soll wohl heißen, dass die Alkoholvorräte des Synthesizers erschöpft sind. Wenn in einem der Frachträume nicht noch die eine oder andere Flasche gebunkert ist, sind wir an Bord ab sofort Zwangsabstinenzler.«

Goodyear starrte ihn mit offenem Mund an, dann drehte er sich um und stapfte davon, wobei er Flüche von sich gab, die einen Raumkadetten hätten erröten lassen.

Mike seufzte, nahm das Tablett und ging zu seiner Familie. Dabei passierte er einen Tisch, an dem drei Soldaten, darunter Marla Stanton, saßen und leise miteinander redeten. Von Captain Wheeler war nichts zu sehen.

Mike setzte sich. Er schob Neil den Kakao und seiner Frau einen Kaffee hin.

»Was war denn da mit dem Geschäftsmann an der Ausgabe?«, fragte Ellie.

»Sieht so aus, als würden die Vorräte der Robotküche allmählich zur Neige gehen.« Mike verlieh seiner Stimme einen betont ruhigen Klang, um Neil nicht zu verunsichern. »Heute war es der Alkohol, morgen wird es etwas anderes sein. Nach und nach werden immer weniger Gerichte und Getränke synthetisierbar sein. Ich denke, dass wir bald an die Lagervorräte der Container gehen müssen.«

»Toll«, zischte Ellie.

Mike strich ihr über den Arm. Er hatte es selten erlebt, dass Ellie sarkastisch wurde. Seit sie aus dem Hyperraum gefallen waren, war es jedoch ein Dauerzustand geworden.

Dann taten sie, was sie schon den ganzen Tag getan hatten: aus dem Fenster in die Dunkelheit starren.

»Ich verstehe einfach nicht, dass Dillinger sich nicht mehr meldet«, meinte Ellie nach einer Weile.

Mike verzichtete auf eine Antwort. Es war nicht das erste Mal,

234

dass sie das heute erwähnte. Er verstand es selbst nicht. Seit zwei Tagen hatte er nicht mehr mit der Kommandantin gesprochen. Rief er in der Zentrale an, wurde er abgewimmelt. Er hatte keine Ahnung, was dort vorne vor sich ging, aber aus der vertrauensvollen Zusammenarbeit war wieder eine konsequente Abschottung seitens der Besatzung geworden. Schon begann sich der Unmut der Passagiere zu regen.

Mike hatte es aufgegeben, darüber nachzugrübeln, wo sie herausgekommen waren. Er hatte sich gestern mit Baumann unterhalten. Der Ingenieur war zwar auch kein Physiker oder gar Kosmologe, aber er hatte etwas von Domänengrenzen im fernen Weltall gefaselt, hinter denen leicht abweichende Naturgesetze herrschen konnten, die eine Bildung von Sternen in diesem Bereich verhinderten. Mike wusste nicht, ob an diesen Dingen etwas dran war, er selbst hatte noch nie von so etwas gehört.

»Papa«, sagte Neil plötzlich. »Darf ich …«

Die Lautsprecher knackten. »Hier spricht Captain Dillinger. Wir haben neue Erkenntnisse, die wir Ihnen mitteilen wollen. Bitte kommen Sie umgehend in die Passagiermesse.«

»Aha«, sagte Ellie. »Da bin ich aber mal gespannt.«

Nach und nach füllte sich die Messe. Die Leute setzten sich an die Tische. Nur Ferguson blieb wieder neben der Eingangsluke stehen.

Dann öffnete sich die Tür zu den Besatzungsbereichen, und die Offiziere traten ein. Sie trugen alle Pistolen am Gürtelhalfter. Lieutenant Schmitt hatte einige Papiere in der Hand.

Was zum Teufel geht hier vor sich?

Captain Dillinger baute sich in der Mitte des Raumes auf und begann ohne Umschweife: »Ich habe schlechte Nachrichten. Obwohl wir es tatsächlich geschafft haben, den Überlichtflug zu unterbrechen, befinden wir uns leider nicht in Sicherheit.«

Mike schluckte. Wahrscheinlich würde sich nun seine Vermutung bestätigen. Sie waren in einem lebensfeindlichen Abschnitt des Universums gefangen.

»Sie und wir wissen, dass wir durch die Zeitdilatation des Überlichtfluges in die Zukunft gereist sind«, fuhr Dillinger fort. »Die doppelte Grenzschicht hat sich deutlich stärker auf die Dilatation ausgewirkt, als wir es vermutet haben.«

Was wollte sie damit sagen? Nun, dann waren sie eben weiter in die Zukunft gereist als gedacht, aber das erklärte immer noch nicht die Finsternis, die sie umgab. Es sei denn, sie waren so weit in die Zukunft gelangt, dass …

Mike gefror das Blut in den Adern.

Nein, bitte nicht.

Captain Dillinger blickte nacheinander allen Passagieren in die Augen. »Wir sind in die allerfernste Zukunft des Universums gereist. Alle Sterne sind ausgebrannt. Es gibt keine Planeten mehr. Das Universum ist lebensfeindlich geworden.«

Dillinger trat einen Schritt zurück und wartete. Im Raum war es still. Auch Mike musste diese Information erst verarbeiten.

In einem sterbenden Universum gefangen …

Nein, nicht in einem sterbenden. Das Universum war bereits gestorben. Sie befanden sich in einem toten Kosmos.

»Das ist völlig unmöglich«, sagte Baumann schließlich heiser. »Das Universum sollte doch in einem Big Rip zerreißen. Das war die neueste Theorie der Kosmologen.«

»Dann haben sich die Kosmologen geirrt«, entgegnete Gerry trocken.

Robin schluchzte auf. Ellie presste sich erschrocken die Hand vor den Mund.

»Wie lange wissen Sie das schon?«, fragte Mike.

»Wir wissen es seit zwei Tagen«, antwortete Dillinger.

Captain Wheeler stand auf. »Und warum haben Sie uns nicht gleich darüber informiert?«

Zustimmendes Gemurmel brandete auf.

Dillinger hob abwehrend die Hände. »Wir waren uns anfangs nicht ganz sicher. Wir mussten die Theorie erst überprüfen.«

Natasha sprang auf. »Am Ende der Zeit? Sind Sie sicher?«

»Ja, wir sind uns sicher.« Dillinger winkte Lieutenant Schmitt zu sich nach vorne. »Meine Navigatorin hat in den letzten vierundzwanzig Stunden die kosmologischen Hintergründe recherchiert und wird es Ihnen erklären. Bitte, Lieutenant.«

Dillinger trat zurück und ließ die unsicher erscheinende Navigatorin vor den Leuten stehen. Deren Hände zitterten, als sie ihre Blätter hob, um davon abzulesen. Zunächst erklärte sie die Verifizierung der Theorie anhand der kosmischen Hintergrundstrahlung, die verschwunden war und die zusammen mit dem Spektrum der von den Sensoren aufgefangenen Photonen und Protonen für die Tatsache sprach, dass sie tatsächlich in die allerfernste Zukunft gelangt waren.

»Aber wie weit in der Zukunft sind wir denn nun?«, fragte Robin.

Schmitt zog ein anderes Blatt mit einer Tabelle aus ihrem Stapel. »Wir können es nur grob schätzen, aber ich habe hier eine Zusammenfassung, was seit unserem Abflug im Weltall geschehen ist. Unsere Sonne hat nach und nach ihren Brennstoff verbraucht, sich ausgedehnt und die Erde dabei immer stärker erhitzt. Nach zwei Milliarden Jahren sind die letzten Ozeane der Erde verdampft. Nach acht Milliarden Jahren ist die Sonne, die sich zunächst in einen Roten Riesen verwandelt und dabei die Erde verschluckt hat, zu einem Weißen Zwerg geschrumpft und dann langsam erloschen. Es wurden aber immer noch für einen langen Zeitraum weitere Sterne geboren. Nach hundertfünfzig Milliarden Jahren verschwanden die meisten Galaxien wegen der weiteren Ausdehnung des Universums hinter dem kosmischen Horizont und wurden somit für den Menschen unsichtbar. Zum selben Zeitpunkt ist die kosmische Hintergrundstrahlung auf eine Temperatur von 0,3 Grad über dem absoluten Nullpunkt gefallen und wurde dadurch ebenfalls unsichtbar.«

Heilige Scheiße!

Offenbar hatte die Crew recht mit ihrer Vermutung. Die kosmische Hintergrundstrahlung war verschwunden und damit ein letztes Zeugnis der Schöpfung des Universums. Es war nicht nur eine Theorie, sondern Dillinger und ihre Besatzung hatten es überprüft. Mike drückte seine Frau an sich.

»Nach achthundert Milliarden Jahren ist die Milchstraße mit sämtlichen anderen Galaxien diesseits des kosmischen Horizonts verschmolzen, und allmählich ließ dann die Leuchtkraft dieser Riesengalaxis nach, weil die meisten Roten Zwergsterne ausgebrannt sind. Nach einer Billion Jahren wurden allmählich immer weniger Sterne geboren, weil der freie Wasserstoff im Weltall zunehmend knapp wurde. Nach spätestens hundert Billionen Jahren wurde in diesem sterbenden Universum der letzte Stern geboren. Kurze Zeit später brannten dann auch die letzten Gestirne aus und im Weltraum setzte ewige Finsternis ein.«

Schmitt machte eine Pause. Sie wischte sich mit der Hand einige Tränen aus dem Gesicht. Ihre Augen waren stark gerötet.

Mike blickte hinaus in die Dunkelheit. Es passte alles. Sie waren tot. Endgültig tot.

Schmitt hob wieder ihre Tabelle. »Danach passierte kaum noch etwas im Universum. Die Überreste der ausgebrannten Sterne fielen nach und nach in das zentrale Schwarze Loch der Milchstraße. Das dauerte Trillionen, Trilliarden und Quadrillionen von Jahren. Am Ende zerfielen auch die übrigen Atome im Universum, und es blieben lediglich einige vereinzelte Elementarteilchen übrig, die wir mit unseren Geräten nun messen und die nach und nach zerfallen. Im Universum sind nur noch

Schwarze Löcher, die sich wegen der Hawking-Strahlung ebenfalls langsam auflösen.«

Dillinger trat wieder nach vorn. »Wir haben einige hochsensitive Messungen mit unserem Gravimeter gemacht und konnten ein riesiges Schwarzes Loch in einer Entfernung von hunderttausend Lichtjahren ausmachen. Es handelt sich dabei wohl um den letzten Überrest unserer Milchstraße. Außer diesem Schwarzen Loch und einigen subatomaren Teilchen gibt es im Weltall bis zum kosmischen Horizont nichts mehr. Wir sind in der Ewigkeit gestrandet.«

Stille folgte.

Dann begann irgendjemand zu weinen.

Mike drückte seine Familie fest an sich und schloss die Augen. Er spürte Ellie lautlos schluchzen.

Die Zukunft …

Mike hatte sich die Zukunft immer als einen blühenden Ort vorgestellt, an dem die Menschheit gedieh, erwachsen wurde, die Kriege hinter sich ließ und sich schließlich über die Milchstraße und das Universum ausbreitete. Vielleicht mit einigen Rückschlägen hier und da, aber langfristig ging es immer vorwärts. Nie hatte er darüber nachgedacht, dass das Universum ja auch eines Tages sterben würde. Wie ein Lebewesen hatte es irgendwann seinen Höhepunkt erreicht. Natürlich war das Universum weiter gealtert. Wie ein Mensch hatte es schließlich ein hohes Alter erreicht. Nichts existierte ewig. Nicht einmal das Universum. Es hatte sich in tote Leere verwandelt. In einen Raum der ewigen Finsternis. Irgendwann würde auch dieses letzte Schwarze Loch im Universum zerfallen, und dann war das Weltall nur noch leerer Raum. Für alle Ewigkeit. Mike konnte sich nichts Deprimierenderes vorstellen, als an einem solchen Ort gefangen zu sein.

Er fühlte sich wie ein junger Mann, der in der Blüte seiner

Jugend in ein tiefes Koma gefallen war und nun als alter Mann an seinem letzten Lebenstag für einige Minuten noch einmal aufwachte.

Es wäre besser gewesen, wenn das Manöver misslungen und sie weiter in der Casimir-Blase eingesperrt geblieben wären, in dem Glauben, dass es jenseits der Grenzschicht wenigstens ein blühendes Universum voller Leben gab.

Und nun das …

»Aber wie weit genau sind wir denn nun in der Zukunft?«, wollte Baumann wissen.

Schmitt suchte die Zahl in ihren Blättern. »Wir wissen es nicht genau, aber eine gute Schätzung wäre ungefähr zehn hoch neunzig Jahre.«

»Was heißt das?«, fragte Robin.

»Eine Billiarde Billiarde Billiarde Billiarde Billiarde Billiarde Jahre. Eine Eins mit neunzig Nullen.«

Es war einfach unvorstellbar!

»Die Astronomen nennen diese Zeit, in der wir uns nun befinden, das Zeitalter der Schwarzen Löcher«, krächzte Schmitt. »Wenn diese verschwunden sind, bricht das Dunkle Zeitalter an. Das ist das letzte Zeitalter. Es endet in einer unfassbar weit entfernten, düsteren Zukunft, wenn das Universum sein niedrigstmögliches Energieniveau annimmt. Dann sind im Kosmos keine weiteren physikalischen Prozesse mehr möglich, und die Zeit selbst friert ein.«

Schmitt trat zurück, wäre beinahe gestolpert und ließ ihre Blätter fallen. Chandrasekhar half ihr beim Aufsammeln.

»Es tut mir schrecklich leid, dass wir keine besseren Nachrichten haben.« Dillingers Stimme bebte. »Sie sehen, dass es für uns keinen Ausweg und keine Hoffnung gibt.«

Die Konsequenzen mussten nun auch dem Letzten klarwerden.

Wir werden sterben.

»Aber was tun wir jetzt?«, fragte Robin. »Wie geht es jetzt weiter?«

Sie hatte es immer noch nicht begriffen. Gerry nahm sie in den Arm.

»Es geht gar nicht weiter«, sagte Dillinger, der es nicht gelang, ihren Sarkasmus aus der Stimme zu halten. »Wir sind am Ende angelangt.« Sie machte eine Pause, wohl, um ihren Worten Wirkung zu verleihen. »Am einfachsten und schnellsten wäre es, die Entlüftungsventile zu einem vorher vereinbarten Zeitpunkt zu sprengen. Es würde niemandem weh tun und wäre in wenigen Sekunden vorbei.«

Ellie schluchzte wieder und drückte sich eng an Mikes Brust. Neil sah ihn verängstigt an.

Nun war es so weit. Der Moment war gekommen. Es wurde Zeit, den eigenen Tod zu planen.

»Aber ich will mir nicht anmaßen, über Ihr eigenes Ableben zu entscheiden«, sagte die Kommandantin. »Darum haben wir mit der Bordapotheke Pillen synthetisiert, die wir morgen austeilen. Sie wirken schmerzlos und lassen Sie sanft einschlafen. Dann kann jeder den Zeitpunkt selber bestimmen. Wenn Sie damit noch warten wollen, können Sie das tun. Wir werden in den nächsten Tagen die Lagerbestände begutachten und die Nahrung verteilen.«

Himmel!

Was war besser? Es schnellstmöglich hinter sich zu bringen oder sich noch einige Wochen verzweifelt am Leben festzuklammern, obwohl es nicht die geringste Hoffnung mehr gab?

Mike hatte keine Antwort.

34

CHRISTINE starrte auf das Bild ihrer Tochter.

Oh, Nadine, wie sehr habe ich versagt!

Sie war nie sonderlich gläubig gewesen. Aber in diesem Augenblick fragte sie sich, ob es nicht doch ein Leben nach dem Tode gab. Einen Ort des ewigen Friedens, an dem sie ihre Familie wiedersehen und dort die Ewigkeit mit ihr verbringen konnte. Sie wünschte es sich. Sie hätte alles dafür getan, noch einmal mit ihrer Tochter sprechen und sie um Verzeihung bitten zu können.

Sie wollte das Weinen unterdrücken, doch sie hatte keine Chance. Tränen liefen über ihre Wangen, und sie schluchzte bitterlich, während sie Nadines Bild an ihre Brust drückte.

Sie wusste nicht mehr, wie lange sie so auf ihrem Bett gesessen hatte, als der Türsummer sie aus ihrer Lethargie riss.

Christine schluchzte noch ein letztes Mal und wischte sich dann die Tränen aus dem Gesicht. Mit zitternden Fingern betätigte sie den Türöffner.

Ravi kam herein, in den Händen eine Flasche Rotwein.

Christines Augen weiteten sich. »Woher …?«

Ravi konnte sich ein Grinsen nicht verkneifen. »Aus den Lagercontainern. Sie war in einem Sack mit Saatgut versteckt. Reiner Zufall, dass ich sie gefunden habe.«

Christine nahm die Flasche. Es war ein Bordeaux. Ein richtig feiner Tropfen.

Sie hatte nicht mehr damit gerechnet, jemals wieder Wein zu trinken.

Ravi nahm zwei Gläser, öffnete die Flasche und goss jedem von ihnen ein.

»Worauf wollen wir anstoßen?« Ravi hob das Glas.

»Auf die *Challenger*«, sagte Christine.

Ravi runzelte die Stirn. »Auf das Schiff? Es hat uns überhaupt erst in diese Lage gebracht.«

Christine schüttelte vehement den Kopf. »Nein, die *Challenger* kann nichts für die Delle im Kondensator, die sicher ein trotteliger Techniker im Erdorbit zu verantworten hat. Die *Challenger* ist ein gutes und solides Raumschiff, das uns lange Jahre sicher durch alle Tiefen und Untiefen des interstellaren Raumes gebracht hat und nun das letzte im Weltall ist.«

Sie stießen an. Vorsichtig nippte Christine an der dunkelroten Flüssigkeit.

Wow!

Sie konnte sich nicht erinnern, jemals einen so feinen Tropfen getrunken zu haben. Für wen auf Omicron war diese Flasche an Bord geschmuggelt worden?

Es dauerte nur wenige Sekunden, bis die beruhigende Wirkung des Alkohols einsetzte.

»Wirst du dir auch eine Pille nehmen?«, fragte Ravi unerwartet.

Christine schwenkte das Glas in ihrer Hand.

Was für eine Frage.

Einerseits wäre sie so am schnellsten mit Nadine und Roger vereint, wenn es ein Leben nach dem Tode gab. Andererseits spürte sie die Verantwortung dem Schiff und den Menschen an Bord gegenüber. Wenn sie ihrem Job gerecht werden wollte, musste sie warten, bis alle anderen von Bord gegangen waren. Sie würde ihre sterblichen Hüllen, wie es unter Raumfahrern üblich war, der Weite des Weltalls überantworten. Dann würde sie sich alleine in die Zentrale setzen und die Reaktoren des Schiffes zur Explosion bringen, indem sie das Kühlsystem außer Kraft setzte. Sie würde mit ihrem Schiff zusammen untergehen, wie man es früher zur Zeit der Seefahrer von einem gestandenen Captain erwartet hatte. Mit der *Challenger* zusammen sterben und kein Geisterschiff zurücklassen, das noch für weitere Billiarden Jahre durch den Weltraum flog.

Sie zuckte nur mit den Schultern. Eine endgültige Entscheidung hatte sie noch nicht getroffen. »Und selbst?«, fragte sie, obwohl sie es eigentlich gar nicht wissen wollte.

Ravi betrachtete sie mit einem seltsamen Ausdruck in den Augen. »Ich werde warten, bis du mich offiziell freistellst. Dann werden Natasha Beckwith und ich eine letzte Nacht gemeinsam verbringen. Ich habe es mit ihr besprochen. Dann nehmen wir unsere Pillen und schlafen Arm in Arm ein.«

Christine schwieg. Was sollte sie dazu schon sagen? »Morgen werden wir die Medikamente verteilen.« Sie griff nach ihrem Glas und kippte den letzten Rest in ihre Kehle. »Auch die Besatzung wird ihre Pillen bekommen, und dann stelle ich euch alle frei. Ich warte auf jeden Fall noch und kümmere mich um das Schiff.«

»Ich kann gerne helfen.« Ravi nahm die Flasche und schenkte Christine erneut ein.

»Ist nicht nötig.« Sie winkte ab. »Da wir nirgendwo mehr hinfliegen, erledigt die Automatik die eigentliche Arbeit. Wenn ich hin und wieder mal einen Blick in die Zentrale werfe, sollte es reichen. Eigentlich ist nicht mal das nötig.«

Aber das wusste der Erste Offizier ohnehin.

»Es ist so schade«, erklärte Ravi.

»Was meinst du?«

»Ich hatte so viele Pläne. Ein eigenes Kommando. Jede Kolonie des Reiches besuchen. Und schließlich wollte ich mich zur Ruhe setzen und eine Familie gründen.«

Christine verschluckte sich. »Eine Familie?« Sie hustete. »Du?«

Ravi sah sie verletzt an. »Warum denn nicht?«

»Na ja, wegen deiner vielen … Liebschaften.«

Ravi lächelte schwach. »Irgendwann hätte ich die Richtige gefunden. Eigentlich war ich ja schon mal so weit.«

Das hörte Christine zum ersten Mal. »Hä?«

»Ich war verlobt. Wusstest du das nicht?«

Christine schüttelte den Kopf. »Davon stand nichts in deiner Personalakte.« Gesagt hatte er auch nie was.

»Ich hatte gerade auf der Raumakademie angefangen und ein Mädchen kennengelernt. Sie war Auszubildende in einer der assoziierten Werften. Ich war richtig verliebt.« Er lachte. »Nach zwei Monaten waren wir verlobt, und ich hatte schon meine Entlassung aus der Akademie beantragt.«

Christine griff nach ihrem Glas. »Und was ist schiefgegangen?«

»Na ja, sie …« Das Piepen des Interkoms unterbrach den Ersten Offizier.

Christine brummte missmutig, nahm aber das Gespräch an. »Captain Dillinger. Wer stört?«

»Captain, Captain!« Die aufgeregte Stimme gehörte Lieutenant Schmitt. »Sie müssen sofort in die Zentrale kommen.«

Christines Blick traf sich mit Ravis. Seine Miene war so ratlos, wie sie sich fühlte. »Beruhigen Sie sich, Lieutenant Schmitt. Was ist passiert?«

»Ich habe ein Funksignal aufgefangen. Sie müssen sofort kommen!«

Christine fühlte sich, als wäre sie vom Blitz getroffen worden. Sie sprang auf. »Ein Signal? Wollen Sie mich verarschen?«

»Ja!«, kreischte Schmitt. »Ich meine, nein! Ich habe tatsächlich ein Funksignal aufgefangen. Bitte kommen Sie unverzüglich!«

»Bin unterwegs«, murmelte Christine.

»Wie kann sie denn hier, in dieser Einöde, ein Signal empfangen?«, wollte Ravi fassungslos wissen.

»Gar nicht!« Es musste sich um einen Irrtum handeln.

35

DIE Notbeleuchtung tauchte die Messe in ein Dämmerlicht, so dass von den Möbeln nur die Umrisse erkennbar waren. Aber es reichte aus, um den Weg zu finden. Mike hoffte nur, dass die Kaffeereserven des Synthesizers noch nicht aufgebraucht waren. Langsam schlurfte er zur Ausgabe der Robotküche.

Ellie war irgendwann mit Neil im Arm eingeschlafen, aber Mike konnte seine kreisenden Gedanken nicht abstellen. Morgen würden sie die Pillen erhalten. Er konnte an nichts anderes denken. Unterhalten hatte er sich mit Ellie über ihre Vorgehensweise heute nicht, aber er ging davon aus, dass sie nicht lange warten würden, wenn es ohnehin keinen Ausweg mehr gab. Womöglich noch am Abend …

Mike bestellte sich einen Kaffee und machte sich mit dem dampfenden Getränk auf den Weg zu den Sesseln. Warum schlafen, wenn man am nächsten Abend sowieso für den Rest aller Zeiten schlafen würde?

Er blieb stehen, als er sah, dass jemand in dem Sessel saß. »Hallo?«, flüsterte er.

Dann erkannte er das Profil der Soldatin Stanton.

»Schlafen Sie?«, flüsterte er.

Er trat in irgendetwas Feuchtes. Hatte die Soldatin ihre Tasse umgestoßen, als sie eingeschlafen war?

Er berührte ihre Hand. Sie war eiskalt. »Licht an!«, rief er laut, und die Automatik flutete den Raum mit Helligkeit.

Stanton hatte die Augen geöffnet. Ihre Haut war unnatürlich

blass. Kleine Tropfen fielen von ihren Armen zu Boden in eine riesige rote Pfütze.

Mike fasste an ihren Hals, um den Puls zu messen. Doch da war nichts mehr. Sie hatte sich die Pulsadern aufgeschnitten. Ihre Verzweiflung war offenbar zu stark gewesen, als dass sie auf die roten Pillen hätte warten können.

Mike atmete tief durch und schloss der Frau die Augen.

Sollte er Captain Wheeler wecken?

In diesem Augenblick knackte es aus dem Lautsprecher. »Mr. Warnock, bitte kommen Sie zur Messe.« Es war die Stimme der Kommandantin. »Ich lasse Sie vom Ersten Offizier abholen.«

Mike ächzte leise und ließ die Soldatin in ihrem Sessel zurück, um sich an der Spüle die Hände zu waschen.

Die Tür öffnete sich, und Commander Chandrasekhar betrat die Messe. »Mr. Warnock? Sie sind schon hier? Wieso bluten Sie?«

Mike wusch sich weiter die Hände und deutete mit dem Ellbogen zurück zu den Sesseln. »Ist nicht mein Blut. Corporal Stanton. Sie hat sich umgebracht.«

»Oh!« Chandrasekhar ging zu dem Sessel, kam aber gleich zurück. »Sie haben sie gefunden?«

»Ja, gerade.« Mike trocknete sich die Hände ab und legte das gebrauchte Handtuch in das Wäschefach.

»Sie hätte noch einige Stunden warten sollen«, sagte der Erste Offizier bitter und führte Mike in den Crewbereich, wobei er darauf achtete, dass sich die Tür vorschriftsgemäß schloss.

»Wie meinen Sie das?«, fragte Mike.

»Wir haben ein Funksignal aufgefangen.«

Mike wäre beinahe über seine Füße gestolpert. »Was haben Sie?«

»Sie haben schon richtig verstanden.«

»Ein Funksignal? Hier?«

»Ja.«

»Aber woher?«

»Wissen wir noch nicht. Wir versuchen aktuell, die Quelle zu finden. Der Captain wollte Sie dabeihaben.«

Mike blickte durch eines der Fenster hinaus. Wo sollte in dieser fernsten Zukunft, in diesem leblosen All, ein Funkspruch herkommen? Herrgott, wenn er Schmitt richtig verstanden hatte, gab es noch nicht einmal mehr Planeten, weil die inzwischen in die Schwarzen Löcher gefallen waren.

Sie erreichten die Zentrale, in der gerade eine lebhafte Diskussion stattfand.

»Blödsinn, nie im Leben …«, schimpfte del Toro.

»Wieso denn nicht?«, fragte Laski.

Del Toro klatschte seine Hand gegen das Fenster. »Weil da draußen nichts ist. Da kann nichts überdauert haben. Nicht über so viele Milliarden Milliarden Jahre.«

Dillinger erhob sich von ihrem Platz. »Können wir uns jetzt endlich wieder beruhigen? Ah, Mr. Warnock, setzen Sie sich.«

Mike nahm Platz. »Sie haben doch nicht wirklich ein Funksignal aufgefangen?«

»Doch.« Schmitt klang empört. »Wieso glaubt das eigentlich keiner?«

»Du musst zugeben, dass das ziemlich unwahrscheinlich ist«, erklärte Laski.

»Sir«, sagte Chandrasekhar zu seiner Kommandantin.

»Ich kann mit meinen Instrumenten umgehen«, fauchte Schmitt.

»Schon gut, schon gut!«, knurrte Dillinger. »Wir werden das untersuchen. Ich …«

»Sir!«, wiederholte der Erste Offizier, diesmal lauter.

Dillinger wirbelte herum. »Was denn, verdammt?«

»Corporal Stanton ist tot.«

Dillinger betrachtete ihren Ersten Offizier fassungslos. »Wie?«, fragte sie schließlich.

»Ich habe sie gefunden«, antwortete Mike. »Sie hat sich in der Messe die Pulsadern aufgeschnitten.«

»Das hat mir gerade noch gefehlt«, murmelte Dillinger. »Weiß es sonst schon jemand?«

Mike schüttelte den Kopf. »Ich war allein dort.«

»Gut. Corporal Goldman?«

Der Mechaniker stand auf. »Sir?«

»Gehen Sie bitte in die Messe. Bringen Sie den Leichnam in einen der Kühlräume in Container Nummer zwei und beseitigen Sie die Spuren. Dann wecken Sie Captain Wheeler und informieren ihn. Ich werde mich später mit ihm in Verbindung setzen.«

Der Unteroffizier verschwand im Korridor.

»Zurück zum Funksignal.« Dillinger erhob sich. »Wiederholen Sie das eben Gesagte bitte noch einmal, Lieutenant Schmitt?«

»Das Signal ist gepulst. Es ist mal da, dann ist es wieder weg.«

»Vielleicht gibt es doch noch einen Pulsar oder irgendein anderes natürliches Objekt?«, vermutete der Erste Offizier.

»Quatsch«, sagte del Toro geringschätzig. »Die können in dieser Zeit nicht mehr existieren.«

»Welche Frequenz?«, fragte Mike.

»1,665 Gigahertz«, antwortete Schmitt.

»Ja, da soll mich doch der …« Del Toro verstummte.

»Was?«, brauste Dillinger auf. »Reden Sie, Lieutenant!«

»Das ist die Frequenz des kosmischen Wasserlochs.«

»Hä?«, machte Dillinger.

»Ich erinnere mich an die Vorlesung in Kommunikationstechnik. Der Professor war ein verrückter SETI-Freak. Das kosmische Wasserloch ist ein Frequenzbereich im Radiospektrum zwischen den Emissionsfrequenzen von Wasserstoff und Hydroxyl«, erklärte der Ingenieur. »Dieser Frequenzbereich ist überall im Weltraum gut zu empfangen und wurde damals bei der Suche nach außerirdischen Signalen bevorzugt abgehört.«

»Sie meinen, da sind tatsächlich irgendwo Außerirdische?«, fragte Dillinger.

Mike konnte sich nicht vorstellen, dass in diesem lebensfeindlichen, finsteren Kosmos noch Lebewesen existierten.

»Reine Spekulation«, sagte Dillinger. »Stecken irgendwelche Informationen in diesem Signal? Ist es ein Funkspruch? Oder ein Digitalsignal?«

Schmitt schüttelte den Kopf. »Das Signal ist unmoduliert. Es enthält keine Daten.«

»Vielleicht ein Leuchtfeuer?«, spekulierte Mike. Sie hatten im Krieg Notbarken dabeigehabt, die sie im Fall einer Panne ausschleusen konnten. Deren Signale waren auch unmoduliert gewesen.

Dillinger legte den Kopf schief. »Woher kommt das Signal?«

Schmitt betätigte einige Schalter, und die Darstellung eines Polargitters erschien auf einem ihrer Bildschirme. »Es ist dicht in der Nähe des Schwarzen Loches, das wir entdeckt haben. Die Entfernung stimmt grob damit überein.«

Dillinger rieb sich das Kinn. »Dann ist es über hunderttausend Lichtjahre von uns entfernt. Es muss ein verdammt starker Sender sein, wenn wir ihn aus dieser Distanz empfangen. Das spricht für Ihre Hypothese eines kosmischen Leuchtfeuers, Mr. Warnock. Lieutenant del Toro?«

»Ja?«

»Wann können wir mit der *Challenger* in den Überlichtflug gehen?«

»Na ja ...«

»Was heißt ›na ja‹?«, brauste Captain Dillinger auf.

Del Toro fiel es sichtbar schwer, sich zu beherrschen. »Ich habe auf Ihre Anweisung hin das Triebwerk stillgelegt. Schon vergessen? Es wird einige Stunden dauern, es wieder hochzufahren. Außerdem weise ich darauf hin, dass das Plutonium im Reaktor langsam knapp wird. Der Gewaltakt vor einigen Tagen hat die Vorräte ganz schön erschöpft.«

Dillinger hob abwehrend die Hände. »Schon gut! Schon gut! Aktivieren Sie es wieder und melden Sie sich, wenn das Triebwerk einsatzbereit ist.«

»Ja«, sagte del Toro genervt.

Mike runzelte die Stirn. Es wäre ein Sprung von über hunderttausend Lichtjahren. Sie würden weitere Monate bei der Dilatation verlieren. Dann lachte er über sich selbst, was ihm einen schiefen Blick von Dillinger einbrachte. Was machten einige Monate mehr oder weniger aus, wenn man ohnehin schon am Ende der Zeit gestrandet war?

»Mr. Warnock, Sie informieren die Passagiere, dass wir diesem Funksignal nachgehen. Die Ausgabe der Pillen ist vorerst abgesagt. Aber machen Sie sich und den anderen Fluggästen nicht zu viel Hoffnung. Ich habe meine Zweifel, dass wir auf etwas stoßen, das einen Unterschied in unserer Situation ausmacht.«

36

»WIR sind einsatzbereit.« Del Toro schloss hinter sich das Schott der Zentrale.

Christine brummte befriedigt. Es hatte mehrere Stunden gedauert, und obwohl sie nach wie vor nicht mit einer Rettung aus ihrer ausweglosen Situation rechnete, war sie extrem gespannt auf die Quelle dieses merkwürdigen Funksignals. »Lieutenant Laski, fahren Sie die Antriebe hoch. Lieutenant Schmitt, bitte programmieren Sie einen Kurs.«

Beide nickten, und Christine betätigte den Interkom. »Mr. Warnock, bitte für das Manöver in die Zentrale.«

Sie wollte sich gerade an ihren Ersten Offizier wenden, als sie eine Antwort erhielt. »Captain, ich möchte das Manöver gerne bei meiner Familie verbringen, aber ich würde Ihnen stattdessen Mr. Baumann in die Zentrale schicken.«

Christine stöhnte. Was sollte sie denn mit dem auf der Brücke anfangen? »Warum das?«

»Weil er einige interessante Ideen zum Ursprung dieses Signals hat. Darum hatte ich ja auch diese Besprechung vorgeschlagen, die Sie abgelehnt hatten.«

Christine verdrehte die Augen. Warum konnten sie denn nicht einfach zur Quelle des Signals fliegen und nachsehen? Mussten sie das jetzt noch totdiskutieren? Sie wandte sich an Ravi. »Würdest du bitte …?«

»Aber natürlich.« Ravi verschwand im Korridor.

»Ich habe einen Kurs errechnet«, verkündete Schmitt. »Wir gehen für dreißig Sekunden in den Überlichtflug und sollten dann dicht an der Quelle des Signals sein.«

»Wie viel Zeit werden wir durch die Dilatation verlieren?«, fragte Christine.

»Etwa sechs Monate.«

Christine musste schmunzeln. »Das sollte uns in Anbetracht der Phantastillionen Jahre, die wir schon gereist sind, nicht weiter stören.«

»Antrieb braucht noch zwei Minuten, bis er die Betriebstemperatur erreicht«, meldete Laski. »Ich richte aber jetzt schon die *Challenger* für den Überlichtflug aus.«

»Tun Sie das«, sagte Christine.

Schweigend beobachtete sie das Manöver. Einige Zahlen auf ihrem Bildschirm veränderten sich. Das war bei der Finsternis da draußen aber auch schon der einzige Hinweis darauf, dass das Raumschiff sich drehte.

Ravi betrat in Begleitung von Baumann die Zentrale. »Captain, ich glaube, dass das Funksignal durch eine …«, begann der Ingenieur einen Wortschwall im Stakkato.

Christine unterbrach ihn. »Beruhigen Sie sich erst einmal. Setzen Sie sich, und dann verraten Sie mir langsam und verständlich, was Sie zu sagen haben.« Sie zeigte auf den Jumpseat neben sich.

»Wir sollten vorsichtig sein. Das Funksignal ist möglicherweise eine Falle«, erklärte Baumann.

Del Toro blickte hoch und schüttelte den Kopf. Laski drehte sich neugierig um.

Christine lachte laut auf. »Eine Falle? In dieser fernen Zukunft? Für wen denn?«

»Es könnte sein, dass es sich um ein Relikt aus der fernen Vergangenheit handelt. Vielleicht aus einem Krieg. Da wir um ein Schwarzes Loch kreisen, das schließlich aus unserer Milchstraße entstanden ist, könnte es sich sogar um ein von Menschen gemachtes Artefakt handeln.«

»*Das* ist Ihre Theorie?«, fragte Christine. Für sie klang das nach reiner Spekulation.

»Es ist *eine* Theorie«, entgegnete Baumann. »Ich sage nicht, dass sie zutrifft. Es gibt in der Tat noch eine andere Möglichkeit, die ich aber für unwahrscheinlicher halte.«

Noch mehr Spekulationen?

Christine forderte den Ingenieur mit einer Handbewegung zum Reden auf.

»Es besteht die entfernte Chance, dass dort noch Menschen oder zumindest ihre Nachkommen leben.«

Schwachsinn!

»Wie kommen Sie darauf?«

»Dafür würde sprechen, dass die Funkquelle um ein Schwarzes Loch kreist. Es könnte Lebewesen als Energiequelle dienen. In der Tat ist das kosmische Objekt die einzige nutzbare Energiequelle auf dieser Seite des kosmischen Horizonts. Wenn es noch Geschöpfe in diesem verwesenden Universum gibt, dann werden sie sich um das Schwarze Loch sammeln wie Moskitos an einer Lampe.«

Christine schüttelte sich. Sie stellte sich vor, dass Menschen das Erlöschen der Sterne miterlebt hatten. Sie mussten es akzeptieren, dass die letzten Sterne irgendwann ausbrannten, und kämpften nun im Orbit eines Schwarzen Loches um ihr Überleben. Vielleicht hatten sie dieses starke Funksignal als kosmischen Leuchtturm installiert, um alle anderen noch existierenden Menschen des Universums zu sich zu rufen. Eine phantastische Vorstellung.

Christine seufzte. »Nun, Mr. Baumann, das sind interessante Ideen, aber letztlich Spekulationen. Bald werden wir wissen, was dort im Orbit dieses Schwarzen Loches auf uns wartet. Wir starten in wenigen Minuten. Am besten bleiben Sie sitzen und halten den Mund.«

Baumann schnaubte und verschränkte die Arme vor der Brust.

»Können wir loslegen?«, fragte Christine.

»Antrieb bereit«, verkündete Del Toro.

»Computer bereit«, sagte Schmitt.

»Dann los.«

Ein lautes Piepen verkündete, dass sie nun wieder in den Überlichtflug gewechselt hatten. Hoffentlich hatte del Toro den Kondensator erfolgreich repariert.

»Fünfundzwanzig Sekunden«, meldete Laski.

Christine sah den Countdown für das Ende des Überlichtfluges vor sich auf dem Monitor.

»Vielleicht ist das Funksignal aber auch ein …«

Christine schnitt Baumann mit einer Handbewegung das Wort ab. »Schluss damit. Wir werden in wenigen Sekunden wissen, was es mit dem Funksignal auf sich hat.«

Baumann schwieg, ebenso wie die anderen Besatzungsmitglieder auch. Stumm sah Christine dem ablaufenden Countdown zu.

Am wahrscheinlichsten war, dass keine von Baumanns Theorien stimmte und sie dort auf etwas völlig anderes stießen.

Es piepte laut. Draußen hatte sich nichts verändert.

»Del Toro?«, fragte Christine.

»Grenzschicht hat sich abgebaut. Der Antrieb hat ordnungsgemäß gearbeitet.«

»Ich empfange das Funksignal wieder.« Schmitt klang aufgeregt. »Es ist jetzt in unmittelbarer Nähe.«

»Was heißt unmittelbar?«, hakte Christine nach.

»Weniger als zehn Millionen Kilometer«, antwortete Schmitt. »Die Berechnungen waren offenbar sehr genau.«

»Gut«, erwiderte Christine. »Dann können wir das letzte Stück im Unterlichtflug zurücklegen. Lieutenant Laski, setzen Sie einen Kurs.«

»Ja, Sir.«

»Lieutenant Schmitt, haben Sie etwas auf dem Radar?«

»Noch nicht, es wird eine Minute dauern, bis die Reflexionen des Radars den Sensor erreichen.«

Natürlich. Die Zeit würde sich etwas verringern, während sie darauf zuflogen. »Wo ist das Schwarze Loch?«

»Etwa ein halbes Lichtjahr in Flugrichtung. Wir sind jetzt dicht genug heran, um eine präzise gravimetrische Messung vorzunehmen. Augenblick.«

»Können Sie die genaue Masse abschätzen?«, wollte Baumann wissen.

»Augenblick«, antwortete Schmitt.

Zu sehen war vor den Fenstern weiterhin nichts. Weder vom Schwarzen Loch, das in einem materielosen Vakuum natürlich auch keine Akkretionsscheibe ausbildete, noch von dem Objekt vor ihnen. Aber sie waren auch noch zu weit entfernt. Da es hier weit und breit keine Lichtquelle gab, würden sie die Signalquelle erst sehen, wenn sie sie mit den Suchscheinwerfern der *Challenger* erfassen konnten.

»Ich habe jetzt gravimetrische Daten«, verkündete Schmitt. »Das Schwarze Loch hat eine Masse von 1,6 mal 10 hoch 42 Kilogramm. Das ist ungefähr die Masse unserer Milchstraße. Der Schwarzschildradius beträgt ein viertel Lichtjahr.«

Das war in dieser fernen Zukunft also alles, was von ihrer Galaxis übrig geblieben war. Ein kosmischer Leichnam, der langsam verweste und in weiteren fernen Äonen zu Strahlung zerfiel.

Gruselig.

»Ich habe jetzt ein Objekt auf dem Radarschirm«, sagte Schmitt. »Es handelt sich ganz sicher um die Signalquelle. Von der Radarsignatur her würde ich auf ein metallisches Objekt mit ungleichmäßiger Oberfläche schließen. Die Größe beträgt etwa einen Kilometer.«

»Keine Menschen«, murmelte Baumann.

»Bitte?«, fragte Christine.

»Das entkräftet meine Theorie, dass es sich um eine Kolonie handelt. Würden dort die Nachkommen von Menschen oder Außerirdischen leben, dann müsste es deutlich größer sein. Ich hätte mit einer Dyson-Sphäre oder so etwas gerechnet.«

Christine fragte nicht nach, was eine Dyson-Sphäre war. Es interessierte sie auch nicht. »Lieutenant Laski, nähern Sie sich vorsichtig weiter an. Lieutenant Schmitt, informieren Sie mich, wenn wir noch fünfzig Kilometer entfernt sind.« Das war die Reichweite der Suchscheinwerfer.

»Dass man aber auch so gar nichts sehen kann«, grummelte Baumann.

»Wir haben das Objekt auf dem Radar. Das genügt uns vorerst«, erwiderte Christine.

Baumann stand auf und lehnte sich über Christines Konsole. »Es könnte immer noch eine Falle sein.«

Christine wedelte mit ihrer Hand. »Kommen Sie mir nicht so nahe. Setzen Sie sich wieder.« Sie wartete, bis der Ingenieur Platz genommen hatte. »Ich glaube kaum, dass es sich um ein Artefakt aus einer alten Zeit handelt. Sonst wäre es längst zerfallen.«

»Es könnte eine Funktion zur Selbstwartung haben«, gab Baumann zu bedenken.

Christine konnte seine quengelnde Stimme nicht länger ertragen. »Jetzt halten Sie einfach mal den Mund. Wir sehen ja gleich, worum es sich handelt.«

Sie hätte ihn am liebsten von Ravi in den Passagierbereich zurückbringen lassen. Aber sie musste zugeben, dass der Mann gute Ideen hatte. Wenn seine Art nur nicht so nervtötend gewesen wäre.

»Fünfzig Kilometer«, meldete Schmitt.

Christine erhob sich. »Okay. Suchscheinwerfer an.« Sie trat dicht an das Fenster.

Laski legte einen Schalter um. Dann sah Christine das Objekt.

»Es ist eine Raumstation.« Laski stand ebenfalls auf. »Zumindest schaut es so aus.«

Der Steuermann hatte recht. Das Objekt schimmerte silbern im Licht der starken Scheinwerfer. Es musste seit Billiarden von Jahren das erste Mal sein, dass es von einer Lichtquelle erhellt wurde. Es war länglich, glich einem silbernen Stift. An einem Ende ragte ein dünner Ausleger in den Raum, der einen silbernen Ring trug, der groß genug war, dass selbst Raumschiffe hindurchfliegen konnten. Der imaginäre Mittelpunkt des Ringes befand sich gut hundert Meter vor der Spitze im Weltraum. Aber war das wirklich eine Station?

Aus ihr heraus wuchsen mehrere zylindrische Ausleger. An einem davon war irgendetwas festgemacht. Christine konnte es nicht genau erkennen, da es sich auf der anderen Seite befand.

»Gehen Sie langsam näher ran, Lieutenant Laski«, befahl sie. »Bringen Sie die *Challenger* in einer Entfernung von einem Kilometer zum Stillstand.«

»Aye, Sir.«

Christine verstand das Ganze nicht. Diese Station – oder was immer es war – hätte von Menschen gebaut sein können. Die Form war vertraut und glich sogar ein wenig ihrem eigenen Schiff. Aber auf diese Entfernung waren weder Markierungen noch Schriftzeichen auf der Hülle zu erkennen.

»Wofür wohl dieser Ring gut ist?«, murmelte Schmitt. »Ob sie damit künstliche Schwerkraft erzeugt haben?«

»Sieht für mich eher nach einem Beschleuniger aus«, entgegnete del Toro. »Wie bei der *Challenger*.«

»Meinen Sie, das ist ein Raumschiff?«, fragte Christine den Bordingenieur.

Baumann hob die Hand. »Ich halte es nach wie vor für eine Station. Sie haben den Beschleuniger als Materiequelle benutzt.«

»Materiequelle?«, wiederholte del Toro. »Was meinen Sie, Mann?«

Baumann zeigte aus dem Fenster. »Da, sehen Sie den kleinen Ausleger neben der Antenne? Er zeigt genau auf das Schwarze Loch. Damit gewinnen sie Energie aus dem kosmischen Leichnam der Milchstraße. Die benutzen sie dann, um mit dem Beschleuniger Materie herzustellen. Zu synthetisieren. So halten sie diese Station instand. Seit ewigen Zeiten schon. Sie ist sicher robotbetrieben und wird sich erhalten, bis das Schwarze Loch schließlich verdampft. Dann wird sich auch die Station nicht mehr halten können.«

Christine hatte den Ausführungen kaum folgen können. »Wie meinen Sie das? Wie sollte man aus einem Schwarzen Loch Energie gewinnen?«

»Ist doch ganz einfach«, quakte Baumann. »Sie schicken einen gebündelten Laserstrahl an den Rand des Schwarzen Loches. Ganz sicher rotiert es.«

»Was rotiert?«, wollte Christine wissen.

»Das Schwarze Loch«, bestätigte Schmitt. »Tut es.«

Baumann starrte Christine triumphierend an. »Sehen Sie? Die Rotationsbewegung schafft außerhalb des Ereignishorizonts eine sogenannte Ergosphäre. Wegen der hohen Gravitation wird der Raum selbst in Rotation versetzt. Der Laserstrahl gelangt dort hinein, wird beschleunigt und …«

Del Toro schnaubte. »Ein Laserstrahl kann nicht beschleunigen. Er bewegt sich immer mit Lichtgeschwindigkeit.«

»Sehr richtig«, stimmte Baumann zu. »Statt zu beschleunigen, steigert sich seine Frequenz. Er gewinnt an Energie und wird auf der anderen Seite des Schwarzen Loches wieder zurückgeworfen. Er hat …«

Christine ging das alles zu schnell. »Moment. Ich dachte, selbst Licht kann einem Schwarzen Loch nicht entkommen.«

»Das ist richtig«, antwortete Baumann. »Aber er hat nie den Ereignishorizont überschritten. Die Laserstrahlen gehen dicht über die Oberfläche hinweg, absorbieren dort Energie in der Ergosphäre und werden dann zur Station zurückgeworfen. Die Antenne fängt sie auf, und die zusätzliche Energie kann genutzt werden.«

Christine machte einen Schritt auf Baumann zu. »Woher wollen Sie das alles wissen?«

Baumann lächelte. »Ich habe mich schon immer für Schwarze Löcher interessiert.«

»Sie interessieren sich für ziemlich viele Dinge, oder? Lassen Sie mich raten: Eine Frau oder Freundin lassen Sie auf der Erde nicht zurück.«

Baumann zuckte mit den Schultern. »Dafür hatte ich nie Zeit.«

Wen wundert's?

»Und Sie sagen, dass die mit diesem Ring Masse erzeugt haben? Wie soll das funktionieren?«

Baumann stöhnte. Er hielt Christine sicher für dumm. Konnte ihr egal sein.

»Ein Beschleuniger bringt Teilchen bis auf annähernd Lichtgeschwindigkeit«, erklärte Baumann.

»Ist mir bekannt«, entgegnete Christine.

»Und was passiert dabei?«, fragte Baumann.

»Keine Ahnung.«

Baumann gestikulierte vor ihrem Gesicht herum. »Wegen der Relativitätstheorie können Teilchen in der Nähe der Lichtgeschwindigkeit nicht mehr schneller werden. Aber die zugeführte Energie muss irgendwohin. Darum gewinnen sie an Masse. Sie werden schwerer. Wenn man diese Teilchen dann miteinander kollidieren lässt, entstehen viele neue Teilchen, die insgesamt schwerer sind als die Ruhemasse des beschleunigten Partikels. Damit wird Energie in Masse umgewandelt. So kann man aus dem Nichts Materie gewinnen.«

»Idiot«, schimpfte del Toro. »Das wäre ein Perpetuum mobile. Das geht nicht. Energie aus dem Nichts ist nicht möglich.«

»Sie irren sich, Mr. del Toro.« Baumann grinste. »Die Energie wird nicht wirklich aus dem Nichts gewonnen, sondern der Rotationsenergie des Schwarzen Loches entzogen. Der Drehimpuls verringert sich geringfügig. Aber es ist ein riesiges Schwarzes Loch. Sie können daraus fast für ewige Zeiten Energie gewinnen. Zumindest, bis das Schwarze Loch aufhört zu rotieren, aber das dürfte weitere Trilliarden Trilliarden Jahre dauern.«

»Wir weichen vom Thema ab«, mischte sich Christine ein.

Baumann sah sie verständnislos an. »Dem Thema?«

Christine streckte den Arm aus und zeigte aus dem Fenster. »Wofür das verdammte Ding da draußen da ist und warum es ein derart starkes Signal ausstößt, dass es im halben Universum zu hören ist.«

»Nun ja«, sagte Baumann. »Da bin ich allerdings überfragt.«

Christine wandte sich an Steuermann Laski. »Fliegen Sie mal eine Runde drum herum. Ich würde mir gerne mal die Rückseite ansehen.«

»Aye, Sir.«

Langsam und gemächlich drehte sich die Station. Die Ausleger in der Mitte des Stifts erinnerten Christine frappierend an Dockingvorrichtungen. Das Ding, das auf der Rückseite daran festgemacht war, kam langsam in ihr Blickfeld.

Es ist ein Raumschiff! Ein angedocktes Raumschiff!

Ihr Herz machte einen Sprung. Das Design kam ihr bekannt vor.

Sie ging mit zitternden Knien zu Lieutenant Schmitt. »Aktivieren Sie das Teleskop und richten Sie es auf diese Struktur an dem Ausleger dort.«

Ein Bildschirm auf Schmitts Konsole erhellte sich.

Nein! Das ist nicht möglich!

»Es ist die *Artania*«, flüsterte Lieutenant Schmitt.

Christines Gedanken rasten.

Das war einfach unvorstellbar.

»Ja, da soll mich doch der …« Del Toro verstummte.

»Sie muss auf demselben Weg in die Zukunft gelangt sein wie wir«, meinte Schmitt.

Christine schüttelte den Kopf. »Aber ausgerechnet in dieselbe Zeit? Diesen Zufall halte ich für unwahrscheinlich.«

Baumann erhob sich, warf einen Blick aus dem Fenster und setzte sich wieder. »Vielleicht ist das Schiff dort schon seit Trilliarden Jahren an der Station festgedockt.«

»Unsinn, dann wäre es längst zerfallen«, entgegnete Christine. Selbst im Vakuum des Weltalls waren Raumschiffe Erosionsprozessen ausgesetzt.

»Vielleicht wird es gewartet«, gab Baumann zu bedenken. »Vielleicht wird alles gewartet und instand gehalten, was an der Station angedockt ist.«

»Und wie?«, fragte del Toro.

Baumann verzog das Gesicht. »Nanomaschinen möglicherweise. Bemühen Sie doch mal Ihre Phantasie.«

Del Toro sprang auf. »Du kleiner Piss…« Goldman legte ihm die Hand auf die Schulter. Der Bordingenieur verstummte und setzte sich wieder. Wenn Blicke hätten töten können, wäre Baumann in diesem Moment gestorben.

»Ich habe noch etwas anderes gefunden.« Schmitt zeigte auf den Monitor, der das Bild des Teleskops wiedergab. Es war ein Schild an der Basis eines der Ausleger. »Port #2«, las Christine.

Sie stolperte an ihren Platz zurück. »Es ist von Menschen gemacht«, flüsterte sie. »Es ist tatsächlich von Menschen erschaffen.«

»Vielleicht hat man es für uns gemacht«, überlegte Laski laut.

»Was meinst du?«, fragte Schmitt.

»Die *Artania*. Wir wussten, dass sie verschollen war. Dann sind wir verschollen. Wie andere Schiffe auch. Vielleicht hat man herausgefunden, dass Raumschiffe mit kaputtem Antrieb in der Zukunft stranden werden. Vielleicht hat man diese Station extra für uns geschaffen, damit wir überleben können.«

Eine Spekulation. Aber ausschließen konnten sie es nicht.

»Was tun wir jetzt?«, wollte Laski wissen.

»Wir gehen an Bord«, antwortete Baumann.

»Das entscheiden nicht Sie«, brauste Christine auf. Was erlaubte sich dieser Mann?

Dennoch …

Christine seufzte.

»Wir docken an und gehen an Bord.«

37

»MR. Warnock, kommen Sie schon!«, rief der Erste Offizier, der neben der offenen Luke zu den Besatzungsbereichen stand.

»Einen Augenblick, bitte!«, rief Mike zurück.

Er wandte sich wieder seiner Frau zu. »Wir haben eine Hoffnung geschenkt bekommen. Aber wir dürfen uns dieser Hoffnung nicht hingeben. Noch nicht. Verstehst du?«

Ellie nickte. »Ja, aber wir sind auf ein von Menschen gemachtes Objekt gestoßen. Hier, am Ende des Universums. Und da draußen liegt die *Artania*. Ich bin fest davon überzeugt, dass es dort drinnen eine Rettung für uns gibt.« Sie lächelte.

Mike war nach wie vor skeptisch, aber das würde er ihr nicht sagen. »Gut.« Er erwartete nicht, an Bord der Station eine Zeitmaschine zu finden, die sie in ihre eigene Zeit zurückbrachte. Oder ein anderes Wunder, das in einem Augenblick alles zum Guten wendete.

»Sei trotzdem vorsichtig.« Ellie gab ihm einen Kuss.

Mike kniete sich vor seinen Sohn hin. »Pass auf Mama auf. Ich bin gleich zurück.«

»Viel Glück, Papa«, sagte Neil.

Mike umarmte den Jungen fest. »Papa hat dich lieb.«

Es war das erste Mal, dass er diese Worte zu Neil sagte. Und es war das erste Mal, dass er so fühlte. Ohne Wenn und Aber.

Mike stand auf und strubbelte dem Kleinen durch die Haare, was dieser mit einer Grimasse quittierte.

»Mr. Warnock, bitte«, wiederholte der Erste Offizier.

Mike seufzte. »Ich komme schon.«

Gemeinsam verließen sie die Messe und betraten den zentralen Korridor des Schiffes. Sie gingen ein gutes Dutzend Meter und erreichten die Schleuse, die am Übergang zur Bugsektion angeflanscht war. Dort standen Captain Dillinger und Lieutenant del Toro, beide in Raumanzügen.

»Da sind Sie ja endlich, Mr. Warnock«, sagte die Kommandantin.

Chandrasekhar trat zu einem Schrank, der in die Wand des Korridors eingelassen war, und holte einen Raumanzug heraus. Er reichte ihn Mike. »Mit dem Modell kennen Sie sich aus?«

Mike nickte nur und nahm ihm den Anzug ab. Er ächzte, als er sich in die engen Beinöffnungen quetschte. Schließlich zog er den Reißverschluss hoch und sicherte ihn mit einem Knopf. Dann aktivierte er das Lebenserhaltungssystem und ging die Checkliste durch, die auf der Innenfläche des Helms abgebildet wurde.

Gegenseitig kontrollierten sie die Anzüge, dann gingen sie in die Schleuse. Zischend fuhr das Schott nach unten.

Dillinger betätigte einige Schalter an einem Terminal. »Es ist Druck auf der anderen Seite der Schleuse vorhanden. Er hat sich ganz von alleine aufgebaut, nachdem wir angedockt haben. Ganz normale Atemluft. Trotzdem sollten wir die Helme vorerst geschlossen halten, bis eine genaue Atmosphärenanalyse vorliegt.«

Mike murmelte eine Zustimmung.

»Ich muss den Druck etwas anpassen«, sagte Dillinger, und Mike hörte kurz ein leises Zischen. »Okay, das war's.«

Die Kommandantin drückte einen Knopf, und die zweite Luke fuhr in die Wand. Dahinter befand sich ein langer Korridor mit weißen Wänden, der von strahlendem Licht erhellt wurde. Es sah aus wie in einem Krankenhausflur auf der Erde. Fenster, die einen Blick nach draußen erlaubt hätten, gab es nicht.

Dillinger betrat die fremde Station als Erste. Del Toro folgte, dann setzte sich Mike in Bewegung. Die Nachhut bildete Chandrasekhar.

»Immerhin gibt es Schwerkraft.« Dillinger blickte auf ihren Scanner. »Exakt ein g. Wie auf der Erde.«

Unglaublich.

Es war ein weiterer Hinweis darauf, dass diese Station von Menschen gebaut worden war. Aber wann? Und zu welchem Zweck? Mike konnte sich nicht so recht vorstellen, dass diese Struktur als Rettung für in der Zukunft gestrandete Schiffe gedacht war. Aber vielleicht würden sie es bald erfahren.

Der Korridor im Ausleger führte nach knapp hundert Metern zu einer Luke, in die ein Glasfenster eingelassen war. Neben dem Schott befand sich eine kleine Konsole mit zwei Knöpfen: einem roten und einem grünen.

Ohne lange zu zögern, drückte Dillinger auf die grüne Taste, die kurz aufleuchtete, dann fuhr das Schott in die Wand und gab den Weg frei.

Dillinger trat über die Schwelle – und schrie auf. Ihre Füße hoben sich vom Boden, und sie schwebte plötzlich mitten im Raum. »Vorsicht. In diesem Raum herrscht Schwerelosigkeit.«

Als Mike die Kreuzung betrat, hielt er sich an einem Handgriff neben der Luke fest und verhinderte so, dass er unkontrolliert davontrieb.

Sechs Korridore trafen hier zusammen. Mike erkannte sofort die beiden, die zum Bug und zum Heck führen mussten, da sie scheinbar endlos lang waren und sich in der Ferne verloren. Die Luken zu den anderen drei Auslegern waren geschlossen. Einer davon ging offenbar zur *Artania*. Das Schiff würden sie später untersuchen. Zunächst wollten sie sich auf die Station konzentrieren.

»Wohin gehen wir?«, fragte der Erste Offizier. »Zum Bug oder zum Heck?«

Del Toro brummte laut. »Erklären Sie mir erst mal, was für Sie der Bug und was das Heck ist.«

»Die Struktur mit dem Beschleunigerring ist sicher das Heck«, erklärte Chandrasekhar.

»Wie kommen Sie darauf?«, wollte del Toro wissen.

»Spielt es denn eine Rolle?«, mischte sich Mike ein. Bug und Heck machten ohnehin nur bei einem Raumschiff Sinn, das sich bewegte. Bei einer Raumstation war es egal.

»Wir gehen zunächst einmal zu der Ringstruktur«, entschied Dillinger. »Vielleicht können wir ergründen, wofür sie gut sein soll.«

»Dann hier lang.« Del Toro zeigte in einen der Korridore.

»Ich gehe voraus.« Die Kommandantin schwang sich in den Gang. Sobald sie über die Schwelle schwebte, setzte die Schwerkraft wieder ein, und sie fiel sanft auf ihre Füße. So elegant, wie sie das tat, musste sie damit gerechnet haben.

Mike und die anderen folgten ihr.

»Außer Korridoren scheint es hier nicht viel zu geben«, sagte Mike.

»Ja. Merkwürdig.« Del Toro schlug mit der Faust gegen die Wand. »Der Flur ist etwa drei Meter breit. Die Station ist in der Längsachse aber gut fünfzehn Meter dick, also muss hinter den Wänden irgendetwas sein.«

»Vielleicht Maschinen und Aggregate«, überlegte Mike.

Dillinger strich über die weiße Oberfläche der Wand. »Völlig glatt. Sieht nicht so aus, als gäbe es hier Wartungsklappen oder irgendeine Möglichkeit, einen Blick dahinter zu werfen.«

Del Toro winkte ab. »Kein Problem. Ich habe einen Neutronenscanner im Maschinenraum. Ich werde mir damit später einmal anschauen, was sich hinter der Wand befindet.«

»Passen Sie bloß auf, dass Sie hier nichts beschädigen«, sagte Dillinger.

Schweigend gingen sie weiter den Gang hinab.

Schließlich standen sie vor der nächsten Luke. Dillinger öffnete sie.

Dahinter befand sich ein großer Raum, etwa halb so groß wie die Passagiermesse. Wände, Decke und Boden waren weiß. Der Raum war größtenteils leer. Nur in der Mitte stand ein großer Sessel und davor eine Art Konsole, die denen in der Zentrale der *Challenger* ziemlich ähnlich war. Allerdings schien sie beschädigt zu sein.

»Was ist denn hier passiert?« Del Toro trat neben die Konsole.

Es sah so aus, als hätte jemand das Gerät mit einem Baseballschläger bearbeitet. Bildschirme, Tastaturen mit alphanumerischen Zeichen auf den Tasten, Schaltleisten ... alles zerstört.

Dillinger beugte sich über die Konsole. »Da hat jemand ganze Arbeit geleistet. Damit ist nichts mehr anzufangen.«

Der Erste Offizier zog an einem Kabel, das aus einem zertrümmerten Bildschirm heraushing. »Ich dachte, die Station repariert sich eigenständig.«

Del Toro trat mit dem Fuß gegen die zertrümmerte Schalttafel. »Wahrscheinlich kann sich die Station warten, aber nicht mutwillig zerstörte Einrichtungen reparieren, wenn der Schaden zu groß ist. Nanomaschinen haben offenbar auch ihre Grenzen.«

Das war zutreffend. Der menschliche Körper konnte sich auch selbst reparieren und heilen. Wenn allerdings ein Pflock durch das Herz getrieben wurde, war es vorbei.

»Ob das jemand von der *Artania* getan hat?«, fragte Dillinger.

Niemand antwortete.

»Da vorne ist noch ein Schott.« Del Toro zeigte zu der Luke und ging gleich darauf zu.

»Warten Sie.« Dillinger lief ihm hinterher. »Überprüfen Sie zuerst, ob ...«

Doch es war zu spät. Der Bordingenieur hatte schon auf den grünen Knopf gedrückt, und die Luke fuhr in die Wand.

»Wow.« Del Toro trat über die Schwelle.

Mike musste schmunzeln, während er ihm und der Kommandantin folgte. Der sonst so missmutige Ingenieur war wie ausgewechselt.

Der Raum war doppelt so groß wie der vorherige und so weiß wie alles in diesem Schiff. Auf der dem Eingang gegenüberliegenden Seite war eine riesige Glasfront, die den Blick in den Weltraum freigab. Vor dem Fenster stand eine weitere, unbeschädigte Konsole.

Mike erkannte draußen den Beschleunigerring, der an einem langen Ausleger festgemacht und von hellen Scheinwerfern erleuchtet war.

»Die haben wohl die Außenbeleuchtung eingeschaltet«, meinte del Toro.

»Lieutenant Schmitt, kommen«, sagte Dillinger.

»Ich bin hier«, antwortete die Navigatorin aus den Helmlautsprechern. »Alles in Ordnung?«

»Ja.« Dillinger trat an das Fenster. »Irgendetwas Neues?«

»An der Station sind Lichter angegangen«, erwiderte Schmitt.

»Wann?«, fragte Dillinger scharf.

Die Navigatorin zögerte. »So vor zwanzig Minuten.«

Die Kommandantin richtete sich kerzengerade auf. »Warum haben Sie mir das nicht umgehend mitgeteilt?«

»Äh, ich dachte, Sie hätten die Lichter angeschaltet.«

»Wir haben gar nichts«, sagte Dillinger.

»Die Station muss die Lichter aktiviert haben, als wir die Schleuse betraten«, meinte Mike. Wahrscheinlich war es bis dahin auch im Inneren der Struktur dunkel gewesen.

»Ich könnte mich wirklich aufregen«, murrte Dillinger.

Chandrasekhar legte ihr die Hand auf die Schulter.

Del Toro ging zur Konsole, vor der es keine Sitzgelegenheit gab. »Wenn das Ding hier so dicht vor dem Fenster steht, dann muss es irgendetwas mit dem Ringbeschleuniger da draußen zu tun haben.«

Dillinger trat neben ihn. »Es ist nicht gesagt, dass es sich bei dem Ring um einen Beschleuniger handelt.«

»Ach?« Del Toro grinste hämisch. »Vielleicht ist der Ring ja ein modernes Kunstwerk, das von diesem Raum aus bewundert wurde.«

Mike warf einen Blick auf das Schaltpult. Es sah denen eines modernen Schiffes sehr ähnlich. Es gab Tastaturen mit alphanumerischen Symbolen, Schalter, Knöpfe, Touchflächen und Bildschirme. Sogar die Belegung der Tastatur entsprach den englischsprachigen Belegungen der Raum- und der Handelsflotte. »Es wirkt nicht sehr futuristisch«, meinte er.

»Was denken Sie, del Toro?«, fragte Chandrasekhar.

»Einige Elemente sehen etwas fremdartig aus. Dieses radförmige Ding da sagt mir gar nichts. Aber Sie haben schon recht, Warnock. Es kann höchstens einige Jahrzehnte fortgeschrittener sein als unsere Technologie.«

Dillinger schüttelte den Kopf. »Wenn wir nun so weit in der Zukunft sind, hätte ich eher erwartet, auf etwas völlig Fremdartiges zu stoßen. Eine Gedankensteuerung oder so etwas. Ich meine, die Menschheit hatte Milliarden und Abermilliarden Jahre, sich zu entwickeln. Was geht hier vor sich?«

Mike strich über das kühle Metall der Schalttafel. Er hatte nicht die geringste Idee.

Dillinger zog ihren Scanner zu Rate, griff an den Helm ihres Raumanzuges und klappte zischend das Visier auf. »Keine Schadstoffe in der Atmosphäre. Weder chemisch noch biologisch. Sie können Ihre Anzüge öffnen und die Sauerstoffvorräte schonen.«

Mike deaktivierte die Luftzufuhr in seinem Helm und klappte

dann seinerseits das Visier auf. Vorsichtig atmete er ein. Es roch nach … gar nichts. Völlig steril.

»Del Toro, was meinen Sie?«, fragte die Kommandantin. »Gehen wir mal davon aus, dass es sich dabei wirklich um einen Ringbeschleuniger handelt. Was, glauben Sie, hat es dann damit auf sich?«

Del Toro zuckte mit den Schultern. »Keine Ahnung. Wir benutzen Ringbeschleuniger auf unseren Raumschiffen für den Überlichtflug. Der Beschleuniger generiert Gravitationswellen, die wir zur Schaffung einer Casimir-Blase benötigen, ohne die kein überlichtschneller Raumflug möglich ist.«

»Vielleicht haben wir uns geirrt.« Der Erste Offizier trat an das Fenster und blickte hinaus. »Vielleicht handelt es sich doch nicht um eine Station, sondern um ein Raumschiff.«

Mike schüttelte den Kopf. Das konnte nicht sein. »Der Ring ist dafür zu weit von der Struktur der Station entfernt. Bei der Anordnung hier entstünde die Casimir-Blase mitten im Raum.«

»Vielleicht war das das Ziel«, überlegte Dillinger. »Vielleicht wollten sie eine Raum-Zeit-Blase neben der Station errichten.«

»Aber zu welchem Zweck?«, fragte Mike.

Niemand antwortete ihm.

Die Kommandantin straffte die Schultern. »Also gut, wir müssen noch den Rest der Station untersuchen. Das übernehmen Sie, del Toro. Gemeinsam mit Mr. Warnock, bitte. Gehen Sie zur anderen Seite und schauen Sie, was Sie dort finden. Commander Chandrasekhar und ich begeben uns zur *Artania*.«

38

»SCHEISSE, wie sieht es denn hier aus?«, rief Christine, als sich das Innenschott der *Artania* geöffnet hatte.

Sie ging in die Halle, durch die ehemals die Fluggäste und Mannschaften das Passagierschiff betreten hatten. Es war dunkel. Nur die grünliche Notbeleuchtung tauchte den Raum in ein schwaches Licht. Überall lag Unrat auf dem Boden. Leere Verpackungen, dreckige Kleidung, die Reste einer elektrischen Platine. Der Empfangstisch quoll fast über vor Papieren. Eine Seite des Tisches war schwarz, als hätte jemand versucht, ein Feuer zu legen. Es roch leicht verbrannt.

»Nicht gerade das, was man von einem Fünf-Sterne-Schiff wie der *Artania* erwarten würde«, sagte Ravi trocken.

Christine bückte sich und hob eines der Papiere auf. Es war ein Blankoformular der Passagierliste. Eine Ecke fehlte, als hätte sie jemand herausgebissen.

»Wo geht es zur Brücke?« Ravi drehte sich langsam im Kreis.

»Dort.« Christine zeigte in einen dunklen Flur. In der Richtung musste es zum Bug gehen, aber sie war sich nicht hundertprozentig sicher.

Auch auf dem Korridor fand sich jede Menge Müll. Langsam setzten sie ihren Weg fort und erreichten nach wenigen Minuten die Passagierunterkünfte.

»Warte mal.« Christine trat durch eine offene Luke in eine der Kabinen. Es sah aus, als hätte eine Bombe eingeschlagen. Der Metallrahmen des Bettes war umgestürzt. Matratze, Laken und

Decke waren voller brauner Flecken und lagen ungeordnet übereinander. Ein Koffer war auf die Seite gekippt, und Kleidung quoll durch den Spalt heraus. Auch hier roch es merkwürdig nach Feuerwerkskörpern.

Christine verließ den Raum ratlos wieder. Hoffentlich fanden sie auf der Brücke einen Hinweis darauf, was geschehen war.

Nach einer Kreuzung bogen sie in einen anderen Korridor ab. Hier befanden sich die Unterkünfte der ersten Klasse. Christine betrat erneut eine der Kabinen.

Diese Kabine sah etwas aufgeräumter aus, obwohl auch hier Müll auf dem Boden lag. Das Bett war nicht gemacht und die Decke auf der Matratze zusammengeknüllt. Christine wollte die Kabine wieder verlassen, doch dann stutzte sie. Die Bettdecke sah merkwürdig aus, als läge etwas darunter. Sie trat näher und zog sie langsam herunter.

Ein spitzer Schrei entwich ihr.

Ravi stürzte in die Kabine »Was?«

»Dort.« Christine zeigte auf das Bett. Es waren zwei Leichen. Ein Mann und eine Frau. Völlig nackt. Sie lagen Arm in Arm, die Münder geschlossen und die Augen geöffnet. Die Körper waren seltsam dünn und blass.

»Scheiße.« Ravi trat langsam näher. »So ausgemergelt, wie die aussehen, müssen sie verhungert sein.«

Er streckte eine zitternde Hand aus und berührte den Mann an der Brust. »Kalt.«

»Hast du etwas anderes erwartet?«, fragte Christine.

Ravi trat einen Schritt zurück. »Sie sehen noch so … frisch aus. Als seien sie eben erst gestorben.«

Christine ging um das Bett herum. Über einem Stuhl auf der anderen Seite lag die Kleidung der beiden fein säuberlich gefaltet. »Dabei müssen die hier schon seit Ewigkeiten sein. Wie ist das möglich?«

»Diese Station«, flüsterte Ravi. »Ich glaube, Baumann hat recht. Es muss hier Nanomaschinen geben, die sich um den Status quo von allem kümmern. Reparieren können sie nichts, aber erhalten. Sogar Menschen. Sie können uns nicht wieder zum Leben erwecken, bewahren aber die Molekularstruktur, wenn wir gestorben sind. Diese Körper werden hier noch in Milliarden Milliarden Jahren völlig unversehrt liegen.«

Christine schüttelte sich. »Komm, wir gehen zur Zentrale.« Sie wollte nur noch aus diesem Raum raus.

Ihr Mut sank, während sie ihren Weg durch das Geisterschiff fortsetzten. »Wenn die auf der Station nichts zu essen gefunden haben, dann sieht das auch für uns ziemlich düster aus.«

Ravi nickte. »Auf jeden Fall hat man dieses Ding nicht für uns gebaut. Sonst hätte man einen Nahrungssynthesizer und jede Menge Vorräte installiert. Ich frage mich, ob es uns gelingt, Rohstoffe aus dem Beschleuniger zu gewinnen und damit unseren Synthesizer zu füttern.«

»Wir werden es untersuchen«, sagte Christine. Sie rechnete allerdings nicht mit einem Erfolg, denn die Besatzung der *Artania* hatte mit Sicherheit ebenfalls an diese Möglichkeit gedacht.

Endlich erreichten sie die Zentrale, die sich ganz vorne am Bug des Schiffes befand. Die Beleuchtung war hier etwas heller. Da die *Artania* größer war als die *Challenger*, gab es auch mehr Platz und mehr Konsolen. Einige davon waren mit Gewalt zerstört worden. Ein großes Fenster gab den Blick auf den von starken Scheinwerfern angestrahlten Beschleunigerring der Station frei. Tatsächlich waren überall auf der Außenseite der Struktur Lichter eingeschaltet worden.

Christine ging zielstrebig zum Platz des Captains, blieb aber ein Stück vorher stehen, als sie sah, dass jemand vor dieser Konsole saß. Vorsichtig trat sie näher. Es war der Captain, wie sie an den Rangabzeichen der blauen Uniform erkannte. Tot. Verhungert. Der Mund stand leicht offen, und die grünen Augen über einem grauen Vollbart starrten ins Leere.

Es war die einzige Leiche in der Zentrale. Christine beugte sich über die Konsole, wobei sie penibel darauf achtete, den Captain nicht zu berühren. Sie legte den Hauptschalter um, der die Zentrale mit Energie versorgte, aber es blieb dunkel. Entweder der Reaktor oder die Verteilungsknoten waren beschädigt.

Sie würde del Toro hier hoch schicken müssen. Hoffentlich gab es noch etwas zu reparieren, sonst hatten sie keinen Zugriff auf die Computersysteme. Vielleicht konnte del Toro aber auch die Datenspeicher ausbauen und auf der *Challenger* untersuchen. Sie mussten unbedingt herausfinden, was auf der *Artania* geschehen war und was die Besatzung über die Station herausgefunden hatte.

Ravi stieß einen überraschten Laut aus. »Christine, schau mal, der Captain.«

Christine trat vor die Leiche. Es war ihr nicht aufgefallen, aber der Mann hielt ein kleines, in schwarzes Leder gebundenes Buch in der Hand. Ein Tagebuch!

Sie nahm es vorsichtig an sich und schlug es in der Mitte auf. Die ganze Seite war mit winziger Schrift vollgeschrieben. An der Seite befanden sich Datums- und Zeitangaben.

Volltreffer.

Jetzt würden sie auf jeden Fall herausfinden, was geschehen war.

»Hier del Toro, kommen«, meldete sich der Ingenieur über Funk.

»Reden Sie!«, forderte Christine ihn auf.

»Wir haben das Heck untersucht. Oder jedenfalls die andere Seite. Da ist nichts. Der zentrale Korridor endet in einem leeren Raum.«

»Verstanden.« Christine hatte mit nichts anderem gerechnet.

»Was machen wir jetzt?«, flüsterte Ravi.

»Captain, ich habe einen Vorschlag«, sagte del Toro.

Christine hob die Augenbrauen. Seit wann kam der Bordingenieur von sich aus mit Vorschlägen an? »Reden Sie.«

»Ich denke, dass der Ringbeschleuniger der Schlüssel für den Zweck der Station ist. Verstehen wir den Beschleuniger, verstehen wir die Funktion der Struktur. Ich würde gerne eine der Raumfähren, die für Omicron bestimmt waren, aktivieren und mit Sensoren ausstatten. Damit würde ich dann in einem Außenbordeinsatz zu dem Beschleuniger fliegen und ihn untersuchen.«

Christines Blick traf sich mit Ravis. Der nickte. Es schien ein guter Vorschlag zu sein. Es wäre ihr lieber gewesen, wenn del Toro zunächst die Datenspeicher der *Artania* untersucht hätte, aber sie wollte den Ingenieur nicht schon wieder ausbremsen. »Einverstanden, Lieutenant. Sie können zur *Challenger* zurückkehren.«

Christine wollte das Gespräch gerade beenden, da kam ihr eine Idee. »Del Toro?«

»Ja?«

»Nehmen Sie Baumann mit.«

Für einen kurzen Augenblick herrschte Schweigen. »Die kleine Piss…? Warum soll ich den mitnehmen?«

»Baumann hat mehr als einmal eine gute Idee gehabt und richtiggelegen.«

Del Toro brummte irgendetwas Unverständliches und beendete das Gespräch.

Ravi verzog das Gesicht.

»Was?«, fragte Christine.

»Del Toro und Baumann in einer Raumfähre zusammen? Alleine? Ist das eine gute Idee?«

Christine fuhr sich mit der Hand über das Kinn. Ravi hatte

recht, das war keine gute Idee. Einer von ihnen würde mitge-
hen müssen. Sie selbst wollte sich das aber ersparen. Sie überlegte gerade, Ravi zu bitten, da hatte sie noch eine Idee. »Del
Toro?«

»Ja, Sir?« Das letzte Wort sprach er mit triefendem Sarkasmus
aus.

»Nehmen Sie auch Mike Warnock mit.«

39

BAUMANN rutschte auf seinem Stuhl herum. Es schien für ihn eine Unmöglichkeit zu sein, auch nur eine Minute still zu sitzen. »Haben Sie einen Scanner für eine Neutronenaktivierungsanalyse?«

»Ja«, antwortete del Toro hörbar genervt und drehte sich auf seinem Pilotensitz herum. »Ist am Bug der Fähre angebracht.«

»Haben Sie eine Vorrichtung für Alphamagnetspektro…?«

Mike legte dem Mann auf dem Sitz neben sich eine Hand auf die Schulter. »Lassen Sie del Toro zunächst einmal die Fähre startklar machen.«

Baumann sah ihn giftig an. Immerhin hielt er den Mund, rutschte nur unruhig auf seinem Platz hin und her.

Die Fähren waren eng, boten gerade mal drei Personen Platz. Sie waren mit ihrer kastenförmigen Form und den kleinen, stummelartigen Triebwerksgondeln auch nicht wirklich hübsch. Für Fracht oder größere Passagiertransporte konnte man sie nicht gebrauchen. »Wie viele von den Fähren hat die *Challenger* im Laderaum?«

»Zwölf.« Del Toro drückte die Sprechtaste seines Mikrophons. »Fähre eins ist einsatzbereit. Wir fliegen jetzt los.«

»Verstanden, Fähre eins«, antwortete Lieutenant Schmitt. »Freigabe zum Abdocken nach eigenem Ermessen.«

Del Toro löste die Verriegelung des Kopplungsmechanismus. Es gab einen Ruck, und sie waren frei. Sofort verringerte sich die von der *Challenger* generierte Schwerkraft, und Mike hob von seinem Sessel ab. Mit einer schnellen Handbewegung zog er die Gurte straff.

Mike hatte wenig Lust, bei diesem kurzen Erkundungstrip den Streitschlichter zu spielen. Er hätte lieber zusammen mit der Kommandantin und dem Ersten Offizier das Tagebuch ausgewertet. Aber er war froh, dass Dillinger ihn inzwischen in die Aktivitäten miteinbezog und ihn fast schon wie ein Besatzungsmitglied behandelte.

Del Toro flog eine weite Kurve um die Station herum. Die großen Fenster vorne und an den Seiten der Fähre gaben den Blick auf die fremde Station frei. Die *Artania* und vor allem die *Challenger*, die an ihren Auslegern ruhten, verschwanden fast vor dem kilometergroßen, silbern schimmernden Objekt.

Mike hatte seine Zweifel, dass del Toro und Baumann den Zweck der Station mit ihren Sensoren herausfanden.

»Hier Dillinger«, schnarrte die Stimme der Kommandantin aus dem Lautsprecher der Fähre. »Passen Sie bloß auf, dass Sie nichts beschädigen. Wir wissen nicht, wie die Station darauf reagiert.«

»Keine Sorge«, brummte del Toro missmutig. »Ich nehme lediglich kontaktlose Messungen vor.«

Mike fühlte sich trotzdem nicht sehr wohl. Auch das Beschießen der Station mit Neutronen und Laserstrahlen zu Forschungszwecken konnte sehr wohl als feindlicher Akt ausgelegt werden. Andererseits hatte die Station es nicht verhindert, dass die Besatzung der *Artania* Steuerungsanlagen innerhalb der Struktur beschädigt oder gar zerstört hatte.

»Da wären wir«, sagte del Toro. Er hatte die Fähre etwa einen Meter vor der Stelle gestoppt, wo die Speiche in den Ring hineinführte. Er schaltete das Triebwerk aus und aktivierte die Sensorleiste.

Mike warf einen Blick aus dem Fenster und bemerkte, dass sie sich der Station trotzdem wieder annäherten. »Passen Sie auf, del Toro!«

Der Ingenieur hob den Kopf und griff blitzschnell zum Steuerknüppel. Er stoppte das Schiff und brachte es wieder ein Stück zurück.

»Was ist los?«, fragte Mike. »Ist ein Triebwerksventil verklemmt?«

Del Toro schüttelte den Kopf. »Nein, mit dem Lageregelungssystem ist alles in Ordnung. Aber sobald ich anhalte, zieht mich etwas auf den Ring zu.«

»Schauen Sie, das Gravimeter!« Baumann zeigte zu einem Bildschirm. »Der Ring übt eine deutliche Anziehungskraft auf uns aus.«

»Wird wohl über künstliche Schwerkraft verfügen«, meinte Mike.

»Nein.« Baumann beugte sich nach vorne, um del Toros Instrumente abzulesen. »Laut Gravimeter handelt es sich nicht um ein lokalisiertes Feld. Die Masse des Ringes selbst zieht uns an.«

»Baumann hat recht.« Del Toro hantierte immer noch am Steuerknüppel herum, um die Fähre stabil zu halten. »Das Ding zieht uns mit null Komma null drei g an. Ich programmiere eine automatische Stabilisierung. Moment. So, jetzt.«

Endlich stand die Fähre still. Der Ring war so nah, dass Mike meinte, nur die Hand ausstrecken zu müssen, um ihn berühren zu können.

»Was sagt die Masse?« Baumanns Stimme überschlug sich fast. »Wie hoch ist die Dichte?«

Del Toro hob die Hand. »Nerven Sie mich nicht«, sagte er mit lauter Stimme. Dann schaltete er nach und nach die übrigen Sensoren ein.

Baumann lehnte sich wieder nach vorne. »Kann das sein? Kann das wirklich sein?«

Mike sagten die ganzen Zahlen, Kurven und Grafiken auf den Bildschirmen und Sensoren nichts.

»Sieht ganz so aus, Baumann«, brummte del Toro.

»Was denn?«, fragte Mike. »Was meinen Sie?«

Der Bordingenieur der *Challenger* zeigte auf eine Zahl. »Die Masse des Ringes ist enorm hoch. Mindestens zehn hoch zwanzig Kilo. Das Ding wiegt fast so viel wie der Asteroid Vesta im heimischen Sonnensystem.«

»Der ist ziemlich groß, oder nicht?«

Del Toro bejahte. »Über fünfhundert Kilometer im Durchmesser.«

Mike spitzte die Lippen und pfiff leise. »Wie sollte das denn möglich sein?«

Baumann schwebte wieder zu seinem Platz zurück. »Offenbar waren die Erbauer dieses Dings uns doch ein paar Jahre voraus.«

»Schmitt?«, fragte del Toro. »Hören Sie mit?«

»Ja, ich höre mit, und Captain Dillinger und Commander Chandrasekhar auch.«

»Machen Sie eine Neutronenaktivierungsanalyse.« Baumann tippte del Toro auf die Schulter. »Schnell, machen Sie eine Neutronenanalyse. Ich will wissen, woraus es besteht.«

Del Toro ignorierte ihn. Der Bordingenieur hatte heute überraschend viel Geduld, fand Mike.

»Die Analyse läuft schon«, sagte del Toro dann doch. »Ich habe die Spektren von Eisen, Mangan, Kupfer, und einige Spurenelemente. Nichts Besonderes.«

Baumann zeigte auf einen Monitor. »Sehen Sie mal, del Toro. Sie bekommen nur Messwerte bis zu einer Tiefe von zehn Zentimetern.«

»Was?«, rief der Bordingenieur. »Das kann nicht sein. Die Apparatur hat eine Reichweite von einem halben Meter. Selbst bei schweren Elementen.«

Mike schloss die Augen. Zu dieser Debatte konnte er nicht viel beitragen. Und er hatte nach wie vor Zweifel, dass bei der Untersuchung des Ringes etwas Nützliches herumkommen würde.

Del Toro überflog seine Instrumente. »Tatsächlich. Zehn Zentimeter. Dann ist Schluss.«

»Fahren Sie doch mal das Gravimeter aus«, sagte Baumann.

Mike öffnete die Augen wieder.

»Hmm.« Del Toro betätigte einen Schalter, und ein lautes Surren hallte durch die Kabine der Raumfähre.

»Da, sehen Sie!«, rief Baumann.

Mike beugte sich vor. Einer der Bildschirme zeigte eine dünne rote Linie inmitten einer grünen Fläche.

»Ja.« Del Toro fuhr mit dem Finger über die rote Linie. »Da ist etwas unfassbar Dünnes, aber auch unfassbar Schweres hinter der Oberfläche des Ringes.«

»Wie schwer?«, fragte Baumann.

Del Toro schüttelte den Kopf. »Unendlich.«

»Das geht nicht«, sagte Baumann.

»Jedenfalls ist die Dichte so hoch, dass es einen Ereignishorizont ausbilden müsste«, sagte del Toro.

»Was heißt denn das?«, mischte Mike sich ein.

»Es ist ein Defekt«, erklärte Baumann. »Ein Defekt in der Raumzeit.«

Del Toro betrachtete den Ingenieur skeptisch. »Meinen Sie?«

»Was heißt denn das, verdammt?«, fragte Mike erneut.

Doch er wurde von den beiden Ingenieuren ignoriert.

»Wissen Sie, was man damit theoretisch anstellen könnte?«, fragte Baumann.

Del Toro nickte. »Ziemlich tolle Sachen.«

Mike legte seine Hand auf Baumanns Schulter. »Würden Sie mir bitte einmal erklären, was zum Teufel …«

Er wurde von Dillinger unterbrochen, deren Stimme plötzlich

durch die Kabine hallte. »Lieutenant del Toro, ziehen Sie sich sofort von dem Ring zurück. Unternehmen Sie keine weiteren Versuche, ihn mit Ihren Instrumenten zu untersuchen, und schalten Sie sofort sämtliche Sensoren ab.«

»Ja, aber …«, begann del Toro.

»Kein Aber. Schalten Sie sofort die Instrumente ab und kehren Sie zurück.«

Dillingers Stimme klang beunruhigt. An Bord der *Challenger* musste irgendetwas geschehen sein. Hoffentlich ging es Mikes Familie gut.

Del Toro brummte, legte dann aber einige Schalter um, und die Bildschirme wurden dunkel.

Mike drückte auf die Sprechtaste. »Captain, was ist denn los?«

»Wir sind das Tagebuch des Captains durchgegangen. Wir wissen jetzt, was mit der *Artania* geschehen ist. Und wir wissen, dass eine Gefahr von dem Ring ausgeht. Kommen Sie zurück an Bord, dann besprechen wir uns.«

Mike lehnte sich in seinem Sessel zurück und sah del Toro dabei zu, wie er die Fähre zurück zur Schleuse steuerte. Er war neugierig auf die Entdeckungen des Captains. Aber er hatte auch Angst vor den Konsequenzen.

40

»NICHT jetzt, Baumann«, stoppte Christine den Redeschwall des Ingenieurs. »Hören Sie zunächst einmal zu.«

Der Ingenieur setzte sich auf den Platz neben Christine. Warnock blieb neben der Eingangsluke der Zentrale stehen.

Christine schwirrte der Kopf. Sie war schockiert vom Schicksal der Besatzung und der Passagiere der *Artania*. Ein Schicksal, das ihnen womöglich auch bald drohte.

»Also, Captain«, sagte del Toro. »Was ist Sache?«

Christine legte Ravi die Hand auf die Schulter. »Erklär du es ihnen. Du kannst das besser als ich.«

Ravi stand auf. »Also gut. Wir sind das Tagebuch von Captain Sapkowski durchgegangen. Es ist im Stil eines altertümlichen Bordjournals gehalten und beschreibt die komplette Reise des Schiffes. Die *Artania* hatte dreihundert Menschen an Bord und sollte nach Ross 154c fliegen. Ihr Hyperantrieb hatte einen ähnlichen Defekt wie unserer, und sie konnten die Casimir-Blase nicht verlassen. Dabei befanden sie sich deutlich länger im Überlichtflug als die *Challenger*. Drei Monate.«

»Warum sind sie dann nicht weiter in die Zukunft gelangt als wir?«, fragte Lieutenant Schmitt.

»Wahrscheinlich sind sie nicht so schnell geflogen«, sagte del Toro.

Christine hatte denselben Gedanken gehabt.

»Wasser hatten sie genug, aber nach zwei Monaten ist ihnen das Essen ausgegangen«, fuhr Ravi fort. »Es muss schlimm zugegangen sein. Vereinzelt ist es sogar zu Kannibalismus gekommen. Offenbar haben mehrere Passagiere zwei Crewmitglieder erschlagen, ihnen das Fleisch aus dem Körper geschnitten und es gegessen.«

Christine schloss die Augen. Sie konnte sich kaum vorstellen, welcher Horror an Bord geherrscht haben musste.

»Dann haben sie nach drei Monaten doch noch einen Weg gefunden, das Schiff zu stoppen. Sie haben einen der Reaktoren abgestoßen und an der Grenzschicht zur Explosion gebracht. Das hat die Casimir-Blase einstürzen lassen, und das Schiff fiel in den Normalraum zurück.«

»Wann?«, fragte Mike. »Wie lange ist das schon her?«

»Sehr lange«, antwortete Christine. »Den Aufzeichnungen nach mindestens zehn Billiarden Jahre. Die Nanomaschinen der Station haben ganze Arbeit geleistet, die *Artania* und deren Insassen in ihrem letzten Zustand zu konservieren.«

»Und dann?«, wollte Lieutenant Laski wissen.

»Genau wie wir ist die Besatzung der *Artania* auf das Funkfeuer der Station aufmerksam geworden«, fuhr Chandrasekhar fort. »Sie sind hierhergeflogen, hatten plötzlich wieder Hoffnung, doch noch zu überleben. Doch sie haben nichts Essbares gefunden und auch keine Möglichkeit gesehen, Nahrung zu synthetisieren. Die Rettung vor Augen, war die Hoffnung plötzlich wieder dahin. Viele haben sich daraufhin selber umgebracht. Der Erste Offizier der *Artania*, Lem, ist durchgedreht und hat Anlagen auf der Station zerstört, was die Beschädigungen erklärt, die wir gesehen haben. Passagiere sind außerdem in die Zentrale des Schiffes eingedrungen, haben sie verwüstet und den Navigator und den Ortungsspezialisten getötet.«

Christine schluckte. Der Erste Offizier hatte laut den Angaben im Tagebuch ein Computerterminal zerstört, das ihnen Auskunft über Sinn und Zweck der Station hätte geben können.

»Der Chefingenieur des Schiffes hat tagelang den Ring untersucht, während er dabei langsam verhungert ist. Einer seiner Mechaniker kam ums Leben, als er im Raumanzug bei einem Außenbordeinsatz den Ring mit einem Gamma-Laser inspizieren wollte. Der Laserstrahl wurde irgendwie von dem Ring tausendfach verstärkt und zurückgeworfen. Der Mechaniker verging in einem sonnenhellen Blitz.«

Christine warf del Toro einen Blick zu. Der nickte. Er hatte wohl verstanden, warum er seinen Einsatz sofort hatte abbrechen sollen.

»Bevor der Bordingenieur starb, fand er heraus, dass der Ring in der Tat ein Beschleuniger ist, der ein Casimir-Feld vor der Station erzeugt.«

»Vor der Station?«, wiederholte Baumann.

Ravi bejahte. »Dem Ingenieur ist es gelungen, die Anlage der Fremden in Betrieb zu nehmen. Das Tagebuch spricht von einer Blase, die vor der Station entstanden ist. Darin waren helle Lichtblitze zu erkennen.«

»Lichtblitze?«, fragte Warnock.

»Exakt«, sagte Christine. »Was auch immer das zu bedeuten hat.«

»Und dann?«, wollte Baumann wissen.

Christine blickte den Ingenieur durchdringend an. »Dann nichts mehr. Der Ingenieur ist gestorben. Der Captain war einer der letzten Menschen an Bord, die noch lebten. Er wollte die *Artania* abdocken und in das Schwarze Loch steuern, damit sie nicht zu einem Geisterschiff wird. Offensichtlich ist er nicht mehr dazu gekommen, bevor er selber verhungert ist.«

In der Zentrale herrschte Stille. Christine fühlte sich leer und ausgelaugt. Das Logbuch war ein Blick in die Zukunft der *Challenger*. Schon bald würden auch sie langsam und qualvoll verhungern. Da es an Bord der Station weder Synthesizer noch Nahrung gab, hatten sie keine Chance mehr, zu überleben.

Oder doch? Sie wandte sich an del Toro. »Was halten Sie von der Geschichte mit dem Beschleuniger?«

Der zuckte mit den Schultern. »Ich weiß nicht. Die Zusammensetzung des Ringes unterscheidet sich erheblich von der unserer Beschleuniger am Schiff. Ich kann mir auch nach wie vor nicht vorstellen, wofür eine Casimir-Blase gut sein soll, die die Station nicht umfasst.«

Christine wandte sich an Baumann. »Was ist mit Ihnen? Haben Sie eine Idee?«

Der Ingenieur schaukelte wie in Trance vor und zurück. Seine Augen waren glasig, als hätte er irgendein Rauschmittel genommen. Oder erlitt der Typ gerade einen Schlaganfall? »Baumann!«

Der Ingenieur zuckte zusammen. »Entschuldigung, ich war in Gedanken.«

»Das habe ich gesehen«, sagte Christine. »Haben Sie wenigstens über etwas Sinnvolles nachgedacht?«

»Ja, über das, was Sie gesagt haben.«

»Was habe ich denn gesagt?«, erkundigte sich Christine.

»Sie haben von Lichtblitzen in der Casimir-Blase gesprochen.«

»Und?«

»Die Casimir-Blase unserer Raumschiffe sieht von außen jedoch völlig schwarz aus. Kein Licht kann sie passieren, was ja auch der Grund dafür ist, dass wir beim Überlichtflug außerhalb der Fenster nur Finsternis gesehen haben. Würde die Grenzschicht Licht passieren lassen, hätten wir das Universum während des Fluges im Zeitraffer altern sehen. Wir hätten zuschauen können, wie draußen die letzten Sterne ausgebrannt sind.«

»Und?«, wiederholte Christine. Sie sah nicht, wie diese Erkenntnis ihnen nützlich sein konnte.

»Womöglich schafft der Beschleuniger gar keine Casimir-Blase, sondern etwas anderes.«

»Und was?«

Baumann stand auf. Er stellte sich in Habachtstellung vor ihr auf wie die Parodie eines ihrer Offiziere. »Captain, ich möchte Sie um Erlaubnis bitten, Experimente mit den Steuerungsanlagen des Ringes durchzuführen.«

Christine sah einfach nicht, wozu das gut sein sollte. Andererseits hatten sie eh nichts zu verlieren. Vielleicht fanden sie auf diese Weise zumindest heraus, was der Zweck dieser Station war. So würden sie wenigstens ihre Neugier befriedigen können, bevor sie ins Grab gingen.

Sie nickte. »Gut. Erlaubnis erteilt. Ich möchte aber, dass mein Bordingenieur dabei ist, wenn Sie mit den technischen Einrichtungen der Station herumspielen.«

Sie wandte sich an Warnock. »Und Sie sind bitte auch währenddessen anwesend, damit sich die beiden Herren Ingenieure nicht die Köpfe einschlagen.«

41

»WAS ist das für ein Zettel?«, fragte Mike.

Baumann legte ihn auf die Konsole, mit der der Beschleuniger-ring auf der anderen Seite des Fensters gesteuert wurde. »Das ist eine Skizze der Einstellungen, die der Ingenieur der *Artania* vor-genommen hat, um die scheinbare Casimir-Blase zu erzeugen. Ich werde dieselben Schalter drücken, um dasselbe Ergebnis zu erzielen.«

»Moment. Warten Sie noch!«, rief Mike, als Baumann gerade den ersten Schalter umlegen wollte. »Wir sollten noch auf del Toro warten.«

Baumann brummte missmutig, zog aber seine Hände von der Konsole zurück.

Mike sah auf seine Armbanduhr. Eigentlich hätte del Toro längst hier sein sollen.

Baumann trat an das Fenster und blickte hinaus.

Mike ging zu ihm. »Sieht schon faszinierend aus, dieser große Beschleuniger dort draußen mit seiner blau schimmernden Oberfläche.«

»Ich glaube, dass es mehr ist als nur ein Teilchenbeschleuni-ger«, murmelte Baumann.

»Als wir das Material untersucht haben, sagten Sie etwas von einem Defekt. Meinen Sie, der Beschleuniger ist kaputt?«

Baumann betrachtete Mike einen Moment lang schweigend, dann kräuselten sich seine Mundwinkel und er begann, wiehernd zu lachen.

Mike fragte sich, was er so Lustiges gesagt hatte.

Baumann beruhigte sich. »Nein, ich meinte, dass es in dem Ring einen Defekt der Raumzeit gibt.«

Mike schüttelte den Kopf. »Das sagt mir nichts.«

Baumann stöhnte übertrieben. »Was befindet sich im Inneren eines Schwarzen Loches?«

Das wusste Mike. »Eine Singularität. Ein Punkt in der Raumzeit mit unendlich hoher Dichte, an dem die Naturgesetze enden.«

»Ja, das ist richtig. Streng genommen spricht man von einem punktförmigen Defekt der Raumzeit.«

Mike verstand. »Sie glauben, da ist eine Singularität in dem Beschleuniger?«

Baumann schüttelte den Kopf. »Nicht nur ein Punkt, sondern eine Fläche. Es scheint dort drin ein Band unendlich hoher Dichte zu geben, das durch den Ring läuft. Ein flächenförmiger Defekt. Und dieser Defekt bildet eine Grenze unseres Universums.«

»Eine Grenze?« Wie sollte das Universum eine Grenze haben? Noch dazu mittendrin?

»Stellen Sie sich einen Fußball vor und eine Ameise, die über seine Oberfläche läuft«, erläuterte Baumann. »Dann nehmen Sie ein Messer und schneiden den Fußball ein Stück auf. Die Seiten des Risses ziehen Sie auseinander. Für die Ameise ist es eine feste Grenze des Fußballs.«

Mike verstand die Analogie, aber nicht die Konsequenzen. »Und was kann man mit diesem Riss machen?«

»Eine ganze Menge.« Baumann lächelte. »Man kann den Riss mit einem anderen Riss an einer anderen Stelle des Fußballs verbinden.«

Darauf wollte Baumann also hinaus! »Ein Wurmloch!«, rief Mike. »Sie glauben, dass man mit diesem Ring ein Wurmloch schaffen und dass man damit an einen anderen Ort im Universum gelangen kann.«

»Hirngespinste, nichts weiter«, erklang del Toros Stimme hinter ihnen.

»Sind Sie sich da so sicher?«, fragte Mike, als sich der Bordingenieur zu ihm stellte.

Er wusste, dass Wissenschaftler auf der Erde immer davon gesprochen hatten, irgendwann einmal Wurmlöcher zu bauen, mit denen man in Minuten zu anderen Sternen reisen konnte, statt dafür Wochen in einer Konservendose zu verbringen. Aber irgendwann war davon nichts mehr zu hören gewesen, und darum hatte Mike angenommen, dass es nicht möglich war. Oder zumindest weit jenseits der Fähigkeiten der Menschheit.

»Wurmlöcher waren schon immer ein Heiliger Gral«, erklärte del Toro. »Seit fast einem Jahrhundert scheitern die Wissenschaftler daran, eines zu schaffen. Die meisten Physiker sagen inzwischen, dass es unmöglich ist.«

Baumann trat wieder an die Konsole. »Mit dem topologischen Defekt haben die Erbauer dieser Station aber ein Werkzeug, das unsere Wissenschaftler nie hatten. Ein mächtiges Werkzeug.«

»Zugegeben«, meinte del Toro. »Ein Defekt in der Raumzeit macht viele Dinge möglich. Ultradichte Energiespeicherung, kompakte Überlichttriebwerke, Gravitationswellenlaser. Aber ich sehe nicht, wie man mit einem Defekt ein Wurmloch bauen könnte.«

Baumann ballte die Fäuste. »Natürlich sehen Sie das nicht. Ihnen fehlt die Phantasie. Aber Sie sind ja auch nur ein kleiner Bordingenieur an Bord eines drittklassigen …«

Del Toro stürzte nach vorne. Er hätte Baumann ins Gesicht geschlagen, wenn Mike ihn nicht im letzten Moment abgedrängt hätte.

Beinahe wäre der Bordingenieur gestürzt. »Ich gebe es dir gleich. Von wegen drittklassiges …«

»Hören Sie auf!«, sagte Mike mit scharfer Stimme. »Sparen Sie sich beide Ihre Energie!«

Del Toro stützte sich mit hochrotem Kopf auf die Konsole. »Ich habe keine Lust mehr, mit diesem arroganten Gartenzwerg …«

»Genug!«, fauchte Mike. »Hören Sie auf, ständig überzureagieren. Das ist eines Offiziers nicht würdig. Egal, ob Raumflotte oder Fluglinie.« Mike wandte sich an Baumann. »Und Sie hören auf, del Toro permanent zu reizen.«

Baumann zeigte auf den Bordingenieur. »Der hat angefangen. Er hat einfach gesagt, dass …«

Verdammt nochmal! »Ist mir egal, wer angefangen hat. Hören Sie beide auf, sich wie Kindergartenkinder zu benehmen.«

Baumann blieb einen Augenblick still stehen, dann nahm er den Arm runter und wandte sich wieder der Konsole zu.

Als Mike sah, dass auch del Toro sich wieder entspannte, atmete er auf. Es war kein Vergnügen, den Aufpasser für diese zwei zu spielen. Aber man durfte sie nicht allein lassen.

Mike trat neben Baumann. »Erklären Sie mir, was Sie tun.«

»Ich nehme jetzt die Einstellungen vor, die hier auf der Skizze des *Artania*-Offiziers stehen.« Der Ingenieur betätigte die ersten Knöpfe. »Das hier scheint für die Energieversorgung zu sein. Die Schalter sind zwar nur mit Abkürzungen versehen, aber die Funktion einiger Knöpfe ist doch recht klar. Hiermit leite ich Energie in das Ringsegment um.«

Zunächst war nicht zu bemerken, dass sich irgendetwas tat. Doch dann leuchteten nach und nach grüne Lichter auf der Schalttafel auf.

Del Toro trat nun ebenfalls an die Konsole.

Mike stellte sich zwischen die beiden Ingenieure.

»Ich sehe keine Schaltung, die auf einen Kondensator hinweisen könnte«, erklärte del Toro.

»Ich sage Ihnen, es ist kein Überlichttriebwerk«, beharrte Baumann. »Darum braucht man hier keine Grenzschicht und somit keinen Kondensator.«

Mike war nicht in der Lage, aus der Konsole auf die Funktion zu schließen. Aber ihm fiel auf, dass viele Knöpfe zu Gruppen angeordnet waren, die Baumann nach und nach aktivierte. Zuletzt blieb nur noch ein großes Feld aus etwa zwanzig Knöpfen und Reglern übrig. Auf einem Display stand eine Reihe von drei voreingestellten Zahlencodes, die man aber mit Plus- und Minustasten verändern konnte. Ein großer, roter Knopf am unteren Rand dieses Feldes stach gut sichtbar hervor.

Genau diesen roten Knopf drückte Baumann nun nieder.

Blitze zuckten vor dem Fenster. Unwillkürlich trat Mike einen Schritt zurück. Weiße und blaue Überladungen entstanden überall auf dem Ring und sprangen zur gegenüberliegenden Seite über.

»Verdammt, was …« Del Toro verstummte gleich wieder.

Die Anzahl der Blitze nahm zu. Mike hob die Hand vor das Gesicht.

Dann, plötzlich, ein blendendes Licht. Genau im Zentrum des Ringes erschien ein Punkt von unfassbarer Helligkeit. Mike musste die Augen schließen. Das Licht durchdrang schmerzhaft seine Lider. Aber es dauerte nur einen Moment, dann ließ die Leuchtkraft nach.

In der Mitte des Ringes war eine Blase entstanden. Sie war nur wenige Zentimeter groß und leuchtete wie ein hellblauer Kugelblitz. Die Blase wuchs rasch und verlor dabei an Leuchtkraft. Schon durchmaß sie mehrere Meter, wurde aber immer noch größer.

»Verdammt, was ist das?«, sagte del Toro mit rauer Stimme.

Scheiße, was geht hier vor?

Mike trat einen weiteren Schritt zurück. Sein Herz pochte wie wild.

»Baumann?«, rief er.

»Warten Sie.« Baumann sprach mit einer Ruhe, als gingen ihn die Vorgänge, die er gerade in die Wege geleitet hatte, nichts an.

»Was ist, wenn es eine Waffe ist?«, wollte Mike wissen.

»Es ist keine Waffe«, erwiderte Baumann.

»Wieso sind Sie sich da so sicher?«, hakte del Toro nach. »Noch vor ein paar Tagen haben Sie selber gesagt, dass wir hier auf eine Waffe stoßen könnten.«

»Es ist keine Waffe«, wiederholte Baumann. »Sehen Sie, es wird langsamer.«

Nach einigen weiteren Sekunden kam die Blase gänzlich zum Stillstand. Sie war riesig. Sie umfasste einen Großteil des Inneren des Ringes und nahm fast Mikes gesamtes Blickfeld vor dem Fenster ein. Die Blitze waren verschwunden. Aber ihre Oberfläche schimmerte leicht, was sie wie eine gigantische Seifenblase erscheinen ließ. Die Hülle wellte sich wie in einem stetigen Luftzug.

»Baumann, was ist das?«, fragte Mike.

»Del Toro, Warnock, kommen«, klang Dillingers Stimme aus seinem Headset.

Mike drückte die Sprechtaste. »Warnock hier. Wir haben die Vorrichtung in Betrieb genommen.«

»Das sehen wir hier in der Zentrale. Ich hätte mir beinahe in die Hosen gemacht. Ich dachte schon, Sie hätten eine Art Selbstzerstörung aktiviert.«

Baumann lachte leise. »Das ist keine Selbstzerstörung.«

»Das ist mir jetzt auch klar.« Dillinger klang genervt. »Es ist dasselbe Phänomen, das die Besatzung der *Artania* beobachtet hat. Was ist das? Was soll diese Blase darstellen?«

Mike wandte den Kopf zu Baumann.

Der Ingenieur strahlte förmlich. »Diese Blase«, sagte er mit feierlicher Stimme, »ist ein Wurmloch.«

Del Toro stöhnte.

»Sind Sie sicher? Woher wollen Sie das wissen?«, fragte Dillinger skeptisch.

Baumann stand verzückt hinter der Konsole und betrachtete die schimmernde Sphäre auf der anderen Seite des Fensters.

»Baumann, ich habe Sie etwas gefragt«, wiederholte die Kommandantin.

Der Ingenieur seufzte. »Zwei Dinge deuten darauf hin. Zum einen das Vorhandensein der Defekte im Beschleunigerring. Man hat früher immer gesagt, dass man exotische Materie braucht, um ein Wurmloch zu stabilisieren. Also ein Material, das auf Gravitation anders reagiert als die herkömmliche Masse im Universum. Mit den Defekten hat man dieses Material offenbar gefunden.«

»Aha«, machte Dillinger verständnislos. »Und der andere Hinweis?«

»Sehen Sie die Lichteffekte an der Wand der Blase?«

Mike hob den Kopf. Die Außenseiten der Sphäre schimmerten, als bestünden sie aus flüssigem Licht.

»Ich sehe es«, erwiderte die Kommandantin. »Was ist damit?«

»Es ist das zurückgeworfene Licht der Scheinwerfer auf der Station. Gravitative Effekte lenken es um, wie man es von einem Wurmloch erwarten würde.«

Mike machte einen Schritt auf das Fenster zu. Hatten die Erbauer dieser Station tatsächlich ein Wurmloch geschaffen? Die Blase war größer als die *Challenger*. Es wäre eine Chance, mit dem Schiff an einen anderen Ort zu fliehen. Doch gab es überhaupt einen Ort im Universum, an dem sie überleben konnten?

»Wie finden wir heraus, ob das dort draußen wirklich ein Wurmloch ist?«, fragte Dillinger.

Baumann fuhr sich durch die Haare. »Sie könnten eine Sonde hindurchsteuern, die sich auf der anderen Seite umsieht.«

Dillinger lachte laut auf. »Wir haben keine Sonden. Und unsere Navigationsbojen sind nach dem Ausstoßen nicht steuerbar. Wir sind ein Fracht- und Passagierschiff, kein Forschungsschiff.«

»Die *Artania*?«, überlegte Baumann.

Mike schüttelte den Kopf. »Die *Artania* ist ebenfalls ein Passagierschiff. Die werden auch keine Sonden an Bord haben. Vergessen Sie's.«

Aber er hatte eine andere Idee. »Was ist mit den Raumfähren, die für Omicron bestimmt waren? Kann man die nicht zu Sonden umbauen?«

Del Toro verneinte. »Die Raumfähren waren nie für einen automatischen Betrieb vorgesehen. Man kann Telemetriedaten umleiten, die sonst an die Fluglotsen geschickt werden, aber das war es dann auch schon.«

»Kann man die Fähren nicht auf Fernsteuerung umrüsten?«, mischte sich der Erste Offizier über Funk ein.

Der Bordingenieur lachte. »Das würde Ewigkeiten dauern. Außerdem haben wir die entsprechenden Materialien nicht an Bord. Es wird wohl jemand an Bord gehen und die Fähre im Handbetrieb durch das Wurmloch steuern müssen.«

Dillinger schnaubte. »Das kommt überhaupt nicht in Frage. Ich schicke niemanden in diese Blase, die genauso gut ein futuristischer Abfallvernichter sein könnte, ohne vorher sicherzugehen, dass ein Mensch das überleben kann.«

Lange Zeit herrschte Schweigen. Del Toro ging vor dem Fenster auf und ab. Baumann machte mit seinem Kopf wieder rhythmische Bewegungen, während sein Blick glasig wurde. Auch Mike zerbrach sich den Kopf. Aber ihm wollte einfach keine Lösung einfallen.

Es war Baumann, der sich plötzlich umdrehte und lächelte. »Ich habe eine Idee.«

42

»GEHT das nicht schneller?«, fragte Baumann in sein Mikrophon.

Christine verdrehte die Augen. »Halten Sie den Mund, oder ich nehme Ihnen das Headset weg. Lieutenant del Toro, ignorieren Sie Baumann. Konzentrieren Sie sich auf die Telemetrie der Fähren und sonst nichts.« Sie schaute auf den Bildschirm ihrer Konsole, der das Shuttle zeigte, wie es sich langsam der zweiten Fähre näherte.

»Das hätte ich ohnehin getan«, entgegnete der Bordingenieur, der das hintere Gefährt steuerte. Mike Warnock als ausgebildeter Pilot saß zur Unterstützung neben ihm.

Sie hatten zwei Raumfähren ausgeschleust. Eine mit den beiden Männern an Bord, die andere leer. Innerhalb von einer Stunde hatte del Toro einen simplen magnetischen Kopplungsmechanismus improvisiert. Sanft stieß die bemannte Fähre gegen ihr Schwesterschiff. Der Impuls trieb die nun verbundenen Schiffe langsam vorwärts.

»Kopplung vollzogen«, verkündete Warnock.

Christine klatschte in die Hände. Der erste Schritt war geglückt. »Verstanden. Steuern Sie nun auf das Wurmloch zu.« Wenn es denn wirklich ein Wurmloch war. Nun, sie würden es in einigen Minuten wissen.

Langsam setzten sich die beiden Raumfähren in Bewegung. Die aneinandergekoppelten Schiffe waren sicher nicht leicht zu steuern. Schon schlingerten sie von einer Seite auf die andere.

Del Toro fluchte. »Das Scheißding ist beschissener zu steuern als eine Waschmaschine mit Flügeln.«

Christine drückte auf die Sprechtaste. »Wenn Sie nicht klarkommen, lassen Sie Warnock an den Steuerknüppel. Er ist sicherlich ein besserer Pilot als Sie.«

Der Bordingenieur ersparte sich und Christine eine Antwort.

Die Fähren schlingerten zwar weiterhin durch den Raum, aber schließlich brachte del Toro die miteinander verbundenen Schiffe auf der anderen Seite der Blase in Stellung. Einige hundert Meter vor dem vermeintlichen Wurmloch stoppte er.

»Wir sind jetzt in Position«, meldete Warnock.

»Gut«, sagte Christine. »Warten Sie einen Augenblick.« Sie drehte sich zur Seite, wo Baumann vor seinen Bildschirmen saß. »Sind Sie bereit? Empfangen Sie die Telemetriedaten der Fähre?«

Baumann nickte. »Ja, ich empfange sie. Auch die Daten von del Toros montierten Sensoren. Von mir aus können wir loslegen.«

Christine setzte sich in ihren Sessel zurück. »Lieutenant Laski, Lieutenant Schmitt. Sind Sie auch bereit?« Die beiden hatten die Aufgabe, die Sensoren der *Challenger* einzusetzen, um den Flug des unbemannten Gefährts zu überwachen.

»Alles bereit«, erklärte Laski.

»Ich auch«, sagte Schmitt.

Christines Blick traf sich mit Ravis. Ihr Erster Offizier sah angespannt aus.

»Was denkst du?«, fragte Christine leise.

»Ich denke, dass dies eine Hoffnung für uns sein könnte. Und ich habe Angst, gleich wieder enttäuscht zu werden.«

Christine holte tief Luft. »Ich habe meine Zweifel. Selbst wenn es ein Wurmloch ist, was nützt es uns? Ich meine, das ganze Universum ist gealtert. Egal, wo das Wurmloch hinführt, es müsste dort so aussehen wie hier.«

Ravi zuckte mit den Schultern. »Das mag sein, aber wer auch

immer diese Station gebaut hat, hat sie mit Absicht hier platziert und dafür gesorgt, dass sie nicht altert. Das muss eine Bedeutung haben, findest du nicht?«

»Unsere Hoffnungen sind in den letzten Tagen zu oft getrogen worden«, entgegnete sie mit harter Stimme. Sie wollte auch nicht mehr enttäuscht werden. Das hatte sie mit Ravi gemeinsam.

Schließlich drückte sie die Sprechtaste. »Del Toro, beginnen Sie mit dem Manöver.«

Sie erhielt keine Antwort. Stattdessen setzten sich die beiden Raumfähren in Bewegung. Langsam zunächst, denn immer schneller flogen die beiden kastenförmigen Vehikel auf die Blase zu.

Christines Hände verkrampften sich. Wenn del Toro die Verbindung nicht lösen konnte, würden beide Fähren in das Innere der Blase stürzen.

»Lieutenant, koppeln Sie ab«, befahl Ravi.

»Einen Moment noch«, erwiderte del Toro. Die beiden Schiffe rasten förmlich auf die Blase zu.

Endlich entfernten sich die Fähren voneinander. Christine konnte sehen, wie die Steuerdüsen der hinteren Fähre feuerten. Zum Bremsen war es bereits zu spät. Del Toro gab seitlichen Schub, wollte offenbar das Shuttle an der Blase vorbeisteuern.

Laski stand auf und starrte dabei aus dem Fenster. »Dieser Idiot. Er wird mit dem Ring zusammenstoßen.«

Doch del Toros Shuttle schoss durch den engen Raum zwischen Ring und Blasenwand.

Im selben Moment drang die unbemannte Fähre in die Blase ein. Zunächst sah es so aus, als würde sie einfach durch die Sphäre hindurchfliegen, um auf der anderen Seite wieder aufzutauchen und gegen die Station zu prallen.

Christine krallte ihre Fingernägel in die Handflächen.

Dann wurde die Fähre plötzlich kleiner. Sie schien durch eine magische Kraft zu schrumpfen. Gleichzeitig verlangsamte sich ihre Geschwindigkeit. Einen Moment lang dachte Christine, das Shuttle würde in der Mitte der Blase zum Stillstand kommen. Aber das Vehikel schrumpfte weiter. Gleichzeitig zog sich das Schiff in die Länge, als würde jemand einen Spiegel verbiegen.

Plötzlich begann die Fähre, wie wild zu rotieren. Eine der Treibwerksgondeln brach ab, wie beim Zusammenstoß mit einem unsichtbaren Hindernis. Die Fähre drehte sich immer schneller und verging dann in einer gewaltigen Explosion. Blendend helle Funken wirbelten wie in einem Tornado durch die Sphäre und erloschen nach wenigen Sekunden, bis es im Inneren der Blase so dunkel war wie zuvor. Nur die Hülle der Sphäre schimmerte friedlich im Licht der Scheinwerfer.

Christine sank in ihrem Sessel zurück. Es hatte nicht funktioniert. »So viel zu Ihrer Theorie, Baumann.«

Der Ingenieur saß stumm vor seiner improvisierten Konsole und rief Kurven, Bilder und Zahlen ab. Er sah weder beunruhigt noch überrascht aus. Nein, er hantierte mit einem leichten Lächeln an den Instrumenten herum, als wäre alles gelaufen wie beabsichtigt.

Lieutenant Schmitt drehte sich auf ihrem Sitz um. »Und jetzt?«

Christine hob die Hand. »Baumann.« Sie sprach nicht laut, aber bestimmt. »Haben Sie uns irgendwas zu sagen?«

Der Ingenieur ignorierte Christine weiterhin. Er beugte sich vor und fuhr mit seinem Finger eine Kurve auf einem Diagramm nach. Dann grinste er und wandte sich zu Christine um. »Ich habe recht gehabt. Es handelt sich tatsächlich um ein Wurmloch. Das Experiment ist geglückt.«

Christine öffnete den Mund, schloss ihn aber gleich wieder. Hatte der Mann nicht gesehen, was gerade passiert war? »Das Shuttle ist zerstört worden, Baumann«, sagte sie schließlich.

»Ganz offensichtlich ist es kein Wurmloch, durch das man eben so mal fliegen kann.«

»Sie irren sich«, entgegnete Baumann. »Die optischen Verzerrungen durch die Gravitationsfelder sind genau so, wie man sie von einer Wurmlochmündung erwarten würde. Sie haben ja auch gesehen, dass die Fähre kleiner geworden ist, als sie sich von der Mündung entfernt hat.«

Christine sprang auf. »Baumann, das Schiff ist explodiert!«

Der Ingenieur legte den Kopf schief. »Offenbar hat del Toro es nicht genau zentriert, bevor er es abgekoppelt hat. Es ist auf dem falschen Kurs in das Wurmloch vorgedrungen.«

»Was meinen Sie, zum Teufel?«, fragte Ravi. »Das Ding ist doch genau in die Blase hineingeflogen.«

»Ja«, erwiderte Baumann. »Die interne Metrik von Wurmlöchern ist kompliziert. Wenn man hindurchfliegt, muss man in der Mitte der Passage bleiben. Die Fähre war unbemannt, und niemand hat den Kurs korrigiert, also ist sie mit der Wandung der Wurmlochpassage zusammengestoßen und wurde deshalb vernichtet.«

»Sind Sie sicher?«, hakte Christine nach. »Woher wollen Sie das wissen?«

Baumann lächelte sie an. »Ich habe das Standardwerk über theoretische Wurmlochstatik von Chopin gelesen. Ich habe sogar einige Übungsaufgaben nachgerechnet.«

Christine tauschte einen Blick mit Ravi. Der Erste Offizier zuckte nur mit den Schultern.

»Was schlagen Sie vor, Mr. Baumann?«, fragte Christine, obwohl sie die Antwort zu kennen glaubte.

»Ist doch klar«, antwortete der Ingenieur. »Wir müssen den Versuch wiederholen.«

»Ja, aber …« Christine verstummte.

Wieder lächelte er sie an. »Mit einem Piloten an Bord.«

43

»JEDENFALLS haben wir womöglich ein Wurmloch entdeckt, und mit einer gewissen Wahrscheinlichkeit könnte die *Challenger* hindurchfliegen«, schloss Dillinger.

Mike umklammerte Ellies Hand. Neil saß auf seinem Schoß und nuckelte am Daumen, was er seit zwei Jahren eigentlich schon nicht mehr gemacht hatte. Die anderen Passagiere lauschten stumm, was die Kommandantin und Baumann erklärten.

»Die Station wurde nicht ohne Grund gebaut, also gibt es für uns eine gewisse Hoffnung«, fuhr Dillinger fort. »Wir müssen allerdings noch herausfinden, ob eine Passage wirklich gefahrlos möglich ist, und dann haben wir immer noch keine Ahnung, wohin das Wurmloch führt.«

Natasha Beckwith stand auf. »Ich dachte immer, Wurmlöcher sind unmöglich.«

Baumann trat auf das Whiteboard zu und schraubte den Deckel eines Stiftes ab, den er Lieutenant Laski aus der Tasche gezogen hatte. »Nein, ganz und gar nicht. Wenn man sich die theoretische Metrik eines Wurmloches anschaut, kann man ganz klar erkennen, dass die Theorie von Walker …«

»Hören Sie auf, Baumann«, unterbrach Dillinger ihn genervt. »Theoretische Überlegungen spielen für uns keine Rolle mehr. Wir müssen herausfinden, ob wir mit Hilfe des Wurmloches überleben können. Ob es an einen Ort führt, der Rettung verheißt.«

»Captain Dillinger«, sagte Captain Wheeler mit eisiger Stimme. »Ich kenne mich mit Wurmlöchern nicht aus. Aber selbst wenn das Wurmloch uns an einen anderen Ort bringen kann, so sollte es dort nicht anders aussehen als hier. Wo immer wir auftauchen – wenn wir durch dieses Wurmloch fliegen, werden wir in einem toten, finsteren Kosmos gestrandet sein. Offenbar ist diese Station ein Relikt aus einer lange vergangenen Zeit. Vielleicht ein altes intergalaktisches Transportsystem, das früher blühende Welten miteinander verbunden hat und nun nur noch zu toten Schwarzen Löchern führt.«

Der Offizier saß inmitten seiner Leute und hatte die Arme vor der Brust verschränkt. Seit dem fehlgeschlagenen Aufstand sah man ihn nur noch mit verbissenem Gesicht herumlaufen.

Dillinger lächelte gezwungen. »Ich habe Ihnen ja auch keine Garantie gegeben, Captain Wheeler. Es ist ein Strohhalm. Mehr nicht. Mr. Baumann hat mir gegenüber einmal die sehr weit hergeholte Theorie geäußert, dass es an einem anderen Schwarzen Loch vielleicht eine große Kolonie geben könnte, wo sich die Lebewesen dieses Universums versammelt haben. Vielleicht dienten diese Stationen einst dazu, die übrigen Völker zu dieser Kolonie zu bringen.«

Wheeler schüttelte den Kopf. »Reine Spekulation.«

Dillinger hob die Arme. »Ja, Captain Wheeler. Es ist reine Spekulation. Aber dieses Wurmloch ist unsere letzte Hoffnung. Wenn dieser Strohhalm uns nicht weiterbringt, dann können wir morgen damit anfangen, die roten Pillen zu verteilen.«

Wheeler schwieg. Corporal Morris flüsterte seinem Vorgesetzten etwas ins Ohr. Der Captain schüttelte stumm den Kopf.

Robin hob die Hand. »Ich bin auf jeden Fall dafür. Eine kleine Chance ist besser als gar keine Chance.«

»Ja«, stimmte Goodyear zu. »Finden Sie heraus, wo das Ding hinführt.«

»Was denkst du?«, flüsterte Ellie Mike ins Ohr. »Könnte es tatsächlich die Rettung für uns sein?«

Mike lehnte sich zu ihr hinüber. »Ich habe keine Ahnung. Aber es muss einen Zweck haben, dass diese Station immer noch funktioniert, sonst hätte man sie einfach abschalten können.«

Er zögerte. »Ich glaube, dass es für uns tatsächlich eine Rettung bedeuten könnte.« Zumindest wollte er das glauben.

»Wie gehen wir weiter vor?«, fragte Natasha Beckwith.

Dillinger trat einen Schritt nach vorne. »Wie gesagt müssen wir herausfinden, wohin das Wurmloch führt. Da wir die Shuttles nicht fernsteuern können, brauchen wir einen Piloten, der freiwillig eine der Raumfähren in das Wurmloch fliegt und sie auf die andere Seite bringt. Dann werden wir unsere Antwort erhalten.«

»Also, ich bin dafür völlig ungeeignet«, sagte Gerry zu seiner Frau, aber so laut, dass jeder in der Messe es hören konnte. »Ich bin Bauer und kein Pilot. Ich kann so ein Ding nicht fliegen.«

»Meine Crew ist theoretisch ausgebildet, die Raumfähren zu steuern«, erklärte die Kommandantin. »Allerdings brauche ich die komplette Mannschaft, um die *Challenger* zu fliegen, wenn wir tatsächlich das Schiff noch einmal bewegen wollen. Darum kann ich das Risiko nicht eingehen. Es tut mir leid. Wir brauchen einen Freiwilligen aus der Mitte der Passagiere.«

Sie sah sich mit einem merkwürdigen Funkeln in den Augen in der Messe um. Niemand meldete sich.

Mike wusste, was als Nächstes passieren würde. Seine Kehle schnürte sich zusammen.

»Niemand?« Dillinger richtete den Blick auf Mike. »Es tut mir leid, Mr. Warnock. Wie es aussieht, sind Sie der einzige unter den Passagieren, der für die Steuerung des Shuttles qualifiziert ist. Wären Sie bereit, sich freiwillig zu melden?«

»Nein!«, sagte Ellie ganz laut.

Mike schaute in ihr Gesicht. Ihr wunderhübsches Gesicht. Sie mussten herausfinden, was auf der anderen Seite des Wurmloches war. Entweder das oder der Tod durch die rote Pille. Er war Soldat. Er war es früher gewesen, und in gewissem Sinne würde er es immer sein. Natürlich war es seine Pflicht, für das Wohl seiner Familie und seiner Mitmenschen sein Leben zu riskieren. Er hatte es im Krieg getan und würde es wieder tun. Schon alleine, um einen Teil seiner Schuld abzutragen.

Er fasste seine Frau an den Schultern und gab ihr einen Kuss. »Ich muss das machen«, flüsterte er. »Es geht nicht anders.«

»Nein!«, widersprach sie entschlossen.

»Für Neil«, flüsterte er. Das war das Zauberwort.

Ellie presste die Lippen zusammen.

Mike setzte Neil von seinem Schoß ab. Der Junge lief um ihn herum und klammerte sich an seine Mutter, was Mike einen Stich versetzte.

Er stand auf. »Ja, ich übernehme das.«

Dillinger lächelte schwach. »Danke, Mr. Warnock.«

»Nein«, sagte plötzlich eine Stimme hinter Mike.

Er drehte sich herum, wie jeder andere auch.

»Nein«, wiederholte Ferguson, der die ganze Zeit neben der Luke an der Wand gelehnt hatte. Mike hatte fast vergessen, dass es den Typ überhaupt an Bord gab.

Langsam ging der glatzköpfige Mann nach vorne. Neben Mike blieb er stehen. »Der Mann hat Familie. Frau und Kind. Der bleibt schön hier.«

Mike war völlig überrumpelt und konnte nichts erwidern.

Dillinger räusperte sich. »Mr. Ferguson. Ich denke, dass wir keine andere …«

Sie verstummte, als Ferguson den Arm hob. »Nein, Warnock bleibt hier.« Er wandte den Kopf und erwiderte Mikes Blick.

Ferguson hatte merkwürdige Augen. Grün mit einer Spur von Gelb. In ihnen schien irgendetwas zu lodern. »Ich werde die Fähre fliegen.«

»Sie?« Captain Dillinger zog die Frage in die Länge wie Kaugummi.

»Ich habe eine Lizenz für Raumfähren. Ich bin öfter damit in den Orbit gependelt, als ich zählen kann. Haben mich schließlich in den Knast gebracht, die Dinger.«

»Was haben Sie getan?«, flüsterte Mike.

Ferguson zwinkerte ihm zu. »Ich habe Alkohol geschmuggelt.« Er lachte leise. »Zu Planeten, auf denen der Suff entweder verboten oder mit hohen Einfuhrsteuern belegt ist.«

Dillinger trat näher. »Schmuggler? Sie waren ein Schmuggler?«

Ferguson nickte. »Ich habe wirklich ein Händchen dafür, Sachen an Bord eines Schiffes zu bringen und die besten Verstecke dafür zu suchen.« Er lachte wieder. »Gin, Whisky, Wodka. Egal welche Marke. Ich liefere immer.«

»Haben Sie auch Alkohol an Bord der *Challenger* gebracht?«

Ferguson schüttelte völlig übertrieben den Kopf. »Selbstverständlich nicht, Captain. Oder denken Sie, ich hätte gleich wieder in den Bau gewollt?«

Dillinger verzog das Gesicht. »Eigentlich schade. Einen guten Whisky hätte ich nicht abgelehnt. Gefängnisse gibt es ohnehin nicht mehr.«

Ferguson zog eine gleichgültige Miene.

»Das ist eh unwichtig«, sagte Dillinger. »Sie können also mit den Raumfähren umgehen und melden sich freiwillig?«

Ferguson grinste und offenbarte dadurch einen silbernen Eckzahn. »Das sagte ich ja schon.«

»Gut, dann kommen Sie mit.« Dillinger drehte sich um und ging in Richtung Crewbereich.

Ferguson wollte sich gerade in Bewegung setzen, als Ellie ihn am Arm festhielt. »Danke, Mr. Ferguson.«

Der Mann zeigte erneut sein silbernes Lächeln, dann folgte er der Kommandantin.

Mike sah ihm nach, bis er verschwunden war. Es war ungewohnt, dass sich jemand für ihn einsetzte. Alle hatten ihn doch immer nur gehasst für das, was er getan hatte. Und zu Recht. Warum tat jemand so etwas für ihn?

Oder tat er es nur für Mikes Familie? Für Ellie und den Jungen, damit sie ihren Mann und Vater nicht verloren?

Mike wusste es nicht.

Von Ferguson, der sich die ganze Zeit an Bord für nichts und niemanden zu interessieren schien, hatte er eine solche Handlung am allerwenigsten erwartet.

Er hoffte nur, dass dem Mann nichts passierte.

44

»FERGUSON? Verstehen Sie mich?«, fragte Christine. Sie blickte aus dem rechten Fenster der Zentrale, wo Shuttle zwei am Rumpf der *Challenger* angedockt war.

»Laut und deutlich, Sir«, plärrte es aus den Lautsprechern. Ein Bildschirm auf Christines Konsole zeigte Fergusons Gesicht, das von einer nachträglich montierten Weitwinkelkamera an der Schalttafel des Shuttles aufgenommen wurde.

Christine schüttelte den Kopf. Die ganze Zeit über sprach Ferguson sie mit »Sir« an. Es gehörte sich nicht, wenn Zivilisten das Offizieren gegenüber taten. Sie hatte es Ferguson erklärt, aber nun machte er sich einen Spaß mit ihr.

Laski drehte sich auf seinem Platz herum. »Captain, wir sind so weit. Die Sensoren sind einsatzbereit und zeichnen alles auf.«

»Baumann?«, fragte Christine.

Der Ingenieur neben ihr an seiner improvisierten Konsole sah kurz auf. »Ich empfange die Telemetrie der Fähre. Legen Sie los.«

Christine brummte: »Del Toro? Was ist mit Ihnen?«

Der Ingenieur meldete sich über Funk. »Ja, ja, ich warte schon die ganze Zeit.«

Christine verdrehte die Augen. Der Bordingenieur befand sich unten in der Station im Kontrollraum des Beschleunigerringes. Baumann hatte ihm gezeigt, wie das Wurmloch zu aktivieren war. Es hatte eine hitzige Diskussion darüber gegeben, dass Baumann in der Zentrale das Shuttle überwachen sollte, aber Christine war der Meinung, dass Baumann ein größeres Talent dafür besaß, die Messwerte der Raumfähre zu interpretieren.

Auf dem Platz des Bordingenieurs saß nun Mike Warnock und beobachtete stumm die Vorgänge.

Christine drückte die Sprechtaste. »In Ordnung. Wir legen los. Del Toro, aktivieren Sie das Wurmloch.«

Das Wurmloch hatte sich nach einiger Zeit von selbst abgeschaltet, aber Baumann ging davon aus, dass es jederzeit neu geschaffen werden konnte.

Blitze zuckten im Inneren des Beschleunigerringes der Station auf. Christine schloss geblendet die Augen, als der sonnenhelle Punkt entstand, der sich dann allmählich zur Blase aufblähte. Wenige Augenblicke später stand die schimmernde Sphäre stabil im Raum. Nur hin und wieder gab es einen kurzen Überschlag eines Blitzes vom Ring zur Blasenwand.

»Er kann jetzt starten«, verkündete Baumann.

Christine setzte sich aufrecht in ihren Sessel und atmete tief durch. »Okay. Ferguson, machen Sie sich auf den Weg zum Wurmloch.«

»Verstanden, Sir.«

Christine verzog das Gesicht. Immerhin setzte sich die Fähre langsam in Bewegung. Man sah gleich, dass Ferguson tatsächlich Erfahrung im Umgang mit den kleinen Shuttles hatte. Zielstrebig begab sich das Gefährt zur vereinbarten Position, einen halben Kilometer von der Blase entfernt. Kleine Stichflammen loderten aus den Düsen des Lageregelungssystems, als der Pilot die Front des Shuttles auf das Wurmloch ausrichtete.

Aus den Lautsprechern waren Fergusons Atemgeräusche deutlich zu hören. Er hatte wohl das Mikro zu dicht vor den Mund gebogen. »Feinausrichtung abgeschlossen, Sir. Ich ziele genau auf die Mündung des Wurmloches. Soll ich loslegen, Sir?«

Christine schaute sich in der Zentrale um, ob jemand noch

irgendetwas zu sagen hatte. Es war nicht der Fall. »Sie können nach eigenem Ermessen starten. Viel Glück, Ferguson.«

»Danke, Sir!«

Wahrscheinlich machte er sich die ganze Zeit über sie lustig. Oder er überdeckte damit seine eigene Angst vor dem Unbekannten.

Das Shuttle nahm wieder Fahrt auf. Wie in Zeitlupe schwebte es auf die Blasenwand zu. Hin und wieder zündete Ferguson mit kurzen Stößen die Triebwerke, wohl, um seine Lage zu korrigieren. Dann war er offenbar mit der Ausrichtung zufrieden und beschleunigte. Er hatte noch einige hundert Meter vor sich und baute weiter Geschwindigkeit auf.

»Lieber Gott, schütze Ferguson und seinen Flug in das Wurmloch«, murmelte Warnock. »Lasse ihn unbeschadet zu uns zurückkehren.«

Christine war überrascht, dass Warnock offenbar ein gläubiger Mensch war. Was hatte ein Mann, der Millionen auf dem Gewissen hatte, Gott schon zu sagen?

Dennoch hoffte sie, dass die Gebete halfen. Bei einem Fehlschlag des Fluges war es auch für die Besatzung und die Passagiere der *Challenger* vorbei.

Christine konzentrierte sich auf das Shuttle, das nun nur noch einige Dutzend Meter von der Hülle der Wand entfernt war.

»Ach, Captain?« Fergusons plötzlich über Funk ertönende Stimme klang, der Situation völlig unangemessen, leger.

»Was?«, fragte Christine überrascht.

»Wenn etwas schiefläuft, werfen Sie doch mal einen Blick in Frachtcontainer zwei. Hinter Paneel 34A finden Sie etwas Interessantes.«

Christine nahm seine Worte nur am Rande zur Kenntnis, da in diesem Moment das Shuttle die Blasenwand durchdrang. Erneut wurde das Schiff wie in einem optischen Effekt kleiner. Gleichzeitig zog es sich in die Länge.

Christine hörte ihren eigenen Herzschlag. »Ferguson? Alles in Ordnung?«

»Alles bestens, Sir. Man merkt fast gar nichts vom Durchdringen der Blasenwand. Nur die Station auf dem Bildschirm verzerrt sich, als würde sie von einer unsichtbaren Faust zerquetscht. Ich sehe vor mir ein Schimmern. Ich glaube, das ist die Wandung des Wurmloches. Sie wirft das Licht der Station zurück, das immer roter wird.«

Es war ungewohnt, den Mann so viel reden zu hören, nachdem er auf dem bisherigen Flug angeblich meist nur geschwiegen hatte.

»Rotverschiebung«, murmelte Baumann.

»Pst«, zischte Christine.

Warnock war aufgestanden und sah aus dem Fenster.

Das Shuttle schrumpfte zu einem kleinen Punkt, der allmählich an Leuchtkraft verlor. Ferguson war jetzt schon weiter in das Wurmloch vorgedrungen als das unbemannte Shuttle zuvor.

»Ich muss zwar immer korrigieren, aber es ist kein Problem, sich von den Wänden des Wurmloches fernzuhalten«, meldete Ferguson. »Mit einem guten Piloten wäre es tatsächlich möglich, die *Challenger* durch das Wurmloch zu steuern.«

Christine ballte eine Hand zur Faust. Das war das, was sie hören wollte.

Baumann schaute mit triumphierendem Gesichtsausdruck auf. Offenbar hatte der Mann recht behalten. Es handelte sich tatsächlich um ein Wurmloch, und es war passierbar, solange man sich von den Wänden fernhielt. Und in wenigen Minuten würden sie erfahren, ob es auf der anderen Seite eine Rettung gab.

»Ferguson?«, fragte Christine, nachdem sie eine ganze Zeitlang nur die Atemgeräusche des Mannes aus dem Lautsprecher gehört hatte.

»Ich bin noch da, Sir. Die Wände verengen sich ein bisschen. Das rote Licht wird immer schwächer. Ich glaube, ich erreiche nun den engsten Punkt. Ist immer noch für ein Schiff wie die *Challenger* durchaus zu schaffen. So, jetzt bin ich durch. Die Wände weiten sich wieder. Das ist auch gut so, weil man sie kaum noch erkennen kann.«

In Fergusons Stimme mischte sich ein leichtes Rauschen. Das Shuttle war inzwischen vom Radarschirm verschwunden. Christines Hände zitterten, als sie den Maßstab an einem Regler vergrößerte.

»Vor mir tut sich was«, verkündete Ferguson. Seine Stimme war bisher immer ruhig gewesen, aber nun klang Aufregung mit.

»Was tut sich?«, fragte Christine. Ihre Lippen bebten.

»Es wird heller. Ein rotes Licht.«

»Was für ein rotes Licht?«

»Es zieht sich über den ganzen Himmel. Nein. Nicht über den ganzen. Nur auf der linken Seite. Nach rechts hin ist weiterhin Dunkelheit. Eine Fläche, eine dunkelrote Fläche.«

»Sehen Sie Sterne?« Baumanns Stimme überschlug sich fast.

»Keine Sterne. Nur diese merkwürdige rote Fläche. Als ob ich über der Oberfläche eines roten Riesensternes herauskommen würde.«

Christine schaltete die Sprechtaste aus. »Baumann, sehen Sie etwas?«

Der Ingenieur nickte. »Ich habe die rote Fläche auf meinem Monitor. Seltsam. Auch die anderen Instrumente zeigen merkwürdige Werte. Die Außentemperatur steigt. Seltsam für ein Schiff im freien Weltraum. Eine Sonne ist das aber nicht.«

»Sollen wir ihn nicht besser zurückholen?« Warnocks Augen waren weit aufgerissen.

»Was hätten wir dann gewonnen?«, fragte Baumann.

»Ich glaube, ich erreiche bald die andere Mündung des Wurmloches. Ja, eine Seite des Himmels ist schwarz, die andere rot. Außerdem …« Der Rest des Satzes ging in einem Rauschen unter.

Schmitt schaltete auf einen anderen Kanal.

Vielleicht hatte Warnock recht. Sie sollten den Mann zurückholen und zunächst die Messwerte analysieren, bevor er das Wurmloch auf der anderen Seite verließ. »Ferguson, ich glaube, es wäre besser …«

»Hey, was ist denn jetzt los?«, schrie Ferguson auf.

Christine zuckte zusammen. »Ferguson?«, krächzte sie.

»Irgendetwas zieht mich zur Seite des Shuttles. Irgendeine Kraft, und sie wird stärker.«

»Holen Sie ihn zurück«, sagte Warnock. »Schnell.«

Christine war wie gelähmt. Sie konnte nur auf den Bildschirm starren, auf dem Fergusons Arme plötzlich in einem unnatürlichen Winkel zur linken Seite der Fähre ragten.

Ferguson brüllte: »Es zerreißt mich. Es zerreißt mich!«

Auch seine Beine knickten schlagartig mit einem Knacken nach links weg.

Ferguson kreischte. Seine Augen waren blutunterlaufen und stark geweitet. Blut rann aus seinem Mund, lief an der Wange entlang und tropfte dann nach links weg in den Raumhelm hinein.

Irgendwie löste sich der Mechanismus des Gurts. Ferguson knallte mit einer Irrsinnsgeschwindigkeit an die linke Seite des Schiffes.

Christine hatte noch niemals jemanden so schreien gehört.

»Die Integrität des Shuttles versagt!«, rief Baumann. »Die Hülle bricht auseinander.«

Christine konnte die Augen nicht vom Bildschirm abwenden.

Es sah aus, als würde Ferguson von einer unsichtbaren Presse zerquetscht. Er hatte noch Zeit für einen letzten unmenschlichen Schrei, dann war Ruhe.

Gott sei Dank!

Risse bildeten sich an Fergusons Raumanzug. Ein Schwall von Blut und gelben Stückchen ergoss sich daraus und sammelte sich in einer Pfütze an der Wand. Zuletzt zerquetschte die unsichtbare Kraft den Helm, der schließlich wie ein flacher gelber Teller an der Wand pappte.

Lieutenant Laski wandte den Kopf zur Seite und übergab sich. Beißender Geruch nach Galle breitete sich in der Zentrale aus.

Dann knallte es aus dem Lautsprecher, und das Bild war weg.

Im Raum herrschte völlige Stille. Alle schwiegen. Was gab es auch schon zu sagen?

Endlich konnte Christine ihren Blick vom schwarzen Bildschirm lösen.

In Mike Warnocks Augen stand grenzenloses Entsetzen. Es war völlig klar, was der Mann dachte: Hätte Ferguson nicht freiwillig im letzten Moment für ihn übernommen, dann wäre er auf diese grausame Art gestorben.

»Was ist denn da los?«, meldete sich del Toro über Funk. »Was waren das für Schreie?«

Christine ignorierte ihn. Sie wandte den Kopf zu Baumann, der völlig bewegungslos vor seiner Konsole saß, als wäre er dort festgefroren. »Was war das?«, wollte sie wissen. »Was ist dort passiert?«

Baumann schüttelte langsam den Kopf. »Ich habe keine Ahnung. Ich weiß es doch auch nicht«, sagte er mit weinerlicher Stimme. Dann sprang er auf und verließ schluchzend die Zentrale.

Christine biss sich auf die Lippen.

Lieutenant Schmitt drehte sich auf ihrem Sitz herum. Sie war weiß wie Papier. »Gravitationsgradienten?«

Das wäre eine Erklärung. Vielleicht war Ferguson zu dicht an einem Schwarzen Loch herausgekommen. Die starken Gravitationskräfte konnten durchaus tödlich sein.

Aber mit eigenen Augen zu sehen, wie ein Mensch davon zerquetscht wurde, war noch einmal etwas anderes.

45

»DER Mann ist für *mich* gestorben.« Mike flüsterte, um Neil nicht aufzuwecken.

»Du musst zur Ruhe kommen.« Ellie drehte sich im Bett herum und blinzelte ihn an. »Du hast seit fast achtundvierzig Stunden nicht mehr geschlafen.«

Doch Mike fand keine Ruhe. Er hatte das Martyrium von Ferguson auf dem Monitor mitangesehen. Mike hätte dort in der Fähre sitzen und grausam sterben sollen. Stattdessen war Ferguson für ihn eingesprungen. Wieso hatte er das getan? Niemand hatte ihn dazu gezwungen.

Er dachte an Jesus, der freiwillig für die Sünden der Menschen gestorben war. War Ferguson für Mikes Sünden gestorben? Hatte Gott Ferguson geschickt, um Mike zu zeigen, dass er ihm vergeben hatte?

Seit fast zwei Tagen zerbrach er sich darüber den Kopf. Er hatte gebetet. Eine lange Zeit hatte er sich in die Messe zurückgezogen und zu Gott gesprochen. Ihn nach dem Sinn des Ganzen gefragt. Doch Gott hatte ihm keine Antwort gegeben. Der Schöpfer ließ ihn weiterhin alleine mit seinen Fragen, seinen Sorgen und der Angst um seine Familie in einer feindlichen Welt.

Herr, was soll ich jetzt tun? Was erwartest du von mir?

Alles, was Mike hörte, war das Blut, das in seinen Ohren rauschte.

Fergusons Flug durch das Wurmloch hatte sie alle ebenso entsetzt wie ratlos zurückgelassen.

Baumann und del Toro hatten sich in den Maschinenraum zurückgezogen, um die Daten auszuwerten. Captain Dillinger war an Mike herangetreten mit der Bitte, die beiden Ingenieure zu begleiten, aber er sah sich außerstande dazu.

Nicht dass die Grübeleien besser gewesen wären, als die Streithähne auseinanderzuhalten.

Mike glaubte nicht, dass die Auswertung der Telemetriedaten des Shuttles etwas Nützliches zutage brachte. Das Gefährt war zu dicht an einem Schwarzen Loch herausgekommen, und damit Ende. Ferguson hatte, abgesehen von dem roten Leuchten, auch nichts gesehen. Keine Sterne. Keine Station. Dort drüben war, wie auf dieser Seite, ein lebensfeindlicher Raum. Was gab es da noch zu untersuchen?

Baumann hatte die Hoffnung geäußert, ein Wurmloch zu einem Ort aufbauen zu können, der vielleicht nicht unmittelbar neben einer Singularität endete. Aber sicher war er sich nicht, und nach den Ereignissen mit Ferguson würde niemand mehr freiwillig in ein Shuttle steigen, um damit erneut durch das Wurmloch zu fliegen, ganz gleich, wohin es führte.

Und wieder war Mike bei der Frage angelangt, warum Ferguson sich für ihn geopfert hatte. Ging es dem verurteilten Verbrecher um die Vergebung seiner eigenen Sünden? Wenn der Mann nur Alkohol geschmuggelt hatte, war das nichts gegen Mikes Schuld.

Er seufzte. Er würde es niemals erfahren. Diese Frage würde ihn bis an das Ende seines Lebens begleiten.

Nun, dieses Ende war womöglich nicht mehr weit entfernt. Noch wenige Tage, dann würden ihnen die letzten Vorräte ausgehen. Dabei hatte Mike aufgrund der Rationierung jetzt schon Hunger.

Plötzlich fiel Licht in den Raum.

Mike schrak auf, als ein Schatten hereintrat. Er sprang vom Bett. »Was zum …?«

»Pst! Leise.«

Mike erkannte die Stimme des Ersten Offiziers. »Commander Chandrasekhar, was wollen Sie hier?«, zischte er.

»Ich wollte die anderen nicht mit einer Durchsage aufwecken«, flüsterte der Offizier. »Kommen Sie bitte mit.«

»Was ist denn?«

»Wir haben neue Informationen. Captain Dillinger möchte, dass Sie dabei sind.«

Mike griff zum Stuhl, auf dem seine Klamotten lagen. Kurzzeitig sackte sein Kreislauf weg, und er musste sich an der Lehne festhalten. Dann zog er sich an und folgte dem Ersten Offizier auf den Gang.

»Was denn?«, bohrte Mike. »Was haben Sie herausgefunden?«

Chandrasekhar zuckte mit den Schultern. »Ich weiß es selber noch nicht. Irgendetwas ist mit den Telemetriedaten von Shuttle zwei. Baumann und del Toro wollten es dem Captain sagen, aber sie hat darauf bestanden, die anderen Offiziere und Sie dabeizuhaben.«

Als sie die Messe passierten, sah Mike wehmütig auf die Ausgabe der Robotküche. Was hätte er jetzt für eine Tasse Kaffee getan, selbst wenn es nur der synthetische war. Leider waren auch die Vorräte der Offiziersmesse versiegt. Es würde keinen Kaffee mehr geben. Nie mehr.

Sie traten auf den Korridor. Zu Mikes Überraschung wandte sich der Erste Offizier nicht zum Bug, sondern in die Gegenrichtung.

»Wohin gehen wir?«, fragte Mike.

»In der Zentrale ist es zu eng. Dillinger hat darum in Frachtcontainer zwei einen kleinen Besprechungsraum improvisiert. Dadurch, dass wir nun zwei Raumfähren weniger haben, ist es dort recht geräumig.«

Wenig später betraten sie den Frachtcontainer. Die Beleuchtung war grell, und überall stapelten sich hohe Kisten. Mike las die Beschriftungen, als sie daran vorbeigingen.

Werkzeuge, Chemikalien, Dünger, Saatgut, Bürobedarf, Medizin, destilliertes Wasser. Unmengen an Kram, aber keine Nahrung.

Dann gingen sie an einer Reihe Raumfähren vorbei, hintereinander aufgestellt, die Stummelflügel nach oben geklappt. Am Ende erreichten sie einen freien Platz, an dem ein großer Tisch und mehrere unbequem aussehende Klappstühle aus Metall standen.

Dillinger, Laski, Schmitt und Baumann saßen schon am Tisch. Der Ingenieur tippte auf einem kleinen Padcomputer herum und sah sich irgendwelche Diagramme an.

Laski und Schmitt flüsterten miteinander. Dillinger saß zurückgelehnt in ihrem Stuhl. Sie hatte die Augen geschlossen.

»Wir sind hier«, sagte der Erste Offizier.

Die Kommandantin machte die Augen auf und musterte Mike mit hellwachem Blick. »Gut. Wir warten noch auf del Toro.«

»Wo ist er denn?«, wollte Chandrasekhar wissen.

»Er holt einen Projektor aus dem Maschinenraum.«

»Ich bin schon da.« Del Toro kam zwischen den Kisten auf sie zu. Er musste gerannt sein, war völlig außer Puste.

Als der Mann an Mike vorbeiging, meinte er, Tabakrauch zu riechen.

Del Toro stellte ein kleines Rechteck mit einer Linse so auf, dass es auf die Wand hinter dem Tisch zeigte, dann verband er es mit Hilfe eines kleinen Kabels mit Baumanns Padcomputer.

Dillinger stand auf. »Also, da wir nun komplett sind, können Sie endlich loslegen.«

Del Toro hatte die Augen weit aufgerissen. »Es wird euch die Schuhe ausziehen. Wollen Sie, Baumann? Oder soll ich?«

Mike hob die Augenbrauen. Er hatte den Bordingenieur noch nie so aus dem Häuschen erlebt. Und dass del Toro Baumann freiwillig den Vortritt anbot, war auch ungewöhnlich. Als hätte die Auswertung der Daten die beiden irgendwie zusammengeschweißt.

Baumann lächelte del Toro an. »Ja. Danke. Wir haben alle Sensoraufzeichnungen, die von der Telemetrie an die *Challenger* übermittelt wurden, ausgewertet. Die Auflösung der Daten ist zwar nicht so hoch, als wenn wir die Speicher des Shuttles direkt ausgelesen hätten, aber es reicht, um unglaubliche Schlüsse zu ziehen.«

Dillinger stöhnte. Sie blickte von Baumann zu del Toro und zurück. »Kommen Sie zum Punkt. Was hat Ferguson umgebracht? War es nun ein Schwarzes Loch oder nicht?«

Baumann und del Toro schüttelten gleichzeitig den Kopf.

»Nein«, antwortete Baumann. »Es waren keine Gravitationsgradienten, die das Shuttle zerstört haben. Das war ein Irrtum. Wir hätten eigentlich gleich drauf kommen können.«

Mike rieb sich die Nase. Er war kein Physiker, aber er konnte sich keine Kraft vorstellen, die sonst imstande war, für ein solches Desaster zu sorgen.

»Wären es Gravitationsgradienten gewesen, hätten die Kräfte jeweils vom Schwerpunkt der Fähre weggezeigt«, erklärte Baumann. »Ferguson hat auf seinem Sitz genau im Schwerpunkt der Fähre gesessen. Wäre es ein Schwarzes Loch gewesen, wäre ein Arm auf die eine Seite, der andere Arm auf die gegenüberliegende Seite gezogen worden. Er wäre auf seinem Sitz buchstäblich zerrissen worden. Aber es hat ihn ja nur auf eine Seite der Kapsel gerissen. Es sah eher so aus, als wäre er auf einem Planeten mit ultrahoher Schwerkraft gelandet.«

Dillinger winkte ab. »Er ist aber nicht auf einem Planeten gelandet. Er ist im freien Weltraum geschwebt.«

»Sie sagen es.« Baumann warf einen triumphierenden Blick in die Runde. »Es gibt eine Analogie, die besser passt. Es ähnelte dem Bild, das man erwarten würde, wenn die Fähre einer großen Zentrifugalkraft ausgesetzt gewesen wäre.«

Mike konnte nicht mehr folgen. »Zentrifugalkraft? Aber wenn das Shuttle sich wie wild gedreht hätte, wären die Arme ebenfalls zu unterschiedlichen Seiten gezogen worden.«

Del Toro schüttelte den Kopf. »Wir meinen ein anderes Bild. Eher so, als wenn jemand die Kapsel an ein langes Kabel gehängt und sich dann damit ganz schnell im Kreis gedreht hätte. Dann wäre alles in der Kapsel durch die Zentrifugalkraft nach außen gedrückt worden.«

Dillinger stand auf und ging vor dem Tisch auf und ab. »Sie meinen, die Fähre ist in ein rotierendes Kraftfeld geraten und wurde davon herumgeschleudert?«

»Besser.« Baumann grinste, als hätte er auf diesen Moment gewartet.

Mike hätte kotzen mögen. Ferguson war für ihn gestorben, und dieser Ingenieur grinste vor Begeisterung. Mike ballte die Hände zu Fäusten, blieb aber stumm.

»Es war kein rotierendes Kraftfeld, sondern ein rotierendes Universum«, erklärte Baumann. »Ferguson ist in einem rotierenden Universum herausgekommen.«

Für einen Moment herrschte Schweigen.

Das kann doch nur ein Scherz sein.

Dillinger ließ sich wie in Zeitlupe wieder auf ihren Platz sinken. Ihre Augen weiteten sich. »Bitte was?«

Del Toro setzte ebenfalls ein Grinsen auf. Offenbar bereitete es ihm ein Riesenvergnügen, seine Kommandantin zu verblüffen. »Sie haben schon richtig verstanden. Das Wurmloch hat Ferguson nicht nur zu einem fernen Ort gebracht, sondern in ein anderes Universum. In ein rotierendes Universum. Und in der Tat rotiert dieses andere Weltall so schnell, dass es für Menschen tödlich ist. Darum gab es dort keine Sterne. Selbst diese würden durch die Gewalten sofort zerrissen werden und können sich darum dort auch niemals bilden.«

Die beiden Männer meinten es offenbar völlig ernst. Aber Mike wollte das nicht in den Kopf. Es war schon schwierig genug, sich ein Wurmloch vorzustellen. Aber ein Wurmloch in ein anderes Universum?

Also bitte!

Mike stand auf und sah abwechselnd Baumann und del Toro an. »Was macht Sie so sicher, dass das Shuttle in einem anderen Universum herausgekommen ist? Und nicht einfach an einem exotischen Ort jenseits des kosmischen Horizonts?«

»Spinnereien.« Laski tippte sich an die Stirn.

Del Toro hob abwehrend die Hände. »Bitte. Ich habe es zunächst auch nicht geglaubt, aber Baumann hat mich überzeugt.« Er forderte Baumann mit einer Handbewegung auf, fortzufahren.

Doch der verneinte. »Sie können es besser erklären, del Toro.«

Mike schüttelte den Kopf. Was war bloß zwischen den beiden Männern in den letzten Stunden geschehen? Anscheinend hatte Baumann es geschafft, del Toro zu beeindrucken. Die zugänglichere Art des Bordingenieurs hatte es dann auch Baumann leichter gemacht, auf den anderen zuzugehen.

»Wir haben zunächst geglaubt, dass das Shuttle in ein magnetisches Kraftfeld geraten ist, das die Metallhülle herumgeschleudert hat, aber das hätten unsere Sensoren angezeigt. Dann haben wir uns die Kameraaufnahmen noch einmal angeschaut.«

»Das rote Feld«, sagte Baumann. »Sie erinnern sich?«

Mike hatte die Bilder in der ersten Nachbesprechung auch gesehen. »Was ist damit?«

»Es handelt sich dabei um Strahlung, die aus jeder Richtung kommt«, erklärte Baumann. »Es ist die Hintergrundstrahlung des anderen Universums.«

»Unmöglich«, meinte Dillinger. »Die Hintergrundstrahlung war so kalt, dass sie sich im Radiospektrum bewegt hat.«

Baumann nickte. »Ja, in unserem Universum. In dem Kosmos, in dem Ferguson gelandet ist, ist die Rotation dermaßen hoch, dass die Hintergrundstrahlung sich in den sichtbaren Bereich des Spektrums verschoben hat. Das erklärt übrigens den Temperaturanstieg der Hülle der Raumfähre. Auch dafür spricht, dass die Hintergrundstrahlung nur in einer Richtung so hoch war. Dort befindet sich nämlich die Rotationsachse dieses Kosmos.«

Mike hatte Schwierigkeiten, sich ein rotierendes Universum vorzustellen. »Wie soll das gehen? Es ist ein physikalisches Prinzip, dass das Universum in alle Richtungen gleich aussieht.« An einige Sachen aus seiner Ausbildung konnte er sich sehr wohl noch erinnern. »Das ist ja auch einer der Gründe, warum die Hintergrundstrahlung unseres Kosmos so gleichmäßig über den Himmel verteilt ist.« Er blickte del Toro an.

Der Bordingenieur zuckte nur mit den Achseln und verwies ihn wieder mit einer Handbewegung an Baumann.

»Ja, unser Kosmos ist isotrop«, erklärte der Ingenieur. »Also in alle Richtungen und an jedem Ort gleich. Zumindest in großem Maßstab. Aber das muss in anderen Universen nicht auch so sein. Es hängt von den Anfangsbedingungen beim Urknall ab, wie sich ein Kosmos entwickelt, wie seine Topologie ist und welche Naturgesetze er hat. Es ist eine Tatsache, dass …«

Dillinger hob eine Hand. »Stopp! Stopp!«

Baumann verstummte.

Die Kommandantin verzog das Gesicht. »Das geht mir alles zu schnell. Ich komme nicht mehr mit. Vor zwei Tagen noch hatte ich meine Schwierigkeiten, zu akzeptieren, dass wir es hier mit einem Wurmloch zu tun haben, das uns an einen Ort jenseits des kosmischen Horizonts bringen kann.« Sie atmete geräuschvoll aus. »Und jetzt kommt ihr beiden Komiker an und wollt mir erzählen, dass die Erbauer der Station Wurmlöcher in andere Universen schaffen konnten?«

»Nennen Sie mich nicht Komiker«, entrüstete sich del Toro.

Dillinger lachte gezwungen. »Also, ich finde das alles sehr komisch. Ehrlich. Was soll ich davon halten?«

Offenbar war Dillingers Sarkasmus eine Schutzfunktion, die sie anschaltete, wenn sie überfordert war. »Also, mir fällt es ebenfalls sehr schwer, zu glauben, dass diese Station gebaut wurde, um in andere Universen zu reisen«, erklärte Mike.

»Ja, aber es ergibt doch völlig Sinn.« Baumann fuchtelte mit den Händen herum. »Unser Universum ist tot. Es ist gestorben. Was gibt es denn Besseres, als durch ein Wurmloch in ein anderes Universum zu fliegen?«

Es war ein ganz und gar phantastisches Bild. Ein Netzwerk von Wurmlöchern, das eine Vielzahl von Universen miteinander verband. Aber irgendwas daran störte Mike. »Was hat man denn davon, ein Wurmloch in ein rotierendes Universum zu schaffen, das für Lebewesen tödlich ist?«

Baumann hob langsam die Schultern. »Das weiß ich leider auch nicht.«

»Was machen wir denn jetzt?«, fragte Schmitt ihre Kommandantin.

Die stöhnte laut. »Als wenn ich das wüsste.«

Mike wandte sich an Baumann. »Kann man irgendwie einstellen, in welches Universum man gelangt? Gibt es einen Weg, ein Wurmloch in ein Universum zu generieren, in dem wir überleben können?«

Baumann brummte. »Mit Sicherheit. Leider habe ich keine Ahnung, welche Einstellungen man dafür vornehmen muss.«

»Und keine Betriebsanleitung für das Ding. Es ist zum Kotzen.« Dillinger vergrub das Gesicht in ihren Händen. »Was würde ich für einen Whisky geben. Nur einen einzigen.«

»Moment mal.« Der Erste Offizier tippte etwas in seinen Pad-computer. Dann stand er auf und ging zur Wand des Fracht-containers.

»Darf ich fragen, was du da machst?«, erkundigte sich Dillinger.

»Ferguson«, antwortete Chandrasekhar. »Er hatte von einem Paneel im Frachtraum gesprochen, hinter das wir mal schauen sollten.«

Dillinger fasste sich an den Kopf. »Das hatte ich ganz vergessen. Meinst du, der Mann …« Sie verstummte.

»Hier.« Der Erste Offizier zeigte auf eine graue Blende in der Wand. »Goldman, schrauben Sie die Tafel ab.«

Der Mechaniker stand auf und holte ein kleines Kombiwerkzeug aus der Tasche.

Mike hatte Fergusons Aussage mitgehört, aber nach dessen grausamem Tod verdrängt.

Wenige Sekunden später lag das Paneel neben Goldman auf dem Boden. Dahinter waren kleine, längliche Holzkisten gestapelt. Es waren sicher mehrere Dutzend.

Dillinger sprang auf. »Mein Gott!«

Das konnte nur Whisky sein. Mike war fassungslos.

Chandrasekhar nahm eine der Kisten heraus und schaute auf die Inschrift. Dann reichte er sie seiner Kommandantin.

»Ein fünfunddreißigjähriger Lowlands.« Eine Träne rann über Dillingers Wange. »Ich hätte nicht gedacht, so etwas jemals wieder in den Händen zu halten.«

Sie riss den Deckel von der Box und nahm eine bauchige Flasche mit einem edlen Etikett und einer leicht gelblichen Flüssigkeit darin heraus. Mit bedächtigen Bewegungen schraubte sie den Deckel ab und nahm einen kleinen Schluck. Sie schloss die Augen und lächelte. Dann nahm sie noch einen Schluck und reichte die Flasche an ihren Ersten Offizier weiter. Der bediente sich ebenfalls, und schon ging das Gefäß reihum.

Mike nahm einen kleinen Schluck. Als der Whisky seine Kehle hinunterlief, wusste er sofort, dass diese Flasche ein kleines Vermögen wert war.

Er grinste. Ferguson war ein Schlitzohr gewesen. Von wegen geläutert ... Offenbar hatte er das Angebot auf Omicron nur angenommen, um schnelles Geld zu verdienen.

Schließlich erreichte die Flasche wieder die Kommandantin, die sie vor sich auf den Tisch stellte.

Sie straffte sich. »Nachdem wir nun etwas Medizin genommen haben, kommen wir wieder zum ursprünglichen Problem zurück. Was machen wir als Nächstes? Vorschläge?«

Baumanns Hand schoss nach oben. »Wir müssen lernen, mit dem Wurmlochgenerator umzugehen, und dann weitere Versuche starten, eine Passage zu einem Kosmos zu finden, in dem wir überleben können.«

Dillinger musterte ihn skeptisch. »Ich verstehe schon. Sie wollen an den Knöpfen herumspielen, Wurmlöcher schaffen und Versuchskaninchen hindurchschicken, bis wir ein Universum gefunden haben, das uns nicht zerfetzt.«

»Ich verstehe einfach nicht, dass es hier keine Hinweise gibt, wie man das Ding ordentlich bedient«, erklärte Chandrasekhar.

»Ich glaube, dass es tatsächlich eine Bedienungsanleitung gegeben hat«, entgegnete del Toro.

»Und?«, fragte Mike.

Der Ingenieur verzog das Gesicht. »Der Erste Offizier der *Artania* hat sie zerstört. Die kaputten Konsolen im Vorraum der Beschleunigerkontrolle sahen für mich wie ein Datenterminal aus. Es ist möglich, dass damit Wurmlöcher geschaffen wurden, die zielgenau ganz bestimmte Universen ansteuerten.«

Dillinger runzelte die Stirn. »Aber der arme Teufel war so in Wut darüber, dass es an Bord der Station keine Nahrung gab, dass er die Anlage vernichtet hat.«

Del Toro nickte. »Und sich und seine Gefährten damit um die Rettung gebracht hat. Womöglich hätte man einfach nur die Computer der Station hochgefahren und über ein kinderleichtes Interface ein passendes Wurmloch geschaffen. Dann hätten Passagiere und Besatzung der *Artania* mit einem Beiboot hindurchfliegen und sich einen fruchtbaren Planeten suchen können.«

Mike presste die Lippen zusammen. Es war gut vorstellbar, dass es so gelaufen war. Und womöglich hatte der Erste Offizier des anderen Schiffes damit auch die Menschen der *Challenger* zum Tode verurteilt.

Baumann nickte. »So wird es gewesen sein. Uns bleibt jetzt nichts anderes übrig, als die Wurmlochsteuerung im Handbetrieb zu bedienen und mit möglichst wenigen Versuchen herauszufinden, wie man einen Durchgang in ein Universum schafft, in dem wir leben können. Ich hoffe nur, wir haben genug Shuttles dafür.«

Mike machte sich eher Sorgen um die Piloten. Er wusste genau, wen man als Nächstes bitten würde, sich mit einer weiteren Fähre in das Wurmloch zu stürzen.

Dillinger sah alles andere als glücklich aus. »Offenbar gibt es keinen anderen Weg.«

Chandrasekhar flüsterte etwas in ihr Ohr.

»Ja, klar«, erwiderte Dillinger. »Wir werden zusammen die anderen Passagiere informieren.«

46

»DAS sind die letzten.« Ravi wuchtete die schwere Holzkiste auf den Boden des Frachtcontainers.

Christine ging in die Knie, klappte den Deckel auf und betrachtete den Inhalt. »Mehl, Dosenkonserven, getrocknete Nudeln, ein paar Pakete Reis, Gewürze, Zucker. Leider nicht die Mengen, die wir bräuchten.«

Ravi runzelte die Stirn. »Welche Mengen bräuchten wir wofür?«

Natürlich. Ihr Kamerad hatte recht. In ihrer beschissenen Lage war das alles nicht genug. »Es wird noch für anderthalb bis zwei Wochen reichen. Dann war es das.«

»Schöne Scheiße«, kommentierte Ravi.

Christine schloss die Kiste wieder und schob sie mit dem Fuß in das Regal zurück. »Und es sind wirklich keine weiteren Nahrungsmittelvorräte zu finden? Hast du alles durchsucht?«

Ravi nickte. »Ich habe jede einzelne Kiste geöffnet. Es hätte ja sein können, dass jemand versehentlich die Etiketten vertauscht hat, aber es ist wirklich nichts zu essen mehr da.«

Langsam schritt Christine an den hohen Regalen entlang und kontrollierte die Strichcodes mit ihrem Lesegerät. So viel Zeug … und nichts, das ihnen weiterhalf.

Wie es schien, war diese Wurmlochstation ihre einzige Chance.

Christine ging fest davon aus, dass Warnock den nächsten Versuch nicht überlebte, und dann hatten sie, abgesehen von der Besatzung, niemanden mehr, der ein Shuttle fliegen konnte.

In zwei Wochen, wenn die letzten Vorräte verbraucht waren, würden sie letztendlich doch die roten Pillen verteilen müssen.

Vor einer großen Kiste blieb Christine stehen. Sie hielt den Scanner an den Aufkleber und es piepte laut. »Fünf Kupplungen. Typ D23 von Franklin«, las sie. »Für was soll denn das gut sein?«

»Wahrscheinlich Ersatzteile für den Fuhrpark der landwirtschaftlichen Kooperative auf Omicron«, vermutete Ravi.

Christine zog die Kiste heraus und öffnete den Deckel. Der Stahl der Teile blitzte silbern im Licht der hellen Neonröhren. »Sehr eisenhaltig, aber leider ungenießbar.«

Ravi sparte sich eine Antwort.

»Captain?« Die Stimme des Steuermannes hallte durch den Frachtcontainer.

»Hier«, sagte Christine, stand auf und ging in Richtung Eingang. Was war nun schon wieder geschehen?

Laski bog um die Ecke eines Regals, Captain Wheeler an seiner Seite.

Was will der denn hier?

»Der Captain hat einen Vorschlag«, sagte Laski.

Christine blieb vor dem Soldaten stehen. »Warum wenden Sie sich nicht an Ihren Vertrauensmann?«

Wheeler betrachtete sie aus kühlen Augen. »Ich habe mit Mr. Warnock nichts zu schaffen. Ich will Ihnen ein Angebot unterbreiten.«

»Halten Sie sich an die Regeln«, murrte Christine.

Sie wollte sich herumdrehen und den Raum verlassen, doch Laski trat einen Schritt auf sie zu. »Sie sollten sich den Vorschlag anhören.«

Christine seufzte. »Also gut, Captain Wheeler, dann schießen Sie mal los.«

Der Mann baute sich in Habachtstellung auf. »Captain Dillinger, ich und meine Männer und Frauen stellen uns zur Verfügung, die Bedienung der Shuttles in einem Schnelllehrgang zu lernen und durch das Wurmloch zu fliegen, um einen Platz zum Überleben zu finden.«

Christine war völlig überrascht. »Sie tun … *was*?« Wie sollten diese Infanteristen in wenigen Stunden oder Tagen zur Bedienung einer Raumfähre fähig sein?

»Wir sind Soldaten«, erklärte Wheeler voller Überzeugung. »Wir sind es gewohnt, für unser Leben und das Leben von Zivilisten zu kämpfen und dabei hohe Risiken einzugehen. Es ist nicht unser Ding, uns in eine Ecke zurückzuziehen und hungernd auf den Tod zu warten. Dann gehen wir lieber bei einem Einsatz drauf, Captain Dillinger.«

Christine rieb sich über das Kinn. Der Mann meinte es ernst. »Ihr Mut ehrt Sie, Captain. Ich habe allerdings Zweifel, ob Sie und Ihr Team in so kurzer Zeit lernen können, eine Raumfähre zu fliegen.«

»Wir lernen schnell«, sagte Wheeler.

Christine schüttelte den Kopf. »Es geht hier nicht darum, ein bisschen geradeaus zu fliegen oder mal eine halbwegs gescheite Kurve hinzubekommen, sondern um Translation und Rotation in drei Dimensionen. Um das vernünftig hinzubekommen, brauchen selbst gute Piloten oft Wochen. Dazu kommen feine Manöver beim An- und Abdocken. Und dann dieser Flug durch das Wurmloch, bei dem man aufpassen muss, nicht mit den Wänden des Durchgangs zu kollidieren. Nein, Captain, ich glaube kaum, dass wir das in einer Woche hinkriegen.«

»Wir haben auf der Erde alle gelernt, einen Gleiter zu fliegen«, beharrte Wheeler. »Die Bedienung soll, nach allem, was man hört, sehr ähnlich sein.«

»Ja, die Steuerungen ähneln sich in der Tat. Allerdings fliegen Sie auf der Erde in zwei Dimensionen plus Höhe. Glauben Sie mir, das ist ein wesentlicher Unterschied.«

Captain Wheeler verzog das Gesicht. »Bei allem Respekt, Captain Dillinger, was haben Sie zu verlieren?«

Christine holte tief Luft. Das stimmte. Sie hatten noch zehn Shuttles. Wenn sie bei den Versuchen den Großteil davon verloren, dann machte das auch nichts weiter aus. Wahrscheinlich würde der eine oder die andere aus Wheelers Team bei den Versuchen draufgehen, aber wenn sie sich freiwillig meldeten, dann war das deren Sache. Vielleicht würden Baumann und del Toro nach einigen Versuchen lernen, wie die Einstellungen der Station funktionierten und wie man den Weg in ein sicheres Universum fand. Oder sie hatten einfach Glück und entdeckten per Zufall bei einem der Testflüge einen Kosmos, in dem es noch Sterne und Planeten gab und in dem sie überleben konnten.

Christine sah Ravi an.

Der schien nichts dagegen zu haben. »Könnte einen Versuch wert sein. Drei, vier Tage intensive Ausbildung an den Shuttles, und dann sehen wir mal, wo wir stehen.«

»Also gut«, stimmte Christine zu. »Ich nehme Ihr Angebot an.« Sie hielt ihm die Hand hin.

Wheeler sah sie weiter aus Eisaugen an und machte keine Anstalten, einzuschlagen. »Ich habe allerdings eine Forderung, bevor wir damit beginnen.«

Jetzt kommt's.

»Ich werde von uns Soldaten den ersten Flug machen«, sagte Wheeler. »Aber Warnock ist als Erster dran.«

47

»ICH muss gehen.« Mike legte Ellie die Hände auf die Schultern. »Es gibt keine andere Möglichkeit.«

»Ferguson ist tot«, sagte sie ohne jede Emotion in der Stimme. »Es gibt keinen Hinweis darauf, dass es dir anders ergehen könnte.«

Mike war sich darüber im Klaren. »Wir haben trotzdem keine andere Wahl. Wir müssen durch das Wurmloch, um aus unserem Universum zu fliehen. Wenn wir scheitern, ist es für uns alle in einigen Tagen vorbei.«

Ellie trat einen Schritt zurück. Als ihre Augen feucht wurden, wandte sie sich ab.

Mike stellte sich hinter sie, umarmte sie und legte seinen Kopf auf ihre Schulter. Lange standen sie so schweigend in ihrer Kabine.

Sie waren allein. Neil war bei den Paines in der Messe. Robin hatte Ellie angeboten, sich um ihren Sohn zu kümmern, damit sie in Ruhe von Mike Abschied nehmen konnte. Es war gut möglich, dass es ein Abschied für immer war.

Mike wollte nicht gehen. Wollte nicht im Wurmloch sein Leben riskieren. Wollte nicht auf solch grausame Art sterben wie Ferguson.

Aber was blieb ihm anderes übrig? Dillinger hatte ihn beiseitegenommen und ihm von dem Angebot der Soldaten erzählt. Klar, Captain Wheeler war immer noch nachtragend. Aber es ergab durchaus Sinn, dass Mike vorausging, da die anderen erst noch in der Steuerung der Shuttles ausgebildet werden mussten. Und das würde noch einige Tage dauern.

Ellie hatte protestiert, aber nicht sehr lange. Sie war eine vernünftige, realistische Frau. Und sie machte kein Drama daraus. Sie hielt zu ihm bis zum Schluss.

Seine Kehle schnürte sich zusammen. Seit sie mit der *Challenger* in diese Katastrophe geraten waren, war ihm immer klarer geworden, dass er Ellie wirklich liebte.

Als hätte Gott dieses Unheil über sie gebracht, damit sie wieder zusammenfanden. Doch was nützte das, wenn Mike in einer Stunde tot war?

»Ich liebe dich«, flüsterte er in ihr Ohr. Langsam drehte sie sich zu ihm um und blickte ihn mit geröteten Wangen an. Der Ausdruck in ihren Augen machte ihm klar, dass sie für ihn ebenso empfand. Immer noch.

Er beugte sich vor, um sie zu küssen. Zögernd ließ sie sich darauf ein. Wenige Sekunden später lagen sie nebeneinander im Bett und zogen sich gegenseitig aus.

Diesmal war es wirklich Liebe und nicht dieses verkrampfte Miteinander, wie es seit seiner Rückkehr aus dem Krieg nach einigen Gläsern Wein zur Gewohnheit geworden war.

Später lagen sie sich in den Armen, schwitzend, völlig außer Atem, schweigend. Mike wusste nicht, wie lange.

Irgendwann schwang er die Beine aus dem Bett. Er wollte es endlich hinter sich bringen.

Gemeinsam betraten sie die Messe. Der Großteil der Passagiere war anwesend, wartete offenbar darauf, Mikes Opfergang vor den Fenstern des Aufenthaltsraumes hautnah mitzuerleben. Nach langem Hin und Her hatte Dillinger zugestimmt, den Funkverkehr zwischen dem Shuttle und der *Challenger* in die Messe zu übertragen.

Neil, der mit Mary und Robin bei einem Brettspiel saß, sprang auf und lief auf Mike zu. In der Hand hielt er ein Blatt. »Das habe ich für dich gemalt, Papa.«

Mike nahm das Papier. Es zeigte einen lächelnden Astronauten in einem rechteckigen Kasten, der himmelwärts davonflog. Am unteren Rand waren zwei Strichmännchen, ein großes und ein kleines, die ebenfalls lächelten und rote Herzen in den Händen hielten.

Mike konnte das Schluchzen nicht unterdrücken und nahm seinen Sohn in den Arm. Was hatte er nur für ein Glück gehabt, Teil einer solchen Familie sein zu dürfen. Wie hatte er es jemals wagen können, an seinen Gefühlen für seine Frau und seinen Sohn zu zweifeln?

Er drückte Neil fest an sich.

Lieber Gott, bitte lass mich meinen Sohn nicht zum letzten Mal in die Arme nehmen.

Er wollte Neil wiedersehen. Dabei sein, während er heranwuchs. Für ihn da sein.

Der Junge löste sich von ihm und rannte zu seiner Mutter.

Mike stand weinend da und hielt das Bild in der Hand, während jeder Mann und jede Frau im Raum ihn anstarrte.

Die Tür zu den Besatzungsbereichen öffnete sich, und Captain Dillinger schaute ihn abwartend an.

Mike wischte sich über das Gesicht. Er musste sich zusammenreißen!

Er nickte der Kommandantin zu und umarmte seine Frau ein letztes Mal.

»Ich liebe dich«, sagte sie, als er sie losließ.

»Viel Glück«, flüsterte Gerry, als Mike an ihm vorbeiging.

Stuart Morris salutierte, während Wheeler auf dem Nebensitz Mike nur emotionslos anstarrte.

Mike erwiderte den militärischen Gruß des Unteroffiziers und stand schließlich vor Captain Dillinger.

»Sind Sie bereit, Mr. Warnock?«

Mike brachte das »Ja« kaum über die Lippen. Er folgte der Kommandantin durch die Gänge des Schiffes.

Chandrasekhar wartete mit einem Raumanzug, den Mike anzog und aktivierte. Dann setzten sie ihren Weg fort.

Am Eingang der Raumfähre stand del Toro. »Ich habe die Systeme überprüft. Shuttle drei ist einsatzbereit und in gutem Zustand.«

»Danke, Lieutenant.«

Del Toro reichte Mike die Hand. Mike ergriff sie.

»Viel Glück.« Captain Dillinger lächelte ihm unbeholfen zu.

Mike dankte ihr, dann kletterte er durch die kreisrunde Luke in das Shuttle. Del Toro schloss die Tür hinter ihm, und Mike verriegelte sie mit einem silbernen Hebel.

Er setzte sich auf den Pilotensitz. Del Toro hatte ihm eine Checkliste auf das Armaturenbrett gelegt, deren Punkte er nacheinander durchging und mit der er das Shuttle auf das Abdocken vorbereitete. Die übliche Routine, mit der er die Handgriffe an den Kontrollen ausführte, fühlte sich in diesem Moment völlig falsch an.

»Mr. Warnock?«, ertönte Dillingers Stimme aus seinem Headset. »Können Sie mich verstehen?«

»Ich höre Sie laut und deutlich.«

»Gut. Die *Challenger* ist bereit. Sie können jederzeit abdocken.«

»Verstanden.« Mike löste die Klammern des Dockingsystems. Federn drückten Shuttle drei von der *Challenger* weg. Als er einige Meter entfernt war, betätigte er die Steuerdüsen, um schneller Abstand zu gewinnen.

Schließlich schwenkte er die Fähre herum, um Kurs auf die Vorderseite der Station zu nehmen. Dabei flog er dicht an den Fenstern der Messe vorbei, an denen die Menschen standen. An der hinteren Glasfront sah er Ellie, ihren Arm um Neil gelegt.

Sie hatten abgesprochen, dass Ellie mit Neil in ihre Kabine gehen würde, bevor er in das Wurmloch flog. Weder sie noch sein Sohn mussten seinen Todeskampf mitbekommen, wenn etwas schiefging. Dillinger würde sie informieren, sobald der Einsatz abgeschlossen war – auf die eine oder andere Weise.

Als Mike das Ende der Station mit dem Beschleunigerring voraus hatte, drückte er den Schubhebel nach vorne. Nur leicht. Die Fähre war zwar voll betankt, aber man konnte ja nie wissen, wofür man den Treibstoff noch brauchte.

Das Manöver lief problemlos. Die Fähre war gut zu steuern, aber das Ding kam ja auch brandneu aus der Fabrik. Jedenfalls, wenn man die Billiarden Jahre im Dilatationsflug außer Acht ließ.

Zuletzt flog er eine weite Kurve und stoppte Shuttle drei einen halben Kilometer vor dem Beschleunigerring.

»Ich bin so weit.«

»Gut«, antwortete Dillinger. »Ich übergebe an del Toro und Baumann.«

Die Ingenieure befanden sich im Steuerraum der Station. Auch die Telemetrie der Fähre würden die beiden auf einer improvisierten Konsole dort empfangen.

»Hier Baumann, wir sind bereit, das Wurmloch zu öffnen.«

Mike seufzte. »Dann mal los.«

Sekunden vergingen, in denen sich nichts tat. Mike wollte schon nachfragen, als endlich die Blitze aufzuckten. Eine Minute später stand die schimmernde Sphäre still im Raum. Die Oberfläche kräuselte sich leicht im Licht der hellen Scheinwerfer, als würde ein leichter Wind darüberstreichen. Das Wurmloch sah exakt so aus wie bei Fergusons Flug.

»Baumann?«, fragte Mike.

»Ja, ich bin hier. Das Wurmloch sollte nun stabil sein. Sie können hineinfliegen.«

Mike biss sich auf die Lippen.

Also gut! Bringen wir es hinter uns.

Ganz sachte drückte Mike den Schubhebel nach vorne. Er beugte sich vor. Es war wirklich kein Unterschied zum letzten Wurmloch festzustellen. »Baumann, haben Sie die Einstellungen auf der Konsole verändert?«

»Ja, haben wir. Die Zahlencodes unterscheiden sich nun deutlich von denen bei Fergusons Flug.«

Mike wusste, was das bedeutete. Die Ingenieure tappten im Dunkeln, was die Bedienung der Steuerungsanlage anging. Die Konsole hatte fünf zehnstellige Zahlencodes. Baumann und del Toro hatten vermutet, dass es sich um eine Art Adresssystem handelte, das ähnlich wie das gängige Internetprotokoll funktionierte, mit dem Datenpakete verschickt wurden. Nur dass dieses Wurmlochsystem keine Computer, sondern Universen miteinander verband. Mike hatte Zweifel, dass es ihnen durch das bloße Verstellen der Zahlen gelang, einen für sie geeigneten Kosmos zu finden. Am Ende würden alle Shuttles zerstört und alle Piloten tot sein. Und der Rest der Menschen würde an Bord der *Challenger* verhungern oder Pillen schlucken. Doch wenn er es nicht versuchte, gab es keine Gewissheit.

»Von unserer Perspektive aus sieht der Kurs des Shuttles gut aus«, verkündete Dillinger.

Mike nickte. Die Fähre war perfekt ausgerichtet. Er beschleunigte.

Das Gefährt nahm schnell Fahrt auf. Das Wurmloch näherte sich rapide.

Schon hatte er die Blasenwand erreicht.

Doch die Hülle des Wurmloches war nur eine Illusion. Sie wich vor ihm zurück, als er eintauchte.

Obwohl er weiter geradeaus flog, wanderte die Station vor ihm nach oben weg. Gleichzeitig wurde sie kleiner und zog sich in die Länge. Das Licht ihrer Scheinwerfer wurde von den Wänden eines ansonsten unsichtbaren Tunnels reflektiert, der sich vor ihm bildete. Mike musste den Kurs korrigieren, um nicht mit ihnen zu kollidieren.

»Warnock? Wie geht …« Ein Knacken überlagerte die Stimme der Kommandantin.

»Es geht mir gut. Die Wände des Wurmloches üben eine leichte Anziehungskraft aus, und ich muss ständig gegensteuern, aber es ist kein Problem. Ferguson hatte recht, die *Challenger* hätte keine Schwierigkeiten, durch die Passage zu fliegen.«

»Sie sind für uns jetzt kaum noch zu sehen.«

Mike warf einen kurzen Blick auf den Monitor der rückwärtigen Kamera. »Auch die Station ist nur noch als entfernter Stern zu erkennen.«

Der Tunnel vor ihm wurde immer enger. Er hatte den Mittelpunkt des Wurmloches noch nicht erreicht.

Mikes Hände zitterten, und er verstärkte den Griff auf Schubhebel und Steuerknüppel. Vor ihm war alles dunkel. Bisher waren keine Sterne auf der anderen Seite des Wurmloches zu sehen. Aber auch keine rote Fläche, die auf einen rotierenden Kosmos hindeutete.

Dann weitete sich der Korridor wieder. Mike zog den Schubhebel ganz zurück. Die Restgeschwindigkeit sollte nun ausreichen, um ihn hinüberzubringen.

Mikes Nerven waren bis zum Zerreißen gespannt. Er achtete auf jedes Signal seines Körpers. Wenn auch nur das geringste Anzeichen einer plötzlich auftretenden Kraft auftauchte, würde er sofort vollen Gegenschub geben und im Rückwärtsgang wieder aus dem Wurmloch fliegen. Die Frage war nur, ob das Universum dort vorne ihm so viel Zeit ließ. Bei Ferguson war es rasend schnell gegangen – und der hatte noch nicht mal eine sonderlich hohe Geschwindigkeit gehabt.

»Ich empfange immer noch Ihr Radarecho, auch wenn es

schwach ist«, sagte Baumann. »Sie sind nun schon weiter vorgedrungen als Ferguson.«

Immerhin!

Schneller und schneller wichen die Tunnelwände zurück – und dann war Mike im freien Weltraum.

Sein Herz raste immer noch, aber er entspannte sich allmählich. Das Universum, in dem er sich nun befand, hatte ihn nicht zerrissen. Aber es gab auch hier keine Sterne. Der Kosmos war so leer wie der, den er eben verlassen hatte.

Langsam drehte er den Steuerknüppel und schickte das Shuttle in eine leichte Rotation.

»Warnock?«, fragte Baumann.

»Ich lebe noch«, antwortete Mike mit sarkastischem Unterton.

»Ich weiß«, meinte der Ingenieur. »Können Sie irgendwas erkennen?«

»Nichts. Hier ist alles dunkel. Anscheinend ist auch dieser Kosmos schon gestorben.«

»Scheint so«, erwiderte del Toro. »Es ist keine kosmische Hintergrundstrahlung auf den Instrumenten zu sehen. Spricht in der Tat für einen sehr alten Kosmos.«

Das Schiff schwenkte weiter. Vor sich erkannte Mike die Hülle des Wurmloches als schwachen Schimmer. Es war das Licht der Stationsscheinwerfer, das seinen Weg hier in diesen Kosmos fand.

Mike fiel es schwer, sich vorzustellen, dass er sich nun in einem anderen Universum befand.

»Warnock«, meldete sich Dillinger. »Das hilft uns nicht weiter. Kommen Sie zurück. Ihre Mission ist erfüllt.«

Langsam atmete Mike aus. Er hatte es überstanden. Er war nicht gestorben. Er würde zu Ellie und Neil zurückkehren und sie wieder in die Arme schließen können. Die nächsten Missionen würden Wheeler und seine Soldaten übernehmen. Aber Mike hatte nicht viel Hoffnung. Sterne und Planeten gab es auch hier nicht. Die meisten Universen schienen für Lebewesen nicht geeignet zu sein.

Er richtete das Schiff wieder auf das Wurmloch aus und wollte gerade beschleunigen, als sein Blick auf eine rot blinkende Leuchte fiel. Es war das Radar.

Vielleicht handelte es sich um ein Echo des Wurmloches, das die Radarstrahlen zurückwarf. Dennoch schaltete er das Radarbild auf den linken Monitor.

Es war nicht das Wurmloch. Das Echo befand sich etwa hundert Kilometer entfernt am Rand des Schirms. »Ich habe hier etwas auf dem Radar.«

»Was ist es?«, fragte Dillinger.

»Ich kann dazu nichts sagen«, meinte del Toro. »Das Radar wird nicht über die Telemetrie übertragen.«

»Ich werde rausfinden, was das ist.« Mike griff an den Steuerknüppel.

»Entfernen Sie sich nicht zu weit vom Wurmloch«, sagte Dillinger. »Nicht dass Sie es nachher nicht mehr finden.«

»Ich markiere die Position auf dem Bildschirm der Trägheitsnavigation.« Mike drückte einen Knopf, und ein kleines Dreieck entstand auf dem Navigationsmonitor. Anschließend richtete er das Shuttle auf das Radarecho aus. Wenn da schon etwas in diesem Kosmos war, dann würde er es sich auch genauer anschauen. Vielleicht gab es eine Station wie die auf der anderen Seite des Wurmloches. Wenn das so war, dann konnte er an Bord gehen und die unzerstörten Steuerungscomputer der Station in Betrieb nehmen. Vielleicht würden sie dann endlich Antworten erhalten, wo sie einen für sie geeigneten Kosmos finden konnten.

Mikes Hände verkrampften sich, als er an die Konsequenzen im Fall eines Fehlschlags dachte.

Er drückte den Schubhebel nach vorne. Das Wurmloch fiel

schnell zurück. Schon konnte er es auf den rückwärtigen Kameras nicht mehr erkennen. Doch er vertraute auf die Markierung in der Trägheitsnavigation.

Mike sah auf den Radarschirm und runzelte die Stirn. Das fremde Objekt wich vor ihm zurück. Und zwar mit derselben Geschwindigkeit, mit der er sich näherte.

»Warnock?« Dillingers Stimme klang immer verrauschter. Schon bald würde er sie nicht mehr verstehen können.

Wenige Augenblicke später hatte er schon zwanzig Kilometer zurückgelegt, und das Objekt auf dem Radar entfernte sich immer noch mit gleicher Geschwindigkeit.

Mike schüttelte den Kopf und gab Gegenschub. Er wollte sich nicht zu weit von dem Wurmloch weglocken lassen und brachte das Schiff zum Stillstand.

Der Punkt auf dem Radar blieb ebenfalls stehen.

Was soll die Scheiße?

Wäre er im Erdorbit gewesen, hätte er vermutet, dass sich da jemand einen Spaß mit ihm erlaubte, aber das war in diesem von Gott verlassenen Kosmos wohl kaum möglich. Irgendetwas stimmte hier nicht. Ganz und gar nicht.

»Baumann?«

»… höre Sie … sehr undeutlich.«

Er durfte sich auf gar keinen Fall weiter entfernen, wenn er den Kontakt nicht verlieren wollte.

»Das Objekt weicht vor mir zurück.«

»… Teleskope.«

Baumann hatte recht. Del Toro hatte ein Teleskop zusammen mit den Sensoren installiert. Auf hundert Kilometer mochte es ein Bild liefern.

Mike aktivierte das System und richtete es aus. Es dauerte einige Sekunden, bis das Teleskop hochgefahren war und etwas Verwertbares auf den Monitor schickte.

Er erkannte ein grünes und ein rotes Licht. Beide standen eng zusammen wie Positionslichter. Im Abstand von zwei Sekunden blitzte ein Stroboskop auf und ließ eine kastenförmige Struktur erkennen.

Verdammte Scheiße!

Das war ein Shuttle. Es war *sein* Shuttle. Er sah sich selbst! Wie war das möglich?

Mike griff nach dem Steuerknüppel und ließ das Schiff rotieren. Das Schiff auf dem Bildschirm rotierte auch.

Mike schüttelte den Kopf.

Das war so, als hinge da ein riesiger Spiegel mitten im Weltraum. Es musste irgendein Effekt in diesem Kosmos sein. Eine optische Illusion durch ein Kraftfeld oder so etwas.

Mike entschloss sich, ein Experiment zu machen. Er aktivierte den Scheinwerfer und verband ihn direkt mit dem Mikroreaktor des Schiffes. Auf die Art und Weise ließ sich für einen kurzen Zeitraum eine gigantische Leuchtkraft erzeugen. Im Vulkansystem hatte er so ein feindliches Schiff auf einem tausend Kilometer großen Asteroiden gefunden.

Er deaktivierte die Sicherung und drückte den Auslöser.

Im selben Moment entstanden überall um ihn herum Lichtpunkte.

Mit offenem Mund starrte Mike aus dem Fenster in einen plötzlich mit Sternen übersäten Kosmos.

Aber der Sternenhimmel hatte nichts Natürliches an sich, denn die Lichter am Firmament sahen aus, als hätte sie jemand absichtlich in gleichen Abständen bis in unendliche Entfernung platziert. Es erinnerte ihn an einen komplett verspiegelten Raum, in dem man eine Kerze anzündete.

Es war einfach irreal.

Was ist das hier nur für ein Ort?

Schlagartig stieg Panik in Mike auf. Schnell schaltete er den

Scheinwerfer wieder aus, und um ihn herum entstand erneut Finsternis. Mit schnellen Bewegungen richtete er die Fähre auf das Symbol auf dem Navigationsbildschirm aus und schob den Schubhebel weit nach vorne.

Er atmete auf, als er kurz darauf das vertraute Schimmern des Wurmloches erkannte.

»Warnock?«, fragte Dillinger. »Sind Sie okay?«

»Ja, ich bin okay. Ich komme zurück.«

»Was ist passiert?«

Er stoppte das Schiff, um es korrekt auf das Wurmloch auszurichten. »Das erzähle ich Ihnen später, ich denke, Sie werden es sowieso nicht glauben. Aber ich …«

»Ich unterbreche nur ungern«, mischte sich Baumann ein. »Aber hier geht ein gelbes Licht auf der Steuerungstafel an, das wohl einen baldigen Zusammenbruch des Wurmloches verkündet. Wenn Sie nicht drüben warten wollen, bis sich die Station wieder aufgeladen hat, sollten Sie schnell herüberkommen.«

Die Aussicht, an diesem trostlosen Ort auch nur fünf Minuten ganz alleine zu bleiben, ließ in Mike neue Panik aufsteigen. Schweiß rann über seine Stirn, und schnell schob er den Schubhebel nach vorne.

Er tauchte in das Wurmloch ein, raste an den funkelnden Wänden vorbei, wobei er immer wieder mit kurzen Triebwerksstößen ausglich, und war wenige Sekunden später durch.

Kaum dass er im freien Raum war, fiel das Wurmloch hinter ihm in sich zusammen.

48

»MÖCHTEN Sie einen?«, fragte Christine.

Del Toro beäugte die Flasche auf dem Tisch ihrer Kabine argwöhnisch. Schließlich setzte er sich. »Warum nicht.«

Sie holte ein zweites Glas aus dem Regal und goss ihnen beiden einen Fingerbreit ein. Dann nahm sie wieder Platz, hob das Glas und nippte an dem Zeug.

Phantastisch!

Sie hatte nicht widerstehen können, eine weitere Flasche aus Fergusons Schmugglerversteck zu öffnen. Es war ein fünfunddreißigjähriger Orkney. Wahrscheinlich hätte ein ganzes Monatsgehalt nicht für diese Flasche gereicht.

Del Toro nahm einen Schluck und verzog das Gesicht.

»Schmeckt es Ihnen nicht?«

»Für mich schmeckt das alles gleich.« Er stellte das Glas wieder auf den Tisch und schob es zu Christine hinüber.

Sie rollte mit den Augen, nahm del Toros Glas und kippte den Inhalt in ihr eigenes. »Nun, was haben Sie herausgefunden? Wo ist Warnock da herausgekommen?«

Del Toro zögerte. »Es wird sich sehr unglaubwürdig anhören.«

Christine lachte. »Bei dem, was wir hier in den letzten Tagen und Wochen erlebt haben, hört sich für mich gar nichts mehr unglaubwürdig an. Also schießen Sie los.«

Del Toro nahm sein leeres Glas wieder auf, roch daran und schob es von einer Hand in die andere. »Offenbar ist Warnock in einem Universum herausgekommen, das in einer Richtung nur einen Durchmesser von etwas über hundert Kilometern hat.«

Christine glaubte, sich verhört zu haben. »Ein Universum mit einem Durchmesser von hundert Kilometern?«

»In einer Richtung«, wiederholte del Toro. »Die Theorie stammt von Baumann, nicht von mir, aber ich denke, dass sie zutrifft. Jedenfalls fällt mir sonst auch nichts ein, warum Warnock sich selbst mit den Teleskopen beobachten konnte.«

Ein so kleines Universum? Christine versuchte, das zu visualisieren, scheiterte aber.

»Stellen Sie sich die Erde vor«, erklärte del Toro. »Und stellen Sie sich einen Lichtstrahl vor, der immer drei Meter über die Oberfläche schießt. Wenn Sie nun ein ganz starkes Teleskop hätten, würde der Lichtstrahl einmal um den Globus laufen, und Sie würden Ihren eigenen Rücken in der Ferne erkennen.«

Christine verstand. Sie musste die zweidimensionale Oberfläche der Erde auf den dreidimensionalen Raum eines Universums übertragen. Es fiel ihr schwer, aber sie akzeptierte die Analogie. »Der Vergleich hinkt. Ich würde immer meinen Rücken sehen. Egal, in welche Richtung ich mich wende. Warnock hätte in jeder Richtung den Scheinwerfer des Shuttles erkennen müssen, und darum hätte der Himmel hell wie ein umfassender Flächenscheinwerfer sein müssen.«

»Sie haben nicht zugehört, was ich gesagt habe«, fuhr del Toro auf. Doch er beruhigte sich schnell wieder.

Christine runzelte die Stirn. Von del Toros abweisender, aggressiver und arroganter Art war in den letzten Tagen nicht mehr viel übrig geblieben. Stattdessen verhielt er sich kollegial und hilfsbereit. Bis auf kurze Ausbrüche jedenfalls. Christine fragte sich, ob die aussichtslose Lage der Grund dafür war oder dieses merkwürdige Verhältnis, das der Bordingenieur zu Baumann aufgebaut hatte. Es war kaum zu glauben, aber die beiden Männer hatten sich tatsächlich miteinander angefreundet. Vielleicht war es das, was del Toro die ganzen Jahre über gefehlt hatte.

Aber es gab Wichtigeres. »Was haben Sie denn gesagt?«

»Ich sagte, dass Warnocks Universum in *einer* Richtung sehr klein gewesen ist. Vielleicht hatte dieser Kosmos eine exotische Topologie.«

»Topologie?« Es war unwahrscheinlich, dass del Toro ein derartiges Wort verwendete. Das musste aus Baumanns Mund stammen.

»Ja, Topologie. Die Form des Universums«, antwortete del Toro. »Laut Baumann betrachten Astronomen unser Universum als dreidimensionale Sphäre, die in jeder Richtung gleich ist. Aber es könnte andere Universen geben, die eine andere Form haben. Eine zylindrische zum Beispiel.«

»Ein zylindrisches Universum?«

Del Toro holte tief Luft. »Mir ist die ganze Scheiße auch zu hoch«, schimpfte er. »Aber stellen Sie sich eine Ameise auf einem langen Stab vor. Geht sie die Längsachse entlang, hat sie einen langen Weg vor sich. Geht sie aber quer dazu einmal um die Rundung, ist sie nach wenigen Augenblicken wieder am Ausgangsort. Und so bewegt sich auch das Licht in einem zylindrischen Universum. Es würde laut Baumann zumindest dieses Muster zeigen, das Warnock gesehen hat, als er den Scheinwerfer angeschaltet hat.«

Laut Baumann …

Sie gab es ungern zu, aber inzwischen hielt Christine dieses komische, lächerlich auftretende Männlein für ein Genie. Wenn Baumann nicht gewesen wäre, würden sie immer noch ohne Idee durch den Hyperraum rasen. Ohne Baumann hätten sie keine Chance, die Steuerung der Station zu verstehen.

Und del Toro? Der hatte eher ein Talent dafür gehabt, sich selbst als Genie darzustellen. Aber da in einer Crew niemand sonst auch nur die geringste Ahnung von der Funktionsweise eines Überlichttriebwerks hatte, war das wohl auch nicht sonderlich schwierig gewesen. Vielleicht hatte del Toro begriffen, dass er durchschaut worden war, und das allein hatte dafür gesorgt, dass er sich umgänglicher verhielt.

Ihr konnte es nur recht sein. »Haben Sie oder Baumann denn inzwischen eine Idee, wie man mit den Einrichtungen der Station ein Wurmloch in ein Universum herstellen könnte, in dem wir überleben würden?«

Del Toro schüttelte den Kopf. »Nicht die geringste. Uns bleibt nichts anderes übrig, als wahllos die Zahlenkombinationen zu verstellen und auf unser Glück zu hoffen.«

Glück … Wenn sie weiterhin derart vom Glück verfolgt blieben wie in den letzten Wochen, dann konnten sie sich gleich erschießen.

Christine verzog das Gesicht. »Wie sieht es denn mit dem Ausbildungsprogramm für unsere Soldaten aus?«

Del Toro zuckte mit den Schultern. »Schleppend. Danny Getz und John Brooke sind Totalversager. Die schaffen es noch nicht einmal, hundert Meter geradeaus zu fliegen. Dieser Wellington und Brittney Morgan scheinen recht talentiert zu sein, brauchen aber noch deutlich mehr Übung. Wheeler ist gut. Ich fress 'nen Besen, wenn der nicht früher schon mal am Steuer eines Shuttles gesessen hat.«

Immerhin. Es hätten sich auch alle als Totalversager herausstellen können. »Wann wird Wheeler einsatzbereit sein?«

Del Toro kniff die Augen zusammen und starrte die Wand an. Offenbar kämpfte er mit sich, welche Antwort er geben sollte. »Wenn es nach mir ginge, würde er mindestens noch eine Woche Flugunterricht nehmen müssen.«

»Wir haben keine Woche mehr«, gab Christine zu bedenken.

Del Toro hob beide Hände. »Ich weiß, ich weiß. Zwei Tage. Geben Sie ihm noch zwei Tage.«

Christine nickte. »Also gut. Zwei Tage. Dann wird er durch das Wurmloch gehen.«

Del Toro stand auf. Er griff nach dem Türöffner und stutzte. »Wollen Sie einen Abnahmeflug mit Wheeler machen?«

Christine überlegte kurz. »Nein«, sagte sie dann. »Warnock wird ihn machen.«

Del Toro drehte sich herum. »Halten Sie das für eine gute Idee?«

Christine grinste. »Allerdings. Ich glaube, die beiden haben noch etwas zu klären.«

49

»SIE machen das ganz gut«, sagte Mike.

Captain Wheeler brummte nur. Er drückte den Steuerknüppel leicht nach links und drehte ihn dabei ein bisschen, um die Rotationsgeschwindigkeit anzupassen. Gleichzeitig schob er den Schubhebel ein Stückchen nach vorne. In einer weiten Kurve flog Shuttle drei um die Station.

Dafür, dass der Infanterist bisher nur mit Gleitern geflogen war und erst seit drei Tagen am Steuer einer Raumfähre saß, stellte er sich überraschend geschickt an. Manchmal bewegte sich das Gefährt etwas ruckhaft, aber Mike räumte dem Captain inzwischen eine gute Chance ein, wohlbehalten das Wurmloch zu passieren und wieder zurückzukehren.

»Nehmen Sie jetzt Kurs auf den freien Raum. Auf dem Kreisel hundertachtzig zu dreißig, und geben Sie vollen Schub.«

Der Captain brachte das Schiff in die gewünschte Ausrichtung und drückte den Schubhebel ganz nach vorne. Rasend schnell fiel die Station hinter ihnen zurück.

»Und jetzt voller Stopp«, befahl Mike.

Wheeler grunzte, riss den Schubhebel in die Neutralstellung, justierte den Vektor und gab dann Gegenschub.

»Sehr gut«, sagte Mike. »Einen letzten Test habe ich noch für Sie, dann sind wir durch. Schließen Sie bitte die Augen.«

Wheeler wandte überrascht den Kopf.

»Tun Sie es bitte. Diesen Test musste ich auch machen. Er ist wichtig«, erklärte Mike.

Wheeler brummte wieder und kniff dann die Augen zusammen. Mike langte zum Steuerknüppel herüber, drückte ihn nach links hinten und drehte ihn zusätzlich. Das Schiff ging in eine schnelle Rotation um alle drei Achsen. Die Station tauchte am Fenster auf und verschwand wieder. Mike ließ den Steuerknüppel los. »Sie können die Augen nun wieder öffnen.«

Der Captain riss die Augen auf, als gerade wieder die Station am Fenster vorbeiraste, und würgte laut. »Was soll der Scheiß?«

»Eine Düse des Lageregelungssystems hat sich verklemmt und das Schiff in eine schnelle Drehung versetzt. Stabilisieren Sie es.«

Wheeler rückte sich in seinem Sitz zurecht und nahm das Steuer in die rechte Hand. Er starrte aus dem Fenster und bewegte den Knüppel. Leider in die falsche Richtung.

»Nicht aus dem Fenster sehen.« Mike sprach ganz ruhig. »Konzentrieren Sie sich auf den Kreiselkompass und geben Sie mit dem Knüppel Gegenschub. Achse für Achse und mit langsamen Bewegungen, damit Sie nicht zu viel Treibstoff verschwenden.«

Jetzt klappte es besser. Nach einer Minute hatte der Captain die Bewegung in der Hochachse gestoppt, kurz darauf die in der Querachse. Zuletzt stoppte er die Rotation um die Längsachse und richtete das Schiff auf die Station aus.

Mike nickte anerkennend. »Das war richtig gut, Captain. Wirklich. Das habe ich bei meiner Prüfung damals nicht besser gemacht.«

Wheeler brummte erneut missmutig. Er machte sich offenbar nichts aus dem Lob.

Aber für Mike war es ohnehin ein halbes Wunder gewesen, dass der Captain ihn als Gutachter akzeptiert hatte. Vielleicht war der Zorn des Infanteristen inzwischen ein wenig verraucht.

»In Ordnung«, erklärte Mike. »Sie können zur *Challenger* zurückfliegen und andocken. Ihre Ausbildung ist somit beendet.«

»Ich weiß nicht, ob ich darüber lachen oder weinen soll.« Wheeler klang sarkastisch.

Klar, es bedeutete, dass der Captain bereit für seine Mission durch das Wurmloch war. »Für wann hat Dillinger den Erkundungsflug angesetzt?«

Wheeler lachte laut auf. »Für gleich. Ich setze Sie ab und bleibe im Cockpit.«

Oh!

Das hatte Mike nicht gewusst. Er war davon ausgegangen, dass die Kommandantin dem Captain noch ein oder zwei Tage geben würde. Auf der anderen Seite hatten sie natürlich keine Zeit zu verlieren. Der Hunger war in Anbetracht der Nahrungsrationierung schon zum alltäglichen Begleiter geworden. Nur die Kinder bekamen nach wie vor ihre vollen Rationen, worüber Goodyear lautstark seinen Unmut kundtat. Doch eine Ohrfeige von Robin hatte seinen Protest schnell beendet.

Schweigend saßen die beiden Männer nebeneinander, während das Shuttle auf die *Challenger* zusteuerte. Wheeler musste auf die andere Seite der Station fliegen, um den Kopplungsmechanismus zu erreichen. Er ließ sich Zeit, um Treibstoff zu sparen.

Mike seufzte. »Hören Sie, Captain, es steht noch etwas zwischen uns, und ich …«

Wheeler hob seine rechte Hand. »Es wird auch weiterhin zwischen uns stehen, also sparen Sie sich den Vortrag. Ich arbeite mit Ihnen zusammen, soweit es nötig ist, und mehr nicht.«

»Ganz ehrlich, ich würde wieder so handeln. Sie müssen doch einsehen, dass eine Übernahme des Schiffes zu dem Zeitpunkt damals ein Fehler …«

Ruckartig wandte der Captain den Kopf. »Ja, verdammt! Es war ein Fehler … okay? Ich sehe es ein. Jetzt.« Seine Lippen bebten. »Aber damals wussten wir nicht, was Dillinger vorhatte. Sie hätte den Passagierbereich einfach absprengen können. Wir hatten ja keine Informationen. Außerdem … Ich habe Sie ins Vertrauen gezogen, und Sie haben mich verraten. Sie mussten nicht mitmachen, aber Sie hätten einfach die Klappe halten können. Stattdessen haben Sie mich hintergangen, und das verzeihe ich Ihnen nicht. Also halten Sie einfach den Mund und lassen mich das gottverdammte Shuttle fliegen.«

Mike holte tief Luft. Was blieb ihm schon anderes übrig? Er verschränkte die Arme vor der Brust und wartete, bis Wheeler das Andockmanöver beendet hatte.

Del Toro öffnete die Luke.

Dillinger wartete bereits dahinter. »Und?«

Mike löste seine Gurte und stand auf. »Der Captain wird einen guten Job machen.«

Die Kommandantin brummte befriedigt und verschwand im Korridor.

Mike kletterte durch die Luke und wandte sich ein letztes Mal um. »Viel Glück, Captain.«

Wheeler richtete seine Aufmerksamkeit auf die Konsole des Shuttles.

Da war nichts zu machen.

Mike wartete, bis del Toro die Luke wieder geschlossen hatte, dann gingen sie gemeinsam zur Station hinüber, wo Baumann, Dillinger und Chandrasekhar bereits auf sie warteten.

»Okay, Captain«, sagte Dillinger. »Sie können abdocken und sich auf die Startposition begeben.«

»Verstanden«, rauschte es aus den Lautsprechern der improvisierten Telemetriekonsole, an der del Toro soeben Platz genommen hatte.

»Gehen Sie auf einen anderen Kanal«, raunte der Erste Offizier dem Bordingenieur zu. Der legte einen Schalter um.

»Ich habe nun abgedockt und fliege auf die andere Seite der

Station.« Diesmal war die Stimme des Captains glasklar zu verstehen.

»Soll ich das Wurmloch aktivieren?«, fragte Baumann.

»Warten Sie noch«, befahl Dillinger. »Erst wenn der Captain in Position ist. Ich möchte Wheeler so viel Zeit wie möglich auf der anderen Seite des Wurmloches geben, bevor es wieder in sich zusammenfällt.«

Mike hatte dreißig Minuten gehabt, bis er im letzten Moment zurückgekehrt war. Er stellte sich neben Baumann und sah dem Ingenieur über die Schulter. »Was ist anders als bei meinem Flug?«

Baumann zeigte auf das Display mit den Zahlen. »Ich habe einfach die Kombinationen hier verändert.«

»Verwenden Sie dafür ein spezielles System?«, wollte Mike wissen.

Der Ingenieur schüttelte den Kopf. »Nein. Ich denke nicht, dass hinter den Zahlen ein System steckt. Es sind einfach nur beliebige Adresscodes, die früher von den zerstörten Computern der Station in verständliche Ziele umgewandelt wurden.«

»Sie verlassen sich also weiterhin auf das Zufallsprinzip«, stellte Mike fest.

»Was bleibt uns schon anderes übrig?«

Das Shuttle tauchte auf der anderen Seite des Ringes auf. Es war durch die großen Fenster klar zu erkennen. Wheeler brachte das Schiff in einigen hundert Metern Entfernung zum Stillstand. »Ich bin so weit.«

»Starten Sie das Wurmloch«, kommandierte Dillinger.

Baumann legte nacheinander die Hauptschalter um und drückte dann auf den roten Knopf.

Als die Blitze am Ring aufzuckten, schloss Mike die Augen. Dann drang wieder dieses unfassbar helle Licht durch seine Lider. »Warum blendet das eigentlich so fürchterlich?«

»Das habe ich mich auch schon gefragt«, antwortete Baumann.

Mike öffnete die Augen wieder. Das Wurmloch war noch winzig klein, nicht größer als ein Fußball, und schimmerte in strahlend blauem Licht. Es wuchs rapide, während die Leuchtkraft gleichzeitig nachließ.

»Eigentlich müsste der Vorgang der Wurmlochbildung in völliger Dunkelheit geschehen«, erklärte Baumann. »Ich meine, immerhin entsteht das Objekt aus einer Singularität, die alles Licht schlucken sollte.«

»Ob das etwas zu bedeuten hat?«, sinnierte Mike.

Baumann schüttelte wieder den Kopf. »Ich denke nicht. Wir wissen zu wenig darüber, wie der Ring das Wurmloch im Detail generiert.«

»Kann ich jetzt loslegen?«, fragte Wheeler.

»Warten Sie noch einen Moment«, sagte Baumann in sein Headset. »Es hat sich noch nicht völlig stabilisiert.«

Noch immer zuckten Blitze zwischen dem Wurmloch und dem Ring.

»Wheeler, seien Sie bitte vorsichtig«, mahnte Dillinger. »Wenn Sie sich im Umgang mit dem Shuttle im Inneren des Wurmloches unsicher sind, dann kommen Sie zurück.«

Wheeler antwortete nicht.

»Das Wurmloch sollte jetzt stabil sein«, meldete Baumann.

In der Tat hatte das Blitzen aufgehört. Nur das Schimmern zeigte, dass dort ein kosmisches Objekt vor der Station schwebte. Würden sie die Scheinwerfer der Station ausschalten, wäre gar nichts zu sehen.

»Gut, brechen Sie auf«, sagte die Kommandantin.

»Verstanden«, bestätigte Wheeler.

Das Shuttle beschleunigte und steuerte auf das Wurmloch zu. Das Gefährt schlingerte ein wenig.

»Ich erreiche nun den Rand des Durchgangs.« Wheeler gelang es nicht, die Aufregung in seiner Stimme zu verbergen.

Schon wurde die Fähre kleiner.

»Es sieht aus wie ein Tunnel aus schwach schimmerndem Licht«, kommentierte Wheeler. Der Bildschirm der Telemetriekonsole zeigte eine Ansicht der Außenbordkamera des Shuttles.

Mike drückte auf die Sprechtaste seines Headsets. »Das ist dasselbe Bild wie das, das ich bei meinem Durchgang vor einigen Tagen gesehen habe. Halten Sie sich von den Wänden fern.«

»Es ist nicht so leicht«, ächzte Wheeler. »Das Shuttle wird davon angezogen.«

»Die Kraft ist nicht sehr stark«, erwiderte Mike. »Sie müssen mit kurzen, überlegten Zündungen der Lageregelungstriebwerke gegensteuern.«

»Verdammt.« Wheeler schnaufte. »Ich merke, dass mir die Übung fehlt.«

»Ganz langsam. Sie schaffen das.« Mike bemühte sich um eine ruhige Stimme. Doch er hörte seinen eigenen rasenden Puls in den Ohren.

»Er schafft es nicht«, flüsterte Chandrasekhar. »Das sieht nicht gut aus.«

Mike rückte an die Telemetriekonsole. Immer wieder näherte sich das Shuttle der Wand des Tunnels. Mehr als einmal steuerte Wheeler in die falsche Richtung.

»Scheiße«, fluchte die Kommandantin. »Wir hätten ihm noch ein paar Tage mehr Übung zugestehen sollen.«

»Sollen wir ihn nicht besser zurückholen?«, fragte der Erste Offizier.

»Dazu ist es zu spät«, antwortete Mike. Dem Captain würde es niemals gelingen, das Schiff im Durchgang zu wenden. Er musste hindurchfliegen, um zurückkehren zu können. Das war natürlich keine tolle Aussicht, wenn plötzlich irgendwelche

Kräfte auftreten sollten, die das Schiff und den Captain gefährdeten.

Scheiße, wann hat er endlich die engste Stelle erreicht?

Ein lautes Piepen ertönte von der Telemetriekonsole. Mehrere Lichter zeigten Rot.

»Was ist passiert?«, fragte Dillinger.

»Eine der Triebwerksgondeln ist ausgefallen«, gab del Toro trocken zurück. »Nein, sie ist nicht ausgefallen, sie ist weg. Er muss in die Nähe der Wand gekommen sein und sie abgerissen haben.«

»Scheiße, verdammte!«, knarrte es aus dem Lautsprecher.

Mike schluckte. Der Captain hatte die Kontrolle über das Shuttle verloren. Es schlingerte wild hin und her.

Immerhin weitete sich der Korridor wieder, und wenige Augenblicke später war der Captain durch. Und er lebte!

Die Außenkamera zeigte nur Dunkelheit, aber der Kreiselkompass der Trägheitsnavigation rotierte in rasendem Tempo.

»Ich kriege die Scheißkiste nicht stabilisiert«, ächzte Wheeler.

»Sie haben einen Schaden am Lageregelungssystem«, sagte Mike laut in das Mikro. »Der Steuerungscomputer hat das nicht automatisch registriert. Drücken Sie den Knopf für die Neukalibrierung des RCS.«

»Was?«

Die Rotation des Shuttles wurde immer schneller. Wenn das so weiterging, würde der Captain das Bewusstsein verlieren.

Mikes Hände zitterten, als er die Sprechtaste drückte. »Captain, Sie müssen den Knopf drücken. Drücken Sie die Taste CAL RCS auf der linken Konsole. Haben Sie verstanden?«

Er bekam keine Antwort. Nur ein lautes Geräusch drang aus dem Lautsprecher, das ebenso ein menschliches Ächzen wie auch sich verbiegender Stahl sein konnte.

»Er rotiert mit drei Umdrehungen pro Sekunde.« Del Toros Stimme bebte. »Und zwar um alle drei Achsen.«

»CAL RCS«, wiederholte Mike. »CAL RCS.«

»Wheeler!«, schrie Dillinger in das Mikro. »Wheeler, kommen!«

Mike beugte sich über del Toros Schulter. Der digitale Kreisel wechselte so schnell die Ausrichtung, dass nur noch ein Pixelbrei zu erkennen war.

»Er schafft es tatsächlich nicht«, wisperte Mike. »Hätte ich ihm doch nicht die Freigabe gegeben.« Wheeler würde sterben. Und Mike hatte eine Mitschuld daran. Noch ein Mensch mehr, für dessen Tod er verantwortlich war.

»Die Rotationsgeschwindigkeit nimmt ab!«, schrie del Toro.

Tatsächlich.

Auf dem Monitor verringerte sich die Zahl der Umdrehungen pro Minute. Ganz langsam, aber deutlich zu sehen.

»Vielleicht kriegt er es doch hin«, sagte Dillinger. Die Überraschung in ihrer Stimme verriet, dass sie schon nicht mehr daran geglaubt hatte.

Als Wheeler sich endlich meldete, klang seine Stimme dünn. »Ich bin ganz schön ins Schwimmen gekommen. Ich habe diesen verdammten Schalter einfach nicht gefunden.«

Mike wischte sich mit der Hand den Schweiß von der Stirn. So etwas geschah, wenn man Amateure mit nur einer rudimentären Ausbildung allein an das Steuer einer Raumfähre ließ.

Einige Minuten später hatte der Captain die Drehung des Shuttles gestoppt.

»Ich habe mich im Wurmloch wohl nicht gerade mit Ruhm bekleckert«, sagte Wheeler. »Ich bin zu dicht an die Wand gekommen, und dann hat es auch schon geknallt. Auf meinem Armaturenbrett leuchtet ein ganzer Christbaum an roten Lichtern.«

»Ist in Ordnung«, meinte Dillinger. »Sie haben sich die linke Triebwerksgondel abgerissen. Wir müssen sehen, wie wir Sie wieder zurückbekommen. Mr. Warnock, was denken Sie?«

»Durch die Neukalibrierung der verbleibenden Schubdüsen

müsste es eigentlich gehen. Er soll beim Rückflug aber langsamer durch das Wurmloch fliegen.«

Dillinger nickte. »Okay. Mr. Baumann, wie lange haben wir noch?«

»Viertelstunde.«

»Okay«, sagte Dillinger. »Captain, Sie haben fünf Minuten für einige grobe Analysen, dann kommen Sie bitte zurück. Ich möchte Sie wieder hier haben, bevor das Wurmloch sich schließt.«

Wheeler stöhnte. »Die Analyse können wir uns sparen. Dieser Kosmos ist so tot wie unserer.«

»Sammeln Sie bitte trotzdem so viele Daten, wie Sie können«, entgegnete Baumann. »Vielleicht helfen uns die Informationen bei der Entschlüsselung des Wurmlochgenerators.«

»Wie Sie wünschen, Mr. Baumann«, meinte Wheeler. »Ich schalte die Instrumente ein und ebenso die Übertragung.«

Ein Monitor auf del Toros Konsole füllte sich mit Zahlen.

»Ich bekomme die Daten über S-Band rein«, verkündete der Bordingenieur.

»Und?« Baumann drängelte sich an Mike vorbei, um einen Blick auf den Monitor zu werfen.

»Keine feststellbare Hintergrundstrahlung.« Del Toro fuhr mit seinem Zeigefinger über die Zeilen auf dem Bildschirm. »Die Sensoren erfassen eigentlich gar nichts. Nicht mal ein paar verstreute Protonen.«

»Der Kosmos, in dem Wheeler sich befindet, muss auch schon sehr alt sein«, meinte Baumann. »Oder es ist in diesem Universum niemals zur Baryogenese gekommen.«

»Was?«, fragte Mike.

»Ich meine, dass es in Wheelers Kosmos womöglich niemals zur Entstehung von Materie gekommen ist.«

Dillinger schüttelte den Kopf. »Warum diese ganzen Wurmlöcher in lebensfeindliche Universen? Das ergibt doch gar keinen Sinn.«

Baumann antwortete nicht.

Dann war die Zeit abgelaufen.

»Okay.« Dillinger klatschte in die Hände. »Wheeler, schalten Sie die Instrumente aus und kommen Sie zurück. Sie haben noch zehn Minuten. Die werden Sie auch brauchen, wenn Sie langsam durch das Wurmloch fliegen wollen.«

»Verstanden.«

Nacheinander erloschen auf der Telemetriekonsole die grünen Leuchten für die Nutzlastsysteme.

»Ich richte jetzt die Fähre auf das Wurmloch aus«, meldete Wheeler. »Es ist durch das schimmernde Licht gut zu erkennen.«

Mike verfolgte die Rotationsbewegung auf der Telemetriekonsole und sah auch, wie die Drehung stoppte.

»Ich beschleunige jetzt. Oh …«

Mike runzelte die Stirn.

»Was ist denn?«, fragte Dillinger.

»Ich drücke den Schubhebel nach vorne, aber es passiert nichts.« Panik schwang in Wheelers Stimme mit.

Del Toro richtete sich kerzengerade auf. »Das kann doch gar nicht sein.«

»Wie steht es um die Treibstoffvorräte?«, fragte Mike.

»Der rechte Tank ist zwar leer, weil das Shuttle für die Stabilisierung der Rotationsbewegung viel Saft gebraucht hat, aber der linke ist noch fast voll.«

Mike biss sich auf die Lippe. Der linke Tank grenzte an die Triebwerksgondel, die Wheeler abgerissen hatte.

»Sind Sie sicher, dass der noch voll ist?«, wollte Dillinger wissen.

»Das behauptet jedenfalls der Sensor«, antwortete del Toro. »Es sei denn, dass … Scheiße! Daran habe ich nicht gedacht.«

»Was?«, fragte Dillinger streng.

»Womöglich hat er den Sensor mit abgerissen, und der Computer zeigt nun einfach nur den letzten gespeicherten Wert an.«

»Super«, ätzte Dillinger. »Echt phantastisch. Haben Sie gehört, Wheeler?«

»Also kein Treibstoff mehr vorhanden?« Seine Stimme klang seltsam emotionslos.

»Sieht ganz so aus«, erwiderte die Kommandantin.

»Und jetzt?«, fragte Chandrasekhar.

Mike machte einen Schritt auf Dillinger zu. »Ich nehme ein anderes Shuttle, fliege durch das Wurmloch und hole den Captain ab.«

Die Kommandantin nickte. »In Ordnung. Del Toro, wie schnell kriegen Sie ein weiteres Shuttle aktiviert?«

Der Ingenieur zuckte mit den Schultern. »Ich muss es nur ausschleusen und auftanken. Eine halbe Stunde.«

»Dann schafft er es nicht mehr, bevor das Wurmloch sich schließt«, erklärte Mike.

»Ist nicht schlimm«, meinte Baumann. »Die Station braucht auch etwa eine halbe Stunde, bis sie wieder einsatzbereit ist. Ich lasse die Einstellungen auf der Konsole unberührt, und wir öffnen dann einfach wieder den Durchgang.«

»Haben Sie gehört, Captain Wheeler?«, fragte Dillinger. »Wir müssen Sie da drüben leider für eine halbe Stunde alleine lassen. Halten Sie das durch?«

Wheeler stöhnte. »Es bereitet mir zwar nicht sonderlich viel Vergnügen, hier in diesem leeren Kosmos völlig alleine zu sein, aber eine halbe Stunde werde ich wohl durchhalten.«

Mike hatte kein gutes Gefühl bei der Sache. »Kommen Sie, del Toro. Auf geht's.«

»Ravi, übernimm bitte die Telemetriekonsole«, sagte Dillinger.

Del Toro stand auf und lief in Richtung Ausgang davon.

Chandrasekhar setzte sich das Headset auf und beugte sich über die Monitore. »Die Werte des Shuttles sehen gut aus.«

»Sieht der vom Treibstoff nach wie vor auch«, meinte Dillinger.

»Hier leuchtet jetzt das gelbe Licht auf. Jeden Moment wird das Wurmloch zusammenbrechen«, meldete Baumann.

»Wir sind gleich weg, Wheeler«, erklärte Dillinger. »Der Durchgang wird sich in wenigen Augenblicken verschließen.«

Draußen zuckten wieder Blitze am Beschleunigerring auf. Sie wurden schnell größer und erstreckten sich bald über das ganze Wurmloch.

»Wheeler, ich komme Sie holen.« Mike bemühte sich, Zuversicht in seine Stimme zu legen. »Halten Sie durch.«

»In Ordnung, Warnock. Sie sind eigentlich gar kein so …«

Dann war die Stimme im Rauschen untergegangen.

Das Wurmloch verschwand völlig unspektakulär. Einige Blitze zuckten über die Oberfläche der Sphäre, dann war sie einfach weg.

»Au Mann, an dessen Stelle möchte ich jetzt nicht sein«, stöhnte Dillinger. Dann wandte sie sich an Mike. »Gehen Sie zum Shuttle. Holen Sie den Captain zurück.«

Mike verließ den Raum. Im Laufschritt durchquerte er die Station und betrat die *Challenger*. Gegenüber der Eintrittsluke befand sich die Schleuse, an der del Toro das Shuttle festmachen würde. Schnell zog Mike sich einen der Raumanzüge an.

Als die Fähre mit dem Bordingenieur endlich außerhalb des Fensters zu sehen war, war fast eine halbe Stunde vergangen.

Del Toro koppelte das Shuttle an, öffnete die Luke und stieg aus. »Die Fähre ist vollgetankt. Ich habe die Checkliste bereits abgearbeitet. Sie können sofort aufbrechen.«

Mike nickte, kletterte in das Cockpit und schnallte sich an. »Ich lege jetzt ab«, sagte er in das Mikrophon seines Headsets.

»Verstanden«, hörte er Dillingers Stimme aus den Lautsprechern der Fähre. »Das Wurmlochgerät ist wieder einsatzbereit. Laut Baumann jedenfalls. Wir warten mit der Aktivierung aber noch, bis Sie in Position sind.«

Mike ersparte sich eine Antwort und löste die Riegel des Dockingsystems. Er wartete, bis die Federn ihn ein Stück von der *Challenger* weggedrückt hatten, dann schwenkte er das Schiff herum und drückte den Schubhebel nach vorne. In einer weiten Spirale umrundete er die *Challenger* und die Station und befand sich keine zwei Minuten später vor dem Beschleunigerring. »Sagen Sie Baumann, er soll das Wurmloch öffnen.«

»Sie können direkt mit mir reden«, hörte er den Ingenieur. »Ich habe doch auch ein Headset auf.«

Na dann. »Legen Sie los, Mann.«

Wenn Mike selbst in einem fremden, völlig leeren Universum gefangen gewesen wäre, würde er sicher umkommen vor Panik.

Endlich zuckten die Blitze los, und Mike schloss die Augen. Die Helligkeit, als das Wurmloch sich zunächst als kleiner Punkt bildete, blendete ihn wieder durch die geschlossenen Lider. Schließlich stand das Wurmloch ruhig vor ihm.

»Wheeler?«, hörte Mike Dillingers Stimme. »Wheeler, verstehen Sie mich?«

Der Captain antwortete nicht.

»Okay, Warnock«, meldete sich Dillinger nach einigen Sekunden des Schweigens. »Fliegen Sie los.«

Mike schob den Schubhebel nach vorne. Wenige Augenblicke später tauchte er in das Wurmloch ein. Mit kurzen Stößen des Lageregelungssystems hielt er Distanz zu den Wänden. Es erforderte schon ein wenig Übung, permanent den Kurs auszugleichen. Kein Wunder, dass der Captain daran gescheitert war.

Endlich hatte Mike den engsten Punkt passiert. Die Wände wichen vor ihm zurück. Vor ihm war nur Dunkelheit. »Wheeler? Wheeler? Können Sie mich hören?«

Nichts.

Das Shuttle des Captains musste eine erneute Fehlfunktion gehabt haben. Vielleicht war der Mikroreaktor ausgefallen, oder ein Kurzschluss hatte die elektrischen Systeme inklusive des Funkgeräts lahmgelegt.

Finsternis umgab Mike.

Er aktivierte das Radar, aber ohne Erfolg.

Der Schirm blieb leer.

»Warnock?« Dillingers Stimme klang zutiefst besorgt. »Wir empfangen keine Telemetrie von Wheelers Shuttle.«

Mike runzelte die Stirn und drückte den Steuerknüppel nach links, um das Schiff in Rotation zu versetzen. Mit einer schnellen Bewegung schaltete er die Scheinwerfer ein. »Ich sehe hier ebenfalls nichts. Mein Radarschirm ist leer.«

»Ob seine Fähre explodiert ist?«, grübelte Chandrasekhar.

Del Toro schnaubte. »Er hatte doch keinen Treibstoff mehr.«

»Vielleicht hat es den Reaktor erwischt. Immerhin war das Schiff schwer beschädigt.«

Mike glaubte das nicht. »Dann würde ich hier noch Trümmerstücke auf dem Radar sehen. Aber hier ist nichts. Nicht einmal ein einziges Proton verirrt sich in meinen Sensor.« Nach allem, was seine Instrumente anzeigten, war sein Shuttle das einzige Objekt in diesem kalten, toten Universum.

»Was machen wir jetzt?«, wollte Mike wissen. Wheelers Fähre konnte sich doch nicht so einfach in Nichts auflösen.

»Ich habe vielleicht eine Idee«, sagte Baumann mit merkwürdig dünner Stimme.

»Reden Sie, Baumann!«, forderte Mike ihn auf.

»Es könnte sein, dass das Wurmloch bei der Neuaktivierung zwar im selben Universum entsteht, aber an einer anderen Stelle.«

Mike biss die Zähne zusammen. Wenn das stimmte, dann war

der Captain verloren. Er konnte Millionen von Lichtjahren entfernt sein.

»Scheiße!«, hauchte Dillinger. »An diese Möglichkeit hätten wir früher denken müssen.«

»Es hätte nur nichts geholfen«, entgegnete Mike. »Durch die Beschädigungen an Wheelers Shuttle hätte er niemals rechtzeitig den Rückweg antreten können.«

»Aber wir hätten ein zweites Shuttle an der Wurmlochmündung bereithalten können, um im Notfall imstande zu sein, sofort einzugreifen.« Dillingers Stimme klang gequält. Die Kommandantin machte sich Vorwürfe. Mike hatte Verständnis dafür, auch wenn er bezweifelte, dass irgendjemand den Captain rechtzeitig erreicht hätte.

»Vielleicht ist das Wurmloch aber doch in der Nähe des letzten entstanden«, meinte der Erste Offizier. »Vielleicht ein Stück entfernt, außerhalb der Reichweite des Radars.«

Das würde Wheeler auch nicht helfen. Ob eine Million Kilometer oder eine Million Lichtjahre. Es machte hier nicht den geringsten Unterschied.

Mike schaltete den Scheinwerfer auf den Reaktor und überlud ihn. Dann schwenkte er ihn im Kreis herum. Das Licht musste in einer Entfernung von Tausenden Kilometern zu sehen sein. Allerdings wusste Wheeler seinerseits nicht, wie er seinen Scheinwerfer überladen konnte. Er hatte also keine Möglichkeit, sich bemerkbar zu machen.

Mike griff an den Steuerknüppel und flog eine weite Schleife um das Wurmloch herum.

Nichts.

Es hatte keinen Sinn.

»Kommen Sie zurück«, befahl Dillinger schließlich. »Ich will Sie nicht auch noch verlieren.«

Mike biss die Zähne zusammen, bis es schmerzte. Er richtete

das Shuttle auf das Wurmloch aus und drückte den Schubhebel nach vorne.

Er versuchte, sich in Captain Wheeler hineinzuversetzen. Wie mochte sich der Mann nun fühlen? Er war mitten im absoluten Nichts und wartete darauf, dass neben ihm ein neues Wurmloch entstand. Noch hoffte er vielleicht, dass sich die Passage öffnete. Doch mit jeder Minute und Stunde, die er alleine in diesem öden Kosmos verbrachte, musste diese Hoffnung schwinden.

Mike fragte sich, wie lange der Captain wohl ausharren mochte, bis er den Raumanzug öffnete, um dann die Luke der Raumfähre mit der Notvorrichtung in das Vakuum seines eigenen Kosmos zu sprengen.

50

»DARUM hatten wir leider keine Chance, Ihren Captain zu retten, nachdem das Wurmloch in sich zusammengefallen ist«, schloss Christine ihren Vortrag.

Sie setzte sich wieder auf ihren Platz in dem improvisierten Besprechungsraum in Frachtcontainer zwei. Um den Tisch versammelt saßen die verbliebenen fünf Soldaten: Corporal Morris, der nach dem Tod von Wheeler die Führung übernommen hatte, und die Privates John Brooke, Danny Getz, Brittney Morgan und Sydney Wellington.

Außerdem waren Ravi und Warnock anwesend. Christine hatte Baumann gebeten, ebenfalls an der Besprechung teilzunehmen, aber nach dem Desaster der letzten Mission hatte er sich flennend in seine Kabine zurückgezogen. Er gab sich wohl eine Mitschuld am Tod des Captains, was natürlich völliger Schwachsinn war.

Wenn überhaupt jemandem eine Schuld zugeschrieben werden musste, dann war es Christine selbst. *Sie* war die Kommandantin der *Challenger* und hatte dem Einsatz grünes Licht gegeben, obwohl sie gewusst hatte, dass der Captain nur über rudimentäre Flugerfahrung verfügte. Doch Wheelers Tod machte sie weniger betroffen als befürchtet. Der Captain hatte von dem Risiko gewusst und sich freiwillig dafür entschieden, es trotzdem zu wagen, wie Warnock und Ferguson einige Tage vor ihm. Außerdem würden sie alle bald sowieso verhungern, wenn sie keinen Ausweg fanden.

»Und dieser Baumann hat nicht vorausgesehen, dass das neue Wurmloch in einem anderen Teil des betreffenden Universums entstehen würde?«, fragte Morris.

Warnock schüttelte den Kopf. »Nein, aber man kann ihn dafür wohl kaum zur Verantwortung ziehen. An diese Möglichkeit hätten wir alle denken können.«

Christine schnaubte. »Es macht ohnehin keinen Unterschied. Wheeler hätte normalerweise rechtzeitig zurückkehren können. Aber in dem Moment, als der Captain sich die Triebwerksgondel an der Wandung des Wurmloches abgerissen hatte, war sein Schicksal besiegelt.«

»Wir wissen es jetzt eindeutig«, erklärte Warnock. »Uns bleibt eine halbe Stunde für die Erkundung der anderen Seite. Dann müssen wir zurück, sonst werden wir sterben.«

»Wir werden in Zukunft für den Fall einer erneuten Havarie ein zweites Shuttle mit einem erfahrenen Piloten am Wurmloch positionieren«, verkündete Christine. Das hätten sie schon von Anfang an tun sollen.

Morris stand auf und rückte sich die Brille mit den kreisrunden Gläsern zurecht. Der Mann war dürr und vermittelte eher den Eindruck eines Künstlers als den eines Soldaten. Christine fragte sich, ob er freiwillig diente oder eingezogen worden war.

»Sie erwarten also von uns, dass wir die Mission fortsetzen«, stellte Morris mit emotionsloser Stimme fest.

Christine hob die Arme. »Ich kann es Ihnen natürlich nicht befehlen. Aber wir haben wohl keine andere Wahl. Wenn wir nicht verhungern wollen, ist das Wurmloch unsere letzte Chance, ganz gleich, wie klein sie ist.«

Danny Getz stützte sich mit beiden Händen auf den Tisch. Der korpulente Private hatte ein stark gerötetes Gesicht. »Ich sage, wir machen mit dem Plan des Captains weiter. Ich gehe lieber in dem Wurmloch drauf, als vor Hunger elendig zu krepieren.« Er wandte sich an den Corporal. »Ich melde mich freiwillig für die nächste Mission.«

»Daraus wird nichts«, schaltete sich Ravi in die Unterhaltung ein. »Del Toro sagt, Sie machen von allen Pilotenschülern die schlechtesten Fortschritte. Sie sind noch lange nicht in der Lage, die Raumfähre fehlerfrei durch das Wurmloch zu fliegen.«

Getz wurde noch roter und setzte sich wieder auf seinen Platz.

»Wer ist denn Ihrer Meinung nach geeignet, das Shuttle zu steuern?«, fragte Morris.

»Mr. Warnock?«, wandte sich Christine an Mike. Der Pilot hatte am ehesten den Überblick über die Fortschritte der Soldaten.

Warnock seufzte. »Am weitesten sind Brittney Morgan und Sydney Wellington. Beide machen gute Fortschritte, aber ich würde sagen, dass Brittney minimal besser ist.«

Die zierliche Soldatin mit den feuerroten Haaren lächelte aufgesetzt. »Na, das ist doch mal ein Kompliment, auf das ich gerne verzichtet hätte.«

»Ich weiß, Britt«, entgegnete Morris. »Wärst du trotzdem bereit, das Shuttle durch das …«

Morgan schüttelte den Kopf. »Nein, ich bin nicht bereit, Stu. Aber ich werde es trotzdem machen.«

Immerhin ging es weiter.

Christine wandte sich an Warnock. »Wie lange noch, bis Private Morgan bereit ist, das Shuttle zu fliegen?«

Warnock zuckte mit den Schultern. »Ich weiß nicht. Ein paar Tage vielleicht.«

Christine verzog das Gesicht. »In ein paar Tagen gehen uns die Vorräte aus. Was ist mit morgen?«

Warnock holte tief Luft. »Ich möchte wenigstens noch zwei Flugstunden mit ihr absolvieren. Ich habe mir eine Übung ausgedacht, die das notwendige Ausgleichen der Kräfte im Inneren des Wurmloches trainieren soll. Ich will nicht, dass ihr so etwas passiert wie dem Captain. Morgen Abend. Ganz spät.«

Wenn Private Morgan direkt beim Einflug in das Wurmloch frontal mit einer der Wände kollidierte, würden sie auch nicht herausfinden, ob es auf der anderen Seite Sterne und Planeten gab. Schließlich stimmte Christine zu. »Also gut. Morgen Abend. Sehen Sie zu, dass Sie auch Private Wellington weiter ausbilden, damit er direkt am Morgen danach aufbrechen kann, falls der erste Flug scheitert.«

Die beiden Soldaten warfen sich einen schnellen Blick zu. Morgan nickte.

»In Ordnung«, antwortete Warnock.

»Gibt es noch etwas?«, fragte Ravi.

Christine betrachtete den Zettel vor sich. Sie hätte gerne noch einige Dinge angesprochen, darunter die Verteilung der restlichen Nahrungsmittel. Aber auch das konnte bis morgen warten. »Ist gut. Wir machen Feierabend. War ein langer Scheißtag.«

»Das war er allerdings«, kommentierte Morris.

Die übrigen Soldaten sowie Ravi und Warnock erhoben sich und gingen Richtung Tür.

»Augenblick noch, Mr. Warnock.« Christine hatte etwas wie eine plötzliche Eingebung. »Bleiben Sie bitte noch einen Moment hier.«

Warnock setzte sich wieder auf seinen Platz.

Ravi schaute sie einen Moment konsterniert an, zuckte dann mit den Schultern und begleitete die Soldaten nach draußen. Er würde sie in den Passagierbereich eskortieren, bevor er für die Nacht in seine Kabine ging.

Christine wartete, bis ihr Erster Offizier die Türe hinter sich geschlossen hatte. Dann stand sie auf, ging zu Fergusons Whiskyversteck und holte eine neue Flasche heraus, ohne auf das Etikett zu achten. Sie setzte sich wieder auf ihren Platz, öffnete die Flasche und schüttete jeweils einen guten Schluck in zwei unbenutzte Gläser. Sie schob eines davon zu Warnock hinüber und hob ihr eigenes.

»Danke.« Warnock roch an dem Getränk. »Worauf trinken wir?«

Christine setzte ein Lächeln auf. »Auf Sie, Mr. Warnock.«

Warnock runzelte die Stirn. »Na schön, auf mich.« Er stürzte den Whisky hinunter und stellte das Glas wieder auf den Tisch. »Ich denke, Sie werden mir gleich verraten, warum wir auf mich trinken sollten.«

»Weil ich mich bei Ihnen entschuldigen möchte.«

Mike blickte sie mit überraschtem Gesichtsausdruck an. »So?«

Christine suchte nach Worten. Sie hatte sich in Warnock geirrt. Sie hatte ihn für ein Arschloch gehalten, sich nur daran orientiert, was sie in den Nachrichten über ihn gehört und gelesen hatte. »Sie haben Einsatz gezeigt und sind bereitwillig Risiken eingegangen, obwohl Sie niemand dazu gezwungen hat.«

Warnock schüttelte den Kopf. »Ich hab eine Familie, deren Überleben …«

Christine hob die Hand. »Sie hätten den Flug jemand anders machen lassen können. Es hat Sie auch niemand dazu gezwungen, den Job als Pilotenausbilder zu übernehmen. Und nun stellen Sie sich zur Verfügung, bei den nächsten Einsätzen im Falle eines Problems als Rettungspilot zu fungieren. Das alles wäre ein Job für einen meiner Offiziere gewesen.«

»Die werden an Bord gebraucht«, erwiderte Warnock.

»Wenn Sie und die Soldaten sich nicht freiwillig gemeldet hätten, wäre mir nichts anderes übrig geblieben, als einen meiner Offiziere einzusetzen.«

»Wie gesagt, wir stecken hier alle in dieser Lage fest.« In Warnocks Stimme lag Überzeugung.

Christine nickte. Der Mann war immer noch ein Offizier. Das

Pflichtbewusstsein und die Bereitschaft, Verantwortung zu übernehmen, gewöhnte man sich nicht so schnell wieder ab, auch wenn man plötzlich Zivilist war. Wahrscheinlich hatte dieses Pflichtbewusstsein Warnock dazu gebracht, damals die Bombermission zu übernehmen. Der Mann war Pilot und kein Stratege. Als ihm befohlen worden war, die Nova-Bombe abzuwerfen, hatte er auf die Notwendigkeit dieses Einsatzes vertraut. Erst nachdem er die schrecklichen Bilder des vergehenden Planeten auf dem Monitor der rückwärtigen Kamera gesehen hatte, war ihm wohl klar geworden, dass er ein Kriegsverbrechen begangen hatte. Christine verstand es nun. »Ich hatte kein Recht, Sie zu verurteilen. Das bedeutet nicht, dass ich den Abwurf der Nova-Bombe gutheiße, aber ich sehe ein, dass Sie deswegen nicht unbedingt ein schlechter Mensch sein müssen.«

Warnock hob die Augenbrauen. »Was bin ich denn für ein Mensch?«, fragte er mit unsicherer Stimme. Christine sah ihm an, dass es ihm unangenehm war, dieses Gespräch zu führen.

»Ich halte Sie für einen Menschen, der einen Fehler begangen hat. Der im Glauben, das Richtige zu tun, einen Befehl ausgeführt hat, den er hätte verweigern sollen.«

Warnock stöhnte leise und schob Christine das Glas hin. »Ich glaube, ich brauch noch was von dem Zeug.«

Christine schenkte ein.

Warnock schwenkte das Glas. »Sie haben keine Vorstellung davon, wie oft ich es bedauert habe, diesen Befehl nicht verweigert zu haben.« Er schwieg einen Moment, und seine Augen schimmerten verdächtig. »Wir wussten nichts von der Bombe bis zu dem Tag, an dem wir mit ihr in den Einsatz aufbrachen. Mir blieb überhaupt keine Zeit, die Konsequenzen zu bedenken. Ich hatte an diesem Morgen nur eine Priorität. Es war dieselbe wie an jedem Morgen eines Einsatzes: meine gesamte Energie darauf zu verwenden, die Mission erfolgreich auszuführen und mein Schiff und meine Männer und Frauen lebend wieder zur Station zurückzubringen.«

Christine schwieg. Die eigentlichen Schuldigen hatten im Oberkommando der Streitkräfte gesessen. Sie hatten den Einsatz befohlen. Warnock war nur ein Werkzeug gewesen, dazu ausgebildet, keine Fragen zu stellen und die Befehle zu befolgen. Das machte man schließlich mit allen Soldaten. Christine hätte das Gleiche durchgemacht, wenn während ihrer Ausbildung ein Krieg ausgebrochen wäre. Man hatte Warnock missbraucht. Wie sollte sie ihm das vorwerfen? »Ich verstehe.«

Mike hob den Blick und schaute sie stumm an. Dann schüttelte er den Kopf. »Ich glaube nicht, dass Sie das verstehen. Ich glaube nicht, dass es irgendjemand versteht. Als Soldat bin ich bereit gewesen, im Fall der Fälle mein Leben für meine Familie, für meine Heimat zu geben. Nach dem Einsatz auf Tau Ceti war mir klar, dass der Preis einer Karriere als Bomberpilot für mich nicht darin bestand, mein Leben zu riskieren, sondern Schuld auf mich zu laden. Diese Schuld trage ich nun mit mir, solange ich lebe.«

Er zog eine Kette unter seinem Hemd hervor, an der ein kleines goldenes Kreuz hing. »Sehen Sie, Captain Dillinger, ich glaube daran, dass ich nach dem Tod zur Verantwortung gezogen werde und für das, was ich getan habe, die Ewigkeit in tiefster Verdammnis verbringen muss.«

Christine, die sich selbst als Agnostikerin bezeichnet hätte, fiel es schwer, ein Grinsen zu unterdrücken. »Und Sie hoffen nun durch diese Beterei auf Vergebung?«

»Nein«, sagte Warnock ohne jede Emotion. »Ich bete nicht für die Vergebung meiner Sünden. Die Schuld ist zu groß, als dass ich sie durch irgendetwas wieder loswerden oder kompensieren könnte. Ich habe mich damit abgefunden, in die Verdammnis zu gehen. Aber ich bete für meine Familie. Für meinen Sohn, dass er aufwachsen und ein eigenes Leben führen darf, ohne für die Sünden seines Vaters zu büßen. Das war auch einer der Gründe, nach Omicron zu gehen. Ja, selbst in der Grundschule ist mein Sohn schon in Sippenhaft genommen worden. Von Lehrern und anderen Kindern, deren Eltern ihn zum Sünder gemacht haben. Ich bete für ihn und nicht für mich, obwohl er mir fremd ist.«

Christine empfand einen Anflug von schlechtem Gewissen. Sie hatte ja selbst die Familie in Gedanken über einen Kamm geschoren, als sie auf der Knotenstation an Bord gekommen war. Natürlich war es nicht richtig gewesen. Sie konnte gut verstehen, dass Warnocks Familie auf der Erde kein normales Leben führen konnte. Aber sie hatte Zweifel, dass es ihnen auf Omicron anders ergangen wäre. Sie fragte sich, warum Warnock vor dem Abflug nicht einen anderen Namen angenommen hatte. Sie hob die Hand. »Ist schon gut, Mr. Warnock. Ich werde Sie nicht länger verurteilen. Im Gegenteil – ich bin froh, dass Sie an Bord sind. Das wollte ich nur klarstellen.«

»Ach ja?« Warnock lachte laut auf. »Ich muss gestehen, dass ich *nicht* froh bin, an Bord zu sein.«

Christine lächelte schwach. »Gut. Themenwechsel. Wird Private Morgan bereit sein?«

Warnock seufzte. »Nein, wie sie bereits sagte, wird sie nicht bereit sein. Aber sie wird trotzdem gehen.«

Christine nickte.

Ja, und du darfst dich am Wurmloch bereithalten und ihr hinterherfliegen, wenn sie Scheiße baut.

51

»ALLES klar?«, fragte Mike. Er blickte aus dem linken Cockpit-fenster auf das andere Shuttle. Morgan wandte den Kopf, und er konnte ihr Gesicht schemenhaft durch ihren Helm im Inneren der Fähre erkennen.

»Ja, kann losgehen«, erwiderte die Soldatin. Ihre Stimme bebte. Sie hatte Angst. Natürlich! Das wunderte Mike nicht. Ihren Ab-nahmeflug hatte sie nur mit Mühe bestanden. Bei einer Runde um die Station wäre sie beinahe mit dem Ringbeschleuniger der *Challenger* kollidiert. Erst im zweiten Anlauf hatte sie das Manö-ver gemeistert. Am liebsten hätte Mike ihr die Abnahme verwei-gert und es in zwei oder drei Tagen nach entsprechendem Trai-ning noch einmal probiert. Aber Dillinger hatte die Rationen abermals reduzieren müssen. Jeder Mann und jede Frau an Bord bekam nun gerade mal die Hälfte der Kalorienzahl, die man brauchte, um mittelfristig zu überleben. Der Hunger war zum ständigen Begleiter geworden. Nein, sie hatten keine Wahl. Sie mussten es heute riskieren.

»In Ordnung«, schallte Dillingers Stimme aus Mikes Helm-lautsprecher. »Sie haben Freigabe, in das Wurmloch zu flie-gen.«

Morgans Shuttle beschleunigte.

Mike griff zum Steuerknüppel und brachte seine eigene Fähre ein Stück näher heran. Er musste jederzeit bereit sein, selbst in das Wurmloch zu fliegen und Morgan zu helfen, falls das erfor-derlich werden sollte.

Schon tauchte die Soldatin in die Sphäre ein. Das Shuttle wurde kleiner und war kurz darauf nicht mehr zu sehen.

»Ich bin jetzt im Inneren des Wurmloches«, meldete sich Morgan. »Ich kann die Tunnelwände erkennen. Es ist etwas mühsam, aber ich glaube, ich kann mich davon fernhalten.«

Mike nickte befriedigt. »Das ist gut. Aber passen Sie auf. An der engsten Stelle werden die Kräfte, die das Shuttle zur Wand ziehen, noch etwas größer.«

»Ich passe auf.«

Mike atmete tief ein. Bisher lief es besser als erwartet. Morgan hatte das Shuttle unter Kontrolle und würde es wahrscheinlich auf die andere Seite schaffen. Doch Mike glaubte nicht, dass sie rein zufällig gerade jetzt auf einen lebensfreundlichen Kosmos stießen. Baumann und del Toro verstellten nach Gutdünken die Einstellungen auf der Wurmlochkonsole. Sie würden dieses Experiment so lange fortführen, bis das letzte Shuttle vernichtet oder der letzte Pilot gestorben war.

»Der Tunnel wird wieder breiter. Vor mir leuchtet es rötlich. Was soll ich tun?«

Mikes Herzschlag beschleunigte sich. Das rötliche Schimmern hatte Ferguson auch gesehen, bevor er starb.

»Kommt das Licht aus einer bestimmten Richtung?«, fragte Baumann.

»Nein, es ist überall um mich herum.«

»Dann kann es zumindest kein rotierender Kosmos sein«, erklärte Baumann. »Fliegen Sie weiter.«

»Die Hüllentemperatur steigt an«, meldete Morgan.

Baumann räusperte sich. »Das rote Leuchten kommt wahrscheinlich von der kosmischen Hintergrundstrahlung des Universums, in das Sie gerade einfliegen. Sie ist höher als in unserem Kosmos und erhitzt die Außenhülle. Wir sehen es auf der Telemetrie. Sollte aber kein Problem sein.«

Mike hörte gespannt mit. Hoffentlich gab es wirklich keine Probleme.

»Ich glaube, ich bin jetzt durch.« Morgans Stimme beruhigte sich allmählich. »Die Temperatur stabilisiert sich bei fünfhundert Grad Kelvin. Ist kein Problem für die Kühlung.«

»Gut«, erwiderte Dillinger. »Sterne gibt es in Ihrem Universum offenbar keine, also dürfte es uns keine Hilfe sein. Sie können zurückkommen.«

»Ja, in Ordnung«, sagte Morgan. »Ich wende das Schiff. Die rote Färbung des Himmels wird übrigens immer schwächer.«

»Seltsam«, meinte del Toro. »Die Außentemperatur der Hülle sinkt schnell.«

Mike verfolgte das Absinken der Temperatur auf dem Bildschirm.

»Der Himmel ist jetzt völlig dunkel«, verkündete Morgan. »Komisch.«

»Ich würde gerne einige Messwerte haben«, sagte Baumann. »Könnten Sie für zumindest einige Minuten die externen Sensoren anschalten?«

»Okay, genehmigt«, kommentierte Dillinger.

Mike brummte leise. Er hätte es lieber gesehen, wenn die Soldatin unmittelbar zurückgekommen wäre. Wozu noch ein Risiko eingehen?

»Ich aktiviere die Instrumente«, meldete Morgan. »Ich …«

Es knackte in der Leitung, dann war die Stimme weg.

»Morgan?«, fragte Dillinger. »Morgan, hören Sie mich?«

Scheiße. Irgendetwas musste passiert sein.

Mike griff zum Steuerknüppel. »Ich fliege ihr hinterher.«

»Augenblick«, stoppte ihn die Kommandantin. »Eine Minute warten wir noch.«

Mike presste die Lippen zusammen. *Wozu warten, zum Teufel?*

Ein kurzes Rauschen ertönte, und die Stimme der Soldatin

klang wieder durch den Lautsprecher. »Hören Sie mich?« In ihrer Stimme lag ein Anflug von Panik.

»Sie sind laut und deutlich zu verstehen«, antwortete Dillinger. »Was ist passiert?«

»In der Fähre sind sämtliche Sicherungen durchgeknallt, als ich die Instrumente aktiviert habe. Die für die Kommunikationssysteme und die Lebenserhaltung habe ich reindrücken können, aber der Rest fliegt sofort wieder raus.«

»Deaktivieren Sie die Sensorleiste«, empfahl del Toro. »Es ist möglich, dass es dort zu einem Kurzschluss gekommen ist.«

»Habe ich schon«, entgegnete Morgan. »Die Sicherungen fliegen trotzdem immer wieder raus.«

»Dann kann es nicht an den Sensoren liegen«, murmelte del Toro. »Irgendein anderer Verbraucher muss sich verabschiedet haben.«

»Was soll ich jetzt tun?«, fragte die Soldatin.

Mike sah auf seine Uhr. Es waren schon zehn Minuten vergangen, seit das Wurmloch geöffnet worden war. Morgan hatte noch zwanzig Minuten, bis sich der Durchgang für immer schloss. »Soll ich durchfliegen und sie abholen?«

»Nein«, antwortete del Toro. »Ich möchte das Shuttle nicht verlieren. Und ich bin mir sicher, dass wir das wieder hinkriegen.«

»Einverstanden«, bestätigte Dillinger. »Legen Sie los.«

»Was soll ich tun?«, fragte die Soldatin.

»Sie schalten jetzt nacheinander die einzelnen Systeme ab«, erwiderte del Toro. »Beginnen Sie mit dem Antriebssystem. Es wäre möglich, dass eine der Treibstoffpumpen verreckt ist. Nach jedem betätigten Schalter schauen Sie, ob Sie die Sicherungen wieder reindrücken können.«

»Verstanden. Es wird einige Minuten dauern.«

Mike schaute wieder auf seine Armbanduhr. Sehr viel mehr als einige Minuten hatte sie auch nicht.

»Seltsam«, murmelte Baumann.

»Was ist seltsam, Mr. Baumann?«, wollte die Kommandantin wissen.

»Die Temperatur der Außenhülle nimmt wieder zu.«

Mike runzelte die Stirn. Das sollte nicht sein. Aber vielleicht war auch eine der Kühlmittelpumpen ausgefallen.

»Ich habe die Bussysteme A und B deaktiviert«, meldete Morgan. »Außerdem sämtliche elektrischen Ventile des Einspritzsystems. Die Sicherungen bleiben trotzdem nicht drin. Ich deaktiviere jetzt auch die Ersatzsysteme.«

»Okay«, bestätigte Dillinger.

»Die Temperatur der Außenhülle steigt immer weiter.« Unglauben schwang in Baumanns Stimme mit. »Schon dreihundert Grad Kelvin. Können Sie mal bitte aus dem Fenster schauen, ob Ihnen etwas auffällt?«

»Moment«, erwiderte Morgan. »Ich schalte nur noch das Ersatzsystem aus. Oh …«

Mike zuckte zusammen.

»Was ist los, Private Morgan?«, fragte Dillinger.

»Der Himmel verfärbt sich wieder rötlich. Als würde jemand im Zeitraffer die Morgendämmerung hochfahren.«

Baumann stieß einen Schrei aus. »Sie müssen da weg, Morgan. Sie müssen so schnell wie möglich aus diesem Universum verschwinden.«

»Ich kann nicht«, antwortete Morgan. »Die Antriebssysteme sind immer noch außer Funktion.«

Mike hatte jetzt genug. Er fragte Dillinger gar nicht erst um Erlaubnis, sondern schob den Schubhebel nach vorne.

»Okay, Warnock, holen Sie sie ab«, befahl Dillinger.

Das Raumschiff vibrierte, als er in das Wurmloch vordrang. Er schoss zwischen den Tunnelwänden hindurch. Es würde trotzdem einige Minuten dauern, bis er bei der Kameradin war.

»Baumann, reden Sie!«, forderte Dillinger.

»Sie befindet sich in einem extrem kurzlebigen Universum.« Baumanns Stimme überschlug sich. »Es ist wohl eben erst entstanden. Hat sich abgekühlt, als Morgan durch das Wurmloch geflogen ist. Und jetzt stürzt es schon wieder in sich zusammen. Darum heizt sich die Hintergrundstrahlung auf.«

Scheiße!

Mike hatte den engsten Punkt des Tunnels noch nicht erreicht. Aber er konnte jetzt schon ein rotes Flirren auf der anderen Seite ausmachen.

»Es wird ganz schön warm«, verkündete Morgan.

»Sie werden verbrennen, wenn Sie da nicht sofort verschwinden!«, schrie Baumann.

»Wie denn?«, brüllte Morgan zurück.

»Halten Sie durch«, sagte Mike. »Ich bin schon auf Ihrer Seite des Wurmloches. Nur noch eine Minute.«

»Ich weiß nicht, ob ich das so lange schaffe.«

Die Wände zogen sich vom Shuttle zurück, dann war er hindurch. Es wirkte, als wäre er in einen Kosmos voller Blut eingetaucht. Doch der Farbton wurde immer heller.

Eine Sirene jaulte auf: der Temperaturalarm der Außenhaut. Er drückte den Masterknopf und deaktivierte den Alarm.

Dann sah er das andere Shuttle. Direkt vor ihm schwebte es im fremden Kosmos. »Sie müssen aussteigen!«, rief er. »Haben Sie gehört, Morgan? Sie müssen aussteigen. Ich manövriere meine Fähre direkt neben Ihre, damit Sie hinüberkommen können.«

Die Soldatin öffnete die seitliche Luke des Shuttles und hangelte sich an der Außenhülle entlang, während Mike sein Schiff dichter heranbrachte. Er musste Geschwindigkeit wegnehmen, damit er nicht mit dem anderen Shuttle kollidierte.

Die rötliche Farbe des Himmels machte nun allmählich einem gelblichen Farbton Platz. Das Thermometer erreichte sechshundert Grad Celsius. Mike wusste, dass die Außenhülle der Fähre auch für den Atmosphäreneinsatz konzipiert war und darum noch ein wenig durchhalten würde, aber das konnte man von Morgans Raumanzug nicht sagen. Sie musste sofort an Bord kommen. »Springen Sie!«

Die Soldatin stieß sich von ihrem Shuttle ab und schwebte auf ihn zu. Ihre Helmscheibe war von innen völlig beschlagen, so dass er ihr Gesicht nicht erkennen konnte. Warum meldete sie sich nicht bei ihm? Hatte die Hitze ihr Funkgerät zerstört?

Wieder jaulte der Alarm. Mike drückte ihn weg.

»Sie müssen ins Wurmloch!«, schrie Baumann. »Sie haben keine dreißig Sekunden mehr, bis Ihr Kosmos in einem umgekehrten Urknall vergeht.«

Dreißig Sekunden?

Das würde er niemals schaffen.

Jetzt schwebte die Soldatin neben der Luke. Mike öffnete sie mit einem Knopfdruck. Morgan schwang sich herein und zog dabei die Tür hinter sich zu. Sie knallte in der Schwerelosigkeit gegen die Decke und blieb, offenbar bewusstlos, dort hängen.

Um sie herum war der Kosmos völlig weiß geworden. Die Wärme durchdrang die Fenster des Cockpits. Es konnte nicht mehr lange dauern, bis die Hitze die Treibstofftanks zur Explosion brachte.

Das Wurmloch konnte Mike nicht mehr erkennen. Er musste sich auf den Bildschirm der Trägheitsnavigation verlassen und denselben Kurs fliegen, den er hierher genommen hatte.

Wieder jaulte ein Alarm auf. Jedes verdammte Licht auf seiner Instrumentenkonsole leuchtete in sattem Rot.

Mike schob den Schubhebel vorwärts. Morgan rutschte nach hinten und prallte gegen die Ausrüstungsluke.

Er konnte nichts sehen, flog durch einen völlig weißen Raum, in den sich nun eine blendende bläuliche Farbe mischte.

»Dillinger?«, schrie er. »Hören Sie?«

Er bekam keine Antwort. Entweder war sein Funk zerstört, oder die Hitzestrahlung überdeckte die Radiowellen.

Ein zusammenstürzendes Universum!

Verdammt, er musste doch längst wieder im Wurmloch sein, oder nicht?

Mike hatte keine Ahnung, wo er sich befand. Es war möglich, dass seine Navigation sich schon verabschiedet hatte und er nun tiefer in den implodierenden Kosmos hineinflog, weg vom rettenden Wurmloch.

»Dillinger? Dillinger?«

Nichts.

Dann wurde es schlagartig dunkel um ihn herum. Nachbilder der Helligkeit tanzten vor seinen Augen und machten es ihm schwer, die Kreiselinstrumente abzulesen. War er jetzt durch? »Dillinger?«

»Warnock!«, schrie Baumann. »Das Wurmloch stürzt zusammen. Geben Sie Vollgas!«

Mike drückte den Schubhebel so weit nach vorne, wie es ging. Endlich erkannte er die Wände des Wurmloches. Er flog auf eine zu und musste den Kurs korrigieren. Dann loderten Blitze auf. Sie schienen von außerhalb des Wurmloches zu kommen und an der Wandung des Tunnels zwischen den Universen zu tanzen.

Verdammt, bin ich denn immer noch nicht auf der anderen Seite?

Blitze zuckten von einer Seite des Wurmloches auf die andere. Sie erfassten auch die Fähre. Das Licht flackerte, und es roch nach Ozon.

Die Wände kamen auf Mike zu, obwohl er schon die engste Stelle des Wurmloches passiert hatte. Er wollte den Steuerknüppel noch weiter nach vorne drücken, doch er war schon am Anschlag. Schneller ging es nicht.

Scheiße, wir schaffen es nicht!

Eine heftige Vibration ging durch das Shuttle, als es von den Gravitationskräften der Wurmlochwandung erfasst wurde. Wenn er nicht schnellstens auf die andere Seite kam, würden sie von den Gradienten zerquetscht werden.

Doch dann ließ das Gerüttel nach, und er war endlich durch. Er riss den Schubhebel zurück.

Mike schwitzte. Die Klimaanlage seines Anzugs arbeitete auf Volllast, schaufelte aber nur heiße Luft umher.

Er stoppte das Schiff und wendete es, brachte es auf einen Kurs zur Andockluke der *Challenger* und aktivierte den Autopiloten.

Dann hatte er endlich Zeit, sich um Soldatin Morgan zu kümmern. Er pumpte frische Luft aus den Reservesystemen in das Cockpit, klappte sein Visier auf und schnallte sich ab. Er schwebte zu der Soldatin und legte sie auf den Boden des Cockpits. Sachte nahm er ihr den Helm ab. Ihr Gesicht war aufgequollen und stark gerötet.

Sie kam langsam wieder zu sich und schnappte nach Luft. »Wasser, bitte.« Sie hustete. »Wasser.«

Mike nahm eine Wasserflasche aus einer Halterung an der Wand und reichte sie ihr. Gierig trank sie. »Ich dachte, ich verglühe«, flüsterte sie.

Mike strich ihr über die Wange. »Immer mit der Ruhe. Sie haben es geschafft.«

»Es war knapp«, kommentierte Baumann. »Das Wurmloch ist direkt hinter Ihnen zusammengebrochen. Fünf Minuten vor der errechneten Zeit.«

»Fünf Minuten zu früh!«, keuchte Mike. »Dann kann man sich also auf den Wurmlochapparat auch nicht mehr verlassen.«

»Ich denke, es hat nichts mit dem Wurmloch zu tun, sondern eher damit, dass das Universum hinter Ihnen zusammengestürzt ist. Das kann kein Wurmloch aushalten.«

Mike half der Soldatin auf, dann schwebte er zur Steuerkonsole zurück. Er deaktivierte den Autopiloten und flog langsam auf die Luke der *Challenger* zu. Mit geübten Handgriffen dockte er an, und wenige Momente später öffnete del Toro die Luke.

Lieutenant Schmitt stolperte mit einem Sanitätskoffer herein und untersuchte die Soldatin. Mike kletterte durch die Öffnung zurück in die Schleuse der *Challenger*. Dillinger und Baumann warteten bereits auf ihn.

»Was ist dort passiert, Baumann?«, wollte Mike wissen.

»Offenbar wurde das Wurmloch kurz nach dem Urknall des Universums aktiviert. Der Kosmos hat sich dann ausgedehnt und ist nach Erreichen eines Maximums wieder in sich zusammengefallen.«

Dillinger runzelte die Stirn. »Ein Universum, das innerhalb von einer halben Stunde geboren wird, expandiert und wieder in sich zusammenfällt?«

Baumann zuckte mit den Schultern. »Ob dreißig Milliarden Jahre oder dreißig Minuten, wo ist da der Unterschied?«

Mike schüttelte den Kopf, drehte sich um und ging in Richtung Passagierbereich.

Er wollte nur noch schlafen.

52

»SIND Sie bereit, Private Wellington?«, fragte Christine, als der Mann, begleitet von Ravi und in seinen Raumanzug gekleidet, vor der Luke zum Shuttle auftauchte.

Sydney Wellington grinste sie an und offenbarte eine makellose Reihe strahlend weißer Zähne. Er hätte wunderbar in einer Videowerbung für Zahnpasta mit Bleichmittel auftreten können. »Ich bin bereit, Captain. Sind Sie es auch?«

Christine musterte den Mann perplex, wobei sie den Kopf in den Nacken legen musste, weil Wellington über einen Meter neunzig groß war. Sie begriff, dass er wieder einen seiner merkwürdigen Scherze gemacht hatte. »Wir sind bereit, wenn Sie es sind.«

»Dann wollen wir doch mal Geschichte schreiben.« Wellington lachte und kletterte in das Shuttle. Del Toro stieg hinterher und half ihm bei der Kontrolle der Systeme.

Eigentlich war der Flug schon für gestern angesetzt gewesen, nachdem Warnock dem Mann die Einsatzbereitschaft bescheinigt hatte. Doch dann waren Probleme mit einem der Transponder aufgetreten, die für den Empfang der Telemetrie notwendig waren, und del Toro hatte sich fluchend in den Avionikraum gequetscht und sich dort die Nacht um die Ohren geschlagen, um das Teil auszubessern.

Aber nun war es so weit, und die Mission konnte endlich beginnen. Viel Hoffnung machte sich Christine jedoch nicht. Keines der Universen, die sie bisher erreicht hatten, war auch nur im

Geringsten geeignet gewesen, ihnen eine Zuflucht zu bieten. Es würde heute nicht anders sein. Wenn es gut lief, kehrte Wellington ohne Ergebnisse zurück. Wenn es schlecht lief, würde er nicht nur ohne Ergebnisse, sondern gar nicht zurückkehren.

Del Toro verschloss die Luke. Gemeinsam gingen Christine, Ravi und der Bordingenieur zum Kontrollraum des Wurmloches. Baumann drehte sich kurz zu ihnen um und widmete sich dann wieder der Konsole. An den blinkenden Lichtern erkannte Christine, dass er bereits alle Vorbereitungen getroffen hatte und nur noch den roten Schalter niederdrücken musste.

Wenn wir doch bloß eine Ahnung hätten, wie man diesen Scheißapparat bedienen muss!

Christine stellte sich mit Ravi hinter Baumann auf, während del Toro an der Telemetriekonsole Platz nahm.

Außerhalb der Fenster schwebte in einigen hundert Metern Entfernung bereits Warnocks Shuttle. Der Pilot war wieder einmal bereit, im Fall der Fälle in das Wurmloch zu fliegen. Vor allem nach der erfolgreichen Rettungsaktion vor zwei Tagen war Christines Respekt vor dem Mann stündlich gewachsen.

Dann tauchte auch Wellingtons Shuttle an der rechten Seite des Fensters auf. Es umrundete die Station in weiter Entfernung und stoppte ein gutes Dutzend Meter neben Warnock. Dann richtete der Soldat das Shuttle aus. An den ruckartigen Bewegungen erkannte man, dass der eigentlich recht smarte Private ein absoluter Neuling im Umgang mit der Raumfähre war. Seine Fähigkeiten befanden sich ungefähr auf demselben Niveau wie die von Brittney Morgan. Nach deren zumindest anfangs problemlosem Durchgang durch das Wurmloch hatte Christine auch heute die Hoffnung, dass das Manöver gelang. Was dann auf der anderen Seite des Wurmloches passierte, war jedoch eine andere Sache.

»Ich habe die Position eingenommen«, meldete Wellington.

»Ich bin schon ganz geil darauf, mein Teil in das enge Wurmloch zu stoßen. Hey, vielleicht reiben wir den Kahn mit Vaseline ein, dann flutscht er richtig durch.«

Baumann kicherte leise.

Christine verzog das Gesicht. Für derart pubertären Humor hatte sie nicht das Geringste übrig.

Viel Kontakt mit dem großgewachsenen Soldaten hatte sie bisher nicht gehabt. Sie wusste nur von der letzten Besprechung, dass er Frauen gegenüber einen Charme spielen ließ, der dem von Ravi in nichts nachstand, wenngleich er etwas vulgärer war. Außerdem empfand er es wohl als seine Pflicht, seine Umgebung pausenlos mit flotten Sprüchen zu beglücken.

Christine schaltete ihr Mikro auf Vox. Der Private würde von nun an jedes ihrer Worte mitbekommen, ohne dass sie die Sprechtaste drücken musste. »In Ordnung. Wir aktivieren jetzt das Wurmloch.« Sie seufzte und wandte sich an Baumann. »Tun Sie es.«

Der Ingenieur nickte und drückte den roten Knopf nieder.

Christine schloss die Augen. Trotzdem stach das helle Licht durch ihre Lider. Als sie sich wieder umdrehte, stand das Wurmloch stabil vor der Station.

»Okay, Wellington«, verkündete Christine. »Sie können Kurs auf das Wurmloch nehmen.«

»Aye, aye, Captain.« Die Stimme des Private klang überschwänglich. »Ich bin bereit, in das Unbekannte vorzudringen und das Universum auf der anderen Seite für König und Vaterland in Besitz zu nehmen.«

Christine lehnte sich zu Ravi hinüber und schaltete kurz ihr Mikro ab. »Was für ein Sprücheklopfer.«

Ravi legte den Kopf schief. »Wahrscheinlich hat er Angst und will sie auf die Art kompensieren.«

Dann tauchte der Soldat mit seinem Shuttle in das Wurmloch. Das Schiff wurde kleiner und verschwand.

Christine atmete tief ein. Jetzt konnten sie nur noch abwarten.

»Sein Flug ist unregelmäßig«, meldete del Toro. »Er hat Schwierigkeiten, sich von der Wand des Wurmloches fernzuhalten.«

»Immer locker«, empfahl Warnock dem Soldaten über Funk. »Nicht überkompensieren. Nur minimale Ausschläge, wie ich es Ihnen gezeigt habe.«

»Ist leichter gesagt als getan«, ächzte der Soldat.

»Sieht etwas besser aus«, verkündete del Toro schließlich.

Aber Wellington hatte die engste Stelle des Wurmloches noch nicht erreicht.

»Geben Sie etwas Retroschub«, sagte Warnock mit ruhiger Stimme. »Fliegen Sie nicht so schnell durch das Wurmloch, dann haben Sie es leichter.«

Sie hörten ein Kratzen aus dem Lautsprecher. Christine zuckte zusammen. Aber wahrscheinlich war Wellington nur mit seinem Kinn an das Mikro gestoßen.

»Das ist ganz schön Arbeit.« Der Private stöhnte auf. »Kein Wunder, dass ihr Piloten so gut bezahlt werdet.«

»Lassen Sie es ruhig angehen«, empfahl Warnock.

»Ich glaube, ich habe jetzt das Gröbste überstanden«, meinte Wellington. »Die schimmernden Wände weichen zurück.«

»Können Sie voraus etwas sehen?«, fragte Christine. »Irgendein Anzeichen, dass der Himmel sich verfärbt?« Das war bisher immer ein Signal für Probleme gewesen.

»Nee, voraus ist alles finster.«

Also wahrscheinlich wieder keine Sterne.

»Laut Dopplerradar wird er wieder schneller«, kommentierte del Toro.

Warnock hatte offenbar mitgehört. »Lassen Sie es ruhiger angehen, Wellington. Sie müssen nicht beschleunigen.«

»Da musst du dich verguckt haben, Kumpel«, entgegnete der Soldat. »Der Schubhebel ist in der Neutralposition.«

Del Toro schüttelte den Kopf. »Das kann nicht sein. Er beschleunigt ganz ordentlich.«

Christine schaute dem Ingenieur über die Schulter. Das Shuttle wurde in der Tat sichtbar schneller. Entweder war eines der Triebwerke verklemmt, oder es lag an dem Universum, in das Wellington einflog. »Geben Sie Gegenschub.«

»Okay.«

Die Geschwindigkeit sank. Christine atmete auf. Vielleicht war doch nur eines der Triebwerke defekt.

»Ich müsste gleich durch sein«, meldete Wellington.

»Er wird schon wieder schneller.« Del Toros Stimme klang schrill.

Es musste an dem Universum liegen!

»Stoppen Sie!«, befahl Christine. »Kehren Sie sofort um!«

»Verdammte Scheiße!«, schrie Wellington, von dessen jovialer Art nichts übrig geblieben war. »Irgendetwas zieht mich aus dem Wurmloch. Ich habe den Schubhebel ganz nach hinten gedrückt. Beide Düsen feuern.«

Del Toro stand auf. »Er beschleunigt mit Werten, die das Triebwerk des Shuttles niemals hinkriegen kann«, rief er.

»Es reißt mich vom Wurmloch weg!«, brüllte Wellington. »Ich kann nichts tun!«

»Ich werde ihm hinterherfliegen«, meldete sich Warnock. Schon bewegte sich seine Raumfähre auf das Wurmloch zu.

»Sie bleiben hier, Warnock«, donnerte Christine in ihr Mikro. »Das ist ein Befehl.«

»Aber …«, stotterte Warnock.

»Nein«, unterbrach Christine ihn brüsk. »Wenn er mit seinem Shuttle nicht genug Gegenschub geben kann, dann können Sie es auch nicht.«

»Warnock«, flehte Wellington. »Bitte holen Sie mich ab! Bitte!« Ein starkes Rauschen mischte sich in seine Stimme.

»Er ist drei Kilometer von der Wurmlochmündung entfernt. Und er beschleunigt weiter«, murmelte del Toro schwach.

»Baumann«, sagte Christine. »Was ist da los?«

Der Ingenieur stand nur mit offenem Mund vor seiner Konsole. Er war förmlich eingefroren, und seine Augen blickten aus dem Fenster in die Ferne.

»Dillinger!«, brüllte Wellington. »Bitte helfen Sie mir. Ich will nicht sterben. Bitte!«

»Er ist schon über fünfzig Kilometer entfernt«, meldete del Toro. »Die Geschwindigkeit wächst weiter stark an.«

»Ich will nicht sterben! Ich will nicht …« Der Rest des Satzes ging im Rauschen unter.

»Es tut mir leid«, hauchte Christine, obwohl Wellington sie sicher schon nicht mehr hören konnte.

»Er ist weg«, sagte der Bordingenieur. »Ich empfange keine Telemetriedaten mehr.«

»Verdammt! Dillinger«, fluchte Warnock. »Sie hätten mich ihn abholen lassen sollen.«

»Dann wären Sie doch ganz sicher ebenfalls von dieser Kraft mitgerissen worden«, sagte Christine laut.

»Ich bin besser am Steuer des Shuttles«, erwiderte der Pilot. »Ich hätte es vielleicht geschafft.«

»Einen Scheiß hätten Sie!«, brüllte sie. »Sie wären jetzt tot!«

»Warnock, Sie hätten keine Chance gehabt.« Baumann klang seelenruhig.

Christine starrte den Ingenieur sprachlos an.

»Und wieso, bitte?«, fragte Warnock. »Vielleicht hätte ich ihn doch erreicht.«

Baumann bejahte. »Sie hätten ihn ganz sicher erreicht. Aber die Expansion des Kosmos auf der anderen Seite hätte Sie ebenfalls mitgerissen.«

»Die Expansion des Kosmos?«, wiederholte Christine verblüfft.

»Ja, das ist meine Vermutung«, antwortete Baumann. »Das Universum, in dem Wellington herausgekommen ist, expandierte, und zwar in der Tat so schnell, dass der Raum dort Wellingtons Shuttle mit sich gerissen hat. So, als ob er am Raumhafen auf ein Rollband getreten wäre, das ihn in Windeseile durch die Abflughalle beförderte. Er hatte keine Chance, dieser Bewegung etwas entgegenzusetzen.«

Scheiße!

Christine biss die Zähne zusammen, bis es schmerzte. Schweigend standen sie in der Halle und starrten aus dem Fenster.

Erst als das Wurmloch nach einer weiteren Viertelstunde in sich zusammengefallen war, drehte sich del Toro wie in Zeitlupe auf seinem Sitz zu Christine herum. »Wer ist der Nächste?«

53

»STUART Morris.« Mike sah den Unteroffizier auf der anderen Seite des Tisches im improvisierten Besprechungsraum an. John Brooke hantierte an seiner Brille herum, Danny Getz fixierte stumpf die Wand, und Brittney Morgans Hände zitterten. Das taten sie, seit die Soldatin von Mike gerettet worden war. In diesem Zustand würde sie keine weitere Mission durch das Wurmloch mehr machen.

»Was ist mit Brooke und Getz?«, fragte Dillinger, die zwischen Chandrasekhar und del Toro saß. »Wann werden die so weit sein?«

»Nie«, antwortete Mike.

Brookes Kiefermuskulatur trat hervor, und Getz zuckte mit den Schultern. Die beiden wussten wohl, dass sie auf absehbare Zeit nicht in der Lage sein würden, ein Shuttle durch das Wurmloch zu steuern.

»Was soll das heißen, Mr. Warnock?«, fragte der Erste Offizier.

»Das soll heißen, dass nur Corporal Morris kompetent genug ist, die Raumfähre auf die andere Seite und wieder zurück zu bringen.«

Dillinger winkte ab. »Eigentlich hat es doch sowieso keinen Zweck. Wir kommen nicht weiter. Es bringt nichts.«

Mike vertrat denselben Standpunkt. Sie würden keinen Erfolg haben. Es gab offenbar zu viele lebensfeindliche Universen und so gut wie keine, in denen sie Zuflucht finden konnten. Die einzige Alternative waren die roten Pillen.

»Ich bestehe darauf, meine Pflicht zu erfüllen«, erklärte Morris. Er saß stocksteif auf seinem Stuhl und starrte die Kommandantin aus Eisaugen an. Mike hatte ihn, seit sie auf die *Challenger* gegangen waren, noch nie lachen oder auch nur lächeln sehen. Er fragte sich, ob dieser Mann in seinem Leben jemals einen Augenblick Freude empfunden hatte.

»Sicher«, erwiderte die Kommandantin mit resignierter Stimme. »Wenn Sie darauf bestehen, dann werde ich Sie nicht daran hindern.«

Sie wandte sich an ihren Bordingenieur. »Wann ist das nächste Shuttle so weit?«

»In vier Stunden«, antwortete del Toro. »Ich habe es bereits vorbereitet, aber die Batterien müssen noch aufgeladen werden.«

»Gut, dann machen wir jetzt eine Pause«, sagte Dillinger müde. »In vier Stunden geht Morris dann durch das Wurmloch. Bis dahin können sich alle ein bisschen ausruhen.«

Sie stand auf, flüsterte noch einige Worte zu ihrem Ersten Offizier und verließ dann den Besprechungsraum. Dabei blinzelte sie so oft, als hätte sie seit Wochen nicht richtig geschlafen.

Aber auch Mike konnte nicht behaupten, dass er sich besser fühlte, zumal der Hunger ihn quälte. Er erhob sich und trottete den Soldaten hinterher Richtung Passagierbereich. Sowohl die Uniformierten als auch Mike hatten inzwischen eine Berechtigung zum Öffnen der Türen bekommen. Nur den anderen Passagieren, darunter Baumann, verweigerte die Kommandantin das Recht, sich überall an Bord frei zu bewegen.

Mike durchquerte die Messe, wo Goodyear in einem Sessel saß und ihn finster fixierte, und ging zu seiner Kabine.

Ellie schlief und hielt dabei Neil im Arm. Sie schlief in der Tat viel in den letzten Tagen, was Mike auf die verminderte Kalorienzahl und den daraus resultierenden Hunger schob. Heute hatte es für alle nur eine Handvoll Reis und etwas Orangensaftkonzentrat gegeben.

Er kletterte auf das Bett, legte sich neben seine Frau und nahm seine Familie in den Arm.

Doch der Schlaf wollte sich nicht einstellen, und schließlich stand Mike wieder auf. Er ging zu den Gemeinschaftswaschräumen, um sich ein wenig frisch zu machen. Dort traf er auf Gerry, der gerade splitternackt die Dusche verließ. Er sah blass aus.

»Ihr versucht es heute wieder, oder?«, fragte der Farmer.

Mike hängte sein Handtuch über einen Haken und stellte seinen Kulturbeutel auf die Ablage neben dem Waschbecken. »Ja. Wir werden gleich wieder einen Versuch starten.«

»Wie viele habt ihr schon?«, wollte Gerry wissen. »Wie viele Universen?«

Mike konnte es nicht genau sagen. Es fiel ihm schwer, sich zu konzentrieren. »Ein halbes Dutzend oder so.«

»Und drei tote Menschen.« Gerrys Stimme klang überraschend gleichgültig.

»Ja, wenn man Marla Stanton nicht mitrechnet«, stimmte Mike zu.

»Die ist nicht beim Flug ins Wurmloch gestorben.«

Mike war sich nicht sicher, worauf Gerry hinauswollte. »Ist alles in Ordnung?«

Gerry lachte hysterisch. Er drehte sich um und zwinkerte seinem Spiegelbild über dem Waschbecken zu. »Ist er nicht lustig? Wir sind in einem fliegenden Sarg am Ende der Zeit gefangen, uns gehen die Vorräte aus, und er fragt, ob alles in Ordnung ist.«

Die Augen des Farmers waren seltsam glasig. »Gerry, hast du irgendetwas genommen?«

Gerry verzog den Mund zu einem leichten Lächeln. »Die Frage ist nicht, was ich genommen habe. Die Frage ist vielmehr, was ich nehmen werde.«

Gerrys Blick ging durch Mike hindurch. Der Mann war high. »Gerry, was hast du getan?«

»Ich war in der Apotheke.«

Mike schüttelte den Kopf. »Die ist im Crewbereich.«

»6633.« Gerry grinste.

Mike zuckte zusammen. Das war der Code für die Luke, die aus dem Passagierbereich hinausführte. Gerry musste ihn oder einen der Soldaten heimlich beobachtet haben.

Der Farmer machte auf ihn nicht den Eindruck eines Mannes, der sich illegal Zugang zu medizinischen Bereichen verschaffte, um sich mit Drogen einzudecken. Aber vielleicht hatte das eine lange zurückliegende Vorgeschichte. »Warum?«

Gerry lachte dümmlich. »Du hast es doch selber gesagt: sechs Einsätze, drei Tote und null Erfolge. Es ist sinnlos. Irgendwann ist der Letzte von euch draufgegangen, und dann ist Exitus. Wenn wir bis dahin nicht schon verhungert sind.«

»Und du wirfst Dreck ein, um es dir leichter zu machen?«, fragte Mike.

Gerry nickte wie in Zeitlupe. »Ich habe noch etwas anderes mitgenommen. Die Medikamente werden es erträglich machen.«

Mike schüttelte den Kopf. Er öffnete den Mund, um Gerry seine Meinung zu Drogen zu sagen, aber dann stockte er und schwieg. Letztlich glaubte er ja selbst nicht mehr daran, dass sie mit der Suche nach einem Universum Erfolg haben würden. Wenn der Hunger stärker wurde, würde er seiner Familie vielleicht ebenfalls Beruhigungsmittel geben, um die Situation zu erleichtern.

»Ihr habt wenigstens eine Aufgabe.« Gerry sprach undeutlich. »Wir können nur herumsitzen und abwarten, was geschieht. Seit Wochen sitzen wir nur herum und warten.«

Was sollte Mike darauf schon erwidern?

»Ich kann nicht mehr«, flüsterte Gerry. Er wickelte sich ein Handtuch um die Taille und schlurfte mit hängenden Schultern aus den Waschräumen.

Mike trat vor das Waschbecken und drehte das Wasser auf. Er spritzte sich ein paar Tropfen ins Gesicht und schloss den Hahn wieder. Auf die Rasur verzichtete er.

Er packte Kulturbeutel und Handtuch in sein Fach zurück und machte sich auf den Weg zum Shuttle. Es wurde Zeit.

An der Schleuse der *Challenger* warteten bereits die anderen. Corporal Morris zog sich gerade seinen Raumanzug an.

Mike stieg in seinen eigenen und verabschiedete sich von dem Soldaten per Handschlag.

Morris lächelte ihn an. Es war das erste Mal, dass Mike ihn lächeln sah. »Sie sind kein schlechter Kerl, Warnock«, erklärte der Corporal. »Ich finde, Captain Wheeler hat Ihnen Unrecht getan.«

»Danke.« Mike war das Kompliment merkwürdig unangenehm.

Er nickte ein letztes Mal, dann stieg er in sein eigenes Shuttle und koppelte zügig ab. Er brachte das Schiff in Wartestellung vor dem Beschleunigerring der Station und wartete auf Morris' Ankunft.

Endlich tauchte das Shuttle des Soldaten hinter dem Ring auf. Morris hatte offensichtlich Mühe den Kurs zu halten.

Mike schloss die Augen. Der Mann konnte nur scheitern. Er war von den Flugschülern bisher der schwächste.

»Warnock, kommen«, hallte Dillingers Stimme durch seinen Raumhelm.

»Ich bin hier. Alles bereit.«

»Gut. Baumann hat seine Einstellungen an der Konsole bereits vorgenommen. Wenn Morris in Position ist, werden wir sofort starten.«

»Verstanden.«

Nach einigen Minuten hatte der Soldat das Schiff in die richtige Lage manövriert. »Ich bin jetzt bereit.«

Wenige Augenblicke später entstand das Wurmloch mit dem charakteristischen blendenden Blitz. Es stabilisierte sich schnell. »Wurmloch bereit«, meldete Baumann über Funk.

Das Shuttle des Corporal beschleunigte. Er flog langsam auf das Wurmloch zu, musste immer wieder die Richtung korrigieren. Wenigstens ging er im Gegensatz zu Wheeler sehr umsichtig vor und ließ sich Zeit. Dann war das Shuttle im Wurmloch verschwunden.

»Morris, können Sie mich hören?«, fragte Mike.

»Ja, laut und deutlich. Der Tunnel sieht genauso aus, wie Sie ihn beschrieben haben. Es ist für mich nicht leicht, den Kurs zu halten, aber wenn man langsam genug fliegt, geht es.«

Mike war zufrieden. Mangelhafte Kenntnisse im Umgang mit einem Raumfahrzeug konnte man nur durch Geduld ausgleichen. Das würde allerdings nichts nützen, wenn der Corporal in eine Notlage geriet und schnell reagieren musste.

»Ich glaube, ich habe nun den engsten Teil erreicht«, meldete Morris. »Das Schimmern an den Seiten weicht wieder von mir zurück.«

Mike sah auf seine Armbanduhr. Morris hatte sich wirklich Zeit gelassen. Deutlich mehr als alle anderen bisher. Er würde auf der anderen Seite nicht viele Analysen durchführen können.

»Erkennen Sie etwas?«, wollte Baumann wissen. »Sterne oder eine andere Farbe des Himmels?«

»Nein«, erwiderte Morris. »Zumindest bislang nicht. Vor mir ist alles finster. Aber ich bin ja auch noch nicht durch.«

Mike fragte sich, ab wann Sterne zu sehen wären, wenn es auf der anderen Seite wirklich welche geben sollte. Das Schimmern der Scheinwerfer von der Station war ja schließlich auch jenseits des Wurmloches sichtbar. Aber vielleicht war Sternenlicht einfach zu schwach, wenn der Durchgang nicht gerade in der Nähe einer Sonne endete.

»Ich müsste bald durch sein«, verkündete Morris. »Ich fürchte, hier ist nichts zu holen. Es ist …«

Es rauschte kurz, dann war Stille in der Frequenz.

»Morris?«, fragte Dillinger.

Mike verkrampfte sich. Irgendetwas war schiefgelaufen. Schon wieder die Sicherungen? Oder war es diesmal etwa ein Konstruktionsfehler an der Fähre?

»Morris, kommen«, wiederholte die Kommandantin mit schriller Stimme.

»Ich empfange keine Telemetrie mehr. Der Funkverkehr ist einfach unterbrochen«, sagte del Toro resigniert.

Mike überprüfte die Ausrichtung seines Shuttles. »Ich bin bereit, hinterherzufliegen.«

»Warten Sie noch«, befahl Dillinger.

»Er hat lange gebraucht, um durch das Wurmloch zu fliegen«, beharrte Mike. »Wenn ich ihn abholen soll, dann muss ich sofort los.«

»Also gut«, erwiderte Dillinger nach kurzer Pause. »Fliegen Sie hinterher.«

Mike schob den Schubhebel nach vorne und raste auf das Wurmloch zu. Nach wenigen Sekunden war er bereits in das Innere getaucht, und die Wände des Durchgangs flogen an ihm vorbei. Mit sicheren, kurzen Bewegungen hielt er das Shuttle genau in der Mitte.

»Morris?«, fragte Dillinger erneut, erhielt aber keine Antwort. »So lange kann es doch nicht dauern, ein paar Sicherungen wieder einzusetzen.«

»Vielleicht ein Kurzschluss in den Kommunikationssystemen«, vermutete del Toro.

»Verdammt, es gibt doch dafür ein Ersatzsystem«, fluchte Dillinger.

»Wahrscheinlich weiß er nicht, wie man es aktiviert«, gab del Toro zu bedenken.

Mike dachte das Gleiche. Er hatte nicht die geringste Chance gehabt, Morris in der Kürze der Zeit alle Systeme und Subsysteme für sämtliche Eventualitäten zu erklären. Das hätte Wochen und Monate gedauert.

»Noch zehn Minuten, bis das Wurmloch in sich zusammenfällt«, sagte Dillinger. »Warnock, wie weit sind Sie?«

»Ich passiere gerade die engste Stelle.« Mike schob den Schubhebel ein weiteres Stück nach vorne.

»Warnock!«, schrie Baumann plötzlich. »Stoppen Sie! Sofort!«

»Aber ich bin gleich durch«, protestierte Mike und ließ den Schubhebel in der momentanen Stellung.

»Morris ist tot. Wenn Sie nicht sofort stoppen, werden Sie auch sterben!« Baumanns Stimme überschlug sich.

Mike riss den Schubhebel nach hinten bis in die Neutralstellung und dann ganz zurück für den Gegenschub.

Er raste trotzdem weiter den Tunnel entlang. Es würde dauern, bis der Gegenschub seine Geschwindigkeit reduzierte. »Ich glaube, ich werde nicht bremsen können, bis ich ganz durch bin.«

Mike hatte nicht die geringste Ahnung, was Baumann so erschreckt hatte. Oder was mit Morris geschehen war. Aber es machte ihm eine Scheißangst.

Vor sich sah er nur Finsternis. Sein Herz pochte bis zum Hals. Er hatte seine Geschwindigkeit verlangsamt, aber er machte immer noch Fahrt, obwohl die Bremstriebwerke mit voller Leistung feuerten.

Die Wände des Wurmloches hatten sich bereits weit zurückgezogen. Jeden Augenblick würde der Durchgang ihn in das andere Universum entlassen.

Wie in Zeitlupe reduzierte sich die Geschwindigkeit.

Dann, endlich, hatte er seine Bewegung gestoppt.

Mike legte den Schubhebel in die Neutralstellung. »Ich stehe jetzt still«, meldete er mit zitternder Stimme. »Die Wurmlochmündung auf der anderen Seite kann nur einige Dutzend Meter vor mir liegen.«

Baumann atmete hörbar auf. »Gott sei Dank. Ich dachte schon, Sie schaffen es nicht mehr.«

»Reden Sie!«, verlangte Dillinger düster. »Was ist los?«

»Unsere Sensoren haben einen kurzen Gammablitz aufgefangen, als der Funkkontakt mit Morris abgebrochen ist.«

»Einen Gammablitz?«, wiederholte Mike verständnislos. »Das ist doch ein astronomisches Phänomen, oder nicht?«

»Ja, ich vermute, dass der Kosmos auf der anderen Seite extrem lebensfeindlich ist. Womöglich kann dort wegen anderer Naturkonstanten keine Materie existieren. Darum ist Morris zusammen mit seinem Shuttle beim Übergang zu Strahlung zerfallen.«

Oh, Himmel! Und um ein Haar hätte Mike dasselbe Schicksal getroffen. Seine Beine wurden weich. Er schob den Schubhebel nach hinten. Im Rückwärtsgang entfernte er sich von dem tödlichen Universum.

»Was für eine Scheiße!«, fluchte Dillinger.

Langsam ließ Mike das Shuttle rotieren, bis es in die entgegengesetzte Richtung zeigte. Dann beschleunigte er. Er wollte so schnell wie möglich wieder auf die andere Seite.

Als er die engste Stelle des Durchgangs passierte, atmete er auf. Vor sich sah er das verzerrte Abbild der Station.

Wieder waren sie gescheitert. Und wieder war ein Mensch gestorben.

Ausnahmslos alle Universen, die sie angewählt hatten, waren ungeeignet zum Überleben gewesen. Von sechs Menschen, die durch das Wurmloch geflogen waren, waren nun vier tot. Sie hatten keine Chance. Sie quälten sich nur zu Tode. Genauso gut konnten sie direkt mit der ganzen *Challenger* durch das Wurmloch fliegen und auf ein Wunder hoffen.

Mike verließ den Durchgang, umrundete die Station und dockte schließlich an der Schleuse der *Challenger* an.

Als er das Schiff verließ, erwarteten ihn Dillinger, Baumann, del Toro und Chandrasekhar mit Grabesmienen.

»Das war wirklich ein Riesenglück«, meinte Baumann. »Sie waren nur Meter von der imaginären Grenze zwischen den Universen entfernt.«

Mike schwieg. Morris war tot, da wollte er nicht von einem Riesenglück sprechen.

Dillinger berührte ihn kurz an der Schulter. »Gut, dass Sie wieder da sind.«

Mike nickte wie betäubt.

»Kommen Sie«, sagte Dillinger. »Wir gehen in die Zentrale. Dort besprechen wir, wie es weitergeht.«

Beinahe hätte Mike losgelacht.

Wie es weitergeht!

Schweigend trotteten sie hintereinander in Richtung Bug. Mike wusste genau, wie es weitergehen würde. Nachdem Wheeler, Wellington und Morris tot und die Soldaten Getz und Brooke untauglich für die Steuerung des Shuttles waren, blieben nur noch Brittney Morgan und er selbst als Piloten übrig. Doch Morgan war psychisch gar nicht mehr in der Lage, die Raumfähre zu fliegen.

Mike verzog das Gesicht. Die Chancen standen gut, dass er beim nächsten Einsatz umkam. Genauso gut konnte er eine der roten Pillen schlucken.

Sie passierten die kleine Krankenstation mit der angegliederten Bordapotheke, und Mikes Gedanken kehrten zu Gerry zurück.

Ich habe noch etwas anderes mitgenommen.

Ja, das hatte Gerry gesagt.

Mike bekam plötzlich eine Gänsehaut. Der Farmer hatte damit nicht noch mehr Beruhigungsmittel gemeint.

Er blieb stocksteif stehen.

»Mr. Warnock?«, fragte Dillinger irritiert.

»Gerry Paine«, flüsterte Mike. »Ich habe mit ihm gesprochen. Er hat etwas aus der Apotheke entwendet. Ich habe es über dem Einsatz ganz vergessen.«

Dillinger trat auf ihn zu. »Entwendet? Wie …?«

»Er muss den Code mitbekommen haben«, stöhnte Mike.

Die Kommandantin ging in die Krankenstation und begab sich an das Terminal der Bordapotheke. Mike trat neben sie. Chandrasekhar und del Toro blieben neben der Tür stehen.

»Es wurden einige Dosen Benzodiazepin entnommen«, erklärte Dillinger nach einem Blick auf den Monitor des Apparats.

»Sonst nichts?«, fragte Mike.

Dillinger schüttelte den Kopf.

Chandrasekhar winkte ab. »Lassen wir sie ihm. Wird er ein bisschen high. Umkommen kann er davon nicht.«

Mike fühlte sich erleichtert. Seine Befürchtung war gewesen, dass Gerry noch zu anderen Mitteln gegriffen hatte. Vielleicht war mit seiner Aussage einfach nur gemeint gewesen, dass er mehr als eine Dosis mitgenommen hatte.

»Wir müssen den Code für die Türe ändern«, erklärte del Toro.

»Kümmern Sie sich darum.« Dillinger wollte den Raum schon wieder verlassen, dann stutzte sie.

»Was?«, fragte Chandrasekhar.

Die Kommandantin drehte sich um und ging auf einen Schrank zu. Dort öffnete sie eine Schublade und holte ein kleines Kistchen aus silbernem Metall heraus.

»Was ist das?« Bei Mike schrillten die Alarmglocken.

Dillinger antwortete nicht und öffnete stattdessen den Deckel der Kiste. Darin lagen rote Pillen.

Die Kommandantin zählte laut nach. Sie kam nur bis zwanzig. »Es fehlen drei«, sagte sie entsetzt.

Gerry will sich umbringen! Mitsamt seiner Familie!

Dillinger stürmte aus der Krankenstation. Mike und die beiden Offiziere folgten ihr.

Im Laufschritt legten sie die Entfernung bis zu den Passagierunterkünften zurück.

Goodyear blickte erschrocken auf, als sie in der Messe an ihm vorbeirannten. Dann standen sie vor der Kabine der Paines. Die Tür war verschlossen.

Dillinger hämmerte dagegen. »Machen Sie auf, Gerry!« Sie kramte in den Taschen ihrer Kombi.

»Ich habe eine dabei.« Chandrasekhar schob sich an der Kommandantin vorbei und hielt eine Magnetkarte an das Schloss.

Es piepte laut, und der Erste Offizier trat in den Raum. Mike blieb in der Tür stehen. Es stank nach Erbrochenem.

Dillinger aktivierte den Interkom der Kabine. »Lieutenant Schmitt. Sofort zu Passagierkabine zwanzig. Sofort. Bringen Sie den Medikoffer mit. Dies ist ein Notfall.«

»Bin unterwegs«, hallte es aus dem Lautsprecher.

Die Paines lagen in ihrem Bett. Sie schienen zu schlafen. Das Erbrochene stammte von Mary. Darin erkannte Mike die rote Pille.

»Die Kleine lebt noch«, sagte Chandrasekhar. »Sie hat sich übergeben. Wahrscheinlich von dem Benzodiazepin. Das hat ihr das Leben gerettet.« Er hob Mary hoch, trug sie aus dem Raum und legte sie im Korridor auf den Boden. »Holen Sie eine Decke aus der Messe!«, schrie er Goodyear an, der ihnen gefolgt war und nun im Korridor stand.

Mike fasste sich an den Kopf. Es wäre möglich gewesen, dieses

Unheil zu verhindern, wenn er nur genauer über Gerrys Worte nachgedacht hätte. Es war seine Schuld.

Der Geschäftsmann drehte sich um und lief davon.

»Die Frau lebt auch noch.« Dillinger hatte ihr die Finger an den Hals gelegt. »Aber der Puls ist sehr schwach.«

Sie ging zu Gerry und wiederholte die Prozedur. »Für ihn ist es zu spät. Er ist tot.«

Endlich kam Lieutenant Schmitt. Dillinger klärte sie in knappen Worten über die Sachlage auf.

Die Navigatorin und Sanitäterin untersuchte kurz das Kind. »Sie wird wieder. Sie schläft nur wegen des Beruhigungsmittels.«

Die Navigatorin schob sich an Mike vorbei in die Kabine und legte ein Gerät an Robins Hals. »Ihre Lebenszeichen werden schwächer. Sie braucht dringend eine Dosis Flumazenil.« Schmitt holte eine kleine Ampulle aus ihrem Koffer und zog eine Spritze auf.

»Sollen wir das überhaupt tun?«, fragte Chandrasekhar. »Ich meine, sie haben sich offenbar gemeinsam für diesen Weg entschieden.«

Schmitt hielt inne, die Spritze in der Hand.

Mike war hin und her gerissen. Schlimmstenfalls holten sie die Frau ins Leben zurück, nur um ihr in einigen Tagen doch noch eine Pille zu geben. Sein Glaube verbot Selbstmord. Aber was war, wenn es keinen anderen Ausweg mehr gab und es nur noch darum ging, Leid zu vermindern?

»Willst du dann dem Kind erklären, dass wir seine Mutter haben sterben lassen, wenn es aufwacht?«, fragte Dillinger bissig. »Auf meinem Schiff stirbt keiner, bevor ich es nicht genehmigt habe. Los, Lieutenant. Injizieren Sie das Gegengift.«

Die Navigatorin rollte einen Ärmel hoch, spritzte die klare Flüssigkeit intravenös und überprüfte dann mit einem kleinen

Gerät Robins Blutdruck. »Das war's. Ich denke, sie wird es überstehen.«

Mike war überzeugt, dass sie die richtige Entscheidung getroffen hatten.

Er half mit, Robin in die Krankenstation zu bringen. Chandrasekhar trug das Mädchen zu seiner noch schlafenden Mutter. Als der Erste Offizier sie ablegte, wachte die Kleine auf. Sie kroch zu Robin und klammerte sich an sie.

Mike wandte sich um und ging in seine eigene Kabine zurück.

Neil schlief noch. Ellie hatte die Augen geöffnet, schaute aber ins Leere. »Und?«, flüsterte sie schließlich. »Habt ihr etwas erreicht?«

Mike kletterte zu ihr ins Bett, schüttelte den Kopf und hielt sie im Arm, während sie schluchzte.

54

»SCHEISSFRASS!«

Lustlos stocherte Christine in ihrem Reis herum, in dem einige Erbsen lagen. Zwölf Stück. Sie hatten genau abgezählt.

»Sei froh, dass es überhaupt noch etwas zu essen gibt.« Ravi saß auf seinem Platz in der Zentrale neben ihr. »Ein paar Tage weiter, dann leben wir nur von Wasser.«

Sechs Kilo hatte Christine schon abgenommen, seit sie von der Erde aus aufgebrochen waren. Bei ihrer geringen Körpergröße war das eine ganze Menge, und in einer anderen Situation wäre sie froh darüber gewesen. Gesünder sah sie im Spiegel mit der blassen Haut und den eingefallenen Wangen allerdings nicht aus. Nun, es würde nicht mehr lange dauern, bis sie noch schlechter aussah.

Christine leerte die Schüssel und stellte sie auf die Konsole vor sich.

»Wie geht es jetzt weiter?« Lieutenant Laski hatte seine Mahlzeit ebenfalls beendet. »Neue Testflüge?«

Christine lachte laut auf. »Testflüge. Ein netter Ausdruck für diese Himmelfahrtskommandos.«

»Das beantwortet nicht Laskis Frage«, mischte sich Ravi mit ruhiger Stimme ein. »Wann fahren wir mit der Serie an Flügen fort?«

Christine lehnte sich in ihrem Sessel zurück. Eigentlich hätte sie am liebsten das Handtuch geworfen. Es ergab sowieso keinen Sinn. Die Suche nach einem Universum, in dem sie überleben konnten, glich der Suche nach einer Nadel im Heuhaufen. Christine hatte auch keine Lust mehr, Menschen dabei zuzusehen, wie sie sich in das Wurmloch und somit in den fast sicheren Tod stürzten.

Sie fühlte sich vollkommen resigniert. »Eigentlich können wir es ganz lassen.«

Lieutenant Schmitt musterte Christine bestürzt.

»Das meinst du nicht ernst, Christine«, sagte Ravi.

Christine schloss die Augen. Sie war so müde. Sie hatte lange durchgehalten. Selbst nach der sicheren Erkenntnis, dass sie ihre Familie niemals wiedersehen würde, hatte sie sich aufgerafft und für ihre Crew und die Passagiere Stärke bewiesen. Aber sie spürte, dass diese Stärke langsam aufgebraucht war.

Herrgott, ich bin doch auch nur ein Mensch!

»Wenn Warnock nicht gehen will, melde ich mich freiwillig«, erklärte Lena Schmitt. »Mir ist alles lieber, als hier auf den Tod zu warten oder eine von diesen Pillen zu nehmen und mich dann alleine auf mein Bett zu legen.«

»Ich würde auch gehen«, sagte Laski leise.

Christine seufzte innerlich. Vielleicht sollte *sie* sich freiwillig melden. Mit etwas Glück hatte sie einen schnellen Tod jenseits des Wurmloches. Dann konnte sich jemand anders mit der Scheiße hier auseinandersetzen.

Auf der anderen Seite …

Was soll's. Wir haben nur noch fünf Shuttles. Dann ist eh Schluss.

Sie drehte sich zu Ravi um. »Hast du etwas von Warnock gehört?«

Der Erste Offizier schüttelte den Kopf. »Seit der Beerdigung von Gerry Paine habe ich ihn nicht mehr gesehen.«

»Trauerfeier«, korrigierte Christine leise.

Ravi hob die Augenbrauen. »Was?«

»In ›Beerdigung‹ steckt das Wort ›Erde‹. Das passt bei einer Weltraumbestattung nicht. Nenne es Bestattung oder einfach Trauerfeier.«

»Ja, Frau Oberlehrerin.« Ravi drückte auf den Knopf des Interkoms. »Mr. Warnock, bitte in die Zentrale.«

Christine verzog das Gesicht. Paines Bestattung am Morgen war keine Freude gewesen. Sie hatte einige Worte vor der Crew und den Passagieren gesprochen. Sie hatte etwas aus dem Handbuch für Offiziere herausgesucht, ohne sich lange mit der Auswahl aufzuhalten. Dabei hatte sie launisch eine Bemerkung darüber gemacht, dass Ferguson, Wheeler, Wellington und Morris im Gegensatz zu Paine in Pflichterfüllung draufgegangen waren.

Robin Paine hatte die ganze Zeit über geweint und ihre teilnahmslose Tochter umarmt. Schließlich war sie auf Christine zugekommen und hatte ihr eine Ohrfeige gegeben.

Völlig verdientermaßen.

Christine hatte danach erst einmal ein ordentliches Glas Whisky gebraucht.

Warnock kam herein, grüßte knapp und setzte sich neben Christine.

Sie holte tief Luft. »Ich habe nur eine einzige Frage.«

Warnock wusste, worum es ging. Sie sah es in seinen Augen und an seinem resignierten Gesichtsausdruck.

»Die Antwort lautet ›Ja‹.«

Christine hob eine Hand. »Ich weise fairerweise darauf hin, dass einige meiner Offiziere sich für den Einsatz bereiterklärt haben, falls Sie sich nicht freiwillig melden.«

»Es ändert nichts an meiner Einstellung.«

Christine nickte. »Ich weiß das zu schätzen.« Um ehrlich zu sein, war es ihr egal. Ob Warnock nun im Shuttle oder im Bett sterben wollte, war seine Sache.

»Wann?«, fragte der Pilot.

»Del Toro, wann ist das nächste Shuttle einsatzbereit?«

Der Ingenieur schreckte auf. Er hatte flüsternd etwas mit Goldman besprochen. »Äh, ich habe vorsorglich schon eine Fähre einsatzbereit gemacht. Ich muss sie nur aus dem Frachtcontainer herausholen und zur Schleuse fliegen. Könnte in einer halben Stunde so weit sein.«

Christine wandte sich wieder an Warnock. »Da hören Sie es. Es hängt von Ihnen ab.«

Warnock lächelte schwach. »Morgen früh?«

Er wollte sicher noch eine Nacht mit seiner Familie verbringen. Christine lächelte gequält. »Gewiss.«

55

»WARUM denn nun schon wieder?«, flüsterte Ellie. »Warum kannst du nicht einfach bei uns bleiben?«

Mike hob den Kopf. Neil schlief tief und fest. Das würde auch so bleiben, wenn er und Ellie sich leise unterhielten. Er kuschelte sich an seine Frau und flüsterte ihr ins Ohr. »Wir müssen es wenigstens versuchen.«

»Es hat doch keinen Sinn.« Eine Träne lief ihre Wange hinab. »Ihr werdet keinen Erfolg haben. Ihr sterbt nun einfach nacheinander.«

Mike wusste, was das bedeutete: Ellie hatte aufgegeben. Er sah es in ihren Augen. »Eine kleine Chance ist doch immer noch besser als gar keine. Ich will alles tun, um nicht so zu enden wie Gerry.«

»Er war immerhin bereit, mit seiner Familie zusammen einzuschlafen«, sagte Ellie. »Ihr hättet ihm diesen Willen lassen sollen.«

Mike musste sich zur Ruhe zwingen. »Und dann? Hätten wir der Kleinen mit Gewalt eine Pille einrichtern sollen, damit sie mit ihren Eltern zusammen sterben kann?«

Ellie ging nicht darauf ein. »Es wäre mir lieber, wenn du bei uns bliebest.«

Mike schüttelte den Kopf. »Ich kann nicht«, flüsterte er. »Ich kann mich nicht aufgeben. Und euch auch nicht.«

Ellie richtete sich auf. »Wenn du nicht bei deiner Familie bleiben willst, dann gehst du am besten jetzt gleich.«

Mike dachte, er hätte sich verhört. »Das meinst du nicht ernst.«

Ellie stand auf, nahm Mikes Hose vom Stuhl und warf sie ihm gegen den Brustkasten. »Ich meine es ernst.«

Mike fing sie im Reflex auf und sprang aus dem Bett. Was sollte er tun? Er hatte Dillinger bereits versprochen, mit dem nächsten Shuttle ins Wurmloch zu fliegen. Sicher, er konnte sich eine Ausrede einfallen und einem von ihren Offizieren den Vortritt lassen. Aber es wäre nicht richtig. »Verdammt, ich tue es doch auch für euch. Für dich. Für Neil.« Wut stieg in ihm auf. Er riskierte sein Leben, um sie zu retten.

»Nein, du tust es für dich alleine«, beharrte Ellie. »Du bist immer noch der starrköpfige Offizier mit dem scheiß Pflichtbewusstsein. Du hast jetzt eine Familie, die dich braucht. Weißt du, wie schlimm das war, als du das letzte Mal in das Wurmloch geflogen bist, nachdem Ferguson auf diese schreckliche Weise gestorben ist? Du hast keine Ahnung, wie es für mich war, in dieser Kabine zu sitzen und darauf zu warten, dass die Kommandantin klopft.«

Es war sinnlos. »Ich habe keine andere Wahl«, erklärte er leise.

»Man hat immer eine Wahl«, entgegnete Ellie. »Aber wenn du meinst, dass du das wirklich tun musst, dann gehst du am besten gleich.«

»Willst du wirklich, dass ich jetzt gehe?«

Ellie deutete zur Tür.

Mike zog sich wortlos das Sweatshirt und die Schuhe an, bevor er zur Tür ging.

Er drehte sich ein letztes Mal um. »Ich liebe dich«, sagte er.

Tränen liefen an Ellies Wangen hinab. »Geh!«, flüsterte sie.

Langsam wanderte Mike den Korridor in Richtung Messe entlang. Er konnte Ellies Zorn verstehen. Sie hatte in ihrem Leben schon zu lange auf ihn gewartet. Es wäre nur traurig, wenn dies die letzten Worte sein sollten, die sie miteinander wechselten.

410

Mike schaute auf seine Armbanduhr. Er hatte immer noch drei Stunden bis zum Flug. Bevor er endgültig aufbrach, würde er mit seiner Frau sprechen. Er wollte auch unbedingt Neil noch einmal in die Arme schließen.

In der Messe war es dunkel, und er war alleine. Er setzte sich in einen Sessel und blickte in die Finsternis des öden Kosmos hinaus. Er schloss die Augen, in der Hoffnung, doch noch ein wenig Schlaf zu finden.

Aber die Hoffnung erfüllte sich nicht. Zu viel ging ihm im Kopf herum. Schon nach wenigen Minuten stand er wieder auf und wanderte in der Messe auf und ab. Er wusste nichts mit sich anzufangen.

Er trat zur Tür, die in den Mannschaftsbereich führte, und öffnete sie mit dem geänderten Code. Dann ging er zur Schleuse und in die Station herüber.

Im Kontrollraum des Wurmlochgenerators stieß er auf Baumann, der an der improvisierten Telemetriekonsole saß und mit einem Padcomputer beschäftigt war.

»Wie kommen Sie denn hierher?« Mike setzte sich neben den Ingenieur.

»Ich habe jetzt auch einen Zugangscode.«

Mike nickte. Warum auch nicht? »Was machen Sie?«

»Ich konnte nicht schlafen.«

»Da haben wir etwas gemeinsam«, sagte Mike.

Er schaute über Baumanns Schulter auf das Pad. Mathematische Formeln waren dort abgebildet. »Was lesen Sie da?«

»Ein Buch über Kosmologie.« Baumann wirkte müde. Seine Stimme klang resigniert, als würde er auch nicht mehr damit rechnen, dass sie aus der ganzen Scheiße irgendwie herauskamen. Von seiner anfänglichen Begeisterung war nichts mehr übrig. Er kämpfte genauso wie alle anderen nur noch um sein Leben.

»Interessant?«

Baumann nickte. »Allerdings. Vor allem das Kapitel über die Symmetriebrechung am Anfang des Universums.«

Das sagte Mike nichts. »Symmetriebrechung?«

»Ja, wenn ein Universum aus einem Urknall entsteht, gibt es zunächst eine Phase, in der sich der Kosmos sehr stark ausdehnt. Man nennt das ›Inflation‹. Die Naturgesetze im frühen Universum sind noch ganz anders, als wir sie kennen. Anschließend kühlt sich der Kosmos weiter ab, und es kommt zu einer sogenannten Symmetriebrechung, bei der sich die Naturkonstanten herauskristallisieren, die dann die Naturgesetze des jeweiligen Kosmos bilden. Offenbar ist dieser Symmetriebruch grundsätzlich dem Zufall überlassen, was auch die unterschiedlichen Universen erklärt, die wir bereits besucht haben.«

Mike hatte nur die Hälfte verstanden. Die letztendliche Konsequenz, dass jedes Universum anders war, hatte er aber auch schon am eigenen Leib erfahren. »Hilft uns das irgendwie weiter?«

Baumann schüttelte den Kopf und blinzelte müde. »Nein. Wir müssten wissen, welche Adresse in welchen Kosmos führt, und das können wir wegen der zerstörten Stationsrechner nicht herausfinden.« Er zeigte auf den Padcomputer. »Hier steht, dass es etwa zehn hoch fünfhundert unterschiedliche Zustände gibt, die ein Universum annehmen kann.«

Das war eine Eins mit fünfhundert Nullen. »Das ist recht viel.«

»Mehr als einmal Atome in unserem Universum waren.« Baumann rückte seine Brille zurecht. »Leider dürfte der überwältigende Anteil der Universen lebensfeindlich sein.«

Mike schwieg lange und betrachtete den Beschleunigerring durch das Fenster. Sie hatten nicht die geringste Chance, aus dieser verfahrenen Situation herauszukommen. Vielleicht würde er die heutige Mission überleben, aber sie würden niemals eine Fluchtmöglichkeit finden. Es war sinnlos.

Vielleicht hatte Ellie recht. Vielleicht wäre es doch besser, das Unausweichliche zu akzeptieren und bei seiner Familie zu bleiben, um mir ihr gemeinsam für immer einzuschlafen.

Mike stand auf und ging zu dem großen Fenster. Er verfluchte den Ersten Offizier der *Artania*, der die Computer der Station zerstört und somit die Menschen auf den Schiffen zum Tode verurteilt hatte.

Mike ging an der Konsole vorbei, mit der Baumann die Wurmlöcher aktiviert hatte. Ein einzelnes grünes Licht leuchtete darauf. »Was ist das?«

Baumann stand auf. »Was meinen Sie?«

»Das grüne Licht. Was bedeutet es?«

»Es heißt wohl, dass der Beschleuniger einsatzbereit ist«, antwortete Baumann. »Kurz nachdem ein Wurmloch zusammengefallen ist, leuchtet es rot. Nach einer halben Stunde wechselt es zu grün, und dann kann man wieder das Wurmloch aktivieren.«

Mike verstand einfach nicht, warum so viele Wurmlöcher in Universen führten, in denen man sowieso nicht überleben konnte. Was für einen Sinn sollte das haben?

Auch wenn er die Funktion der Knöpfe und Schalter der Konsole nicht durchschaute, so war sie doch logisch aufgebaut. Die einzelnen Elemente waren zu Gruppen sortiert, die dann jeweils einen Hauptschalter hatten. »Sie betätigen immer nur die Hauptschalter, oder?«

Baumann bejahte. Er legte nacheinander die roten Kippschalter um, und grüne, gelbe und rote Lichter leuchteten auf. »Ich nehme an, dass das Wurmloch früher mit Hilfe der Computer aus dem anderen Raum gesteuert wurde. Das hier ist wahrscheinlich nur eine Art manuelle Notsteuerung. Man gibt an diesen Zahlenreihen die Zieladresse ein und drückt dann auf den großen roten Knopf.«

»Leider fehlt uns das dazugehörige Adressbuch«, meinte Mike. Er zeigte auf den roten Schalter. »Darf ich?«

Baumann machte eine einladende Geste. »Wenn Sie wollen …«

Mike drückte den Knopf nieder. Ein Moment verging, in dem scheinbar nichts passierte. Dann zuckten Entladungen über den Ring, und mit dem unfassbar hellen Blitz bildete sich das Wurmloch, das sich schnell stabilisierte.

Das Nachbild des Blitzes tanzte vor seinen Augen. »Der Urknall selbst könnte nicht heller sein«, murmelte Mike.

Baumann lachte leise. »Das kann man wohl sagen. Ich …« Der Ingenieur stutzte. Sein Lachen gefror.

»Was ist?«, fragte Mike.

»Urknall.« Baumann wurde blass. »Verdammte Scheiße!«

»Was ist denn?«, wiederholte Mike. Er verstand nicht, was den Ingenieur an seiner beiläufigen Bemerkung so beunruhigt hatte.

Baumann fasste sich mit beiden Händen an den Kopf. »Wir sind solche Idioten. *Ich* bin ein solcher Idiot!« Er rannte in der Halle hin und her und schlug sich immer wieder vor die Stirn.

Mike wartete, bis sich der Ingenieur etwas beruhigt hatte. »Reden Sie, Baumann!«

»Sie sagten, das helle Licht habe wie ein Urknall ausgesehen.«

»Ja.«

»Begreifen Sie nicht?« Baumann zeigte aus dem Fenster auf das Wurmloch. »Es war tatsächlich ein Urknall.«

Mike schüttelte den Kopf. Er verstand einfach nicht.

»Wir haben gedacht, der Beschleuniger baut ein Wurmloch in ein anderes Weltall auf. Wir haben uns geirrt. Das hier ist ein Generator für Universen. Der Kosmos da draußen ist gerade erst entstanden, als Sie auf den Knopf gedrückt haben.«

»Ein Generator für Universen?« Mike konnte es nicht fassen. Der Gedanke war einfach zu phantastisch.

Baumann lief vor der Konsole auf und ab und sprach zu sich selbst. »Ja, ja, jetzt ergibt es Sinn. Die Defekte im Beschleuniger sind Grenzzonen unseres Universums. Kosmische Horizonte. Aus diesen heraus wird eine erneute Expansion vorangetrieben.«

»Baumann«, stoppte Mike den Redeschwall des Ingenieurs. »Das kann gar nicht sein. Ich meine, das ist doch nur eine Blase von einigen Dutzend Metern Durchmesser. Wie kann darin ein Universum entstehen?«

»Das täuscht. Das neue Universum expandiert in eine Richtung, die sich außerhalb unseres Kosmos befindet.«

»Verstehe ich nicht«, gab Mike zu.

»Stellen Sie sich vor, Sie stehen im Inneren eines Ballons aus einem sehr flexiblen Material. Sie legen einen Ring auf die Innenseite der Hülle und pusten heftig dort hinein. Die Hülle wird sich nach außen beulen, und ein zweiter Ballon entsteht außerhalb des ersten. So ähnlich funktioniert das auch im Universum. Übrig bleibt ein Wurmloch, durch das man für eine begrenzte Zeit in dieses Universum überwechseln kann, dann nabelt sich der neue Kosmos ab. Aus dem einen Ballon entsteht ein zweiter.«

Darum hatten sie Wheeler nicht mehr erreicht. Sie hatten beim zweiten Aktivieren der Konsole einen neuen Kosmos geschaffen, während der Captain alleine in dem ersten geblieben war. Mike fröstelte.

Baumann schlug sich wieder an den Kopf. »Wir hätten viel früher darauf kommen müssen.«

Mike konnte das Ganze immer noch nicht nachvollziehen. »Aber ich bin in diese Universen hineingeflogen. Einige davon waren schon ziemlich alt. Das haben Sie selber gesagt.«

Baumann schüttelte den Kopf. »Die Zeit in den expandierenden Universen läuft wegen Dilatationseffekten anders ab. Es kommt auf die Erzeugung des jeweiligen Kosmos an. Erst wenn sich das Wurmloch stabilisiert hat, ist die Zeit angeglichen.«

Das war schon plausibel. Die Schöpfer der Station hatten diese Einrichtung gebaut, um ein neues Universum zu schaffen, in das sie und alle Besucher fliehen konnten.

Aber es half ihnen hier und jetzt nicht weiter. »Es ändert leider nichts an unserer Situation, dass wir nicht wissen, was wir tun müssen, um ein für Menschen geeignetes Universum zu schaffen.«

Baumann beugte sich über die Konsole. »Ich weiß nicht. Ich hatte immer angenommen, dass diese Zahlenkombinationen auf der Konsole eine Adresse darstellen, die man anwählen muss, um in ein bestimmtes Universum zu gelangen. Das ergibt jetzt aber keinen Sinn mehr.«

»Aber zu was sollen die Zahlen sonst gut sein?«, fragte Mike.

»Vielleicht steuert man auf diese Weise die Schaffung der Universen durch den Beschleuniger. Erinnern Sie sich an das, was ich eben gesagt habe? Die Eigenschaften des Kosmos ergeben sich durch die Art des Symmetriebruchs. Vielleicht kann man diesen Vorgang mit der Schalttafel steuern.«

Mike zeigte auf das Zahlenfeld. »Wir wissen trotzdem nicht, was man einstellen muss, um ein für uns passendes Universum zu schaffen.«

»Ja, leider.« Baumann brütete über der Konsole. Dann stutzte er und nahm den Padcomputer vom Tisch auf. Er suchte irgendeine Datei und stellte die Zahlen um.

»Was tun Sie?«, wollte Mike wissen.

Der Ingenieur zeigte auf das Tastenfeld. »Das sind die Zahlen, die voreingestellt waren. Ich hatte sie mir vorsorglich notiert.«

Mike las die Zahlen der obersten Zeile. »66743015. Aber was soll das bedeuten?«

Baumann hantierte an dem Padcomputer herum. »Ich weiß es nicht. Ich bin kein Physiker. Aber was ist, wenn man da die grundsätzliche Physik des entstehenden Kosmos einstellen kann?«

Mike zuckte mit den Schultern. »Mag sein, nur wie soll das gehen?«

»Die Physik eines Kosmos wird durch die Naturkonstanten bestimmt. Denen hier.« Baumann zeigte auf das Pad. Darauf war eine Tabelle mit Zahlen abgebildet.

Mikes Herz machte einen Sprung, als er die zweite Zeile überflog. »66743015«, las er. »Dieselbe Zahl.«

»Sie haben das Komma überlesen.« Baumanns Lippen bebten. »6,6743015. Das ist die Gravitationskonstante. Sogar passend in SI-Einheiten.«

Mike betrachtete die Konsole. »Da ist eine kleine Kerbe unter dem Zahlenfeld. Vielleicht soll die das Komma sein.«

»Gut möglich«, entgegnete Baumann. »Es ergibt Sinn. Dann ist das da die Planck-Konstante, das da ist die Lichtgeschwindigkeit. Das da sind Zahlen zur Definition des Higgs-Feldes. Das da ist der Weinbergwinkel, der sich unmittelbar auf den Symmetriebruch bezieht. Nur diese Zahl kann ich nicht identifizieren.« Er zeigte auf die Konsole.

»21415926«, las Mike.

»Wenn die Kerbe darunter das Komma sein soll, dann heißt es 2,1415926.«

»Und diese Zahl taucht in Ihrer Tabelle nicht auf?«

Baumann schüttelte den Kopf. »Nein. Aber wenn man aus der ersten Ziffer eine Drei macht, dann hat man die Kreiszahl Pi.«

»Ich dachte, Pi sei immer gleich«, wandte Mike ein.

Baumann nickte. »Ja, darum ist es ja auch eine Konstante. Es gibt jedoch laut meinem Kosmologiebuch Universen mit extremen Topologien, die eine andere Kreiszahl haben könnten. Aber warum ist ausgerechnet die erste Zahl ungleich dem richtigen Wert?«

»Vielleicht hat jemand von der *Artania* an dem Gerät herumgespielt und die erste Zahl verstellt.«

Baumann wurde blass. »Meinen Sie …?« Er schwieg einen Moment und betrachtete aus dem Fenster das Wurmloch, das ruhig im Zentrum des Ringes schwebte. »Ja, das ist die Lösung. Das Zahlenfeld war von Anfang an auf ein Universum programmiert, in dem Menschen leben können. In dem dieselben Naturgesetze und dieselben Naturkonstanten herrschen. Die Besatzung der *Artania* hat es verstellt. Darum sind Sie bei Ihrem ersten Wurmloch in einem öden Kosmos gelandet. Hätten diese Blödmänner nicht an dem Apparat herumgespielt, wäre es uns wahrscheinlich sofort gelungen, ein passendes Universum zu finden.«

Baumann griff an die Konsole und stellte die Kreiszahl richtig ein.

Mike fuhr sich durch die Haare. »Und Sie meinen, dass das Ding uns jetzt in einen Kosmos führt, in dem wir überleben können?«

Baumann lächelte. »Ich bin felsenfest davon überzeugt.«

Mike schloss die Augen. Alles passte zusammen. Es wäre so einfach gewesen. Die Leute von der *Artania* hätten einfach nur das Gerät aktivieren und in einen neuen, geeigneten Kosmos überwechseln können.

Wenn Baumann recht hatte, dann würde das jetzt zumindest den Menschen der *Challenger* gelingen. Wenn das stimmte, was er sagte, waren sie gerettet.

Mike drehte sich um und ging zum Ausgang.

»Wo wollen Sie hin?«, fragte Baumann.

»Ich muss mit Captain Dillinger sprechen.«

56

»ALLE bereit?« Christine stand auf und sah sich in der Zentrale der *Challenger* um.

»Steuersysteme bereit«, meldete Lieutenant Laski.

»Navigation und Computer bereit«, antwortete Lieutenant Schmitt.

»Antrieb bereit«, verkündete del Toro.

Christine drückte die Sprechtaste ihres Mikros. »Mr. Warnock?«

»Es kann losgehen«, schnarrte die Stimme des Piloten aus dem Lautsprecher.

Christine warf einen Blick aus dem Fenster. Das Shuttle wartete ein Stück abseits des Ringes darauf, sich in das aktivierte Wurmloch zu stürzen. Und die *Challenger* war bereit, hinter der Raumfähre in das neue Universum vorzudringen, sobald Warnock grünes Licht gab.

Christine atmete tief ein und setzte sich wieder in ihren Sessel. »In Ordnung. Mr. Baumann, Sie können loslegen.«

Del Toro hatte eine kleine Vorrichtung an der Steuertafel der Station angebracht, die mechanisch den Vorgang auslöste, wenn Baumann hier auf den Knopf drückte.

Baumanns Finger zitterte, als er sich dem roten Knopf auf der Konsole näherte. Dann drückte er den Schalter nieder.

Der Lichtblitz tauchte im Ring auf. Christine schloss die Augen.

Das ist also der Urknall des Universums, in dem wir Zuflucht suchen werden.

Sie hatte Mühe, sich das vorzustellen.

Ein Apparat, der Universen baut.

Es war einfach zu phantastisch. Aber Baumann war davon überzeugt, und alles deutete darauf hin, dass er mit der Theorie recht hatte.

Langsam vergrößerte sich die Blase vor ihnen, während die Leuchtkraft abnahm. Wenn Baumanns Theorie stimmte, dann vergingen im Inneren dieses Kosmos dort vor ihrer Nase in diesem Augenblick Milliarden von Jahren.

Unfassbar!

Die Steuertafel in der Station war nun auf dieselben Naturkonstanten programmiert, die in ihrem eigenen Universum herrschten, als es vor unzähligen Zeiten entstanden war.

Also musste auch das neue Universum dieselben Eigenschaften haben und ihnen somit eine Zuflucht bieten.

Aber dass wir einfach so ein Universum durch einen Knopfdruck schaffen können? Irrsinn!

Wenn alles gutging, entstanden im soeben geborenen Kosmos in diesem Moment unzählige Galaxien, Sterne und Planeten. Lebensformen, ja ganze Zivilisationen und Sternenreiche würden schließlich dieses neue Weltall bevölkern. Und das nur, weil ein Ingenieur hier auf einen roten Knopf drückte.

Das Wurmloch, das nun den Übergang in das neue Universum darstellte, stabilisierte sich schnell. Auch die Entladungen zwischen der Blase und dem Ring ließen nach.

Christine blickte auf ihre Armbanduhr.»Mr. Warnock, bitte finden Sie heraus, ob Baumann recht hat.«

»Okay. Ich fliege los.«

»Ich habe recht«, murmelte Baumann leise.

Das Shuttle beschleunigte und verschwand in der Blase.

Christine spürte ihren Herzschlag. Wenn Warnock in einem leeren Kosmos herauskam oder bei dem heutigen Versuch starb, dann waren sie endgültig gescheitert. Dann musste sie heute noch die roten Pillen verteilen.

»Ich nähere mich der engsten Stelle des Durchgangs. Im Moment ist voraus alles dunkel.«

Niemand sprach. Christine ballte ihre Hände zu Fäusten. In wenigen Augenblicken würde sie wissen, ob sie leben oder sterben würden. Die Anspannung war kaum zu ertragen.

»Der Tunnel weitet sich«, meldete Warnock mit ruhiger Stimme. »Nach wie vor ist voraus alles dunkel.«

»Sollten nicht jetzt schon Sterne zu sehen sein?«, flüsterte Ravi.

Christine forderte ihn mit einer Handbewegung zum Schweigen auf.

»Ich bin jetzt durch«, sagte Warnock. Doch nun hatte sich Entmutigung in seine Stimme gemischt. »Es ist absolut dunkel.«

Christine schloss die Augen.

Können wir denn nicht einmal, ein einziges Mal, Glück haben?

»Ich sehe keine Sterne«, verkündete Warnock nüchtern.

Baumann schüttelte den Kopf. »Ich verstehe das nicht«, wisperte er.

»Scheiße!«, fluchte Laski und schlug auf seine Konsole.

Del Toro sackte in sich zusammen.

Also die roten Pillen.

»Moment mal«, sagte Warnock.

Christine zuckte zusammen. »Was ist los?«

»Ich habe die Fähre ein bisschen gedreht. Da ist ein Lichtfleck voraus. Ich kann es nicht richtig erkennen. Ich glaube, meine Augen sind noch etwas von dem Blitz eben geblendet.«

»Nutzen Sie die Teleskope«, forderte Christine.

Ihr Puls raste. Sie konnte sich nicht erinnern, jemals derart angespannt gewesen zu sein.

»Verdammt!«, stieß Warnock aus.

»Was denn?«, fragte Christine.

»Es ist eine Galaxis!«, rief Warnock. »Es gibt hier sehr wohl Sterne. Das Wurmloch steht aber irgendwo im intergalaktischen Leerraum. Da ist noch eine! Und noch eine! Sie ist ein Stück entfernt. Eine Spiralgalaxis wie die Milchstraße.«

Christine atmete stoßweise die Luft aus.

Lieutenant Schmitt klatschte in die Hände.

»Sind Sie sicher, Warnock?«, fragte Christine. »Wenn Sie sich irren und wir durch das Wurmloch fliegen, gibt es kein Zurück mehr.«

»Ich bin mir sicher«, erwiderte Mike. »Es handelt sich um Galaxien. Überall Galaxien. Sie sind halt ein Stück entfernt.«

Christine wandte sich an Ravi. »Wagen wir es?«

Der Erste Offizier stimmte zu. »Wir haben wohl kaum eine andere Wahl.«

Christine nickte. »Okay. Lieutenant Laski, bringen Sie die *Challenger* durch das Wurmloch.«

»Aye, aye, Sir!« Der Lieutenant griff an seine Kontrollen, und schon wurde das Wurmloch größer.

Es würde eng werden, die *Challenger* hindurchzumanövrieren. Aber sie hatte Vertrauen zu Lieutenant Laski.

Die Station verzerrte sich, als sie in den Durchgang zwischen den Universen eindrangen. Die Wände des Wurmloches, von deren Gravitationsgradienten das Scheinwerferlicht der Station zurückgeworfen wurde, waren gut zu erkennen. Sie zogen sich zusammen, während sie sich der Mitte des Wurmloches näherten.

Plötzlich gellte eine Alarmsirene durch die Zentrale.

»Was ist los?«, fragte Christine.

»Die Manövertriebwerke auf der Backbordseite sind ausgefallen!«, schrie Laski.

»Del Toro!«, rief Christine. »Meldung.«

»Wir haben dem Schiff in den letzten Wochen zu viel zugemutet«, antwortete der Ingenieur grimmig. »Die Gravitationsgradienten im Wurmlochinneren geben den Systemen den Rest.«

Ohne die Manövertriebwerke konnten sie die Lage des Schiffes nicht korrigieren.

Schon näherten sie sich der Wurmlochwandung.

»Bringen Sie das Schiff zum Stillstand«, befahl Christine.

»Ich kann nicht«, ächzte Laski. »Ich kriege die *Challenger* nicht mehr unter Kontrolle.«

Die Wandung des Wurmloches kam rasend schnell näher.

Himmel!

Wenn sie damit zusammenstießen, würde es das Schiff zerreißen.

Plötzlich tauchte Warnocks Shuttle vor den Fenstern auf.

»Was hat er denn vor?«, fragte Schmitt.

Elegant schwenkte das Shuttle herum und positionierte sich auf der Seite der zerstörten Triebwerke.

Christine wurde klar, was er plante.

Das klappt nie und nimmer.

Warnock drückte die Fähre an die Wand der *Challenger* und aktivierte die Magnetklammern. Dann zündete er die Triebwerke.

»Er schiebt uns von der Wandung weg!«, schrie Laski.

Tatsächlich!

Ihr Abstand zu der Wand aus künstlicher Raumzeit wuchs allmählich. Dafür begann das Schiff zu rotieren.

»Warnock, passen Sie auf!«, sagte Christine.

»Ja, das Schiff rollt«, meldete sich der Bomberpilot. »Der Vektor meines Triebwerks geht nicht durch den Schwerpunkt der *Challenger*. Ich kann nichts dagegen machen.«

Christine erhob sich und stützte sich an ihrer Konsole ab. »Laski, steuern Sie mit den verbliebenen Steuerungsdüsen dagegen.«

»Ich versuche es«, ächzte der Lieutenant. »Es ist sehr schwer.«

»Ich habe den Fehler gefunden«, verkündete del Toro. »Es ist ein Kurzschluss in den elektrischen Systemen.«

»Schalten Sie auf das Reservesystem«, forderte Christine.

»Bin schon dabei«, antwortete del Toro. »Es wird ein paar Augenblicke dauern.«

»Die haben wir nicht«, sagte Christine.

Doch die Drehung des Schiffes wurde langsamer. »Gut gemacht«, sagte Christine zu ihrem Steuermann.

»Geben Sie bitte etwas mehr Gas«, mischte sich Baumann ein. »In einer Minute bricht das Wurmloch zusammen.«

Christine erschrak und sah auf ihre Armbanduhr. *Tatsächlich!* Sie hatte gar nicht mitbekommen, wie die Zeit verstrichen war.

»Was ist denn jetzt?«, herrschte sie ihren Bordingenieur an.

»Augenblick noch«, zischte der zurück, während seine Hände über seine Kontrollen flogen.

Schon zuckten Blitze durch das Wurmloch.

Christine schloss die Augen.

Das war es dann! Jetzt werden wir kurz vor der Rettung doch noch draufgehen!

»Reservestromkreis geschaltet«, meldete del Toro.

Christine ließ sich in ihren Sitz zurückfallen. »Geben Sie Gas!«

Laski drückte den Schubhebel weit nach vorne.

Die Wände kamen auf sie zu, während sie durch das Wurmloch rasten.

Dass immer alles so verdammt knapp werden muss!

Dann waren sie durch. Christine atmete auf.

Auf den ersten Blick war alles so schwarz und finster wie auf der anderen Seite. Christine regelte das Licht in der Zentrale weiter herunter und trat hinter Lieutenant Schmitt, um aus dem Fenster zu schauen.

Nach einiger Zeit, in der sich ihre Augen an die Finsternis gewöhnten, konnte sie verwaschene Flecken ausmachen. Es mussten tatsächlich Galaxien sein. Sie waren allerdings ein gutes Stück entfernt. Um eine davon zu erreichen, würden sie für längere Zeit in den Überlichtflug gehen müssen.

Christine ging an das Fenster auf der rechten Seite. Gerade rechtzeitig schaute sie hinaus, um das Wurmloch in sich zusammenfallen zu sehen. Das schimmernde Licht flackerte kurz und erlosch. »Das war es dann«, sagte Christine. »Somit sind wir in diesem Universum gestrandet. Hoffentlich gibt es in einer der Galaxien dort ein geeignetes System für uns.«

Del Toro wandte den Kopf. »Allzu lange können wir nicht auf der Suche nach einem erdähnlichen Planeten herumgondeln. Wir haben nicht mehr sehr viel Plutonium im Reaktor.«

»Wird es reichen, um in eine der Galaxien zu fliegen?«

Del Toro bejahte. »Den Reaktor brauchen wir, um den Antrieb zu aktivieren. Welche Strecke wir zurücklegen, spielt ja keine Rolle. Zwei oder drei Sprünge haben wir noch, mehr nicht.«

»Captain, Mike Warnock bittet um Erlaubnis zum Andocken.«

Christine winkte. »Ja, klar.« Dann wandte sie sich an Lieutenant Schmitt. »Sie machen bitte einen kompletten Scan mit den Teleskopen. Wir müssen wissen, wie weit genau die nächsten Galaxien entfernt sind und welche am geeignetsten erscheinen.«

Baumann hob die Hand. »Ich empfehle, auch eine Analyse der kosmischen Hintergrundstrahlung zu machen. Sie sollte sich in diesem Kosmos ähnlich wie in unserem eigenen verhalten und wir könnten dann auf das Alter dieses Universums schließen.«

Christine zuckte mit den Schultern. »Ist das denn so wichtig? Es gibt hier Galaxien und somit Sterne, also können wir überleben.«

»Nicht unbedingt«, entgegnete Baumann.

Christine richtete sich kerzengerade auf. »Wie bitte?«

»Galaxien gab es schon relativ früh auch in unserem Kosmos.

In ihnen haben sich die ersten Sterne gebildet. Diese ersten Sterne hatten allerdings noch keine Planeten, weil es noch nicht genügend Supernovae gegeben hat, um schwere Elemente im Universum zu bilden. Schlimmstenfalls sind wir zu einem Zeitpunkt in diesen Kosmos gelangt, an dem es noch keine Planeten gibt.«

Christine sprang auf. »Und das erzählen Sie mir jetzt?«

Laski drehte sich mit aufgerissenen Augen auf seinem Sitz herum.

Baumann verzog das Gesicht. »Dieses Universum ist mit denselben Naturkonstanten geschaffen worden wie unser eigenes. Wenn wir hier keinen Platz zum Überleben finden, dann werden wir es nirgendwo im Multiversum.«

Christine setzte sich wieder hin und rieb sich die Schläfen. Das ging alles über ihren Verstand. »Wie lange wird der Scan noch dauern, Lieutenant Schmitt?«

»Eine ganze Weile. Die Galaxien sind weit von uns entfernt. Ich muss Langzeitbelichtungen anfertigen, damit ich genug Daten bekomme. Aber ich habe hier schon eine Kurve von der kosmischen Hintergrundstrahlung. Die assoziierte Temperatur beträgt zwei Komma sieben Kelvin.«

»Das ist der Wert, wie man ihn auf der Erde messen konnte«, erklärte Baumann. »Es könnte sein, dass der Kosmos ungefähr dasselbe Alter hat wie unserer bei unserem Abflug aus dem Sonnensystem, nämlich knapp vierzehn Milliarden Jahre. Das würde dann auch bedeuten, dass die Wahrscheinlichkeit für habitable Sonnensysteme groß ist.«

Mike Warnock betrat die Zentrale. Er hatte den Raumanzug ausgezogen und trug nun eine Bordkombination. Seine Haare waren nass vor Schweiß. »Und?« Er war völlig außer Atem.

»Wir werden uns noch eine Zeitlang in Geduld üben müssen«, erklärte Christine erleichtert. »Das Alter dieses Kosmos sieht schon mal gut aus. Die Analyse unserer Umgebung wird allerdings eine Zeit dauern.«

Warnock nickte, setzte sich mit dem Rücken zur Wand auf den Boden und fuhr sich durch die Haare.

Christine dachte an die letzten Tage und Wochen und an die Station, die sie hierhergeführt hatte. Die *Artania*! Sie hätten nur auf den roten Knopf drücken müssen, um ihre Beiboote durch das Wurmloch schicken zu können. Aber eine große Frage war bis heute nicht geklärt. »Wir haben nie herausgefunden, wer die Station gebaut hat und zu welchem Zweck.«

»Der Zweck dürfte wohl relativ klar sein.« Baumanns Sarkasmus war ungewohnt.

»Nicht ganz«, widersprach Christine. »Natürlich wissen wir, dass man mit der Station Universen schaffen konnte. Aber warum? Wollten die Schöpfer der Station irgendwann selber hindurchfliegen? Wir wissen, dass die Station von Menschen oder zumindest deren Nachfahren gebaut wurde. Hat man sie vielleicht doch für uns gebaut? Für havarierte Schiffe, die am Ende der Zeit gestrandet sind?«

Baumann kratzte sich am Kinn. »Na ja, eine Theorie hätte ich dazu schon.«

»Warum wundert mich das nicht«, murmelte Christine.

»Sie ist aber sehr weit hergeholt, und ich habe keine Fakten, um sie zu untermauern.«

Das war jetzt auch egal. »Dann hat sie halt nur Unterhaltungswert. Wir haben gerade nichts Besseres zu tun, also unterhalten Sie uns gerne.«

Baumann straffte sich. »Ich stelle mir ein großes Schiff vor, das irgendwann nach uns gestartet ist. Sehr lange nach uns, als man schon über fortgeschrittene physikalische Kenntnisse verfügte. Ich meine, ein wirklich großes Schiff mit Tausenden Leuten an Bord. Sie sind in den Überlichtflug gegangen, als ihr

Antrieb einen ähnlichen Defekt hatte. Ich nenne dieses Schiff *Titanic*.«

Christine runzelte die Stirn. »*Titanic*?«

»Die *Titanic* ist weit in die Zukunft gereist. Aber nicht ganz so weit wie wir. Die Leute an Bord sind zu einem Zeitpunkt aufgetaucht, als es noch vereinzelt Planeten gab, aber der Großteil der Sonnen in unserem Universum schon ausgebrannt war. Das Zeitalter der Dunkelheit stand kurz bevor. Verstehen Sie?«

»Ich verstehe«, antwortete Christine. »Weiter.«

»Besatzung und Passagiere der *Titanic* wussten, dass sie in einem sterbenden Universum gefangen waren. Sie fanden Zuflucht auf einem der letzten Planeten, aber sie hatten keine Hoffnung für den Fortbestand ihrer Nachkommen, wenn dessen Sonne ausgebrannt war. Darum haben sie diese Station gebaut.«

Warnock erhob sich. Er ging um Christines Konsole herum und stützte sich an Baumanns Sitz ab. »Sie sagten doch gerade, dass die Leute der *Titanic* sich auf einem Planeten niedergelassen hatten.«

Baumann nickte. »Die Station war fertig, aber nicht einsatzbereit, denn etwas Wichtiges fehlte noch.«

»Und was?«, fragte Christine.

»Exotische Materie«, erklärte Baumann. »Der Baustoff, aus dem sie die Defekte beziehungsweise die Ereignishorizonte gebaut haben, mit denen sie neue Universen schaffen konnten. Sie haben die Station um das Zentrum ihrer Galaxis positioniert und sie und die Nanomaschinen damit beauftragt, aus dem Schwarzen Loch das exotische Material zu gewinnen, das sie brauchten. Das hat sicher lange gedauert. Millionen, vielleicht Milliarden Jahre, um ihren fernen Nachkommen eine Möglichkeit zu bieten, aus ihrem Universum zu fliehen.«

Mike nickte. »Es würde zumindest erklären, warum die Station so langlebig sein muss.«

»Ist trotzdem sehr weit hergeholt«, meinte Christine.

Baumann lächelte schwach. »Habe ich ja gesagt.«

»Und sind die Nachkommen der Stationsbauer dann laut ihrer Theorie in ihr eigenes Universum geflohen? So wie wir?«

Baumann zuckte mit den Schultern. »Wer kann das schon wissen? Vielleicht ja, vielleicht nein. Möglicherweise sind sie ausgestorben, bevor sie ihren Plan vollenden konnten. Das würde dann auch erklären, warum sie die Station danach nicht abgeschaltet haben.«

Zumindest stimmte die Logik in dieser Erklärung. »Aber warum haben sie dann in der Konsole auf der Station die Möglichkeit vorgesehen, die Naturgesetze zu manipulieren?«

»Die Naturkonstanten«, korrigierte Baumann. »Vielleicht wollten sie versuchen, einen Kosmos zu bauen, der endlos existieren kann. Einen, in dem nicht irgendwann die letzten Sterne erlöschen.«

Christine rümpfte die Nase. »Wäre das denn denkbar?«

Baumann wiegte den Kopf. »Vielleicht. Ein Universum, das während seiner Expansion eine stabile Energiedichte hat, könnte fortlaufend Masse bilden. Ähnlich wie in der Nähe eines Ereignishorizonts bei einem Schwarzen Loch würden fortlaufend Elementarteilchen aus der Vakuumenergie gebildet. Mit dieser Materiequelle könnten möglicherweise bis in endlose Zeiten Sterne geboren werden.«

Christine winkte ab. »Das wird mir zu spekulativ. Ich möchte lieber noch darüber diskutieren, wie wir …«

»Ich habe jetzt ein Ergebnis«, unterbrach Lieutenant Schmitt.

»Schießen Sie los.«

»Eine der nächsten Spiralgalaxien ist etwa eine Million Lichtjahre entfernt. Sie ähnelt unserer Milchstraße. Es gibt Sterne unterschiedlichen Spektrums, wo wir sicher eine geeignete Welt für eine Kolonie finden werden.«

»Schalten Sie mir das Bild auf den Monitor«, befahl Christine.

Einen Augenblick später zeigte ihr Bildschirm eine helle Galaxie. Sie blickten mit den Teleskopen von schräg oben auf das kosmische Gebilde. Die Galaxis hatte zahlreiche Spiralarme und ein helles, dichtes Zentrum.

Vielleicht gab es dort Leben. Intelligentes Leben, Zivilisationen, die sie aufsuchen konnten.

Hallo, wir haben euch erschaffen, und nun erwarten wir etwas zu beißen als Gegenleistung.

Warnock ging um Christines Konsole herum und schaute ihr über die Schulter. »Das sieht gut aus. Ich denke, das ist unser Ziel.«

Christine wandte sich an den Bordingenieur. »Bereiten Sie den Antrieb auf den Überlichtflug vor. Wir werden sicher wieder eine gute Zeit unterwegs sein, also sollten Sie sicherstellen, dass …«

Es piepte laut von Lieutenant Schmitts Konsole. Zeitgleich entstanden grüne Markierungen auf Christines Bildschirm, die verschiedene Stellen der Galaxis kennzeichneten.

Irritiert schüttelte Christine den Kopf. »Was hat das zu bedeuten?«

Schmitt überflog ihre eigenen Bildschirme, die mehr Daten zeigten als Christines weitergeleitetes Bild. Als sich die Navigatorin herumdrehte, war sie blass geworden. »Das ist der Bordcomputer. Er hat in den Pulsaren der Galaxis vor uns bekannte Muster gefunden und eine Positionsbestimmung gestartet.«

Christine verstand nicht. »Eine Positionsbestimmung anhand bekannter Pulsare? Aber das würde ja bedeuten …« Sie verstummte.

»… dass diese Galaxis dort vor uns die Milchstraße ist«, vollendete Ravi den Satz.

»Völlig unmöglich.« Baumann klang hysterisch. »*Wir* haben diesen Kosmos neu geschaffen. Darin *kann* es keine Milchstraße geben.«

»Die Ergebnisse sind eindeutig«, erwiderte Schmitt. »Der Computer hat nun die Position der Erde bestimmt.«

Christine war fassungslos.

Die Position der Erde.

Sie kam sich wie in einem Traum vor.

Es konnte nicht stimmen.

Und dennoch …

»Lieutenant Laski«, kommandierte Christine. »Setzen Sie einen Kurs.«

57

ALS sich die Erde vor das Fenster schob, griff Ellie nach Mikes Hand. »Ich hätte nicht gedacht, sie jemals wiederzusehen.«

Mike konnte nicht antworten. Seine Augen wurden feucht.

Neben ihnen stand Natasha Beckwith und schluchzte.

Auch die anderen Passagiere hatten sich in der Messe versammelt.

Mike drückte Neil fest an sich.

Der Globus wurde langsam größer und stabilisierte sich, als die *Challenger* in eine hohe Umlaufbahn einschwenkte. Sie befanden sich über dem Atlantik. Allmählich kam Europa ins Blickfeld. Nur wenige Wolken trübten die Sicht. Auf der Nordhalbkugel musste Sommer sein.

Mike runzelte die Stirn. Die Umrisse der Kontinente stimmten nicht ganz mit seiner Erinnerung überein. Das Mittelmeer gab es überhaupt nicht. Stattdessen waren da nur zwei große Seen. Statt der Adria konnte er ein langes Flussbett erkennen, das in einem großen Delta in einen der Seen floss.

»Das ist nicht unsere Zeit.« Baumann war neben Mike getreten.

Der Ingenieur hatte wohl recht. Die Frage war, ob sie sich in der Zukunft oder der Vergangenheit befanden.

Er wusste, dass Dillinger und ihre Crew nun die Erde mit ihren Teleskopen genauestens untersuchen und analysieren würden. Schon bald wussten sie mehr. Mike war eingeladen gewesen, das Manöver von der Zentrale aus zu begleiten, aber er hatte diesen Moment mit seiner Familie verbringen wollen.

Wieder fragte er sich, wie dieses Wunder möglich war. Sie hatten doch mit Hilfe der Station einen eigenen Kosmos geschaffen, also wie konnte es hier eine Erde geben? Handelte es sich überhaupt um die Erde? Oder um eine Kopie? Bedingten gleiche Naturkonstanten bei der Schöpfung eines Universums eine exakt gleiche Evolution der Galaxien, Sterne und Planeten? Oder waren sie durch das Wurmloch irgendwie in die Vergangenheit gereist? Hatten sie womöglich wie in einer Zeitschleife das eigene Universum erst erschaffen? Man konnte verrückt werden, wenn man darüber nachdachte. Mike war sich im Klaren darüber, dass sie auf diese Fragen wahrscheinlich niemals eine Antwort erhalten würden.

Er konnte nicht sagen, wie lange sie so staunend am Fenster gestanden hatten, als Dillinger endlich mit ihrer Crew in die Messe trat.

Mike, seine Familie und die anderen Passagiere versammelten sich um die Kommandantin.

»Wir haben die Erde mit unseren Sensoren untersucht«, sagte Dillinger. »Wir haben keine Spuren von Zivilisation feststellen können.«

»Also sind wir in der Vergangenheit gelandet.« Goodyear sah resigniert aus.

Dillinger nickte. »Wir haben die Form der Kontinente mit Karten verglichen, die in unserer Bordenzyklopädie vorhanden waren. Es ist nur eine grobe Schätzung, aber ich würde annehmen, dass wir ungefähr sechs Millionen Jahre vor unserer ehemaligen Gegenwart aus dem Wurmloch gekommen sind.«

»Gibt es schon Menschen auf der Erde?«, wollte Natasha wissen.

Dillinger schüttelte den Kopf. »Nein. Laut Enzyklopädie existieren in dieser Zeit die Orrorin, frühe Menschenaffen, die aber noch nicht aufrecht gehen. Das geschieht wohl erst in weiteren zwei Millionen Jahren.«

Mike biss sich auf die Lippe.

Sechs Millionen Jahre.

In Anbetracht der Jahrmilliarden, die sie bei ihrer Odyssee zurückgelegt hatten, war das fast gar nichts. »Besteht für uns die Möglichkeit, die letzten Millionen Jahre in einem relativistischen Dilatationsflug zurückzulegen, um in unsere Gegenwart zu gelangen?«

Wieder schüttelte Dillinger den Kopf. »Es ist zu wenig Plutonium im Reaktor. Er befindet sich schon im Notmodus. Das reicht nicht, um die Grenzschicht für einen längeren Flug zu stabilisieren. Wir haben noch zwei Mal die Gelegenheit, kurz in den Überlichtflug zu gehen, dann ist Feierabend.«

»Wir könnten zu einem Schwarzen Loch fliegen und dort ein gut berechnetes Swing-by-Manöver durchführen«, warf Baumann ein. »Das würde uns auch in die Zukunft befördern.«

»Nein«, entgegnete del Toro. »Das einzige Schwarze Loch, das diesen Stunt in der Milchstraße leisten könnte, wäre das im Zentrum unserer Galaxie. Wir kommen mit unseren Plutonium-Vorräten nicht dorthin und wieder zurück.«

»Können wir nicht auf der Erde landen und nach einer Plutonium-Ader suchen?«, fragte Natasha. »Dann graben wir nach dem Zeug.«

Del Toro lachte kurz auf. »Plutonium kommt in der Natur nicht vor. Es muss in speziellen Reaktoren erbrütet werden. Vergessen Sie es.«

»Also sind wir in dieser Zeit gestrandet«, meinte Brittney Morgan.

Dillinger bejahte. »Immerhin besser in dieser Zeit als in der fernen Zukunft. Wir können hier überleben.«

»Was tun wir jetzt?«, wollte Mechaniker Goldman wissen. »Gehen wir auf die Erde runter? Bilden wir dann dort eine kleine Kolonie moderner Menschen in einer prähistorischen Welt?«

»Darüber müssen wir nun diskutieren«, antwortete Dillinger.

Mike fragte sich, wie das aussehen sollte. Hütten in der San Francisco Bay, und dann mit ihren Pistolen auf die Jagd nach den Fellen und dem Fleisch von Mammuts gehen?

Irrsinn!

Baumann trat nach vorne. »Ich empfehle, wir lassen die Erde in Ruhe und fliegen weiter«, erklärte er ruhig.

»Was?«, rief Goodyear. »Das ist unser Planet. Wenn wir schon in der Vergangenheit gestrandet sind, dann sollten wir wenigstens auf der Erde leben. Wir kennen sie. Wir wissen, wo es Rohstoffe gibt und wo wir überleben können.«

Da hatte der Geschäftsmann allerdings recht.

Doch Baumann schüttelte den Kopf. »Wenn wir wirklich in unserer Vergangenheit gelandet sind, dann besteht die Gefahr eines Zeitparadoxons. Stellen Sie sich vor, wir töten aus Versehen einen Menschenaffen, der unser aller Vorfahr ist. Wir könnten die Menschheit auslöschen, noch bevor sie überhaupt geboren wird.«

»Ich stimme Baumann zu.« Del Toro stellte sich demonstrativ neben den Kollegen. »Das Risiko ist zu groß.«

Dillinger hob die Arme. »Aber was sind die Alternativen?«

»Wir könnten mit einem Sprung in einen anderen Seitenarm der Milchstraße fliegen«, schlug Chandrasekhar vor. »Dann suchen wir mit einer gründlichen Analyse der Teleskopdaten nach einer anderen geeigneten Welt und lassen uns da nieder.«

»Wofür wir uns auch entscheiden, wir sollten es bald tun«, erklärte Dillinger. »Zumindest, bevor der letzte klägliche Rest der Rationen aufgebraucht ist.«

Alle redeten durcheinander. Nach langen Minuten hitziger Debatten sah es so aus, dass diejenigen in der Mehrheit waren, die sich nicht auf der Erde niederlassen wollten. Mike zählte sich zusammen mit Ellie zu dieser Gruppe.

Am Ende entschied dann die Kommandantin. »Also gut. Wir werden uns einen geeigneten Planeten im Perseus-Arm der Milchstraße suchen. Bis dahin kommen wir gerade noch.« Sie zeigte aus dem Fenster. »Wir brauchen ein paar Stunden, bevor wir das Sonnensystem wieder verlassen können. Genießen Sie den unerwarteten Blick auf die Erde. Diesmal wird es definitiv das letzte Mal sein, dass Sie sie sehen.«

Dillinger verließ mit ihrer Crew die Messe.

Mike ging mit Ellie und Neil wieder zum Fenster. Dahinter rollte gerade der Indische Ozean unter ihnen weg, und die Nachtseite der Erde schob sich heran. Blitze zuckten in der Dunkelheit in einem tropischen Gewitter und erhellten die Wolkentürme.

»Warum landen wir nicht auf der Erde, Dad? Es ist doch unsere Erde, oder?«

Mike ging in die Knie und blickte seinem Sohn in die Augen. »Ja, da unten ist tatsächlich die Erde. Aber durch unsere seltsame Reise durch das Universum sind wir in der Vergangenheit herausgekommen.«

»In der Vergangenheit?« Neil bekam große Augen. »Bei den Dinosauriern?«

Mike musste schmunzeln. Natürlich interessierte Neil sich wie alle anderen kleinen Jungs für die urzeitlichen Lebewesen. »Nein, nicht in der Zeit der Saurier, sondern in der Zeit der … Menschenaffen.«

»Ich würde so gerne landen und welche sehen.«

Mike lächelte. »Ich weiß. Es geht nicht. Wir könnten Dinge verändern. Aus Versehen bewirken, dass es später keine Menschen gibt.«

»Ich verstehe das nicht«, klagte Neil.

»Ich weiß. Es tut mir leid. Wir werden uns ein neues Zuhause suchen. Aber das wollten wir ja ohnehin. Wir werden einen anderen schönen Planeten für uns finden. Wäre das in Ordnung?«

Neil schaute kurz zu seiner Mutter hoch, die ihn anlächelte, dann grinste er. »Ja. Okay.«

Mike wollte wieder aufstehen, aber er zögerte und legte seine Hand auf die Schulter seines Sohnes. »Ich weiß, dass die Zeit an Bord der *Challenger* schlimm war. Aber du hast super durchgehalten und alles ganz toll gemacht.«

Neil strahlte. »Du hast auch alles toll gemacht, Dad«, sagte der Junge und umarmte ihn.

Mike schluchzte auf. Er löste sich aus der Umarmung und wischte sich die Tränen aus dem Gesicht, dann richtete er sich wieder auf.

Er holte tief Luft und betrachtete die Erde, genoss den letzten Blick auf seinen ehemaligen Heimatplaneten.

Sechs Millionen Jahre.

Für die Erde war dies nur ein Augenblick in ihrer Geschichte. Schon bald würden die Menschenaffen, die nun durch Afrika wanderten, sich erheben und auf zwei Beinen durch die Savanne laufen. Letztlich würde der Mensch Werkzeuge entwickeln, dann Kultur und Technologie und schließlich in den Weltraum aufbrechen und ferne Welten erobern.

Und eines Tages würden auch wieder die vielen Menschen geboren werden, für deren Tod er mitverantwortlich war. *Er* würde geboren werden und während der Kindheit den Wunsch entwickeln, Pilot zu werden und bei der Raumflotte zu dienen.

War die Zukunft vorherbestimmt? Vielleicht waren die Menschen *dieser* Erde aber auch klüger, einsichtiger, weiser und willens, den ersten schrecklichen interstellaren Krieg zu verhindern.

Vielleicht würde *er* weiser sein und den Befehl verweigern, die Nova-Bombe zu werfen.

Er wusste es nicht.

Niemand konnte wissen, was die Zukunft dieser Welt und ihren Bewohnern brachte.

Aber zum ersten Mal, seit er aus dem Krieg zurückgekehrt war, verspürte Mike wieder Hoffnung.

Tränen liefen über seine Wangen, und er drückte seine Familie fest an sich.

58

»HIERMIT überreiche ich dir die Schlüssel für dein neues Heim.«
Christine nahm den metallischen Gegenstand von Mike entgegen und starrte grimmig auf das kleine Gebäude, das in der Mitte der mit Gras bedeckten Mulde lag.

Es war das erste von mehreren, die im Lauf der nächsten Wochen an dieser Stelle entstehen würden. Sie bestanden aus grauen Schnellbauelementen, die sie – ursprünglich für Omicron gedacht – im Frachtcontainer mitgeführt hatten. Somit war Christine die Erste, die aus der hastig aufgebauten Gemeinschaftsunterkunft in eine eigene Behausung umziehen konnte.

Die anderen klatschten. Ravi forderte sie auf, ihr Haus zu betreten.

Christine tat ihm den Gefallen. Sie ging die zwei Stufen hinauf, öffnete die Tür, überschritt die Schwelle, drehte sich um und trat wieder zu den anderen unfreiwilligen Kolonisten.

Ravi kam mit einem Tablett und verteilte Gläser, die mit einer homöopathischen Dosis Whisky gefüllt waren. Christine nahm ihm eins ab und stürzte den Inhalt hinunter.

Sie hatten Glück gehabt. Nach langer Suche hatten sie im Perseus-Arm der Milchstraße mit ihren Teleskopen einen Planeten gefunden, der ideale Bedingungen bot, und in einer Bucht mit mediterranem Klima eine kleine Kolonie aufgebaut.

Es gab Fische, die sie essen konnten, und Pflanzen, die für den menschlichen Metabolismus geeignet waren. Landtiere existierten nur wenige, und die meisten waren für den Menschen giftig.

Nur ein kleines, wieselähnliches Ding konnte ihnen als Nahrung dienen, aber es roch im Anschluss an das Braten nach faulen Eiern und brachte selbst den unempfindlichsten Kolonisten zum Würgen.

Die *Challenger* hatten sie im Laufe der Monate seit ihrer Ankunft größtenteils demontiert und ihre Einzelteile mit den Shuttles aus dem All hinunter auf diese Welt gebracht.

Langsam zerstreute sich die Menge wieder. Nur Mike blieb, der sich mit einem Werkzeugkasten in ihrem Haus zu schaffen machte.

Dass es in der Kolonie so schnell aufwärtsging, hatten die Menschen zu einem großen Teil Mike Warnock zu verdanken. Mit unermüdlicher Energie arbeitete er von morgens bis abends am Aufbau der Siedlung.

»Was gibt denn das?«, fragte Christine. »Ich dachte, das Haus wäre fertig.«

Mike grinste. »Noch nicht ganz. Etwas Wichtiges fehlt.«

Der Pilot brachte eine Halterung neben ihrer Türe an und hob dann ein metergroßes Blech in die Höhe. Es war ein Stück der Außenhaut ihres Schiffes.

Mike drehte es herum, und sie erkannte den Schriftzug.

Challenger.

Der Gedanke an ihr Schiff versetzte ihr einen Stich. Die *Challenger* existierte nun nicht mehr. Sie war Vergangenheit, wie ihr altes Leben.

»Das Schiff hat uns gut durch dieses Abenteuer gebracht«, meinte Mike, während er das Blech festschraubte.

Christine holte tief Luft. »Es war ein Abenteuer, auf das ich gut und gerne verzichtet hätte.«

Dann wäre ich jetzt bei meinem Mann und meiner Tochter!

Aber der Blick auf die prähistorische Erde hatte sie seltsamerweise in eine optimistische Stimmung versetzt, die bis heute anhielt. Es stimmte zwar – sie würde Nadine und Roger niemals wiedersehen. Doch wenn sie wirklich in die Vergangenheit des eigenen Universums gelangt waren, dann würde ihre Familie leben. Nicht jetzt, aber in einigen Millionen Jahren.

»Was läuft da eigentlich zwischen Ravi und Natasha?«, fragte Mike plötzlich.

Christine grinste. »Na, was wohl?«

»Sind sie zusammen?«

»Nicht offiziell. Noch nicht.« Christine trat einen Schritt näher an Mike heran. »Sie ist schwanger.«

Mike lachte. »Dann werden sie es wirklich nicht auf Dauer geheim halten können.«

Es war die zweite Schwangerschaft auf dieser Welt. Mikes Frau Ellie erwartete ebenfalls Nachwuchs, auch wenn es Christine ein Rätsel war, wie sie das in der Enge der Gemeinschaftsunterkunft bewerkstelligt hatten. Aber vielleicht hatten sie sich ja irgendwo hinter einem Baum verkrochen.

Christine verbrachte viele Nächte wach liegend auf ihrer Matratze. Es gab einfach zu vieles, über das sie nachdenken musste. Zu viele Fragen, die ihre Irrfahrt in die Zukunft und schließlich in die Vergangenheit offengelassen hatte. Irgendwann würde sie sich damit abfinden müssen, auf diese Fragen keine Antworten zu finden.

Siebzehn Menschen befanden sich nun in ihrer kleinen, unfreiwilligen Kolonie. Bald kamen zwei neue dazu.

Dank der medizinischen Einrichtungen der *Challenger* würden die Kinder gesund aufwachsen. Christine rechnete damit, dass in absehbarer Zukunft weitere Babys folgten.

Eine Kandidatin dafür war Robin Paine. Sie hatte sich nach langem Zögern mit dem jüngeren Soldaten Brooke zusammengetan, der jetzt schon einen mehr als passablen Ersatzvater für die kleine Mary abgab.

Dank der Fracht der *Challenger*, die zum großen Teil aus Ausrüstung für die Siedler von Omicron bestanden hatte, stand ihnen alles zur Verfügung, was sie für eine kleine Kolonie brauchten. Doch irgendwann mussten ihre Kinder auf eigenen Beinen stehen, und dann war die Überwindung des genetischen Flaschenhalses wegen der niedrigen Zahl an Menschen die erste große Herausforderung.

Aber auch die Meuterer von der *Bounty* waren nur eine Handvoll Leute gewesen, die schließlich eine prosperierende Kolonie auf den Pitcairn-Inseln geschaffen hatten.

Christine war optimistisch, dass die Menschen auf diesem Planeten ihren Weg gehen würden. Mit ein bisschen Glück konnten sie sich über die ganze Welt ausbreiten und irgendwann in den Weltraum vorstoßen. Vielleicht stießen deren Nachkommen dann irgendwann, in sechs Millionen Jahren, auf die Menschen der Erde und teilten sich in Frieden die Welten der Milchstraße.

Vielleicht …

Mike beendete die Arbeit an der Hütte und packte das Werkzeug wieder in seinen Koffer.

»Was liegt jetzt an?«, wollte Christine wissen.

Mike grinste. Die körperliche Arbeit auf dieser Welt tat ihm sichtlich gut. Im Gegensatz zu der Zeit auf der *Challenger* sah sie ihn nie mit einer verbissenen oder brütenden Miene herumlaufen.

Er zeigte auf einen Stapel grauer Metallelemente in einem guten Dutzend Metern Entfernung. »Das nächste Haus will gebaut werden.«

Christine schlug ihm auf den Rücken.

Guter Mann!

ENDE

Ernest Cline
Ready Player One
Roman

Im Jahr 2045 ist die Welt ein hässlicher Ort: Richtig wohl
fühlt sich Wade Watts nur in der OASIS, einem immersiven
virtuellen Universum, wo die meisten Menschen den Großteil ihrer Zeit verbringen.
Als der exzentrische Schöpfer der OASIS stirbt, hinterlässt
er eine Reihe vertrackter Rätsel. Wer sie als Erster löst, erbt
nicht nur sein gigantisches Vermögen, sondern auch die
Kontrolle über die OASIS.
Dann findet Wade den ersten Hinweis. Plötzlich ist er um-
ringt von Konkurrenten, die für den Sieg über Leichen gehen gehen würden. Die Jagd hat begonnen, und Wade hat
nur eine Chance: Will er überleben, muss er gewinnen.

Aus dem Amerikanischen
von Hannes und Sara Riffel
544 Seiten, Klappenbroschur

Weitere Informationen finden Sie auf
www.fischerverlage.de

AZ 596-70664/1

EIN SPACE-THRILLER DER EXTRAKLASSE

Die *USS London* ist ein interstellares Siedlungsschiff auf dem Weg zu einer neuen Welt. Alles läuft nach Plan. Bis der Ärztin Jazmin Harper auffällt, dass immer mehr Besatzungsmitglieder psychische Probleme bekommen. Gleichzeitig findet der Ingenieur Denis Jagberg Anzeichen, dass das Schiff deutlich älter ist als gedacht. Beiden ist schnell klar, dass irgendetwas nicht stimmt – doch bevor sie der Sache auf den Grund gehen können, kommt es zur Katastrophe.

Hintergrund: © Yulia_Malinovskaya / istock

Thariot
Exodus 2727 –
Die letzte Arche
Roman

445 Seiten
Klappenbroschur

ISBN 978-3-596-70447-7